Étrange faux-semblant

La mémoire piégée

PAULA GRAVES

Étrange faux-semblant

Traduction française de
GAËLLE BRAZON

BLACK ROSE

HARLEQUIN

Collection : BLACK ROSE

Titre original :
DECEPTION LAKE

Ce roman a déjà été publié en 2015

HARPERCOLLINS FRANCE
83-85, boulevard Vincent-Auriol, 75646 PARIS CEDEX 13
Service Lectrices — Tél. : 01 45 82 47 47 - www.harlequin.fr
ISBN 978-2-2804-7368-2 — ISSN 1950-2753

Composé et édité par HarperCollins France.
Imprimé en mars 2022 par CPI Black Print (Barcelone)
en utilisant 100% d'électricité renouvelable.
Dépôt légal : avril 2022.

FSC
www.fsc.org
MIXTE
Papier issu de sources responsables
FSC® C159065

Pour limiter l'empreinte environnementale de ses livres, HarperCollins France s'engage à n'utiliser que du papier fabriqué à partir de bois provenant de forêts gérées durablement et de manière responsable.

1

Il faisait chaud pour un mois de mars dans les Smoky Mountains. C'était ce que la serveuse avait répondu lorsque Jack Drummond s'était étonné de la douceur du temps en s'asseyant au comptoir du *diner*. Il l'observa un instant, avant d'étudier le menu affiché derrière elle. Brune et large d'épaules, elle devait avoir entre trente-cinq et quarante ans. Elle avait un visage ordinaire mais plaisant, dépourvu de maquillage, et des mains usées par le travail. A en croire le badge sur sa poitrine, elle s'appelait Darlene.

— Ça ne va pas durer, affirma-t-elle d'une voix traînante tout en sortant son carnet de la poche de son tablier. Il va y avoir un gros coup de gel, et toutes les jonquilles qui auront pointé le bout de leur nez vont y passer.

Elle haussa les épaules.

— Typique d'un printemps dans le Tennessee.

Jack aurait pu raconter à Darlene des histoires bien plus étonnantes à propos des printemps dans le Wyoming : des histoires de tempêtes de neige tardives déversant des dizaines de centimètres de poudreuse ; ou de vents puissants et glaciaux, à vous arracher la peau du visage. Mais il se contenta de commander un sandwich et un thé glacé. Son regard glissa sur la liste des bières sans s'y attarder.

Il s'améliorait.

Dans son dos, le carillon au-dessus de la porte retentit

lorsqu'un autre client entra dans le restaurant. Une voix de femme s'éleva, rauque et teintée d'un léger accent texan.

— Darlene, est-ce que les commandes à emporter pour The Gates sont prêtes ?

Jack sentit sa nuque le picoter et tourna lentement la tête vers la nouvelle venue. De toute évidence son imagination lui jouait des tours, et cette voix qui lui semblait familière appartenait à une inconnue. Une femme qui serait sûrement trop vieille ou trop jeune, trop grande ou trop petite, trop rousse ou pas assez, avec des yeux différents, un visage différent, un corps différent.

Pourtant, cette fois, il ne se trompait pas. Dans la petite ville de Purgatory, en plein Tennessee, lors d'une partie de pêche impromptue avec son beau-frère et sa famille, il venait enfin de retrouver Mara Jennings.

Cela faisait quatre ans qu'il la cherchait pour tenter de réparer ses torts.

Et maintenant qu'elle était devant lui, si proche qu'il n'avait qu'à se pencher en avant pour lui toucher le bras, il avait la bouche sèche et les oreilles bourdonnantes.

Mara dut sentir son regard peser sur elle car elle l'observa brièvement, une expression détachée dans ses yeux bleus, avant de reporter son attention sur la serveuse debout derrière le comptoir.

Elle ne l'avait pas reconnu.

Comment était-ce possible ? Certes, il n'avait pas pris la peine de se faire couper les cheveux depuis ses adieux au circuit des rodéos. Et il avait pris cinq kilos depuis qu'il ne montait plus des taureaux sauvages d'une demi-tonne pendant huit secondes de pure folie. Mais ce n'était pas son visage qui s'était fait écraser par le corps massif de Coronado. Son apparence physique n'avait pas changé au point qu'elle ne le reconnaisse pas.

Et brusquement Mara tourna la tête vers lui et le regarda à nouveau. Elle fronça légèrement les sourcils, et Jack retrouva l'usage de la parole.

— Salut, Mara.

Elle se figea sur place pendant une seconde, tandis que son visage se vidait de toute expression. Elle finit par hocher sèchement la tête.

— Salut.

— Alors c'est ici que tu vis, lâcha-t-il avant de passer sa langue sur ses lèvres. Je me demandais où tu étais passée. J'ai appris, pour ta sœur. Toutes mes condoléances.

Un éclair de chagrin traversa le visage de Mara, tellement fugace que Jack crut l'avoir imaginé. Mais quand elle répondit, son timbre de voix était un peu cassé.

— Merci.

— Et je suis désolé à propos de tout le reste. Je m'excuse en particulier pour la manière dont les choses se sont terminées.

Elle plissa légèrement les yeux.

— Oublie tout ça, Jack. Moi, j'y suis arrivée.

Son ton dur n'avait rien de surprenant, étant donné le comportement lamentable de Jack la dernière fois qu'ils s'étaient vus. Et l'indifférence qu'elle affichait aurait dû le rassurer. Apparemment, elle n'avait pas été anéantie par son égoïsme et sa bêtise.

Mais il ne pouvait s'empêcher de penser que quelque chose ne tournait pas rond chez Mara Jennings.

— Je sais que l'eau a coulé sous les ponts, reprit-il, mais j'aimerais vraiment te parler plus longuement et essayer de m'expliquer. Pourrais-tu me consacrer un peu de ton temps ?

Elle secoua la tête.

— Je suis passée à autre chose, Jack.

— Il y a toujours la question de l'argent.

Elle fronça de nouveau les sourcils et lui jeta un bref coup d'œil, avant de détourner le regard.

— Tout ça, c'est à propos d'argent ? Vraiment ?

Son expression déconcertée confirma les doutes de Jack.

— Sept mille dollars, Mara. Plus quatre ans d'intérêts…

Elle pinça les lèvres avant de répondre :

— Est-ce que ça a été mis par écrit ?

Jack la regarda fixement, le ventre noué par l'anxiété.

— Non, bien sûr que non. Tu le sais bien.

Incapable de se retenir plus longtemps, il fit un pas vers elle.

— Est-ce que tu vas bien ?

Il vit une lueur d'inquiétude poindre dans ses yeux avant qu'elle ne se tourne vers le comptoir. Darlene venait d'y poser un carton rempli de sacs en papier marron. Sans répondre à la question, Mara sortit sa carte de crédit et la tendit à la serveuse.

Tandis que Darlene s'occupait de la transaction, Mara, le menton levé, continuait d'ignorer Jack et affichait un air vaguement hautain. C'était une expression qu'il ne lui avait jamais vue au cours de l'année où il l'avait côtoyée.

Il n'avait peut-être pas beaucoup changé en quatre ans, mais à l'évidence, ce n'était pas son cas à elle.

Elle récupéra sa carte de crédit et signa le reçu. Puis elle prit le carton et se dirigea vers la porte sans un regard vers Jack.

Ainsi, se dit-il, elle allait partir comme ça, sans rien ajouter. D'un côté, il était presque prêt à la laisser s'en aller. Si elle ne voulait pas faire face au passé, il ne devait pas l'y contraindre.

Mais restait la question de l'argent.

Incapable de se retenir, il s'élança vers la porte. Coupée

dans son élan, Mara s'arrêta si brusquement qu'elle faillit lâcher le carton. Jack le rattrapa, effleurant ses doigts au passage.

Elle riva son regard au sien et recula d'un pas.

— Qu'est-ce que tu veux ?

— Je comprends que tu ne veuilles pas revenir sur le passé. Je ne te demande pas de me pardonner. Mais sept mille dollars, c'est une sacrée somme…

— Et tu as dit qu'il n'y avait pas de preuve écrite, répliqua-t-elle, une note de dédain dans sa voix rauque. Alors tu ne peux pas prouver que je te dois quoi que ce soit. A présent, excuse-moi.

Elle le dépassa rapidement et sortit du restaurant. Alors qu'elle franchissait la porte, elle croisa le beau-frère de Jack, Riley Patterson, ainsi que sa femme et son fils. Un large sourire fendit le visage anguleux de Riley lorsqu'il aperçut Jack figé à l'entrée de la salle.

— Tu t'es fait rembarrer par cette rouquine ? demanda-t-il d'un ton ironique.

Hannah, la femme de Riley, posa Cody sur le sol. Le petit garçon, âgé de trois ans, s'élança vers Jack, qui le prit dans ses bras. Une fois l'enfant bien calé contre lui, il tourna les yeux vers son beau-frère.

— Tu te souviens quand je t'ai dit que je devais réparer mes torts auprès d'une femme avec qui je m'étais mal comporté à Amarillo ?

Le sourire de Riley s'évanouit.

— C'était elle ?

— C'est ce que je croyais, répondit Jack.

Il repensa à l'air froid et hautain de la femme qui venait de sortir du *diner*.

— Il me semble que oui, en tout cas.

Il fit un geste de la main en direction d'un box vide

pour inviter Riley et Hannah à s'asseoir. Puis il s'installa en face du couple et déposa Cody à côté de lui.

— Mais il se passe quelque chose de très bizarre.

— Comment ça ? demanda Hannah sans laisser à Riley le temps d'intervenir.

— J'ai abordé le sujet des sept mille dollars, mais elle a réagi comme si elle n'en avait aucun souvenir. Ce qui était déjà plutôt étrange. Et quand j'ai insisté…

Il secoua la tête, éprouvant la même sensation de malaise qu'en face de Mara.

— Elle m'a demandé si nous avions mis ça par écrit. Quand j'ai répondu que non, elle a dit que je ne pouvais pas prouver qu'elle me devait quoi que ce soit.

Hannah et Riley échangèrent un regard étonné.

— Tu es sûr de ne pas avoir compris de travers ? demanda Riley.

— Crois-moi, j'en suis certain, répondit Jack, avant de secouer la tête. Quatre ans après les faits, elle ne se rappelle pas que je lui ai volé sept mille dollars. Comment expliquez-vous ça ?

Ne panique pas. Il n'y a aucune raison de paniquer.

D'un pas déterminé, elle entra dans la grande maison victorienne située dans Magnolia Street. A chaque enjambée, elle inspirait profondément par le nez, avant d'expirer par la bouche. Une dizaine de pas la séparaient de la salle de conférences, et elle régla son souffle sur sa démarche : une respiration, trois pas. Lorsqu'elle frappa à la porte et entendit une voix l'autoriser à entrer, elle avait réussi à retrouver un semblant de calme.

Mais sous la surface, elle était au bord de la crise de nerfs.

De toutes les personnes qu'elle pouvait croiser à Purgatory, il avait fallu qu'elle tombe sur lui… Jack Drummond, le cow-boy au cœur de pierre.

Elle haïssait ce nom depuis quatre ans. Elle détestait la simple pensée de ce qu'il avait fait et des dégâts qu'il avait laissés dans son sillage. Plus d'une fois, elle lui avait souhaité une mort violente. Elle avait rêvé qu'il se fasse écraser par un taureau ou un cheval sauvage. Mais elle n'avait jamais imaginé découvrir un jour ce qu'il était devenu après son départ d'Amarillo.

Et voilà qu'à présent elle le savait : il était vivant, en bonne santé, et beaucoup trop séduisant à son goût.

Mais que diable faisait-il dans le Tennessee ?

Elle entra dans la salle de conférences et posa le carton sur la longue console qui occupait la majeure partie du mur. Quelqu'un avait déjà lancé la machine à café. Elle ressortit de la pièce pour aller chercher des glaçons pour les deux douzaines de bouteilles d'eau, de jus de fruit et de soda alignées sur le meuble.

A mi-chemin dans le couloir, elle entendit des pas derrière elle et jeta un coup d'œil par-dessus son épaule. Alexander Quinn, le directeur de The Gates, approchait d'elle, le visage aussi impassible qu'à l'accoutumée.

Elle se tourna vers lui.

— Est-ce que j'ai oublié quelque chose ?

— Que s'est-il passé pendant que tu étais à l'extérieur ?

Elle hésita, prête à mentir, mais Quinn avait fait partie de la CIA pendant une vingtaine d'années. Et il était plus que doué pour démêler le vrai du faux.

— J'ai croisé un fantôme du passé, répondit-elle. Quelqu'un du Texas.

Quinn plissa les yeux.

— Je vois.

— Il voulait me soutirer plus de sept mille dollars.

Comme j'ignorais de quoi il parlait, j'ai fait semblant de rien, mais…

— Tu n'es pas sûre qu'il t'ait crue ?

— Non.

Quinn garda le silence un instant. Il la fixa attentivement de ses yeux noisette sans pour autant la mettre mal à l'aise. Pour un homme qui avait vécu une existence faite de mensonges et de poussées d'adrénaline, il avait un étrange effet apaisant sur la plupart des gens, et elle n'était pas immunisée.

— Comment s'appelle-t-il ? reprit-il.

— Jack Drummond.

— Décris-le-moi.

— Cheveux noirs, avec une coupe un peu longue. Yeux marron. Teint mat. Je crois qu'il est en partie Shoshone. A l'origine, il vient du Wyoming. Il mesure un peu moins d'un mètre quatre-vingt-cinq. Epaules larges, taille et hanches étroites. Un cow-boy.

Quinn haussa un sourcil interrogateur.

— Un vrai cow-boy, précisa-t-elle. Il faisait partie du circuit professionnel des rodéos au Texas et dans le Sud-Ouest.

— Que fait-il dans le Tennessee ?

— Je n'ai pas demandé, et il n'a rien dit.

Quinn continua à la regarder pendant quelques secondes avec cette expression calme et songeuse donnant l'impression qu'il essayait de l'hypnotiser. Puis il lui adressa un bref hochement de tête.

— Va chercher les glaçons. Ne te préoccupe pas de Jack Drummond. Il ne posera aucun problème.

Quinn avait les moyens de la protéger de son passé, elle le savait. Et comme il avait besoin des talents qu'elle avait à offrir quand elle ne jouait pas les employées de bureau modèles, il se montrerait efficace.

Mais Quinn ne parviendrait pas à effacer de sa mémoire le souvenir des yeux sombres ou de la voix sexy de Jack Drummond, songea-t-elle en remplissant un seau à glace propre.

Elle haïssait Jack Drummond et n'avait aucune envie de le revoir. Mais maintenant qu'il s'était de nouveau immiscé dans son monde, elle doutait de pouvoir oublier ses inquiétudes. Leur rencontre ici, à Purgatory, n'était-elle qu'une étrange coïncidence ?

Ou se pouvait-il que des forces plus sombres soient déjà à l'œuvre ?

— The Gates ? répéta Hannah.

Tout en essuyant les mains que Cody avait salies en déjeunant, elle releva les yeux pour réfléchir à la question de Jack.

— Je me demande si elle parlait de l'agence de détectives privés d'Alexander Quinn. Elle se trouve ici, à Purgatory.

Riley revint à la table et tendit à sa femme les serviettes qu'il était allé prendre au comptoir.

— Vous parlez d'Alexander Quinn ?

— L'agence qu'il dirige… Elle ne s'appelle pas The Gates ? demanda Hannah.

— Si. Sutton Calhoun y travaille.

— C'est bien ça.

Hannah s'efforça de nouveau de nettoyer le beurre de cacahuète et la confiture que son fils avait étalés partout.

— Avant, il travaillait pour Cooper Security, mais je crois qu'il vient du coin, à l'origine.

Maîtrisant son impatience, Jack demanda d'un ton égal :

— Donc The Gates est une agence de détectives privés ?

— Oui, répondit Riley. Enfin, ils s'occupent d'enquêtes et de sécurité. Ton amie Mara travaille peut-être là-bas. Si tu demandes à la serveuse, elle pourra probablement t'indiquer où ça se trouve.

Son regard se fit plus acéré.

— Si c'est vraiment ce que tu veux faire…

— J'ai besoin de lui rendre cet argent, insista Jack. C'est une torture pour moi de le garder à la banque.

Les lèvres d'Hannah frémirent. A vrai dire, Jack ne pouvait lui reprocher d'être amusée par le côté mélodramatique de la situation. Quand sa belle-sœur l'avait rencontré, peu de temps après son départ d'Amarillo, cela faisait seulement quelques mois qu'il ne buvait plus, et l'appel du rodéo bouillonnait encore dans son sang. A l'époque, elle était en vacances dans le Wyoming. Elle s'était retrouvée mêlée à une enquête sur un tueur en série et avait failli y laisser la vie.

Mais Riley l'avait protégée.

Et il était tombé amoureux d'elle, après trois longues années solitaires à porter le deuil de sa femme.

Emily, la sœur de Jack, avait été le premier amour de Riley. Son assassinat avait failli détruire les deux beaux-frères, mais de façons différentes.

Riley s'était refermé sur lui-même, fuyant tout le monde, à part quelques amis proches… et Jack. Mais l'obsession de Riley de résoudre le meurtre d'Emily avait rongé Jack de l'intérieur. Ce n'était pas cela qui allait ramener sa sœur. Et Emily était tout ce qui restait de la famille à problèmes de Jack.

C'est pourquoi il avait déplacé sa base d'opérations au Texas, dans une petite ville à l'ouest d'Amarillo. Il s'était plongé à corps perdu dans un monde de bottes, d'éperons et de groupies, dont la seule ambition était de chevaucher un cow-boy bien plus longtemps que les huit secondes réglementaires d'un rodéo.

Puis il avait fait la connaissance de Mara Jennings, qui n'avait absolument rien d'une groupie. Elle avait représenté un défi irrésistible pour l'idiot qu'il était. Il aurait mieux fait de prendre ses jambes à son cou pour fuir une femme comme elle.

Les groupies savaient à quoi s'en tenir. Elles n'étaient pas intéressées par une histoire d'amour éternel avec un cow-boy. Elles voulaient seulement quelques jours d'excitation pendant que le rodéo s'arrêtait en ville.

Mais Mara Jennings avait une promesse d'avenir inscrite dans ses jolis yeux bleus et dans son sourire attachant. Il aurait dû se douter qu'il allait lui briser le cœur.

Et peut-être le savait-il, après tout.

Mais à cette période de sa vie, il s'en moquait.

— J'ai déjà eu affaire à Quinn, déclara Hannah d'un air songeur en tendant Cody à Riley. Je peux toujours faire un saut à l'agence pour dire bonjour. Et si tu es avec moi à ce moment-là et que ton amie est présente…

— Si tu comptes jouer les entremetteuses, Hannah, n'y pense même pas, s'exclama Jack. Mara Jennings est loin d'être la femme de mes rêves. Elle ne l'a jamais été.

C'était d'ailleurs ce qui avait posé problème.

— Alors tu peux peut-être parler à Quinn de l'argent que tu dois à Mara, suggéra Hannah.

— Je vais surtout essayer de ne pas faire de vagues. Mais interroger la serveuse est une bonne idée.

Jack se leva et marcha jusqu'au comptoir que Darlene était en train d'essuyer avec un chiffon propre. Lorsqu'il s'arrêta devant elle, elle releva les yeux avec un sourire las.

— Je peux vous servir autre chose ?

— En fait, j'aurais besoin d'un renseignement. Un de

mes vieux amis travaille dans un endroit qui s'appelle The Gates. Ça vous dit quelque chose ?

— Bien sûr, comme à tout le monde ici. Votre ami est l'un des enquêteurs ?

— C'est ça.

Jack fouilla dans sa mémoire pour retrouver le nom que Riley avait mentionné.

— Il s'appelle Sutton Calhoun.

— Oh ! Je le connais. Il est très gentil. Et beau garçon, qui plus est.

Les joues de Darlene rosirent, et elle sourit d'un air gêné.

— Sa femme fait partie de la police de Bitterwood. Ils viennent manger ici de temps en temps.

— Il ne sait pas que je suis de passage en ville, et j'avais envie de passer à son travail pour lui faire une surprise. Pourriez-vous m'indiquer comment m'y rendre ?

— Vous êtes déjà dans la bonne rue. Prenez à droite en sortant, marchez dans cette direction pendant environ deux cents mètres. Vous verrez une grande maison victorienne blanche au coin de Magnolia Street et de Laurel Avenue. Il y a un portail en fer à deux battants. Vous ne pourrez pas le manquer.

Riley et Hannah rejoignirent Jack à l'entrée.

— Qu'est-ce que tu comptes faire ? demanda Riley.

— Je ne sais pas, admit Jack. On ne peut pas dire que l'approche directe ait été très efficace.

— Je regrette d'avoir à dire ça, intervint Hannah calmement, mais tu ne vas pas tarder à avoir l'air de la harceler.

Jack lui jeta un regard de biais.

— Je ne suis pas obsédé par Mara.

— Mais tu t'apprêtes à la retrouver à son travail alors qu'elle t'a déjà envoyé bouler, dit Riley en soulevant son fils et en l'installant sur sa hanche. Elle ne semble même pas se rappeler que tu lui as piqué sept mille dollars. Tu devrais peut-être laisser tomber, toi aussi.

— Et ça ne te paraît pas bizarre qu'elle ne se souvienne pas d'avoir perdu autant d'argent ? Mara n'était pas riche. Sept mille dollars, c'était une sacrée somme pour elle.

— Elle estime peut-être que ce n'était pas cher payé pour se débarrasser de toi.

Riley parlait avec gentillesse, mais sa phrase contenait une vérité implacable qui fit grimacer Jack.

— Et si tu venais plutôt pêcher avec nous cet après-midi ? suggéra Hannah.

Elle semblait avoir oublié ses velléités d'entremetteuse.

— Je pense que je vais rester en ville, histoire de visiter un peu, répondit-il.

Son beau-frère haussa les sourcils d'un air dubitatif et balaya du regard la rue tranquille autour d'eux.

— Visiter quoi ?

— Allez pêcher, répliqua Jack d'un ton ferme en marchant vers son pick-up. Je vous retrouverai au motel tout à l'heure.

Sans attendre de réponse, il s'installa au volant et démarra. La radio était réglée sur une station rock de Knoxville. En entendant le riff de guitare et la batterie du *Kashmir* de Led Zeppelin, Jack monta le son. Il s'engagea ensuite dans la circulation fluide de Magnolia Street.

Jetant un coup d'œil dans le rétroviseur, il aperçut Hannah et Riley, avec Cody sur sa hanche, à côté de leur pick-up. Il s'en voulait de les avoir laissés en plan, mais pour tout dire il ne voulait plus être détourné de son objectif : aborder une nouvelle fois Mara Jennings.

Il lui devait bien plus que les sept mille dollars avec intérêt qu'il lui avait volés.

Mais l'argent était la seule chose qu'il avait à offrir.

Elle travaillait en général jusqu'à 17 heures, mais vers 15 heures Quinn lui ordonna de prendre le reste de sa journée. Il avait dû remarquer qu'elle était trop agitée pour être d'une quelconque utilité à l'agence. Elle pourrait profiter de ces quelques heures chez elle pour travailler sur le projet que Quinn lui avait confié.

Après tout, c'était bien pour cela qu'elle avait été engagée en premier lieu.

La chaleur de l'après-midi s'était dissipée et des nuages noirs s'accumulaient à l'ouest. Un vent frais souffla dans son dos lorsqu'elle traversa la route pour rejoindre sa petite Mazda bleue. Au moins, il faisait encore chaud à l'intérieur de l'habitable. Elle démarra et prit la direction de l'est, vers les montagnes et le chalet qu'elle louait au bord de Deception Lake.

Elle avait cru qu'un logement isolé était ce qu'il lui fallait. Elle évitait ainsi les voisins curieux et la musique bruyante provenant d'autres appartements. Le réseau électrique semblait stable et la connexion Internet était bonne. C'était l'endroit idéal pour mettre son projet sur pied et, jusqu'à ce qu'elle croise Jack Drummond, elle s'y était sentie relativement en sécurité.

Etrange comme une rencontre inattendue avec un fantôme du passé pouvait tout remettre en cause…

Le chalet était situé sur la rive orientale du lac, accolé à Fowler Mountain. Des habitations plus imposantes étaient construites à flanc de montagne : des maisons de vacances et des locations qui devaient rapporter gros à leurs propriétaires. Comme elle louait son chalet à Alexander Quinn, il en avait baissé le loyer en échange des heures de secrétariat qu'elle faisait à l'agence.

C'était sa couverture, bien sûr. Quinn n'aimait pas

toujours partager les informations en sa possession, même avec les personnes qu'il avait lui-même engagées.

Après s'être garée dans l'allée de gravier qui menait au chalet, elle coupa le moteur. Puis elle resta assise sans bouger, l'oreille tendue, à l'affût du moindre bruit. Cet été, il y aurait des familles en train de pique-niquer au bord de l'eau et les autres chalets seraient occupés. Le silence serait rompu par des cris de joie et des rires. Mais il était trop tôt dans l'année pour cela. En mars, il faisait trop froid pour se baigner. Et comme les meilleurs coins pour la pêche de printemps se trouvaient de l'autre côté du lac, les bateaux venaient rarement par ici.

Personne ne savait qu'elle habitait ce chalet. Elle était autant en sécurité qu'auparavant.

Pourtant, quand elle sortit de la voiture et commença à marcher vers le porche, elle eut la sensation d'être observée.

Ne sois pas stupide, pensa-t-elle en relevant le menton. *Tu es Mara Caroline Jennings, et tu n'es pas du genre à attirer les cinglés comme c'était le cas pour ta sœur Mallory.*

Une fois sur le porche, elle tendit la main pour enfoncer la clé dans la serrure.

La porte s'ouvrit alors brutalement devant elle.

Un homme en tenue de camouflage sortit sur le perron et lui enfonça une taie d'oreiller sur la tête. Il referma les bras sur elle, la serrant tellement fort qu'elle eut l'impression d'étouffer.

Tandis qu'elle essayait de reprendre son souffle, luttant faiblement pour se dégager, une vague de peur la submergea : elle aurait beau fuir le plus loin possible, jamais elle n'échapperait à Mallory Jennings.

2

Tandis qu'il suivait Mara hors de la ville, Jack veilla à laisser une distance respectable entre leurs deux véhicules. Mara roulait en direction de l'est et des montagnes, sur une route rurale en lacets. A Purgatory, ils se trouvaient encore dans les contreforts des Smoky Mountains. Les sommets arrondis de la région faisaient figure de collines en comparaison du massif de Grand Teton, au pied duquel Jack avait grandi. Pourtant il devait reconnaître que le paysage vallonné, d'un vert luxuriant, était magnifique. On était seulement en mars, mais déjà les premiers signes du printemps se faisaient sentir un peu partout.

Dans les hauteurs, les épicéas, les pins et les sapins gardaient leur splendeur verdoyante tout au long de l'hiver. Tous ces conifères donnaient aux montagnes une teinte bleu-vert adoucie par la brume perpétuelle. A plus basse altitude, les feuillus commençaient à bourgeonner. Dans quelques semaines, toute la nature serait de nouveau vibrante de vie.

Mais la végétation était encore trop clairsemée pour masquer Jack aux yeux de la conductrice qui le précédait d'une centaine de mètres. Il garda ses distances le plus longtemps possible, jusqu'à ce que la Mazda tourne à angle droit dans les bois.

Jack ralentit en approchant de l'embranchement. Il aperçut

une route étroite qui s'enfonçait au milieu des arbres vers une destination inconnue. Elle menait probablement au lac, devina-t-il en voyant un éclat de soleil faire miroiter la surface de l'eau, juste avant que la végétation ne se densifie et ne lui bloque la vue.

Alors qu'il tournait à son tour, il ne put s'empêcher de repenser aux inquiétudes d'Hannah et de Riley. Qu'espérait-il en suivant Mara ? Serait-elle plus disposée à accepter son argent si elle pensait qu'il était à moitié fou ?

Résolu à retourner sur la quatre-voies, il commença à chercher un endroit où faire demi-tour. Mais en approchant d'une allée de gravier, il aperçut la Mazda bleue garée devant un petit chalet. La bâtisse était nichée dans une clairière au milieu des bois. Les arbres se clairsemaient jusqu'à la berge sableuse du lac, une cinquantaine de mètres plus loin.

Jack se gara au bord de l'allée et passa au point mort, le temps de réfléchir aux options qui s'offraient à lui. Du coin de l'œil, il aperçut un mouvement sur le perron du chalet.

Il lui fallut une seconde pour comprendre ce qu'il voyait. Puis une seconde de plus pour que son esprit sorte de son apathie et succombe à la montée d'adrénaline qui l'envahit soudain.

Son instinct de cow-boy se réveilla, et Jack jaillit du pick-up. Il se mit à sprinter vers le combat qui était en train de se dérouler sous le porche.

Il n'avait pas son Colt sur lui, l'ayant rangé dans le casier sous le plateau du pick-up. Mais l'homme qui s'en prenait à Mara ne semblait pas armé, lui non plus.

Et si jamais il l'était, Jack ne comptait pas lui donner le temps de dégainer.

Le crissement de ses pas sur le gravier n'eut aucun effet sur l'empoignade entre Mara et son adversaire, mais quand Jack avança sur la première marche, l'inconnu se figea un instant.

Mara en profita pour passer à l'attaque. Elle commença par asséner un coup de coude dans le sternum de l'inconnu, puis lui écrasa violemment le pied et le frappa à l'entrejambe.

Lorsque l'homme relâcha sa prise, Mara en profita pour se jeter sur le côté. Jack se rua sur lui, le percuta à pleine vitesse et le repoussa contre le mur du chalet.

Mais une seconde plus tard, l'inconnu en tenue de camouflage répliqua d'un coup de poing brutal en pleine poitrine. Jack tomba en arrière et chuta durement sur les marches du perron. Sa tête heurta le sol, et le peu d'air qui restait dans ses poumons s'échappa de sa poitrine.

Pendant un instant, il ne vit rien d'autre qu'un amas d'étoiles sur un fond noir. Puis, peu à peu, l'obscurité se dissipa, remplacée par la lumière déclinante du jour qui filtrait à travers les branchages des arbres.

Au centre de sa vision, il trouva le canon menaçant d'un Smith & Wesson.

La bouffée d'air qu'il avait réussi à inspirer sembla se glacer dans ses poumons. Il laissa ses yeux remonter le long du canon jusqu'à la petite main serrée autour de la crosse, puis plus haut encore, jusqu'à ce qu'il croise un regard bleu rempli de fureur.

— Tu es avec lui ? demanda Mara d'une voix qui tremblait, contrairement à sa main.

— Quoi ? marmonna-t-il, le souffle court.

— Est-ce que tu es avec lui ?

Sans cesser de le viser, elle fit un signe du menton en direction des bois. Elle avait les cheveux en bataille à cause de la taie d'oreiller que l'homme lui avait passée sur la tête, et ses yeux injectés de sang brillaient d'une lueur sauvage. Immobile, Jack songea qu'il n'avait pas intérêt à ciller au mauvais moment s'il ne voulait pas qu'elle lui tire dessus sans prévenir.

— Non. Tu n'as pas vu que j'essayais de l'arrêter ?

Elle pinça les lèvres avant de répondre :

— Tu essaies peut-être de me piéger.

— Je n'essaie pas de te piéger, Mara.

Son affirmation n'eut pas l'air de la rassurer.

— Debout, ordonna-t-elle.

Quand Jack se redressa en position assise, la douleur dans sa tête le fit grimacer. Il sentit un liquide chaud couler dans sa nuque.

— Je crois que je saigne.

Mara n'eut pas l'air d'entendre son constat.

— Pourquoi es-tu venu ici ? Est-ce que tu me traques ?

— Non.

En voyant son regard sceptique, il ajouta :

— Pas exprès, en tout cas.

— Pourquoi m'as-tu abordée au restaurant ?

Lorsqu'elle se pencha vers lui, Jack grimaça en voyant le canon du pistolet se rapprocher encore plus de son visage.

— Pourrais-tu s'il te plaît baisser ce truc avant de me tirer dessus ?

— Pas question, répondit-elle d'une voix monocorde. Allez, debout.

Il se leva lentement, les muscles de son dos et de son abdomen noués par la tension.

— Je ne suis pas avec ce type. Et je ne te harcèle pas, même si les apparences sont contre moi.

Les commissures des lèvres de Mara frémirent imperceptiblement. Mais Jack attribua cela à un tic nerveux plutôt qu'à une réaction d'amusement. Le regard bleu rivé sur lui était dénué de la moindre trace d'humour.

— Tu m'as suivie ici, lança-t-elle.

A en juger par son intonation, ce n'était pas une question.

— En effet.

— Pourquoi ?

— Pour voir où tu allais.

Il fallait bien l'admettre, c'était une piètre explication, même si la réponse de Jack avait le mérite d'être sincère.

— Mission accomplie, répliqua Mara du même ton égal. A présent, va-t'en.

Jack perçut une note étrange dans sa voix rauque, comme une pointe de vulnérabilité qui fissurait son masque de calme dédain.

— Tu sais qui était ce type ? demanda-t-il.

Elle garda le silence, ce qui pouvait faire office de réponse.

— Dans quoi t'es-tu fourrée, Mara ?

Il s'attendait à ce qu'elle lui adresse un regard furieux, mais elle resta impassible.

— Tu dois partir. Et tout de suite.

En dépit de son ton inflexible, elle finit par baisser son arme.

— Tu as des ennuis ? insista Jack. Est-ce que quelqu'un attend que je parte pour t'attaquer de nouveau ?

Sans un mot, elle se tourna vers l'entrée du chalet. Malgré la douleur lancinante dans son crâne, Jack s'élança sur les marches. Il parvint à la porte juste avant qu'elle ne se referme derrière Mara et glissa son pied dans l'entrebâillement. Elle lui jeta un regard noir, mais garda son pistolet le long de son corps.

— Je t'ai dit de partir.

— Je t'ai entendue.

— Et pourtant, tu es toujours là.

En voyant son expression dure et froide, Jack sentit la culpabilité l'envahir. Mara Jennings n'avait jamais été dure ou froide, même quand elle aurait dû l'être.

Sa nature douce et indulgente avait fait d'elle une cible facile pour un minable comme lui. Il en était venu à dépendre d'elle, de sa présence dès qu'il avait besoin d'elle et de sa capacité à fermer les yeux sur ses nombreux défauts.

C'était sûrement une bonne chose qu'elle ait enfin tracé une ligne infranchissable entre eux, pensa Jack. Il regrettait simplement du fond du cœur que cette femme tendre et généreuse ait changé par sa faute.

— Il reste la question des sept mille dollars, lui rappela-t-il.

Mara recula d'un pas et lâcha la porte. Il repoussa le battant du pied, puis entra dans le petit salon. Lorsqu'il jeta un coup d'œil autour de lui, ce qu'il vit faillit lui couper le souffle.

L'endroit avait été complètement saccagé.

L'expression troublée sur le visage de Jack Drummond fut le seul avertissement qu'elle eut. En suivant la direction de son regard sombre, elle vit ce qu'elle avait été trop agitée pour remarquer en entrant.

Quel que soit ce que cherchait l'intrus, il avait semé le chaos dans son chalet. Les coussins éventrés du canapé étaient éparpillés aux quatre coins de la pièce et des morceaux de rembourrage gisaient sur le sol. Des livres arrachés à la bibliothèque avaient été jetés à terre. Un lampadaire reposait sur le côté, son abat-jour de verre brisé.

Toute son énergie sembla quitter son corps d'un coup, la laissant sans forces et sans espoir.

— Qui a fait ça ? demanda Jack d'une voix grave.

Elle se tourna vers lui et croisa son regard soucieux.

— Aucune idée.

C'était un mensonge, bien sûr. En fait, elle avait deux idées assez précises sur la question. Elle ignorait seulement laquelle était la bonne.

— Faut-il appeler la police ? demanda-t-il.

Elle sentit sa nervosité revenir au galop.

— Non, surtout pas.

— Ton patron ?

Mara réfléchit un instant à la suggestion. Quinn saurait quoi faire. Mais pouvait-elle lui faire vraiment confiance ? L'aide qu'il lui apportait n'avait rien de désintéressé. Il était son chef, il avait peut-être même été son sauveur à une période particulièrement dangereuse de sa vie, mais il n'était pas son ami.

Elle n'avait pas d'amis. Plus depuis longtemps.

— Tu dois t'en aller, déclara-t-elle en guise de réponse.

— Et si ce type revient ?

— Il ne reviendra pas.

Mais quelqu'un finirait par revenir, elle le savait. La seule chose de valeur dans le chalet était son système informatique, et il était très bien protégé. Même si l'intrus avait volé les ordinateurs, il aurait bien du mal à déjouer ses barrières de sécurité numérique.

Elle avait peut-être l'air d'une femme ordinaire, ces temps-ci, mais ce n'était pas le cas.

Elle n'avait absolument rien d'ordinaire.

— Très bien. Si c'est ce que tu veux, je vais m'en aller.

La voix de Jack était calme en apparence, mais une note de désaccord vibrait sous la surface.

— Avant de partir, j'aimerais que tu répondes à une question, une seule.

Elle soupira.

— Laquelle ?

— Pourquoi diable crois-tu me devoir sept mille dollars, alors que tu sais aussi bien que moi que je t'ai volé cet argent ?

Mara sentit son ventre se nouer sous l'effet de l'anxiété.

— Qu'est-ce qui t'est arrivé ? demanda Jack. Tu ne m'as pas tout de suite reconnu au restaurant. Tu ne te souviens de rien concernant l'argent. Et maintenant, tu me regardes comme si tu ne m'avais jamais vu auparavant.

Il fit un pas vers elle, lentement, prudemment, comme s'il s'attendait à ce qu'elle détale comme un lapin apeuré.

Il n'avait pas tout à fait tort. Elle sentait déjà les muscles de ses jambes se contracter, comme si son corps se préparait d'instinct à prendre la fuite.

— Il s'est passé beaucoup de choses, répondit-elle en veillant à contrôler sa voix. J'ai perdu ma sœur. J'ai tout abandonné pour prendre un nouveau départ. Et je ne m'attendais pas à tomber sur toi en plein Tennessee.

— Ce n'est pas une réponse.

— C'est la seule que tu auras.

— D'accord.

Lorsque Jack enfonça la main à l'intérieur de son blouson, elle braqua aussitôt son arme sur lui.

— Stop, ordonna-t-elle.

Il la dévisagea, ses yeux sombres écarquillés par la surprise.

— Bon sang, Mara… Mais qu'est-ce qui t'est arrivé ?

— Sors la main de ton blouson.

Consternée, elle entendit sa voix trembler. Heureusement, sa main ne faiblit pas.

— J'ai un chèque de banque de sept mille dollars plus intérêt, annonça-t-il. C'est ça que je veux récupérer dans ma poche.

— Je n'ai pas besoin de cet argent. Je n'en veux pas.

— J'ai besoin de te le donner, répliqua-t-il avec insistance. Je te dois bien ça, Mara, et si je ne le fais pas…

— Donne-le à une association caritative.

Jack plissa les yeux d'un air soupçonneux.

— Ton appartement vient d'être mis à sac, et tu me dis que tu ne peux pas te servir de ces sept mille dollars pour réparer les dégâts et te racheter un canapé ?

Elle en avait besoin, bien sûr, mais elle ne pouvait pas l'accepter. Pas venant de lui. Pas de cette façon.

— Donne-le à une œuvre de bienfaisance. Une association de vétérans, ou un groupe d'aide aux enfants malades… A toi de voir. Si tu veux soulager ta conscience, voilà la solution. Le pardon, ce n'est pas mon truc.

Une étincelle de colère s'alluma dans les yeux de Jack, mais disparut presque aussi vite.

— Très bien.

Il ôta la main de son blouson pour la porter à l'arrière de son crâne, qu'il palpa en grimaçant. Quand il ramena la main devant lui, ses doigts étaient tachés de sang.

Pendant une seconde, elle se rappela cette nuit, quatre ans plus tôt, où elle s'était retrouvée dans une maison en flammes, face au cadavre de sa sœur gisant sur le sol du salon. Pendant les quelques secondes qu'elle avait eues pour prendre sa décision, elle avait su qu'elle ne pouvait plus rien faire pour sa jumelle. La flaque de sang autour de la tête résumait de façon macabre ce qui s'était passé pendant qu'elle était partie chercher leur dîner.

Sa sœur avait été assassinée, et le feu avait été allumé pour dissimuler les preuves.

Pour le meilleur ou pour le pire, elle avait laissé la maison brûler.

— Tu n'aurais pas une trousse de premiers secours, dans tout ce bazar ? demanda Jack doucement, les yeux rivés sur ses doigts ensanglantés.

Mara hésita. La tentation de le jeter dehors était presque irrésistible. Mais sa blessure était peut-être plus grave qu'elle ne le pensait, et la dernière chose dont elle avait besoin était d'un autre mort sur la conscience.

— Trouve un endroit où t'asseoir, lança-t-elle avec un soupir exaspéré. Je vais voir si ma trousse de secours est toujours en un seul morceau.

Le reste du chalet avait été retourné avec la même frénésie que le salon mais, quel que soit ce que cherchait son agresseur, il semblait être reparti les mains vides. Elle trouva le kit de premiers secours sur le sol de la salle de bains, son contenu éparpillé sur le carrelage gris. Heureusement, la plupart du matériel étaient sous emballage stérile. Elle rangea le tout dans la trousse en toile, se lava les mains, puis revint dans le salon.

Jack avait redressé une chaise dans le coin de la salle à manger et s'était assis à la table. Il s'essuyait les doigts sur une feuille de papier absorbant, récupérée sur un rouleau qui avait été arraché à son support mural. Il releva les yeux lorsqu'elle revint dans la pièce.

— Je crois qu'il y a des taches de sang sur ton tapis, déclara-t-il.

Tout en pressant l'essuie-tout à l'arrière de sa tête, il désigna la zone près de la porte d'entrée.

— Pas de vertige ? demanda-t-elle.

Elle essaya de se remémorer les symptômes d'une commotion cérébrale. Il n'avait pas perdu connaissance et ne semblait pas sonné ou chancelant. C'étaient de bons signes.

— Ça va, répondit-il. Je n'ai pas de traumatisme crânien, si c'est ce qui t'inquiète.

— Tu ne peux pas le savoir.

Elle posa la trousse de secours sur la table et l'ouvrit.

— J'ai chevauché des taureaux pendant dix ans,

répliqua-t-il d'un ton ironique. Je connais parfaitement les symptômes d'un traumatisme crânien.

Elle ressentit une pointe d'irritation en l'entendant évoquer son métier.

— Tu parles au passé ?

— J'ai pris ma retraite.

Elle lui jeta un regard en coin, observant les angles marqués de son beau visage.

— C'est ta décision ou celle du taureau ?

Jack esquissa un sourire qui creusa de profondes fossettes dans ses joues.

— Celle du taureau, clairement. En me tombant dessus, il m'a fracturé le bassin à plusieurs endroits. Les médecins ont réussi à me remettre d'aplomb, mais il y a des blessures que même un cow-boy cinglé comme moi ne peut pas ignorer.

Son ton était neutre, mais elle pouvait de nouveau déceler une émotion plus sombre sous la surface.

— Mince alors, murmura-t-elle.

Elle n'avait pas eu l'intention de paraître aussi désinvolte, mais il releva brusquement les yeux vers elle.

— Ouais…

— Je ne voulais pas dire…

— Peu importe, l'interrompit-il en détournant le regard.

— Laisse-moi examiner ta tête.

Elle éprouvait une légère culpabilité, qui alimentait un début de colère : elle s'en voulait d'être assez bête pour se soucier de cet homme et se sentir coupable.

Jack tourna la tête pour qu'elle puisse regarder sa blessure. Elle retint une exclamation de surprise.

Il avait la peau fendue sur cinq centimètres, et les bords irréguliers de la plaie étaient à vif. Ses cheveux épais avaient absorbé la plus grande partie du sang, mais il en coulait encore assez pour l'inquiéter.

— Jack, tu as besoin de points de suture. Et peut-être même d'un scanner.

Et elle avait besoin, plus que n'importe quoi, de faire sortir cet homme de chez elle avant qu'il ne découvre la vérité.

3

— Tu veux que je prévienne quelqu'un ?

En entendant la voix rauque de Mara, Jack releva les yeux des formulaires médicaux qu'il était en train de remplir. De l'autre main, il pressait toujours la feuille d'essuie-tout à l'arrière de sa tête, où la plaie continuait de saigner.

La clinique était bondée. Une infirmière était déjà venue examiner sa blessure et vérifier ses pupilles, avant de décider qu'il n'y avait pas d'urgence. La réceptionniste avait ensuite pris sa carte d'assurance maladie, lui tendant en échange un porte-bloc avec trois pages de questionnaires à remplir.

Il n'avait pas encore entamé la troisième page, mais à en juger par les deux premières, il allait devoir détailler tout son passé sexuel, répertorier toutes les taches de rousseur, grains de beauté et cicatrices qu'il avait sur le corps, et indiquer sa généalogie sur trois générations.

Soulagé de pouvoir interrompre sa prose, il réfléchit à la question de Mara.

— Mon beau-frère et sa femme sont en ville, mais je ne veux pas les inquiéter…

— C'est que… J'ai des choses à faire.

Il lui jeta un coup d'œil en coin.

— Tu as l'intention de partir d'ici toute seule ?

— Oui, répondit-elle, les sourcils froncés.

— Quelqu'un a essayé de te kidnapper, Mara. Franchement, plutôt que de venir ici, nous aurions dû aller voir la police.

— Parle moins fort, ordonna-t-elle d'un ton réprobateur.

Jack regarda autour d'eux. Dans la salle d'attente surpeuplée, personne ne leur prêtait attention.

— Tu ne comptes pas ignorer ce qui s'est passé, quand même ?

Elle détourna les yeux sans répondre.

— Tu as perdu la tête ou quoi ? s'exclama-t-il.

— Non.

Sa voix était toujours douce et posée.

— Tu ne sais rien de ma vie ou de mes choix, dit-elle. Ne prétends pas le contraire.

— Qu'est-ce qui te fait penser que ton agresseur n'est pas en train de t'attendre au chalet en ce moment même ?

— Ne t'inquiète pas pour moi.

Elle avait raison. Il ne devait pas s'en faire pour elle, pourtant il ne pouvait s'en empêcher. A l'idée qu'elle quitte la clinique toute seule, l'angoisse lui serrait la poitrine.

— Si tu n'appelles pas la police, je le ferai.

L'expression de Mara se fit glaciale.

— Je leur dirai que c'était toi, l'intrus.

— Quoi ?

Il la dévisagea, persuadé d'avoir mal compris.

— Si tu appelles la police, poursuivit-elle calmement, je leur dirai que tu es l'intrus qui a saccagé ma maison. Que tu es un ex-petit ami qui m'a suivie jusqu'ici depuis le Texas et qui refuse d'accepter la rupture.

Une bouffée de colère, brûlante et douloureuse, envahit Jack.

— Tu mentirais à la police à propos de moi ?

Elle releva brusquement les yeux sur lui.

— Seulement si tu m'y obliges.

— Mais qu'est-ce qui t'est arrivé, bon sang ? demanda-t-il en baissant la voix. Je veux bien que tu me détestes pour m'être mal comporté avec toi, mais tu n'as jamais été une menteuse.

— Comment peux-tu le savoir ?

Elle regarda ses mains jointes sur ses genoux.

— Tu ne m'as jamais vraiment connue, n'est-ce pas ? demanda-t-elle. Tu n'as jamais vu que ce que tu voulais bien voir.

— Je sais que tu étais gentille, murmura-t-il.

Il observa ses doigts, qu'elle nouait et dénouait, ses ongles courts, sans vernis. Depuis quand n'allait-elle plus chez la manucure ? C'était l'un des rares plaisirs qu'elle s'autorisait. Elle avait un goût immodéré pour le vernis à ongles, impatiente de tester les couleurs et les styles à la mode.

Intrigué, il ajouta :

— Tu étais douce et honnête.

— Etre gentil, doux et honnête est le meilleur moyen de se faire avoir, murmura-t-elle.

— Par des crétins de cow-boys portés sur l'alcool, tu veux dire ?

Elle lui jeta un rapide coup d'œil, mais ne répondit pas.

— Je suppose que je le mérite, admit-il.

Elle baissa les yeux sur le papier qu'il avait posé sur ses cuisses.

— Si tu ne finis pas de remplir tout ça, le médecin ne va jamais s'occuper de toi.

Avec un soupir, il reporta son attention sur les formulaires et répondit au reste des questions. Il s'attendait à moitié à ce qu'elle s'enfuie à la seconde où il porterait les documents à la réception mais à son retour elle était toujours assise dans un coin de la salle d'attente.

— Tu as parlé de ton beau-frère et de sa femme, déclara-t-elle. Ce n'est pas ta sœur ?

— Non. Tu sais bien que non.

Il la regarda avec surprise. Comment pouvait-elle avoir oublié ce qu'il lui avait confié sur Emily ? Elle lui avait tenu la main jusque tard dans la nuit lorsqu'il lui avait raconté l'histoire du meurtre de sa sœur, et son impact sur le reste de sa famille.

Comment pouvait-elle demander une chose pareille ?

— Monsieur Drummond ?

Une jolie infirmière blonde passa la tête dans l'embrasure de la porte qui menait à la salle d'examen.

Jack se tourna vers Mara.

— S'il te plaît, reste ici jusqu'à ce que j'ai vu le médecin. Je voudrais te raccompagner chez toi et m'assurer qu'il n'y a plus aucun danger au chalet.

Elle fit un signe du menton en direction de l'infirmière.

— Ne laisse pas passer ton tour.

Avec un dernier coup d'œil en arrière pour s'assurer que Mara n'était pas déjà en train de s'enfuir, il suivit la jeune femme dans la salle d'examen.

Jack pensait qu'elle allait lui fausser compagnie. Le regard méfiant qu'il lui avait lancé avant d'emboîter le pas à l'infirmière était transparent.

Il avait vu juste. C'était bien son intention.

Elle attendit encore une minute pour s'assurer qu'il n'allait pas faire demi-tour. Une fois rassurée, elle saisit son sac à main et se dirigea vers la sortie de la clinique. Le cœur battant la chamade, elle regarda à gauche et à droite en se demandant où aller.

Des nuages chargés de pluie s'amassaient à l'ouest, masquant le soleil couchant. Lorsqu'elle s'installa au volant de sa voiture, quelques gouttes de pluie s'abattirent sur le pare-brise. Elle resta immobile une seconde pour laisser à ses nerfs à vif le temps de se calmer.

Elle n'avait même pas eu le temps de penser à l'inconnu du chalet, ni à ce qu'il voulait. Jack Drummond et sa blessure à la tête étaient vraiment mal tombés.

Comment Jack avait-il trouvé son chalet ? L'avait-il suivie depuis l'agence ?

Pourquoi ne l'avait-elle pas remarqué ?

Décidément, elle se laissait aller. Le professionnalisme calme d'Alexander Quinn et ses promesses de protection lui avaient donné une sensation de sécurité aussi fausse que tout ce qui concernait le reste de sa vie. La femme qu'elle avait été ne se serait jamais fiée à un ancien espion qui avait ses propres priorités.

Elle n'aurait fait confiance à personne.

Elle devait retourner au chalet. Elle devait s'assurer que l'intrus n'avait pas profité de son absence pour pénétrer dans la pièce sécurisée où elle cachait ses ordinateurs. Ensuite, si rien n'avait bougé, elle essayerait de mettre le maximum de choses à l'abri jusqu'à ce qu'elle quitte Purgatory et trouve un autre refuge.

Elle se gara tout près de l'allée menant à son chalet, puis fit le reste du trajet à pied. Autant éviter d'annoncer son arrivée, si jamais l'inconnu était revenu. Tout en marchant, elle tenait fermement son Smith & Wesson, l'index juste au-dessus de la détente, comme Quinn le lui avait appris. Elle pouvait au moins le remercier pour son aide en la matière, songea-t-elle. Depuis leur rencontre, six ans plus tôt, dans un trou à rats colombien, il l'avait bien préparée pour affronter les ennuis qu'elle trouvait constamment sur sa route.

Le portable qu'elle avait rangé dans la poche avant de son

jean se mit à vibrer. Elle ignora le léger bourdonnement, qui finit par cesser. C'était sûrement Quinn qui voulait avoir de ses nouvelles. Elle le rappellerait plus tard.

Mais pas avant d'avoir fait ses bagages et d'être prête à déguerpir du Tennessee.

Le chalet était à une trentaine de mètres devant elle, à peine visible à travers les arbres. Elle s'immobilisa, tous les sens en éveil. La tempête se rapprochait, portée par des rafales de vent soufflant du nord-est. Les branches encore dénudées des feuillus cliquetaient comme des os, tandis que les aiguilles des conifères bruissaient doucement.

Aucun son ne provenait du chalet. Elle attendit encore un instant, suivant les mesures de prudence qui lui avaient permis de rester en vie jusqu'à présent. Mais elle ne sentait aucune menace poindre de la bâtisse où elle vivait depuis cinq mois.

Elle reprit son chemin, balayant du regard les bois autour d'elle, à la recherche de la moindre menace. Elle n'était plus qu'à une quinzaine de mètres du chalet lorsqu'un rayon de soleil se réfléchissant sur une surface chromée attira son attention. Contrariée, elle contempla le gros pick-up Ford noir garé le long de la route près de sa maison.

Le pick-up de Jack Drummond. Bien sûr… Dans sa hâte de rentrer faire ses valises, elle avait oublié le véhicule de Jack.

Elle détourna résolument le regard. Ce n'était pas son problème. Il n'aurait qu'à demander à son beau-frère de le ramener ici quand il quitterait la clinique. D'ici là, elle serait sûrement loin. Et ce que pouvait penser Jack Drummond n'aurait plus aucune importance.

Elle avait fermé la porte à clé avant d'emmener Jack à la clinique. L'entrée était toujours verrouillée, et une visite rapide lui confirma que, cette fois, elle était bien seule.

Tout en enfonçant le pistolet dans le holster compact fixé à la ceinture de son jean, elle s'arrêta au milieu du salon pour contempler les dégâts. A cause de la blessure de Jack, elle n'avait même pas eu le temps de ramasser les coussins déchirés ou de relever la lampe cassée.

Pendant un instant, elle se demanda comment il allait. Puis le fait d'accorder ne serait-ce qu'une seconde de ses pensées à cet homme l'agaça encore plus. Reléguant au fond de son esprit tout ce qui le concernait, elle traversa la pièce vers le coin salle à manger. Elle marcha jusqu'à l'armoire en acajou qui occupait presque tout le mur du fond, puis ouvrit la porte.

A l'intérieur, là où la plupart des visiteurs auraient imaginé voir de la vaisselle et du linge de maison, se trouvait une seconde porte, équipée d'un clavier électronique. Louer un chalet à un ancien espion avait quelques avantages, pensa-t-elle en souriant. Elle tapa le code, et le verrou se débloqua.

La porte en acier renforcé s'ouvrit sur une petite pièce de la taille d'un cellier, ce qui avait apparemment été sa fonction autrefois. D'après Quinn, les murs étaient bordés d'étagères lorsqu'il avait acheté le chalet, mais il les avait enlevées pour qu'elle ait la place d'installer son équipement informatique.

Un équipement qu'elle allait devoir détruire, dès qu'elle aurait fini de télécharger ses dossiers sur les clés USB sécurisées qu'elle avait achetées.

Plus vite elle se mettrait au travail, plus vite elle pourrait quitter Purgatory.

— Elle t'a largué aux urgences sans même attendre de savoir si tu avais un trauma crânien ?

Tandis qu'ils sortaient de la clinique, Riley regarda Jack en haussant les sourcils.

— Nom d'un chien, mais qu'est-ce que tu lui as fait, à cette bonne femme ?

— A part lui avoir volé sept mille dollars, les avoir perdus au jeu et l'avoir humiliée dans un bar d'Amarillo ?

Jack monta sur le siège passager en grimaçant. La blessure à l'arrière de sa tête avait nécessité six points de suture et continuait de le faire souffrir, malgré l'anesthésiant local. A moins que ce ne soit seulement sa conscience…

— Et maintenant, tu dois aller récupérer ton pick-up dans son jardin, poursuivit Riley.

— En fait, il est garé sur la route.

— Tu crois qu'elle est du genre à rayer ta peinture et à lacérer tes pneus ?

Avant de revoir Mara, Jack aurait répondu non. Mais elle avait changé au cours des quatre dernières années. Radicalement.

— J'espère qu'elle se sera assez vengée en m'abandonnant à mon sort à la clinique.

Son beau-frère lui jeta un coup d'œil ironique.

— Pauvre petit…

— Ecoute, Riley, un type baraqué en tenue de camouflage l'a attaquée devant son chalet, et elle n'a pas voulu prévenir la police.

Incrédule, Jack secoua la tête. Il le regretta aussitôt lorsque le mouvement brusque tira sur ses points de suture, déclenchant une douleur aiguë à l'arrière de son crâne.

— Je ne comprends rien à ce qui se passe.

— Tu devrais peut-être appeler la police, suggéra Riley. Cet homme t'a agressé.

— A vrai dire, c'est moi qui me suis jeté sur lui en premier.

— Parce qu'il s'en prenait à ton amie.

— Une amie qui me déteste et qui ne veut pas mêler la police à tout ça. Et si jamais elle prétend que c'est moi qui l'ai agressée ?

— Tu te méfies vraiment d'elle, dis donc.

— J'ai abusé de sa confiance. Elle ne me doit rien.

— Alors tu devrais peut-être aller chercher ton pick-up, me suivre en ville et venir pêcher avec nous.

A en croire son ton, Riley était aussi peu emballé par sa suggestion que lui, mais il avait raison. Mara Jennings ne voulait pas de Jack dans sa vie, et il ne pouvait pas réparer ce qu'il avait cassé.

Pourtant, l'idée de la laisser se débrouiller toute seule allait à l'encontre de tous ses principes.

Jack s'attendait à moitié à ce que son pick-up ait été embarqué par la fourrière, mais le Ford F-150 était toujours garé le long de la route étroite, à une trentaine de mètres de l'allée du chalet. En revanche, la petite Mazda bleue n'était visible nulle part. Mara était peut-être retournée travailler, supposa-t-il en ouvrant la portière du Bronco.

— Est-ce qu'on t'attend pour dîner ? demanda Riley.

Jack se tourna vers lui.

— Je ne crois pas.

Son beau-frère serra les lèvres, mais n'eut pas l'air surpris.

— Sois prudent, d'accord ?

Jack hocha la tête. Il referma la portière et marcha lentement jusqu'à son pick-up. Après s'être installé au volant, il enfonça la clé dans le contact.

Mais au lieu de démarrer, il décida de patienter.

Pendant qu'elle installait les logiciels d'effacement de données sur les ordinateurs qu'elle allait devoir laisser sur place, le portable de Mara sonna. Quinn s'inquiétait…

Ignorant l'appel, elle rangea dans son sac à dos le seul ordinateur qu'elle comptait garder. Elle voulait voyager léger. Elle n'avait rien d'une accro à la mode, et moins elle aurait d'affaires à porter, plus il lui serait facile de s'évanouir dans la nature.

Tout compte fait, ce serait peut-être un soulagement de retourner dans la clandestinité. Elle n'aurait plus à prétendre être quelqu'un qu'elle n'était pas.

Quelqu'un qu'elle n'avait jamais été.

Le téléphone sonna de nouveau. C'était encore Quinn. Avec une grimace, elle décrocha.

— Quoi de neuf, patron ?

— Qu'est-il arrivé à Jack Drummond ?

— Ce qui lui est arrivé ?

Elle aurait dû se douter qu'il serait déjà au courant de leur passage aux urgences. Purgatory était une petite ville, et rien de ce qui s'y passait n'échappait à l'attention de Quinn.

— Il est tombé dans l'escalier du perron et s'est ouvert le crâne sur le gravier. Il va bien.

Mais elle ne pouvait pas en être sûre, après tout. Elle l'avait abandonné à la clinique sans un regard en arrière.

— Il est tombé dans l'escalier ? répéta Quinn.

Un frisson d'angoisse la traversa à la pensée qu'il savait peut-être quelque chose qu'elle ignorait.

— Oui. Pourquoi ? Comment as-tu appris ce qui s'est passé ?

— Quelqu'un t'a vue avec Drummond à la clinique.

Fichues petites villes, se dit-elle en retenant un soupir.

— Je ne voulais pas qu'il me fasse un procès. Ou, plus exactement, qu'il t'en fasse un à toi, étant donné que c'est toi le propriétaire.

— Et il est tombé comme ça, tout seul ?

— Tu crois que je l'ai poussé ?

— C'est le cas ?

— Non.

C'était une armoire à glace en tenue de camouflage qui s'en était chargée, ajouta-t-elle pour elle-même.

— Et j'ai bien fait comprendre à Drummond que je ne voulais plus le revoir.

— Je me suis renseigné sur lui et sur son passé, déclara Quinn.

Il avait fait vite, pensa-t-elle en jetant un coup d'œil à sa montre. Il était presque 19 heures. Il n'y avait pas de fenêtre dans la pièce secrète, mais le jour avait déjà commencé à décliner avant qu'elle ne boucle son sac. La nuit serait tombée lorsqu'elle prendrait enfin la route.

C'était peut-être mieux ainsi. Il lui serait plus facile de disparaître dans l'obscurité.

— Tu n'es pas curieuse ? poursuivit Quinn, rompant le silence.

— Pas particulièrement.

C'était un mensonge, bien sûr. Sa curiosité était l'un de ses traits de caractère majeurs et lui avait souvent attiré de gros ennuis.

Or une chose était sûre : Jack Drummond était un être fascinant, et pour de bien mauvaises raisons.

— Il ne fait plus de rodéo depuis deux ans, reprit Quinn. Il a pris sa retraite après s'être fait briser le bassin par un taureau. Il a de la chance de pouvoir encore marcher.

Mara n'avait pas remarqué le moindre signe d'infirmité chez Jack Drummond. Mais le contraire aurait été étonnant : elle avait évité le plus possible de le regarder.

— Pourquoi me racontes-tu tout ça ?

— Il avait une réputation de cow-boy porté sur la boisson, coureur de jupons et casse-cou dans l'arène.

Jack avait mérité cette réputation. Elle le savait mieux que la plupart des gens.

— Il *avait* ?

— Il a arrêté de boire il y a quatre ans. Je ne sais pas s'il a arrêté de coucher à droite et à gauche, mais les récits sur ses exploits sexuels ont cessé à la même époque. Il a seulement continué le rodéo. D'après ce que j'ai appris, il s'est mis à prendre de plus en plus de risques, jusqu'à l'accident qui a mis fin à sa carrière.

Quatre ans plus tôt, Mara était entrée dans un bar d'Amarillo pour y passer la soirée avec Jack. Elle l'avait trouvé collé à une jolie cavalière de *barrel racing* blonde, qu'il avait rencontrée en l'attendant. Il était déjà complètement ivre. En la voyant arriver, il lui avait adressé un sourire aviné et avait haussé les épaules.

Comme pour dire : « Je suis un cow-boy, je n'y peux rien. »

Comme elle l'avait détesté pour ça, songea-t-elle.

Elle n'avait jamais cru une seconde qu'il pourrait changer un jour. Les hommes comme Jack Drummond traçaient leur route dans le monde avec insouciance, détruisant tout sur leur passage, sans jamais en subir les conséquences.

— Il est peut-être plus discret, maintenant.

— Peut-être, admit Quinn. Ou alors il est arrivé quelque chose qui a modifié son comportement.

Elle savait ce qu'il suggérait. Elle n'avait jamais dit à personne ce qui s'était passé à Amarillo, mais Quinn était assez intelligent pour le deviner.

— Je m'en moque, répondit-elle d'un ton monocorde en baissant les yeux sur son sac.

Elle ne comptait pas rester une heure de plus à Purgatory, alors ce qu'avait fait ou pas Jack Drummond quatre ans plus tôt la laissait indifférente.

Complètement indifférente.

— Pourquoi ai-je l'impression que tu me caches quelque chose ? demanda Quinn.

— Parce que tu es un vieil espion suspicieux, rétorqua-t-elle. Va embêter quelqu'un d'autre.

Elle mit fin à l'appel d'une main tremblante. Elle devait se calmer, résolut-elle en inspirant plusieurs fois à fond. Elle s'efforça de vider son esprit de toutes les complications provoquées par l'irruption de Jack Drummond dans sa vie.

Les logiciels d'effacement de données qu'elle avait lancés sur les autres ordinateurs avaient presque achevé leur mission. Tous ceux, Quinn y compris, qui essaieraient de découvrir sur quoi elle travaillait s'y casseraient les dents.

Les informations dont elle avait besoin pour poursuivre sa tâche étaient enregistrées sur trois clés USB. Elles étaient à l'abri pour l'instant, cousues dans le matelassage de son sac. Lorsqu'elle arriverait dans son prochain refuge, elle trouverait un endroit plus sûr où les cacher.

Il était temps de laisser Mara Jennings derrière elle, pour de bon.

4

L'obscurité envahissait peu à peu les bois autour du chalet de Mara Jennings, que les nuages bas nimbaient d'un voile de brume. Il ne pleuvait pas encore, mais lorsque Jack sortit du pick-up pour se dégourdir les jambes, il inspira une bouffée d'air froid et humide annonciateur d'averse.

Il n'y avait eu aucun mouvement autour du chalet depuis deux heures. Aucune voiture n'était passée à proximité. Une fois rassis au volant, il jeta un coup d'œil sur sa montre. Il n'était pas encore 20 heures.

Où diable était Mara ? se demanda-t-il, avant de se redresser brusquement en voyant une lumière trembloter à l'intérieur du chalet.

Une silhouette sombre passa devant la seule fenêtre que Jack pouvait voir depuis l'endroit où il se trouvait. Il n'était pas en mesure de distinguer la taille de cette personne, mais il estima qu'il s'agissait peut-être d'une femme.

Mara était-elle là depuis le début ? Ou s'agissait-il d'un intrus qui était entré sans que Jack s'en aperçoive ?

Pendant sa longue attente, il avait sorti son colt du casier et l'avait chargé. Il vérifia qu'une cartouche était engagée dans la chambre, puis tendit la main vers la poignée de la portière.

La lumière dans le chalet s'éteignit.

Jack se figea.

Une seconde plus tard, la porte s'ouvrit, et une silhouette vêtue de noir se glissa à l'extérieur. Elle traversa le perron et commença à descendre les marches, émergeant peu à peu de l'ombre du porche.

La vue de Jack s'était assez habituée à la faible luminosité pour reconnaître le joli visage de Mara lorsqu'elle le tourna dans sa direction.

Elle s'immobilisa dès qu'elle aperçut son pick-up.

Elle ne l'avait sûrement pas vu, assis dans la cabine en train de la surveiller. Elle allait peut-être penser que son beau-frère l'avait reconduit à l'hôtel pour la nuit et qu'ils viendraient récupérer le pick-up le lendemain.

Au bout de quelques secondes, Mara reprit sa marche vers l'orée du bois, sur sa gauche. Si elle s'enfonçait dans l'épaisse végétation composée d'arbres et de taillis, il risquait de la perdre complètement de vue.

Serait-ce si grave que cela ?

— Oui, murmura-t-il dans un souffle.

Mara avait des ennuis, c'était évident. Elle s'était fait attaquer dans l'après-midi. Et maintenant, elle sortait en douce de chez elle, munie de deux sacs, et s'apprêtait à disparaître dans les bois à la nuit tombée.

Pourquoi agissait-elle ainsi ?

Un coup de feu rompit le silence, tout près du pick-up. Jack se baissa d'instinct, avant de regarder par la fenêtre côté passager. Son rythme cardiaque semblait avoir triplé en quelques secondes.

Etait-ce Mara qui lui tirait dessus ?

Un bruissement de feuilles attira son attention, juste avant que Mara ne surgisse sur la route devant son pick-up. Un second tir retentit, et elle s'arrêta net. Elle s'effondra en avant, disparaissant à sa vue.

Jack sentit son cœur manquer un battement. Il se jeta

sur sa portière et actionna la poignée deux fois avant de réussir à l'ouvrir.

Courbé en deux, il marcha vers l'avant du véhicule et jeta un coup d'œil de l'autre côté du pare-chocs.

Mara était allongée à plat ventre sur le gravier, les yeux mi-clos, le souffle haletant.

Pendant une seconde, Jack hésita sur la conduite à suivre. Il se considérait peut-être comme un homme d'action, mais dans son cas il s'agissait surtout de tenir à cru sur le dos d'un taureau enragé pendant huit secondes. Il se débrouillait plutôt bien avec son colt quand il était au stand, mais on ne lui avait encore jamais tiré dessus.

— Mara ? murmura-t-il.

Inquiet, il essaya de voir si elle saignait. Mais lorsqu'il entendit un nouveau craquement dans les bois à sa droite, il passa aussitôt à l'action. Il se rua vers Mara, l'attrapa par les bras et la traîna à l'abri. Elle se débattit faiblement, mais il parvint à l'installer entre lui et la portière.

— Où as-tu été touchée ? chuchota-t-il, risquant un coup d'œil par-dessus le plateau du pick-up.

— Tu es avec lui ? marmonna-t-elle.

— Quoi ?

— L'homme armé… Tu es avec lui ?

Dans les bois, les craquements reprirent de plus belle. Beaucoup plus près, cette fois. Sans prendre le temps de répondre, il poussa Mara sur le côté et ouvrit la portière.

— Tu peux monter ?

Elle croisa son regard, les yeux brillant à la faible lueur du plafonnier. Jack la sentit s'agiter contre lui, et le mouvement de son corps contre le sien déclencha une vague de chaleur dans son bas-ventre, à la fois inattendue et inopportune. Quand elle se retourna pour grimper à l'intérieur du pick-up, la courbe de ses fesses l'effleura, l'embrasant encore plus.

— Allez, sors-nous de là, ordonna-t-elle.

Il s'installa au volant et démarra.

— Y a-t-il un moyen plus rapide de partir d'ici qu'en reculant ?

— Non.

— Tiens bon, alors.

Il enclencha la marche arrière et appuya sur l'accélérateur. Le pick-up recula brutalement, puis Jack freina tout en braquant le volant. Tandis que les roues dérapaient dans une gerbe de gravier, il changea de vitesse et accéléra de nouveau.

A côté de lui, Mara crispa les mains sur le tableau de bord pour essayer de rester en place sur son siège.

— Fonce ! lança-t-elle d'une voix rauque.

Un autre coup de feu retentit, et Jack entendit un son métallique. Apparemment, le dernier tir avait touché la carrosserie. Ravalant un juron, il mit le pied au plancher.

— A gauche ou à droite ? demanda-t-il quelques secondes plus tard.

Il freina à l'approche de l'intersection avec la route tortueuse qu'il avait suivie depuis la quatre-voies.

— A gauche, répondit-elle après une brève hésitation.

Tourner à droite les ramènerait à la grande route, songea Jack en obéissant. Où Mara avait-elle décidé de les emmener ?

Tout en fonçant sur l'étroit ruban de bitume qui semblait suivre les contours du lac, il regarda dans le rétroviseur. Riley et Hannah l'avaient emmené pêcher dans le coin, plus tôt dans la matinée. Mais ils avaient dû aller à un autre endroit du lac, parce que rien de cette route ou de ces bois ne lui était familier.

Il jeta un bref coup d'œil vers Mara.

— Où es-tu blessée ?

— Seulement dans ma fierté, répondit-elle d'un ton dur.

— On t'a tiré dessus.

— C'est mon sac qui a arrêté la balle. L'impact m'a fait tomber et m'a coupé le souffle, mais je ne suis pas blessée.

Jack n'était pas sûr de la croire. En réalité, il commençait à se demander s'il pouvait croire un traître mot de ce qu'elle lui avait dit depuis leurs retrouvailles, quelques heures plus tôt.

— Qui nous a tiré dessus ?

— « Nous » ? répéta-t-elle, les yeux écarquillés sous la frange emmêlée de ses cheveux cuivrés.

— Je suis à peu près sûr qu'il y a un impact de balle sur mon pick-up, alors oui, « nous ».

— Je ne sais pas.

Elle mentait. Ou, en tout cas, elle ne disait pas toute la vérité. Elle ne savait peut-être pas exactement qui l'avait attaquée au chalet ou qui avait commencé à les canarder depuis les bois.

Mais elle avait une théorie, qu'elle ne semblait pas disposée à partager. Jack percevait la dissimulation dans sa voix.

Il pouvait contenir sa curiosité encore un peu, le temps de mettre le plus de distance possible entre eux et le mystérieux tireur. Mais dès qu'ils trouveraient un endroit sûr où s'arrêter, il n'hésiterait pas à l'assaillir de questions.

Et elle avait intérêt à y répondre.

Lorsqu'ils atteignirent l'intersection où la route du lac rejoignait une autre nationale, la pluie qui avait menacé tout l'après-midi se mit à tomber à verse. Elle s'abattit avec force sur le véhicule, limitant la visibilité à quelques dizaines de mètres. De ce côté du lac, la grande route était l'axe principal entre Purgatory et Poe Creek, un bourg de montagne à environ vingt-cinq kilomètres au nord.

Tout comme Purgatory, Poe Creek n'était jamais devenu une destination touristique, au contraire de bien d'autres petites villes des Smoky Mountains. Mais en raison de sa proximité avec le massif et d'un accès routier au lac du barrage Douglas, quelques hôtels et motels s'y étaient implantés. Parmi eux se trouvaient plusieurs petits établissements où, contre quelques dollars, le réceptionniste fermait les yeux quand un client payait une chambre en liquide sans présenter de papiers d'identité.

Elle dit à Jack de prendre la direction du nord. Elle posa le sac marin sur ses genoux et le sac à dos à ses pieds, puis prit le temps d'attacher sa ceinture. Elle n'avait vraiment pas besoin que la police routière du Tennessee les arrête.

— Est-ce que tu peux t'attacher tout en conduisant ? demanda-t-elle.

Jack lui lança un regard incrédule.

— Là, j'essaie surtout de me concentrer pour réussir à voir à trois mètres devant moi.

— Passe-moi la ceinture, je vais le faire.

Bien sûr, avec tout ce qui se passait, les lois en matière de ceinture de sécurité étaient vraiment le cadet de ses soucis. Mais en cet instant précis, faire quelque chose — n'importe quoi — qui lui permettait de garder un semblant de contrôle était une bonne chose à ses yeux.

Jack fit passer la sangle sur sa taille et son épaule. Il lui tendit l'attache, qu'elle saisit et tira vers le bas. Ce faisant, elle effleura par mégarde la cuisse de Jack. Malgré le jean, elle sentit la chaleur de sa jambe musclée, et ses doigts se mirent à picoter.

Elle replia le bras et saisit son sac marin pour inspecter le trou qui perçait le tissu à une des extrémités.

— Tu es sûre de ne pas avoir été touchée ? demanda Jack en lui lançant un nouveau regard inquiet.

— Certaine.

Un peu troublée par son attention, elle s'obligea à détourner les yeux. Au cours de ces dernières années, elle s'était forgé une aura d'invisibilité. Elle avait tout fait pour se rendre aussi discrète que possible, opérant un revirement complet par rapport à ses vingt-trois premières années. Plus jeune, attirer l'attention avait été sa principale ambition, et elle avait multiplié les actes spectaculaires et extravagants pour parvenir à ses fins.

Elle avait appris à ses dépens qu'une telle attitude pouvait se révéler dangereuse.

— Où allons-nous ? demanda Jack.

Elle n'aimait pas sa façon d'utiliser le mot « nous », comme s'il pensait faire partie de ses projets. Certes, il était peut-être impliqué dans le pétrin dans lequel elle se trouvait. Mais comment pouvait-elle être sûre qu'il s'était retrouvé là par hasard, prêt à récupérer son pick-up, au moment même où elle croisait un autre inconnu en tenue de camouflage, cette fois armé d'un fusil ?

Rien ne disait que c'était le même homme qui l'avait accostée sur le perron de son chalet. Mais elle ne pouvait pas être sûre du contraire.

En bref, elle ignorait qui en avait après elle. Ou pourquoi.

A vrai dire, il n'y avait que deux réponses possibles à cette question : soit c'était le projet sur lequel elle travaillait pour Alexander Quinn qui l'avait mise en danger, soit c'était un aspect de son passé qui remontait à la surface. Dans tous les cas, elle devait s'éloigner au plus vite de Purgatory.

Et elle devait disparaître sans se faire remarquer.

Autrement dit, elle n'avait pas besoin d'être ralentie par un cow-boy qui ignorait qui elle était et dans quelle situation tordue il mettait les pieds.

— Tu ne comptes pas me répondre ? lança-t-il d'un ton incrédule.

— Continue jusqu'à ce que je te dise d'arrêter.

Elle aurait dû se méfier en voyant l'expression dans ses yeux sombres, mais lorsqu'il tourna brusquement le volant pour se garer sur le bas-côté, elle se retrouva projetée en avant, comprimée par sa ceinture.

— Je suis bien conscient que je te dois de l'argent et des excuses pour ce que je t'ai fait, mais il ne faut quand même pas exagérer, gronda Jack.

Son ton de voix rappela soudain à Mara une semaine qu'elle avait passée dans le Wyoming quand elle avait dix-huit ans. Pendant quelques jours, elle avait accompagné un groupe d'étudiants qui partaient en virée vers l'Ouest pour leurs vacances de printemps. Elle n'était même pas inscrite à l'université que fréquentaient ces garçons. Ils l'avaient trouvée dans le petit restaurant où elle avait été serveuse à mi-temps et l'avaient emmenée en escapade avec eux.

Par miracle, elle n'avait pas fini violée ou morte à Jackson. Les étudiants s'étaient vite lassés d'elle en voyant qu'elle ne comptait pas devenir leur jouet sexuel, mais ils ne l'avaient pas forcée à faire quoi que ce soit. Ils s'étaient contentés de l'abandonner à son sort, ce qui l'avait obligée à rentrer par ses propres moyens dans le Massachusetts. Avec l'aide d'un gentil éleveur de bétail et de sa femme, elle avait réussi à rassembler assez d'argent pour payer son trajet de retour en car.

L'éleveur avait le même accent traînant que Jack, le même ton triste et désapprobateur. Elle eut l'impression de se replier sur elle-même, comme un de ces tatous à la carapace dure qu'elle voyait dans son jardin lorsqu'elle était enfant.

— Je ne sais pas où nous allons, finit-elle par répondre.

— Et tu ne vas pas me dire qui nous fuyons.

— Je ne le sais pas non plus.

Elle ne mentait pas complètement. Elle ignorait où irait Jack une fois qu'elle l'aurait quitté. Et elle n'était pas sûre que l'homme qui l'avait attaquée dans l'après-midi était le même qui lui avait tiré dessus, ni quel était son mobile. Il pouvait y avoir de multiples raisons à son geste.

— Nous devrions reprendre la route, lança-t-elle au bout d'un long silence. Nous risquons de nous faire tirer comme des lapins en restant ici.

— Ce qui me ramène à ma question : où allons-nous ?

— Poe Creek.

— C'est où, ça ?

— Sur cette route, plus au nord.

Tout en remontant sur la chaussée, Jack serra les lèvres d'un air sombre.

— J'aurais dû suivre ton conseil et donner les sept mille dollars à une association caritative.

— Il n'est pas trop tard, grommela-t-elle.

— Tu sais très bien que si, Mara.

Un silence pesant s'installa, rompu seulement par le bruit du moteur, le grincement des essuie-glaces et le martèlement des gouttes sur le toit du pick-up. Mara regarda droit devant elle, les yeux rivés sur les faisceaux des phares qui essayaient de fendre la pluie torrentielle. Toutes les vannes du ciel semblaient s'être ouvertes en même temps au-dessus de la quatre-voies.

D'après l'horloge du tableau de bord, il était 20 h 20. Elle avait quitté le chalet à 19 h 55. Elle avait du mal à croire qu'il ne s'était même pas écoulé une demi-heure depuis leur départ.

— Nous devrions retourner à Purgatory, déclara Jack au bout de quelques minutes. Mon beau-frère est shérif adjoint dans l'Alabama. Il peut nous aider.

— Non.

— Est-ce la police que tu fuis, Mara ?

Il avait posé la question avec une pointe d'humour dans la voix, comme s'il pensait la connaître, comme s'il savait qu'elle était incapable de franchir la limite entre le bien et le mal.

Il ne la connaissait pas du tout.

— Je ne veux pas mêler quelqu'un d'autre à mes problèmes, répliqua-t-elle.

— Un peu tard pour ça, trésor.

Râpeux, grave et captivant, l'accent du Wyoming était de nouveau perceptible dans la voix de Jack, agrémenté d'une légère intonation texane.

Mara s'obligea à ne pas le regarder. Sa voix était déjà bien assez désarmante comme cela. Elle n'avait pas besoin de voir l'angle de sa mâchoire, ni les fossettes qui se dessinaient aux coins de sa bouche quand il souriait. Elle avait toujours eu une fâcheuse tendance à succomber à des hommes qui ne lui convenaient pas. Or Jack Drummond rentrait dans cette catégorie, et pas qu'un peu.

Jack se décala sur la voie de gauche et commença à ralentir. Inquiète, elle se redressa.

— Qu'est-ce que tu fais ?

— Je change de direction, répondit-il en faisant demi-tour et en repartant vers Purgatory.

— Non, Jack. Je t'en prie.

Quand elle posa la main sur son bras, il lui lança un regard.

— Qu'est-ce qui t'effraie à ce point, Mara ?

— S'il te plaît, allons à Poe Creek comme prévu.

— C'est ce que tu as prévu, toi. Je n'ai pas été consulté. Et tu refuses de me dire ce qui se passe vraiment. De toute façon, c'est mon pick-up, c'est moi qui décide.

— Alors laisse-moi descendre. Je vais marcher.

— Sous cette pluie battante, lança-t-il sur un ton sceptique. Pendant des kilomètres.

Avant qu'elle ne puisse répondre, elle vit la route devant eux prendre une étrange lueur rouge. Une minute plus tard, elle aperçut les gyrophares allumés de nombreux véhicules d'urgence.

Elle s'avança légèrement sur son siège pour regarder à travers le pare-brise. Malgré la pluie, elle essaya de distinguer ce qui se passait un peu plus loin.

— C'est un accident ? murmura Jack.

Il était difficile de savoir où ils se trouvaient exactement, mais d'après elle ils ne devaient pas être loin de Salvation Bridge, le pont qui franchissait Black Creek, à environ deux kilomètres du centre-ville de Purgatory. Alors que Jack s'arrêtait derrière deux autres voitures, elle distingua l'arrière d'un semi-remorque couché sur le côté.

— Il y a un camion en travers de la route, répondit-elle sèchement. Il doit bloquer le pont.

L'un des véhicules devant eux fit demi-tour et repartit dans l'autre direction.

— Y a-t-il une autre façon de retourner en ville ? demanda Jack.

Lui et le conducteur devant eux avancèrent de quelques mètres. Un agent de la police routière du Tennessee agitait les bras dans un mouvement circulaire pour leur indiquer de faire eux aussi demi-tour. Comme elle ouvrait la bouche pour répondre, Jack la regarda durement et lança :

— Et me dirais-tu la vérité si c'était le cas ?

— Tu sais que tu peux reprendre la route du lac, répliqua-t-elle en essayant de ne pas montrer son anxiété. Si tu veux courir le risque de passer près d'un homme armé d'un fusil qui sait à quoi ressemble ton pick-up, libre à toi.

Jack serra les mâchoires, mais ne répondit pas. Quelques instants plus tard, ils dépassaient l'embranchement avec la route qui menait au lac, et elle s'autorisa à respirer normalement.

Après avoir parcouru deux ou trois kilomètres, Jack rompit le silence.

— C'est quoi, le plan, Mara ? Etant donné que tu obtiens toujours ce que tu veux, le moins que tu puisses faire, c'est me mettre au courant.

— Il y a des motels, là-bas. Le village est sur le chemin de plusieurs destinations touristiques qui sont toujours bondées. Ces quelques motels permettent de gérer les surréservations.

— Et en quoi ces motels vont-ils t'aider à résoudre ton problème avec ce dingue et son fusil ?

— J'ai besoin d'un endroit tranquille pour réfléchir.

— Pour réfléchir… Réfléchir à quoi ?

A comment me débarrasser de toi, songea Mara en veillant à ne rien laisser transparaître sur son visage.

— A qui pourrait s'en prendre à moi, répondit-elle.

Jack resta muet si longtemps qu'elle ne put s'empêcher de lui jeter un regard en coin. Les mâchoires contractées, les yeux plissés, il fixait un point, droit devant lui.

— Qu'y a-t-il ? demanda-t-elle lorsque le silence devint trop pesant.

Il ralentit et se rangea de nouveau sur le bas-côté, puis

tourna la tête vers elle. A la faible lueur du tableau de bord, ses yeux semblaient noirs comme la nuit. Quand il parla, les mots jaillirent de sa bouche dans un grondement sourd.

— Bon sang, mais qui es-tu ?

5

Jack n'était pas sûr de ce qu'il sous-entendait en posant cette question, mais l'expression qui traversa le visage de Mara le mit très mal à l'aise.

C'était de la terreur, purement et simplement.

Presque aussitôt, une façade glaciale, aussi impénétrable que la nuit pluvieuse, remplaça la peur.

— Tu sais qui je suis.

Non, il l'ignorait, pensa Jack.

— Tu es très différente de ce dont je me souviens.

— Les gens changent, répondit-elle en haussant une épaule. Il s'est passé beaucoup de choses en quatre ans.

— Tu as perdu ta sœur.

— Oui.

Elle resta imperturbable, mais il aperçut dans ses yeux un soupçon d'émotion qui ressemblait à du chagrin.

— Je suis désolé de ne jamais avoir rencontré Mallory.

— Elle ne t'aurait pas apprécié, de toute façon.

Elle reporta son attention devant elle, comme si elle pouvait voir au-delà du pare-brise battu par la pluie. Il ne put retenir un léger rire.

— J'imagine que non.

— Nous ne devrions pas rester sur le bas-côté, reprit-elle au bout d'un moment. Il faut que nous trouvions un endroit où passer la nuit. Attendons demain matin pour discuter de tout ça.

Jack était prêt à parier que, s'il la quittait des yeux plus d'une minute, elle s'envolerait immédiatement.

Serait-ce si grave ? se demanda-t-il en remontant sur la route. A l'évidence, Mara était sur le point de quitter la ville lorsqu'elle était tombée sur l'inconnu au fusil, et c'était bien compréhensible. Elle s'était déjà fait attaquer quelques heures auparavant. Et encore plus tôt dans la journée, elle avait croisé l'homme qui, non content de lui briser le cœur, avait vidé son compte en banque.

Jack avait beaucoup de chance qu'elle n'ait jamais porté plainte contre lui, même si en réalité elle avait accepté de lui prêter l'argent. Il avait simplement menti à propos de ce qu'il comptait en faire. Quand il avait tout perdu, y compris la confiance que Mara avait en lui, lors de cette affreuse soirée dans un bar d'Amarillo, il était parti en la laissant faire face seule à la situation.

Il détestait se rappeler cette période de sa vie. Et il regrettait ce qu'il avait fait. Il ne l'avait peut-être pas aimée avec la même intensité qu'elle, mais il savait qu'elle était une personne remarquable. Elle n'avait certainement pas mérité tous les soucis qu'il lui avait causés.

A présent, elle aurait mérité d'être heureuse, et elle ne l'était pas. Elle aurait dû être en sécurité, pourtant elle était pourchassée pour une mystérieuse raison. A quoi la gentille fille simple qu'il avait connue à Amarillo s'était-elle retrouvée mêlée ?

Il devait le savoir. Il voulait l'aider.

S'il y parvenait, il aurait enfin l'impression d'avoir payé sa dette envers elle.

Lorsqu'ils arrivèrent à Poe Creek quelques minutes plus tard, la petite ville sembla sortir de la tempête comme un navire abandonné émergeant des vagues d'une mer démontée. Au milieu de la place principale, l'hôtel de ville à la façade d'albâtre semblait immaculé dans la lueur des phares. La lumière réfléchie par le mur pâle donnait à la scène un éclat fantomatique qui fit frémir Jack de façon inattendue.

— Les premiers motels sont un peu plus loin sur la route, annonça Mara de sa voix rauque, rompant le silence tendu qui régnait entre eux. Les meilleurs seront sûrement déjà complets. Au printemps, il y a toujours un festival organisé dans le coin. Mais nous pourrons sûrement trouver deux chambres dans l'un des motels plus bas de gamme.

Elle avait en partie raison. Les trois premiers établissements où ils s'arrêtèrent étaient pleins. Le quatrième était une bâtisse carrée d'un étage avec une enseigne clignotante l'identifiant comme le « Mountain Hideaway Motor Lodge ». En entrant, Jack s'adressa à une réceptionniste qui semblait s'ennuyer ferme. Elle l'informa qu'il ne restait plus qu'une chambre, mais avec deux lits.

— C'est tout ce que je peux vous proposer, déclara-t-elle en étouffant un bâillement. Le Festival des arts et de la culture des Smoky Mountains a lieu ce week-end.

C'était mieux que rien. Après tout, lui et Mara n'étaient pas animés d'un désir irrépressible l'un pour l'autre, songea Jack. Ils pouvaient supporter de partager une chambre pour une nuit.

— Je la prends.

Il paya en liquide, sans montrer ses papiers, puisque la femme ne les réclamait pas. Cela leur permettrait de rester anonymes et à l'abri, au moins jusqu'au matin.

— Une seule chambre ? demanda Mara lorsqu'il lui annonça la nouvelle.

Elle le regarda comme s'il venait de nouveau de lui voler sept mille dollars.

— Tu avais vu juste, répliqua-t-il. Il y a un festival dans le coin. Quelque chose en rapport avec les arts et l'artisanat.

— Je déteste les festivals, grommela-t-elle.

— Depuis quand ? Tu adorais ça, avant.

Son regard bleu glacial croisa le sien.

— Beaucoup de choses ont changé.

— Apparemment.

Il tendit le bras vers les deux sacs de Mara, prêt à les porter jusqu'à leur chambre. Elle les serra contre elle en secouant la tête.

— C'est bon, je m'en charge.

Elle ouvrit sa portière et sauta avec légèreté sur le parking.

— Chambre 126, précisa Jack en la suivant au pas de course.

Ils s'engagèrent dans le couloir extérieur qui longeait le rez-de-chaussée, protégés des éléments par celui du premier étage. Tandis que Mara le précédait vers leur chambre, il en profita pour secouer la pluie de ses cheveux et de ses vêtements. Son blouson imperméable était sans doute un peu chaud pour un printemps du Tennessee, mais les gouttes roulaient sur lui sans le mouiller.

Il regrettait seulement d'avoir laissé son Stetson dans sa chambre d'hôtel.

Riley devait sûrement se demander ce qu'il faisait en ce moment, pensa-t-il. Mais son beau-frère n'imaginait sûrement pas qu'il se trouvait dans une situation aussi étrange. Avec un sourire amer, il tourna la clé que la réceptionniste lui avait donnée, ouvrit la porte, et ils entrèrent à l'intérieur.

Comme promis, la chambre avait deux lits. Mais c'était à peu près les seuls meubles que contenait la pièce.

— Sur une échelle de un à dix en termes de dangerosité, à combien évalues-tu ces draps ? demanda Mara.

Elle posa son sac à dos sur l'un des lits, puis lança un coup d'œil maussade dans la direction de Jack.

— C'était vraiment la seule chambre de libre en ville ?

— C'est ce qu'on m'a dit à l'accueil.

— Il voulait probablement te convaincre de rester.

— Elle. Et si elle le voulait à ce point, elle nous aurait donné deux chambres comme je lui ai demandé.

Elle lui jeta un regard en biais, plein de suspicion.

— Tu crois que j'ai fait exprès de demander une seule chambre ? demanda Jack en fronçant les sourcils.

Elle ne répondit pas, mais plissa le front à son tour, avant de baisser les yeux sur le sac marin qu'elle avait laissé tomber à terre.

— Enfin, Mara… Je sais qu'à tes yeux je suis un vrai enfoiré, mais tricher comme ça n'a jamais été mon genre. Tu le sais très bien.

Elle serra les lèvres, comme si elle luttait pour ne pas riposter. Mara n'aimait pas la confrontation. Elle n'était pas du genre à rendre coup pour coup. Et elle n'avait sûrement jamais bouillonné de fureur comme elle le faisait en ce moment. Ses cheveux aux reflets roux, bouclés par la pluie, étincelaient sous l'éclairage brutal de la chambre, et ses yeux bleu cobalt flamboyaient. Tout en elle crépitait, comme si la colère envoyait des décharges électriques à travers son corps, provoquant des explosions partout sur leur passage.

Jack sentit une énergie semblable se lover dans son bas-ventre, une bouffée d'adrénaline sexuelle qui le prit complètement au dépourvu. Au cours de leur relation, il avait eu envie de Mara, comme il aurait eu envie de n'importe quelle femme séduisante et disponible. Mais il n'avait jamais ressenti un désir aussi intense. Une puissante vague d'excitation se propagea comme une traînée de feu jusqu'au centre de son torse.

Il réagissait peut-être simplement à la fureur inattendue qu'elle manifestait. Mais les sensations qui dynamitaient son système nerveux semblaient faire rétrécir la pièce autour de lui.

Il sortit de la poche de son blouson deux paquets de crackers qu'il avait achetés au distributeur de l'accueil.

— Fromage ou beurre de cacahuète ?

Mara se laissa tomber sur le lit le plus proche de la porte. Elle leva la tête et le regarda à travers la mèche de cheveux qui lui barrait les yeux.

— Fromage.

Elle se pencha pour attraper le sac marin. Elle le posa à côté d'elle, puis examina le trou laissé par la balle.

— En fait, ça n'a pas traversé de part en part, murmura-t-elle en pâlissant.

Jack réprima l'envie de s'asseoir à côté d'elle et de la serrer dans ses bras pour la réconforter.

— Il y a des dégâts ?

Elle ouvrit le sac et fouilla à l'intérieur. Elle finit par lui montrer une paire de chaussettes pliées qui avaient été déchirées par la balle.

— Seulement ça, on dirait.

Elle replongea la main dans ses affaires et, quelques secondes plus tard, en ressortit une balle déformée.

— Et voilà la coupable.

Les chaussettes avaient dû ralentir la vitesse du projectile. La situation aurait pu tourner à la catastrophe si le tireur avait mieux visé, songea Jack en s'asseyant sur l'autre lit, en face d'elle.

— Tu es sûre que ça va ?

Elle releva les yeux vers lui, sans pour autant croiser les siens.

— J'en suis sûre.

— Et tu ne sais vraiment pas pourquoi quelqu'un s'en est pris à toi ?

Evitant toujours son regard, elle secoua la tête.

Jack ne la croyait pas, mais cela ne servait à rien d'insister, décida-t-il. Elle avait peut-être besoin de temps pour décompresser et se sentir un peu plus en sécurité.

En attendant, il n'avait aucune envie de manger les biscuits sans une boisson pour les faire passer. Le distributeur à l'accueil était hors-service, mais il y avait une glacière pleine de sodas à l'arrière de son pick-up, qu'il n'avait pas vidée après la matinée de pêche.

Il tendit à Mara le paquet de crackers au fromage et se dirigea vers la porte.

— Je reviens tout de suite.

Il sentit qu'elle le suivait des yeux, mais s'obligea à ne pas la regarder. Une fois dehors, il courut sous la pluie jusqu'au pick-up et récupéra la glacière. Il avait déjà repris le chemin de la chambre lorsqu'il repensa au sac de linge sale posé sur la banquette arrière. Il parviendrait peut-être à y trouver quelque chose d'assez propre à porter le lendemain, en attendant de trouver une laverie.

Il s'arrêta net, ignorant la pluie qui s'infiltrait dans le col de son blouson. Une laverie, vraiment ? Combien de temps pensait-il passer à fuir avec cette femme ?

Un éclair zébra le ciel, suivi quelques secondes plus tard d'un coup de tonnerre. Le fracas poussa Jack à s'éloigner du pick-up aussi vite que possible, malgré la lourde glacière et le sac-poubelle bourré de vêtements sales qui le ralentissaient.

Il aperçut le visage de Mara à la fenêtre, avant qu'il ne

disparaisse à sa vue. La porte de la chambre s'ouvrit, et il se hâta d'entrer. Il posa la glacière par terre, jeta le sac à côté, puis ressortit pour secouer la pluie de son blouson.

— Qu'est-ce que c'est ? demanda Mara en désignant la glacière.

— De quoi boire.

Il souleva le couvercle. Malgré la journée inhabituellement chaude pour un mois de mars, la glace autour de la douzaine de cannettes de soda n'avait pas encore fondu.

Elle observa les boissons d'un air renfrogné.

— Tu n'aurais pas quelque chose de plus fort ? Après la journée que j'ai eue…

— Je ne bois plus, Mara.

Elle releva brusquement les yeux.

— Oh. Pardon. Je ne m'en étais pas rendu compte.

— Pas de souci. Je ne m'attends pas à ce que tu fasses de même. Mais, pour répondre à ta question, non, je n'ai rien de plus fort.

Elle serra les lèvres un instant, avant de se pencher pour prendre un Sprite.

— Merci. Ces crackers étaient sur le point de m'étouffer.

Jack choisit une cannette de soda au gingembre, puis attrapa son sac de linge sale. Il s'avança vers ce qui semblait être son lit pour la nuit, puisque Mara occupait celui qui était le plus proche de la porte.

— Qu'est-ce qu'il y a là-dedans ? demanda-t-elle, la bouche pleine de biscuit, tandis qu'il ouvrait le sac.

— Ne t'approche pas trop près, sinon tu vas en prendre plein les narines, prévint-il avec un léger sourire. Je me suis souvenu que j'avais des vêtements sales dans le pick-up. J'avais prévu de chercher une laverie en ville, mais j'ai été… distrait.

Les lèvres de Mara s'incurvèrent dans ce qui ressemblait presque à un sourire.

— Il doit bien y avoir une laverie à Poe Creek.

— J'imagine.

Il repoussa le sac et reporta toute son attention sur elle.

— Ce qui soulève une question : à ton avis, combien de temps allons-nous passer dans ce charmant patelin ?

Mara baissa les yeux sur le paquet à moitié vide qu'elle tenait.

— Tu peux t'en aller quand tu le souhaites.

— Et toi, qu'est-ce que tu vas faire ? Partir d'ici à pied ?

— Ça ne serait pas ton problème.

Il posa les crackers au beurre de cacahuète à côté de lui et se pencha vers elle.

— Si, c'est mon problème. Je ne compte pas te laisser ici te débrouiller toute seule.

Elle releva les yeux pour le contempler avec une expression à la fois curieuse et soupçonneuse.

— Je ne suis rien pour toi. Je ne l'ai jamais été.

Il n'y avait aucune émotion derrière ses mots, pas même du regret. C'était un simple état de fait.

Et jamais elle n'avait aussi peu ressemblé à la Mara Jennings qu'il avait connue.

Jack sentit les cheveux de sa nuque se hérisser, et des picotements descendirent le long de sa colonne vertébrale. Reprenant le paquet de crackers toujours fermé, il se mit à tripoter l'emballage en plastique.

— Te souviens-tu de la nuit où nous avons campé au bord du lac Meredith ? C'était en juin, non ?

Elle tourna la tête vers lui sans vraiment établir de contact visuel, puis haussa les épaules.

— Et alors ?

Il reposa les biscuits et se leva. Il franchit les quelques

pas qui le séparaient de l'autre lit jusqu'à ce qu'il soit debout près d'elle, la dominant de toute sa taille. Il se pencha, assez pour qu'elle sente sa présence, mais veillant à ne pas la toucher.

— Est-ce que tu te souviens à quel point il pleuvait, cette nuit-là ? Exactement comme ce soir.

Elle l'observa, les yeux plissés. Relevant le menton d'un air buté, elle demanda :

— Où veux-tu en venir ?

Il se rapprocha encore plus, s'attendant à ce qu'elle recule ou le repousse.

Mais elle déjoua tous ses pronostics en tendant la main et en l'attrapant par sa chemise. Lorsqu'elle l'attira vers elle, il perdit l'équilibre et s'effondra de tout son long sur elle.

Quelle idiote, songea Mara lorsque le corps mince de Jack recouvrit le sien.

Alors même que le rythme de son pouls s'accélérait et qu'un désir brûlant enflammait ses veines, la conviction qu'elle commettait une terrible erreur l'envahit. Elle s'était promis de bannir le sexe de sa vie. Elle avait résolu de se tenir à l'écart des hommes, en particulier des hommes sexy. Ils lui faisaient perdre la tête, la rendant stupide et imprudente. Or elle avait déjà eu plus que son compte de ce genre de folie.

Pourtant, quand les hanches de Jack se collèrent aux siennes et qu'elle sentit sa réaction à ce contact, elle cessa de réfléchir. Elle resserra sa prise sur le tissu de sa chemise et leva le regard vers lui.

Son visage était si proche qu'elle ne pouvait se concentrer sur ses yeux. Au lieu de cela, elle examina sa bouche, la lèvre inférieure charnue et souple, la lèvre supérieure plus mince. Des lèvres qui s'écartèrent en tremblant lorsqu'elle posa l'autre main sur son torse et la laissa glisser jusqu'à la ceinture de son jean.

Jack marqua une pause au-dessus d'elle, son souffle chaud se mêlant au sien. Elle percevait son hésitation et sa confusion. De son côté, la partie de son cerveau qui n'était pas submergée par le désir l'encourageait à le repousser.

Mais il choisit cet instant pour passer à l'action. Au lieu de s'éloigner, il se rapprocha. Il plaça les mains sur ses cuisses, les écartant pour mieux se positionner sur elle.

Sans prévenir, il couvrit sa bouche de la sienne. Toute hésitation envolée, il l'embrassa avec une passion qui lui fit tourner la tête et lui fouetta le sang.

Dans les annales de sa longue histoire de mauvaises décisions, celle-ci remportait sûrement la palme. Mais en cet instant précis, Mara s'en souciait comme d'une guigne.

Elle entoura les hanches de Jack de ses jambes et enfouit les doigts dans ses cheveux. Elle ouvrit les lèvres, lui rendant baiser pour baiser. Il était dur partout où il fallait et doux de façon inattendue. Il explorait sa bouche avec une certaine délicatesse, goûtant et dégustant son désir du bout de la langue.

Quand il s'écarta et roula sur le lit à côté d'elle, la séparation de leurs corps provoqua en elle un choc violent. Pendant une seconde, le souffle coupé, elle fut incapable de bouger ou de penser. Elle éprouvait seulement une sensation de vide qu'elle ne pouvait expliquer, ni même définir.

Jack s'assit, faisant bouger le matelas. Le dos tourné, il courba les épaules en avant, posa ses coudes sur ses genoux et prit plusieurs longues inspirations.

Elle s'obligea à détacher les yeux de son large dos musclé, fixant le plafond des yeux avec ressentiment. Elle se détestait. Et elle le détestait de lui faire vouloir quelque chose qui ne pouvait tourner qu'au désastre.

Elle lui en voulait de s'être écarté d'elle sans lui laisser le temps de plonger tête baissée dans ce désastre.

Elle le sentit remuer. Il se tournait vers elle et laissait glisser sur elle un regard aussi doux qu'une caresse. Elle ferma les yeux, sentant toujours l'attention de Jack sur son corps.

Quand il parla, sa voix n'était qu'un murmure à peine audible par-dessus le martèlement de la pluie.

— Je savais que quelque chose n'était pas net. *Tu* n'étais pas nette.

Elle sentit son cœur manquer un battement.

— Regarde-moi, poursuivit-il d'une voix plus ferme.

Comme elle gardait les paupières baissées, il insista, adoptant un ton dur et implacable.

— Ouvre les yeux, bon sang, et regarde-moi.

Elle obéit. Il la dévisageait avec une expression inflexible et accusatrice.

— Tu ne te souvenais pas que je te devais sept mille dollars. A vrai dire, tu m'as à peine reconnu quand tu m'as vu. Je sais que ça fait bientôt quatre ans, mais je n'ai pas changé tant que ça.

Il fourragea dans ses cheveux, les ébouriffant davantage. Pour résister à l'envie de recoiffer les mèches brunes, elle attrapa le dessus-de-lit rêche à pleines mains.

— J'avais la tête ailleurs.

Même à ses propres oreilles, sa réponse semblait peu convaincante.

— Un type en tenue de camouflage s'en prend à toi, reprit-il. Le temps que j'arrive, tu te libères et tu dégaines une arme.

Il secoua la tête d'un air incrédule.

— Pourtant tu détestes les armes. Tu hais la violence. Enfin, c'était le cas avant.

— Ma sœur a été assassinée.

— Je sais, répliqua-t-il, ses yeux marron virant au noir sous le coup de l'émotion. Je sais que ta sœur a été assassinée.

Elle commença à se lever, mais il l'attrapa par le bras, l'empêchant de bouger.

— Et tout à l'heure… Tu voulais de l'alcool. Alors que tu n'en bois jamais. Tu avais horreur que je boive, tu t'en souviens ?

Il la regarda en fronçant les sourcils.

— Je sais ce que tu vas me dire. Les choses changent. Les gens changent. En particulier après un événement traumatisant. C'est bien ça ?

— C'est vrai, répondit-elle faiblement.

— Sauf quand ce n'est pas le cas.

Il la lâcha, sans la quitter des yeux. Lorsqu'elle releva le menton, refusant de céder d'un pouce, elle vit du regret dans le regard de Jack.

— Je me suis dit la même chose, déclara-t-il. J'y ai réfléchi toute la journée. J'ai retourné la situation dans tous les sens, mais rien ne concordait. Jusqu'à ce que tu m'attires sur ce lit et agisses d'une façon dont je ne te croyais pas capable.

Il savait, songea-t-elle en l'observant sans rien dire, la tension faisant bourdonner ses oreilles.

Lorsque Jack se pencha vers elle, elle sentit la chaleur de son corps se communiquer au sien. Pourtant, un frisson glacé la traversa dès qu'il reprit la parole :

— Tu n'es pas Mara, n'est-ce pas ? C'est Mara qui est morte cette nuit-là à Amarillo. Ce qui veut dire que tu es…

— Mallory, termina-t-elle à sa place, à la fois soulagée et terrifiée. Oui. Mais tu te trompes sur une chose. Mallory Jennings est également morte cette nuit-là. Et elle ne peut pas revenir, jamais.

6

Les mots de Mallory restèrent un instant suspendus dans le silence. Jack lutta pour ne pas baisser le regard, pour ne pas se détourner de la peur et du chagrin qu'il lisait sans peine dans les grands yeux bleus.

— Que s'est-il passé ? demanda-t-il doucement, pas tout à fait sûr de vouloir le savoir.

— Ils ont cru que c'était moi. Alors ils lui ont tiré deux balles dans la tête et ont mis le feu à la maison.

Elle baissa les yeux sur ses doigts, qu'elle nouait et dénouait nerveusement.

— Qui a fait ça ? interrogea Jack.

Elle secoua la tête.

— C'est bien ça la question, pas vrai ?

— Tu l'ignores ? Tu n'as même pas une petite idée ?

Elle prit une profonde inspiration, puis expira lentement.

— J'ai pas mal d'idées, mais aucune preuve.

— Alors tu as pris l'identité de Mara pour sauver ta peau.

Elle blêmit et releva brusquement les yeux vers lui.

— Tu n'as pas le droit de dire ça, Jack. Tu es mal placé pour me juger après ce que tu as fait subir à Mara. Alors tu peux aller te faire voir.

Une bouffée de colère envahit Jack, qu'il réprima aussitôt. Elle avait raison. Etant donné les erreurs qu'il avait commises, il n'avait pas à porter de jugement sur qui que ce soit.

— Savais-tu qu'elle était en danger ?

Elle baissa de nouveau la tête.

— Je savais que c'était possible, mais je n'en étais pas sûre. Je pensais que je ne risquais pas grand-chose à retourner là-bas pour une courte visite. C'était Noël. J'avais déjà passé tellement de Noëls loin de la maison.

— Pourquoi quelqu'un aurait-il voulu te faire du mal ? Qu'est-ce que tu as fait ?

— Qui te dit que j'ai fait quoi que ce soit ?

— Tu n'es pas la seule personne à qui Mara confiait ses secrets.

Mallory rougit.

— Crois-moi, elle ne t'a sûrement pas dit le quart de la vérité. Elle était beaucoup trop gentille.

On pouvait en effet résumer ainsi la personnalité de Mara Jennings, songea Jack.

— Bon, alors… Qu'est-ce que tu as fait cette fois qui t'a transformée en cible ?

— Je n'ai pas à te dire quoi que ce soit. Tu n'es ni policier ni avocat.

— Je suis le type avec un pick-up qui peut t'emmener loin d'ici si les choses tournent mal. Alors tu pourrais te montrer un tout petit peu plus coopérative.

Mallory serra les mâchoires, avant de répliquer :

— Je n'ai pas besoin de toi.

Jack plaça un doigt sous son menton, l'obligeant à relever la tête et à croiser son regard.

— Si, tu as besoin de moi. Il y a quelqu'un qui veut se débarrasser de toi. Ces gens ont essayé de te tuer au moins deux fois, rien qu'aujourd'hui.

— C'est bien pour ça que j'essayais de quitter la ville ce soir.

— Pour aller où ?

— Je n'ai pas l'intention de te le dire. Ni à toi ni à qui que ce soit. Je n'ai confiance qu'en moi-même.

— C'est une façon bien triste de vivre sa vie.

— Tu es bien placé pour le savoir, n'est-ce pas ?

Bien envoyé, pensa Jack.

— Je n'ai pas d'idées derrière la tête, Mallory. Je pensais que tu étais la femme que j'avais blessée, alors je voulais me racheter. C'est tout. Et comme nous sommes dans le pétrin tous les deux…

Elle secoua la tête.

— *Moi*, je suis dans le pétrin. Toi, tu t'es greffé sur cette histoire, pour des raisons que je comprends en partie. Mais maintenant que tu sais que je ne suis pas la femme dont tu as détruit la vie, tu peux t'en aller.

— Mara t'aimait.

Les yeux bleus de Mallory se remplirent de larmes, mais elle prit visiblement sur elle pour ne pas les laisser couler. Elle cilla plusieurs fois et soutint le regard de Jack.

— Je le sais.

— Je n'ai pas pu lui dire à quel point j'étais désolé de tout ce que je lui avais fait subir. Et je ne pourrai plus jamais le faire. Mais je peux aider sa sœur, et ça me tient à cœur. Laisse-moi t'aider, je t'en prie.

— C'est la culpabilité qui te motive ? Je ne suis pas sûre que ça soit une bonne raison.

— Mallory…

— Mais peut-être espères-tu que ce petit tango horizontal qu'on vient de danser sur le lit était une simple mise en bouche ?

Elle se rapprocha de lui. Sa voix se fit plus douce et

plus sexy, mais le bleu profond de ses yeux était devenu glacial. L'amertume dans sa voix traversa Jack comme un coup de poignard.

— Je parie que tu n'as jamais eu l'occasion de comparer des jumelles au lit, hein ?

— Mara et moi n'avons jamais couché ensemble.

Elle recula et l'examina avec attention, comme pour trouver des signes de duplicité sur son visage.

— Elle était différente des autres femmes, ajouta-t-il en détournant le regard, gêné par son expression méfiante. Ce n'est pas faute d'avoir essayé, crois-moi.

— Mais elle jouait selon les règles, murmura Mallory.

— J'aurais dû savoir que je lui ferais du mal. De toute ma vie, je n'ai jamais respecté les règles.

Il s'était peut-être racheté une conduite au cours des dernières années, mais au fond de lui il était toujours ce gamin rebelle du fin fond du Wyoming, qui haïssait son père trop sévère et adorait sa sœur. Il n'y avait qu'à voir la situation actuelle : il se trouvait dans un motel miteux, en compagnie d'une femme qu'il avait prise pour une autre et avec qui il avait failli avoir des rapports sexuels quelques minutes plus tôt.

— Elle ne t'a jamais détesté. Elle refusait même que je dise du mal de toi, lâcha Mallory avant de hausser les épaules. J'imagine que ce n'était pas dans sa nature.

— Mais c'est dans la tienne.

Elle lui jeta un regard en coin.

— Oui, en effet.

— Alors je suppose que c'est à toi que je dois présenter des excuses, dit-il en se tournant complètement vers elle. Je suis désolé de ne pas avoir été correct avec ta sœur. Je l'ai blessée et j'ai profité d'elle. Je pourrais te donner des tas de raisons expliquant pourquoi j'ai fait ça et quel genre de personne j'étais à l'époque, mais ça ne changerait rien au fait que je me suis très mal comporté avec elle. Je regretterai toute ma vie de ne pas avoir pu lui dire ces mots-là.

— Qu'est-ce que je suis censée faire ? demanda-t-elle après un long silence tendu. T'accorder l'absolution ou quelque chose comme ça ? Ce n'est vraiment pas mon style.

— Tu n'as pas à faire quoi que ce soit.

Ressentant le besoin de prendre un peu de distance avec Mallory, Jack se leva. Malheureusement, il ne pouvait pas s'éloigner aussi facilement de lui-même. Il était le seul responsable de la honte et du dégoût qui lui tordaient le ventre.

Il marcha jusqu'à la fenêtre et écarta l'épais rideau en toile. Dehors, la nuit était d'encre. La pluie et les nuages absorbaient le moindre rayon de lune. La lumière d'un réverbère brillait à l'autre bout du parking, près de la réception. Un autre lampadaire était plus proche de leur chambre, mais l'ampoule était éteinte.

Le parking était plein, constata-t-il. Apparemment, la réceptionniste n'avait pas menti concernant les réservations du motel.

— Mara a dit que tu avais perdu ta sœur.

La voix de Mallory résonna tout près de Jack, et il sentit son léger souffle sur sa nuque.

— Elle aussi a été assassinée, n'est-ce pas ? demanda-t-elle.

Il se tourna pour la regarder. Elle était à moins d'un pas de lui, les bras serrés autour de son buste comme si elle avait froid, même s'il faisait bon dans la chambre. Réprimant l'envie de l'enlacer pour la réchauffer, il prit son blouson sur le dossier de la chaise et le lui offrit.

Elle sembla sur le point de refuser, mais après une seconde d'hésitation, tendit la main. Plutôt que de lui donner le vêtement, il passa derrière elle et l'aida à l'enfiler.

A grand-peine, il se retint de lisser les manches le long de ses bras et d'ajuster le col autour de son cou.

— Joli blouson, murmura-t-elle. Il t'a coûté cher ?

— Pas mal. Tu ne serais pas un peu portée sur l'argent, par hasard ?

— J'aime les jolies choses. C'est un crime ?

— Ça dépend de ce que tu fais pour te les procurer.

Elle tourna la tête pour le dévisager.

— Qu'est-ce que Mara t'a raconté sur moi, exactement ?

Malgré sa tristesse, il ne put s'empêcher de sourire.

— Que du bien.

— Quel menteur tu fais.

— Elle a peut-être mentionné combien elle s'inquiétait pour toi. Elle disait que tu n'avais jamais l'air heureuse.

Mallory se passa la main sur le visage et détourna le regard.

— Je n'ai pas répondu à ta question de tout à l'heure, reprit-il, rompant le silence qui s'étirait entre eux. Oui, ma sœur a été assassinée.

— Et tu n'as jamais découvert qui l'a tuée.

— Si. Ça fait bientôt quatre ans.

A peu près à l'époque où Mara était morte, songea-t-il, avant d'ajouter :

— Emily a enfin obtenu justice.

— Mais ça ne l'a pas ramenée.

La tristesse dans la voix de Mallory lui serra le ventre.

— Non, en effet, répondit-il, conscient que pas un jour ne passait sans que sa sœur lui manque.

Elle marcha lentement jusqu'au lit et s'assit. Elle se tassa, s'emmitouflant davantage dans son blouson.

— Parfois, je prends mon téléphone et je commence à faire son numéro, rien que pour dire bonjour, tu vois ? Je compose le numéro en entier avant de me rappeler qu'elle ne peut pas répondre.

Jack fit quelques pas vers elle. Elle ne semblait pas d'humeur combative, mais elle risquait peut-être de s'enfuir s'il l'effrayait. Elle lui rappelait un mustang qu'il avait essayé de dompter par le passé. Une jolie pouliche méfiante et sauvage. Elle avait lutté contre lui du début à la fin, même s'il voyait dans ses grands yeux bruns le désir de créer un lien avec lui.

Il n'avait jamais réussi à la dresser, mais elle était restée sur le ranch où il travaillait, trop liée à lui pour retourner dans la nature avec le reste du troupeau. Elle était morte pendant une mise bas difficile, peu de temps après le décès d'Emily. Déjà accablé de chagrin, Jack avait pleuré pendant des jours, sur sa sœur, sur lui-même et sur la belle jument entêtée.

Il retrouvait un peu de cette pouliche sauvage en Mallory Jennings. Et le sentiment familier de connexion que cela faisait naître en lui le terrifiait.

— Il se fait tard, et ça a été une sacrée journée. Tu devrais essayer de dormir un peu, lui dit-il.

Il se rapprocha de nouveau de la fenêtre pour lui laisser un semblant d'intimité. Quelques secondes plus tard, il entendit un bruissement de tissu et le son d'une fermeture Eclair. Il ferma les yeux, gêné mais pas vraiment surpris de sentir son corps réagir à l'idée qu'elle se déshabillait pour la nuit.

Pendant de longues minutes, il contempla la nuit pluvieuse, attendant que la respiration de Mallory devienne lente et régulière. Mais la jeune femme ne cessait de se retourner, faisant grincer les ressorts du lit.

Jack finit par se détourner de la fenêtre et croisa le regard de Mallory, qui l'observait d'un air méfiant.

— Qu'est-ce qui cloche ?

— Qu'est-ce qui ne cloche pas ? répliqua-t-elle en haussant les épaules.

Elle portait toujours son T-shirt gris pâle, mais son jean était roulé en boule à ses pieds. Elle avait plié le blouson et l'avait posé sur l'autre matelas avant de se glisser sous les draps.

— Nous sommes au sec et au chaud, répondit-il. Et pour l'instant, nous sommes en sécurité.

Comme elle gardait le silence, il marcha jusqu'au lit et s'assit près de son blouson. Mallory s'était tournée sur le côté et le suivait des yeux. Il se pencha vers elle, les coudes posés sur ses genoux.

— Je comprends que tu ne m'apprécies pas et que tu ne me fasses pas confiance. Mais je t'assure que c'est plutôt pas mal de m'avoir dans les parages quand il y a du grabuge.

Il lui adressa un sourire en coin.

— Je suis assez dingue pour me prendre une balle à la place de quelqu'un. C'est déjà ça, non ?

Il vit ses lèvres frémir légèrement, puis un sourire réticent lui éclaira le visage comme un rayon de soleil. Jack sentit son ventre se contracter sous l'effet du désir.

— Alors tu n'es pas complètement inutile, je suppose, rétorqua-t-elle.

— Allez, essaie de dormir. Demain, nous déciderons de la marche à suivre.

Elle hocha lentement la tête et ferma les yeux. Cette fois, sa respiration ralentit et devint régulière au bout de quelques minutes.

Jack se déchaussa et posa ses boots au pied de son lit. Il sortit son portable de sa poche, puis vérifia la batterie : elle était à moitié vide. Il avait laissé son chargeur dans sa chambre d'hôtel à Purgatory, mais il pourrait utiliser celui du pick-up dans la matinée.

Riley lui avait envoyé trois SMS. Comme le téléphone était en mode vibreur, Jack avait raté les messages lors de leur fuite effrénée. Les trois étaient une variation de la même question : avait-il complètement perdu la tête ?

Il répondit à Riley, assurant qu'il était en sécurité et qu'il lui donnerait des nouvelles plus tard. Alors qu'il envoyait le SMS, il en reçut un autre, de la part d'Hannah, cette fois. Il le lut une première fois, puis une seconde, son esprit fatigué peinant à intégrer les nouvelles informations. Puis il éteignit son portable pour économiser la batterie et s'allongea sur le lit. Il se tourna sur le côté pour pouvoir observer Mallory Jennings.

La lampe posée sur la table de nuit entre les deux lits la baignait d'une lumière jaune. La pluie et les efforts physiques avaient fait disparaître le peu de maquillage qu'elle avait mis ce matin-là. Elle semblait beaucoup plus jeune que lorsqu'il l'avait vue dans le restaurant à Purgatory, un peu plus tôt dans la journée. Si les allusions indirectes de Mara sur la vie de sa sœur étaient proches de la vérité, Mallory avait vécu une existence beaucoup moins rangée que sa jumelle. Pourtant, quelles que soient les épreuves qu'elle avait traversées, sa vitalité juvénile semblait intacte.

Quel genre de vie avait-elle mené pour en arriver là, menacée de mort et échouée dans ce petit motel perdu au milieu de nulle part, en compagnie d'un quasi-étranger ?

Et quelle sorte d'homme Jack était-il devenu, si le fait d'être là, sans savoir qui elle était vraiment, quels ennuis elle avait et quelle serait leur destination, lui procurait le sentiment le plus grisant qu'il ait ressenti depuis longtemps ?

L'odeur âcre du bois en train de brûler s'engouffra dans sa voiture bien avant qu'elle ne tourne au coin de Cottonwood Street, bien avant qu'elle ne voie les flammes dévorer la petite maison en bardeaux blancs.

Cette maison était ce qui se rapprochait le plus d'un foyer pour Mallory. Et lorsqu'elle était sortie un peu plus tôt, sa sœur était endormie à l'intérieur.

Une fois dans l'allée, elle freina brutalement. Le cœur battant, elle courut jusqu'à l'entrée. Comme d'habitude, la porte n'était pas fermée à clé. Elle avait prévenu sa sœur que le monde était trop dangereux pour ne pas verrouiller son domicile, mais Mara avait toujours fait la sourde oreille.

— Mara ! cria-t-elle en se ruant à l'intérieur.

Elle se retrouva aussitôt plongée dans une fumée épaisse et suffocante. Elle avança, évitant les flammes qui jaillissaient des rideaux et les meubles en train de se consumer dans le brasier.

Elle faillit trébucher sur le corps qui gisait sur le sol. Immobile, les bras et les jambes tordus dans une position anormale, sa sœur ressemblait à un pantin désarticulé,

Sa tête avait roulé sur le côté. Ses yeux bleus mi-clos fixaient le vide d'un regard aveugle. Du sang s'était accumulé sous ses cheveux. Bien avant d'avoir posé les doigts sur la carotide de Mara, Mallory avait compris qu'elle était morte.

Des balles en pleine tête. Deux coups de feu successifs. Elle avait déjà vu cela auparavant.

Elle avait prié le ciel pour ne plus jamais avoir à revivre cette expérience, mais cette prière-là non plus n'avait pas été exaucée.

Elle repartit vers la porte et prit le sac à main de Mara

sur la console de l'entrée. Elle sortit sur le perron, en proie à une irrépressible quinte de toux.

Comme son visage semblait humide, elle leva la main pour toucher ses joues : elles étaient inondées de larmes. Ses genoux se mirent à trembler. Chancelante, elle trébucha vers l'escalier et agrippa la rampe pour ne pas tomber. Elle s'effondra sur la marche du haut, ouvrit le sac de Mara et se mit à chercher son téléphone portable.

Elle trouva d'abord son portefeuille.

En l'ouvrant, Mallory tomba sur le visage de sa sœur, en tout point identique au sien, collé sur un permis de conduire texan.

Lorsqu'elles étaient jeunes, personne n'était capable de les distinguer, se souvint-elle. Puis Mallory avait changé son look, sa façon d'être… toute sa vie, en réalité. Mara était restée la même.

Lors de son retour au Texas, Mallory avait modifié son apparence pour ressembler à sa sœur. Elle l'avait fait délibérément, par besoin de retrouver la connexion qu'elle avait partagée avec sa jumelle par le passé. Un lien intense que ni le temps, ni la distance, ni les choix idiots de Mallory n'avaient pu détruire complètement.

Et ce besoin de connexion, ce désir de redevenir la jumelle de sa sœur avaient provoqué la mort de Mara.

Il n'y avait aucun doute dans son esprit : ces balles lui étaient destinées.

Mallory se leva lentement en s'aidant de la rampe et puisa dans ses réserves de courage. Munie du sac de sa sœur et de son permis de conduire, elle descendit les marches et retourna à sa voiture.

L'incendie continua à faire rage, et Mallory attendit, tandis que le monde autour d'elle se couvrait de suie et se vidait d'air, jusqu'à ce que toute lumière disparaisse de son univers.

Mallory cilla lentement, désorientée par la soudaine obscurité qui régnait autour d'elle. Elle était allongée sur le dos, sur un matelas. Une légère odeur de désinfectant flottait dans l'air, mêlée à une trace de moisissure et à un parfum plus prononcé de cuir et d'épices. Ses joues étaient humides de larmes, et elle les essuya du bout des doigts.

Puis elle entendit une respiration profonde et régulière. Un homme. Tout près d'elle.

Jack Drummond.

Les dernières images de son rêve se dissipèrent, et son pouls s'accéléra lorsqu'elle se rappela où elle était et pourquoi.

Elle n'avait pas eu l'occasion d'aller sur Internet pour vérifier les résultats de sa dernière requête. Ce motel de seconde zone ne devait même pas avoir de réseau wifi gratuit… ou de réseau tout court. De toute façon, même s'il y avait une connexion sans fil, elle ne s'y serait pas fiée. Elle pouvait créer un point d'accès grâce au téléphone prépayé qu'elle avait acheté en cas de coup dur. Elle ne pouvait pas se permettre d'être localisée à cause du portable que Quinn lui avait donné pour son travail.

Mais elle allait devoir attendre d'être à l'abri quelque part pour songer à mettre son propre système en place.

Elle devait partir d'ici. Elle devait s'éloigner de Jack Drummond, de ses grands yeux bruns, de son corps mince et musclé, et de cette délicieuse odeur de cuir et d'épices qu'elle sentait encore sur son T-shirt, là où son corps avait pressé le sien contre le matelas.

Elle se leva en silence, attrapa son jean et l'enfila. Tournant le dos à Jack, elle se courba pour essayer d'atténuer le bruit de la fermeture Eclair. Ses tennis étaient encore humides, mais elle les mit quand même. Elle n'avait pas le temps de chercher des chaussures sèches dans son sac marin.

Munie de ses deux sacs, elle commença à marcher vers la porte, avant de marquer une pause. Elle n'aurait peut-être pas d'autres occasions d'aller aux toilettes avant un bon moment, songea-t-elle. Elle posa les sacs sur le lit et fit un détour par la salle de bains, sans prendre la peine d'allumer la lumière.

Lorsqu'elle revint dans la chambre obscure, elle dépassa le lit de Jack sans un bruit, sans s'autoriser un regard dans sa direction. Elle devait partir d'ici le plus vite possible et mettre le maximum de distance entre eux pendant qu'il dormait.

Le sol craqua lorsqu'elle arriva près de la porte. Elle se figea quelques secondes, le cœur tambourinant dans sa poitrine. Comme aucun bruit ne se faisait entendre derrière elle, elle tourna lentement la poignée.

Alors que le pêne se désengageait, une main se referma sur le poignet de Mallory, et la voix grave de Jack Drummond lui murmura à l'oreille :

— Tu vas où comme ça ?

7

Le parfum délicat qu'elle dégageait, à la fois fleuri et épicé, frappa Jack en pleine poitrine. Il dut se concentrer pour ne pas laisser sa colère se transformer en un torrent de désir.

— Lâche-moi, murmura-t-elle d'une voix grave, teintée de désespoir.

Il ôta la main de son bras, mais ne s'écarta pas, la coinçant entre lui et la porte.

— Où avais-tu l'intention d'aller ?

— Si je voulais que tu le saches, je te l'aurais dit.

Les yeux baissés, elle était complètement immobile, semblant à peine respirer.

— Je ne suis pas ton ennemi, affirma-t-il.

— Alors pourquoi me retiens-tu prisonnière ?

Elle releva brusquement la tête, et leurs regards se croisèrent. Dans la faible lumière que laissaient filtrer les rideaux, il vit briller dans ses yeux de la colère et une autre émotion.

De la peur.

Il fit un pas en arrière afin de lui laisser de l'espace pour respirer. Elle prit une profonde inspiration, puis soupira.

— J'ai besoin de partir d'ici.

— Loin de moi, tu veux dire.

Comme elle ne le contredisait pas, il ajouta :

— Si tu pars, je te suivrai.

— Pourquoi ? demanda-t-elle, les sourcils froncés.

— Parce que tu as des ennuis. Et parce que tu es la sœur de Mara, et je sais qu'elle t'aimait.

Il enfonça les mains dans les poches de son jean. Il se sentait étrangement vulnérable, ce qui était loin de lui plaire.

— Je le lui dois, conclut-il.

— Je n'ai pas besoin d'un garde du corps.

— Tu as besoin de quelqu'un qui surveille tes arrières pendant que tu mets ton plan secret à exécution. Je peux être cette personne.

Elle pencha la tête sur le côté et plissa les yeux.

— Mon plan secret ?

— Un jour, Mara m'a dit que tu étais un as de l'informatique. Un vrai génie. Ce qui m'amène à me demander pourquoi tu joues les livreuses de déjeuner dans une agence de détective privé. Tu pourrais diriger leur service informatique, n'est-ce pas ?

— Qu'est-ce qui te fait croire que ce n'est pas le cas ?

— Rien, je suppose.

Il jeta un coup d'œil sur les deux sacs accrochés à son épaule.

— Les champions en informatique ne voyagent jamais sans un ordinateur. Est-ce que le tien est là-dedans ?

Mallory resserra sa prise sur la bretelle de son sac à dos, mais ne répondit pas. Jack se rapprocha d'elle et reprit la parole d'une voix plus basse. L'air entre eux se chargea aussitôt d'électricité, comme aux prémices d'une tempête.

— Pendant que j'attendais devant ton chalet, ma belle-sœur a fouiné un peu de son côté. Elle connaît ton patron, le fameux Alexander Quinn. Apparemment, leurs chemins se sont croisés plusieurs fois. Il leur est redevable pour des coups de main qu'Hannah et sa famille lui ont donnés par le passé.

Mallory serra les lèvres, mais continua à garder le silence.

— Elle m'a envoyé un SMS, tout à l'heure.

Il ne put s'empêcher de se pencher vers elle, réduisant la distance qu'il avait créée un peu plus tôt.

— Quinn s'est arrêté au chalet après notre départ. Et ce qu'il y a trouvé l'a suffisamment inquiété pour mettre du monde sur ta piste. Et sur la mienne.

— Tu devrais peut-être les laisser te trouver, murmura-t-elle.

Elle baissa les yeux vers la bouche de Jack. Ses lèvres se mirent à trembler et sa respiration s'accéléra. En remarquant sa réaction, il sentit une vague de chaleur le submerger.

— Je te l'ai dit : où tu iras, j'irai.

— Tu es fou.

Elle était tout près de lui, ses seins lui effleurant le torse. Il ignorait si elle s'était rapprochée ou si c'était lui qui s'était encore avancé vers elle.

A vrai dire, il s'en moquait.

— Je montais des taureaux pour gagner ma vie, répondit-il en passant une main dans son dos pour l'attirer contre lui. Alors la folie, ça me connaît, mon ange.

Elle glissa les mains sous sa chemise, lui caressa la peau de ses doigts frais. Elle traça les contours de ses muscles et de ses côtes avec une douceur exaspérante.

— Je n'ai pas besoin de toi.

— Je crois bien que si.

Jack pencha la tête et mordilla le menton de Mallory, qui gémit de plaisir. Le son résonna en lui, envoyant une décharge dans son bas-ventre.

— Uniquement pour ça, grommela-t-elle, avant de le pousser en arrière.

Il perdit l'équilibre et tomba sur le lit. Puis, il leva les yeux vers elle en gardant sa position allongée. Elle pouvait s'enfuir le temps qu'il se relève, comprit-il.

Alors qu'il se redressait, prêt à se lancer à sa poursuite, elle s'avança vers lui et le repoussa sur le matelas. Elle s'installa à califourchon sur lui, puis se pencha pour l'embrasser. Elle l'attaqua de ses dents, de sa langue et de ses mains avec une passion brûlante.

Elle remonta la chemise sur le torse de Jack, lui griffa le ventre de ses ongles courts. Les marques seraient encore visibles le lendemain matin, pensa-t-il en sentant sa peau frémir sous l'assaut. Et cette image exacerba son désir.

Il passa sa main derrière la nuque de Mallory et la fit basculer sous lui. Il se positionna entre ses cuisses, se pressant contre son corps doux et accueillant. Même dans la pénombre, il distinguait la lueur d'excitation dans ses yeux et l'éclat de son sourire carnassier. Le besoin de la posséder se faisait impérieux. Son esprit avait déjà plusieurs longueurs d'avance et il s'imaginait la pénétrant, bougeant en elle, prenant possession d'elle.

Il n'allait pas tarder à perdre le contrôle, or il ne pouvait pas se le permettre avec une femme comme Mallory Jennings.

Il roula sur le côté, repoussant les mains qui s'efforçaient de le retenir. Il se leva et tituba jusqu'à la porte. Une fois adossé au battant, il appuya sur l'interrupteur. Une vive lumière dorée inonda la petite chambre.

Il regretta un instant d'avoir allumé. Mallory était toujours étendue sur le lit, les cheveux ébouriffés, le souffle court et les yeux brillants de désir. Ce spectacle faillit anéantir les derniers vestiges de son sang-froid.

— Pourquoi est-ce que tu n'es pas partie ? demanda-t-il.

Elle fronça les sourcils, et une lueur calculatrice apparut dans son regard.

— Et rater l'occasion de chevaucher un vrai cow-boy ? demanda-t-elle en forçant légèrement les intonations de son accent texan. Tu plaisantes, j'espère ?

Son ton était ironique, mais Jack lut dans les iris cobalt une profonde détresse qui trouva un écho en lui. Elle voulait s'échapper. Mais pas de cet endroit.

Et ce n'était pas lui qu'elle voulait fuir.

— Laisse-moi t'aider, déclara-t-il, même si c'était la dernière chose qu'il avait eu l'intention de dire. Fais-moi confiance.

Mallory ferma les yeux.

— Je ne peux pas.

— Pourquoi pas ?

— Parce que tu n'es pas digne de confiance, répliqua-t-elle, avant de le dévisager à nouveau. Et même si tu l'étais, j'ai appris à me méfier de tout le monde.

— C'est pour ça que tu veux aussi éviter Alexander Quinn ?

Elle se redressa lentement, tout en rabaissant son T-shirt sur son ventre. Tandis que le tissu descendait jusqu'à la ceinture de son jean, la lumière révéla un détail que Jack n'avait pas remarqué dans l'obscurité : un petit anneau d'argent à son nombril.

Comment avait-il pu la prendre pour Mara ? se demanda-t-il, incrédule. La seule chose que les deux femmes avaient en commun était leur ADN.

— Je sais que l'homme que t'a décrit ta sœur n'était pas digne de confiance. Mais je ne suis plus cet homme-là.

— Tout ça parce que tu prétends ne plus boire ?

Elle se leva pour lui faire face. Avec ses jambes interminables et sa crinière folle, elle était la tentation personnifiée.

— Combien de temps depuis ton dernier verre, cow-boy ? Un mois ? Un an ?

— Quatre ans.

La première année avait été difficile. Mais au fil du temps, il avait eu de moins en moins de mal à se contrôler et n'avait pas repris ses mauvaises habitudes. La tentation avait parfois été forte, mais jusqu'ici il était parvenu à lui résister. Tant qu'il ne s'estimait pas totalement guéri, il avait une chance de rester sobre.

— Tant mieux pour toi, répliqua-t-elle.

Sous le ton désinvolte, Jack perçut une légère note de surprise. Il remarqua aussi l'admiration réticente dans son regard.

— Je n'ai jamais réussi à perdre une mauvaise habitude pendant plus de quelques jours, admit-elle, avant d'esquisser un sourire narquois. Ce qui explique pourquoi j'ai essayé de te culbuter.

— Il va vraiment falloir que tu arrêtes de dire ce genre de choses, marmonna Jack.

Elle lui adressa un large sourire.

— Tu ne t'es pas débarrassé de toutes tes dépendances, on dirait.

— Arrête d'essayer de changer de sujet, Mallory.

Il leva la main en la voyant faire un pas vers lui.

— Dans quoi trempes-tu ? Est-ce que c'est illégal ?

— Non.

A en juger par la pointe d'hésitation dans sa voix, elle ne disait sans doute pas toute la vérité.

— Immoral ? insista-t-il.

— Non.

Le sourire enjôleur de Mallory avait disparu, remplacé par un froncement de sourcils soucieux.

— Jack, si je te dis ce que je fais…

Elle s'interrompit, une expression peinée sur le visage.

— Il y a des vies en jeu. J'essaie de…

Elle se détourna sans terminer sa phrase.

— Tu essaies de quoi ? demanda-t-il en se rapprochant d'elle. De les sauver ? De les protéger ?

Elle lui jeta un coup d'œil en coin.

— Moi, faire quelque chose d'altruiste ? Tu n'as donc rien écouté de ce que Mara t'a raconté sur moi ?

— Elle t'aimait. Elle avait beaucoup plus foi en toi que toi en elle.

Sitôt la remarque faite, Jack se rendit compte qu'elle était dure et injuste, ce que confirma le haut-le-corps de Mallory.

— Je suis désolé. C'était un coup bas.

Mallory passa les doigts dans ses mèches cuivrées, comme pour les discipliner, mais sans vraiment y parvenir. Quand elle se tourna vers lui, elle affichait un masque d'indifférence.

— Je me fiche pas mal de ce que tu penses de moi.

— Moi, j'y attache de l'importance.

Et c'était vrai, comprit-il, un peu chagriné. Il se souciait vraiment de son opinion sur lui.

— Je veux que tu me laisses t'aider. J'en ai besoin.

— Comme un acte de pénitence ?

— Je suppose.

Elle se mit à le dévisager, les yeux plissés, la mine sévère. Jack essaya de ne pas s'agiter sous le poids de son regard insistant. Que voyait-elle lorsqu'elle le scrutait ainsi ? se demanda-t-il.

Un cow-boy sur le retour qui n'avait pas la moindre idée de ce qu'il allait faire de sa vie, maintenant que ses jours sur le circuit des rodéos étaient terminés ? Un ancien don Juan, alcoolique repenti, qui avait brisé le cœur fragile de sa sœur ? Un casse-pieds têtu comme une mule qui se mettait en travers de ses plans ?

Il était les trois à la fois, bien sûr. Mais il ne pouvait pas changer le passé, et il refusait de la laisser affronter toute seule les dangers qui la menaçaient.

— Tu es sérieux, n'est-ce pas ? demanda-t-elle. Tu veux vraiment essayer de m'aider ?

Quelque chose avait changé dans son expression. Son regard était plus doux, avec une note de vulnérabilité qui ébranla Jack. Il resta complètement immobile, impatient de voir ce qu'elle allait faire.

— Je recherche quelqu'un, finit-elle par dire. Quelqu'un qui ne veut pas qu'on le retrouve. Et si je ne lui mets pas la main dessus bientôt, il va y avoir beaucoup de blessés. Ou pire.

— Elle a détruit les disques durs. Je ne sais pas si je vais réussir à récupérer quoi que ce soit.

A ces mots, Alexander Quinn réprima une bouffée de colère. Il croisa le regard préoccupé d'Anson Daughtry sans ciller.

— Elle doit estimer qu'elle est en danger.

— Alors pourquoi ne t'a-t-elle pas contacté ? demanda Daughtry.

Il s'affala dans le fauteuil de l'autre côté du bureau de Quinn et y déploya ses longs membres. Son air somnolent dissimulait un esprit vif et brillamment complexe.

— Tu aurais dû me laisser m'occuper de ce projet. Cette fille a toujours été beaucoup trop imprévisible.

— Toi, tu continues à maintenir mes systèmes informatiques en état de marche. Le personnel, c'est mon affaire.

Daughtry pinça les lèvres, mais ne répondit pas.

— Ce n'est pas dans sa nature de faire confiance aux gens, poursuivit Quinn. Et elle a de bonnes raisons pour ça.

Il se leva de son bureau et marcha jusqu'à la fenêtre qui faisait face à l'est. La nuit et la pluie masquaient la magnifique vue sur les Smoky Mountains qu'il aimait tant, mais l'image était gravée dans sa mémoire : des sommets arrondis couverts de conifères donnant l'impression que les montagnes étaient tapissées de velours bleu-vert.

Il avait quitté cette région depuis si longtemps qu'il se rappelait à peine son enfance passée à flâner en pleine nature, à imaginer des aventures à mille lieues des pics et des vallées du Tennessee.

Mais il n'avait jamais oublié ces montagnes, comme si elles faisaient partie intégrante de lui.

Daughtry poussa un soupir bruyant qui tira Quinn de ses pensées.

— Elle a laissé son téléphone au chalet. Mais elle a enlevé la carte mémoire, nous allons avoir du mal à retrouver le journal d'appels.

Quinn s'était attendu à ce genre de complication.

— Nick Darcy est déjà sur le coup.

— Tu crois qu'elle joue les francs-tireurs ? demanda Daughtry.

Quinn se tourna pour le regarder.

— Ça dépend de ce que tu entends par là.

— Ce n'est pas une réponse.

Sans doute, mais c'était la seule qu'il avait l'intention de donner, songea Quinn. Une vie de mensonges et de tromperies au sein de la CIA avait été riche en enseignements. La principale leçon était qu'il n'existait pas de collègue digne de confiance. Tous les êtres humains avaient un prix, même les personnes les plus honnêtes et les plus morales. L'argent, le sexe, la famille, l'amour du pays ou de soi-même, voire même une passion pour la bonne cause, pouvaient être utilisés comme arme contre n'importe qui, n'importe quand.

Le secret était de savoir choisir la bonne.

Mais la vie ne pouvait être vécue dans l'isolement. Il fallait de temps en temps accorder une confiance limitée à un nombre limité de personnes, dans des conditions limitées.

Quinn avait choisi de confier une partie du secret de Mallory Jennings à Anson Daughtry. Cela n'incluait pas le nom du hacker *grey hat* qu'elle aidait Quinn à localiser. Mais à part Nick Darcy, Daughtry était le seul employé de The Gates qui savait que la jolie assistante n'avait rien d'une employée ordinaire.

Cette information partielle avait-elle suffi à mettre la vie de Mallory en danger ?

Ou essayait-elle plutôt d'échapper au passé trouble qui avait amené Quinn à croiser son chemin ?

Il ne connaissait pas la réponse à la question de Daughtry. Et s'il y avait une chose qu'Alexander Quinn détestait plus que tout au monde, c'était de ne pas avoir la réponse à une question qui l'intriguait.

Mallory Jennings s'était volatilisée dans la nature, et à en croire le récent coup de fil d'Hannah Patterson, elle se trouvait en compagnie d'un ancien cow-boy de rodéo fantasque et imprévisible.

Quinn retourna à son bureau, s'assit et fit un signe du menton en direction de la porte.

— Préviens-moi si tu as du nouveau.

Daughtry fronça les sourcils, visiblement mécontent d'être congédié de la sorte. Mais il extirpa son corps longiligne du fauteuil et sortit sans rien ajouter.

Quinn attendit que la porte soit refermée avant de

pousser un long soupir frustré. Il savait qu'elle causerait des problèmes.

Elle l'avait toujours fait.

Mallory observa attentivement la réaction de Jack, à l'affût du moindre signe révélateur. Lorsqu'elle était jeune, elle avait appris à deviner les intentions de ceux qui l'entouraient. A vrai dire, c'était une question de survie, étant donné ses fréquentations de l'époque.

A dix-neuf ans, elle avait déjà terminé son cursus au prestigieux MIT, le Massachusetts Institute of Technology. Fraîchement diplômée, elle était prête à faire les quatre cents coups. Elle n'avait eu qu'un pas à franchir pour passer du monde des *nerds*, ces mordus de technologie avec qui elle avait étudié, à celui, brillant et clandestin, des hackers. La majorité d'entre eux étaient plutôt inoffensifs. Leurs incursions dans les réseaux informatiques de la planète tenaient plus du jeu du chat et de la souris que de la malveillance.

Mais il y en avait eu d'autres dont les motivations étaient loin d'être innocentes. Bien entendu, en bonne petite plouc du Texas, jeune, imprudente et têtue, nageant dans un océan trouble de requins cybernétiques, elle avait été attirée par les amateurs de sensations fortes et les hors-la-loi.

Pour autant qu'elle sache, Jack Drummond était peut-être l'un d'entre eux. Elle avait trahi des gens très dangereux lorsqu'elle s'était adressée à la CIA pour révéler ce qu'elle avait découvert : un plan en préparation pour une attaque cyberterroriste qui risquait de paralyser l'économie mondiale pendant des mois, voire des années.

Jack Drummond avait fait irruption dans la vie de sa sœur quelques mois après le premier contact entre Mallory et Alexander Quinn. S'agissait-il d'une coïncidence ?

— Tu veux dire qu'il risque d'y avoir des morts ? demanda Jack en la dévisageant, les sourcils arqués.

S'il savait de quoi elle parlait, il n'en montra rien.

— C'est un peu dramatique, comme affirmation, lâcha-t-il.

Il n'était pas un tueur à gages. Ni même un hacker, décida-t-elle en voyant son expression frustrée et un peu sceptique.

— J'imagine, oui. Mais c'est également vrai.

Jack attrapa l'une des deux chaises par son dossier et la rapprocha de là où Mallory se tenait. Il s'assit, puis releva les yeux vers elle. Son regard sombre lui donnait envie de croire qu'il était exactement celui qu'il prétendait être.

Son habitude de ne se fier qu'à elle-même l'avait gardée en vie jusqu'ici. Mais pour quoi ? Une vie passée à fuir ? A être constamment sur ses gardes ?

Elle avait essayé de faire confiance à quelqu'un, et sa sœur en avait payé le prix.

— Est-ce que tu es un hacker ? demanda Jack.

Mallory expira profondément.

— Ça dépend de ce que tu entends pas là.

— Tu forces les systèmes de sécurité informatique, je suppose. Pour Quinn ?

— Non.

— « Non », tu n'es pas un hacker, ou « non », tu ne le fais pas pour Quinn ?

— Non, je ne veux pas discuter pas de ça avec toi. Et tu sais que tous les hackers ne sont pas des criminels, n'est-ce pas ?

Il fourragea dans ses cheveux bruns d'un air agacé.

— Tu changes de sujet.

— Non, je définis les termes. Oui, je suis un hacker. Comme l'était Steve Jobs. Et Linus Torvalds.

— Qui ça ?

Elle faillit éclater de rire.

— Crétin.

Il haussa les épaules en esquissant un sourire.

— Mes centres d'intérêt sont un peu plus… charnels.

Elle sentit une vague de chaleur la parcourir. Il était vraiment trop sexy à son goût. Il lui faisait perdre la tête.

— Tous les hackers ne sont pas des hors-la-loi, expliqua-t-elle. En gros, il y a trois catégories. Pour faire simple, on a les *white hats*, qui sont des hackers éthiques, les *black hats*, qui agissent dans un but malveillant ou criminel, et les *grey hats*, qui sont un mélange des deux. Ces histoires de chapeaux blanc, noir et gris, ça devrait plaire à un cow-boy comme toi.

— Et toi, tu es un hacker *white hat* ?

— Dans le cas présent, oui.

— Mais pas toujours ?

— Pas toujours, concéda-t-elle en lui jetant un regard acéré. Mais on a tous des choses à se reprocher, non ?

— Absolument.

Le léger sourire sur les lèvres de Jack s'accentua.

— Alors ce hacking façon *white hat* que tu fais…

— Ce n'est pas vraiment du hacking. Pas ce que je fais en ce moment, en tout cas.

Elle hésita, pleine d'appréhension.

— Tu as dit que tu recherchais quelqu'un, la relança-t-il. Il se cache quelque part dans le cyberespace ?

Elle n'en revenait pas de lui en avoir autant dit. Elle ferma les yeux pour échapper à son regard magnétique.

— Jack, s'il te plaît.

— Ce ne sont pas tes secrets à toi ?

Elle secoua la tête.

— Et même si c'était le cas, je ne les révélerais quand même pas.

Il baissa la voix pour demander :

— De quoi as-tu peur, Mallory ? Peux-tu au moins me dire ça ?

— De toi, chuchota-t-elle.

Elle ouvrit les yeux, se blindant contre l'inquiétude qu'elle pouvait lire dans son regard.

— J'ai peur de toi.

8

Tout en regardant la pluie tomber par la fenêtre, Jack réfléchit. Ils avaient tous les deux besoin d'un repas chaud et d'une bonne nuit de repos, pas forcément dans cet ordre. Mais il n'avait aucune envie de se risquer dehors par ce temps pour essayer de trouver un fast-food ouvert aussi tard. Quant au sommeil, il les fuyait l'un comme l'autre.

Après avoir avoué qu'elle avait peur de lui, Mallory avait disparu dans la salle de bains une demi-heure plus tôt. La douche avait cessé de couler une quinzaine de minutes après. Depuis, plus aucun bruit ne troublait le silence.

La salle de bains n'avait pas de fenêtre, et la seule aération que Jack avait remarquée était trop petite pour qu'un être humain s'y faufile. Mallory n'avait donc pas pu quitter la pièce. C'était tout bonnement impossible… n'est-ce pas ?

Il marcha jusqu'à la salle de bains et plaqua son oreille contre la porte. Comme il n'entendait rien à travers le mince battant de bois, il frappa doucement.

— Mallory ?

— Je vais bien, répondit-elle d'une voix enrouée et étouffée.

— Est-ce que tu comptes rester là-dedans toute la nuit ?

En s'efforçant de garder un ton léger, il ajouta :

— Parce que j'ai bu beaucoup de café aujourd'hui…

Il entendit un mouvement, puis la poignée cliqueta. Il

recula tandis que la porte s'ouvrait sur Mallory. Elle leva des yeux rougis vers lui et le fusilla du regard.

— Tu es content, maintenant ?

Il poussa un soupir.

— Pas toi, apparemment.

— J'ai dit que j'allais bien.

Elle le frôla en passant à côté de lui, laissant flotter derrière elle le parfum frais de son savon aux plantes. Elle s'était changée et avait enfilé un maillot trop grand des Packers de Green Bay, une équipe de football américain du Wisconsin. Un short de jogging en tissu soyeux dévoilait les jambes musclées que le jean avait cachées.

Faisant taire sa libido, Jack s'assit sur le lit en face d'elle et la regarda démêler de ses doigts ses cheveux humides.

— Tu as dit que tu avais peur de moi.

— Oublie tout ce que j'ai pu raconter.

— Impossible. Tu as aussi dit qu'il allait y avoir beaucoup de blessés.

— Qu'il *risquait* d'y avoir beaucoup de blessés.

— Et c'est censé me rassurer ? Tu crois que ça va me permettre de te laisser dans ce trou en toute bonne conscience pour retourner à mes vacances en famille ?

Une expression consternée apparut sur le visage de Mallory.

— Oui. Tu es superficiel et égocentrique. La vie est un jeu pour toi. Bon sang, tu gagnes ta vie en montant des taureaux !

— Je *gagnais*.

— Peu importe.

Elle plissa légèrement les yeux.

— Combien de temps t'a-t-il fallu pour te remettre ?

— Presque six mois.

— J'imagine que la facture a dû être salée, remarqua-t-elle en grimaçant.

— Etant donné que j'ai beaucoup de chance d'être en vie, je dirais que ça valait le coup.

Lorsque l'animal s'était effondré sur lui, Jack avait cru sa dernière heure venue. Les chirurgiens lui avaient affirmé qu'il s'en était tiré par miracle.

— Les médecins ont dit que si le poids du taureau avait atterri quelques centimètres plus haut, je serais mort.

Mallory soutint son regard sans broncher, mais un infime frémissement agitait le coin de ses yeux. Mara avait la même réaction lorsqu'elle essayait de masquer ce qu'elle pensait, se souvint Jack. C'était arrivé plus d'une fois lors des derniers jours agités de leur relation.

Mallory et sa jumelle n'étaient peut-être pas aussi différentes qu'elle semblait le penser, conclut-il, avant de reprendre la parole.

— J'avais mis de côté un peu d'argent gagné sur le circuit. J'avais aussi eu la bonne idée de me faire assurer par l'Association des cow-boys de rodéo professionnel. Alors j'ai réussi à m'en sortir sans trop de casse sur le plan financier. Depuis, je fais un peu de consulting en freelance.

— Quel genre de consulting ?

Mallory arborait une expression d'ennui détaché, mais il perçut une note de curiosité dans sa voix.

— Les éleveurs de taureaux et de chevaux aiment avoir l'avis d'un cow-boy professionnel sur les reproducteurs à acheter. J'ai donné des cours dans des écoles de rodéo…

— Des écoles de rodéo ? répéta-t-elle sur un ton sceptique.

— Je croyais que tu venais du Texas, répliqua-t-il, faussement désapprobateur.

— J'ai fichu le camp de là-bas aussi vite que possible.

Elle lui adressa un grand sourire, le premier vraiment

sincère depuis leur rencontre. Jack en eut le souffle coupé. Mara avait toujours eu un joli sourire, mais celui de Mallory était éclatant, encadré de fossettes et contagieux. Incapable de résister, il sourit à son tour.

— J'aimais bien le Texas.

Il reprit vite son sérieux et ajouta :

— Dans l'ensemble.

— A ce qu'il paraît, une bonne partie de la frange féminine de la population texane te le rendait bien.

Elle haussa un de ses sourcils.

— Tu ne savais pas que Mara n'avait rien d'une groupie de rodéo ?

— Bien sûr que si. Mais elle était gentille et intelligente. Elle n'était même pas vraiment fan de rodéo, et pourtant elle m'aimait bien.

— Je pense qu'elle n'a pas été plus surprise que ça quand tu as saboté votre relation.

— Nous n'allions pas franchement bien ensemble.

— Non.

— Mais j'ai profité de son bon cœur et de son affection. Même en sachant que ça ne mènerait nulle part.

S'il devait être honnête avec lui-même, il n'était jamais sorti avec une femme en pensant que cela pouvait durer. Il s'était résigné à enchaîner les relations éphémères toute sa vie.

— Tu l'as humiliée, déclara Mallory.

— C'est vrai. Et j'en suis désolé. Ce que je regrette le plus, c'est de ne jamais avoir pu le lui dire.

— On dirait que tu ne te rappelles pas ce coup de fil que tu lui as passé plus tard ce soir-là.

— Quel coup de fil ? demanda Jack en fronçant les sourcils.

— Apparemment, tu étais ivre et plutôt larmoyant.

Tu l'as suppliée de te pardonner, tu as promis d'arrêter de boire, tu lui as dit qu'elle était trop bien pour toi…

— Je n'ai pas fait ça.

— Elle a sauvegardé ton message. Elle me l'a fait écouter.

Suspicieux, il la jaugea du regard.

— Elle n'aurait jamais fait ça.

Mallory esquissa un sourire.

— Non, en effet. Mais elle m'a dit que tu avais appelé pour t'excuser. J'en conclus que tu ne l'as pas fait ?

— Pas à ma connaissance. Et je n'ai jamais été soûl au point d'oublier quelque chose dans ce genre.

Elle soupira.

— Du Mara tout craché. Toujours prête à protéger quelqu'un, même quand ce n'était pas mérité.

Elle ne parlait plus seulement de lui, comprit-il. Toute trace d'humour disparut du visage de Mallory.

— Je ne sais pas qui l'a tuée, Jack. Mais quelle que soit l'identité de son assassin, c'était moi qui étais visée, pas elle. Sais-tu à quel point c'est difficile de vivre avec cette idée en tête ?

— Non, admit-il. Mais je sais ce que c'est que de perdre une des rares personnes au monde qui se préoccupe vraiment de votre sort. Je suis désolé que ce soit aussi ton cas.

A la surprise de Jack, Mallory tendit le bras vers lui et lui attrapa la main.

— Je te crois.

— Alors laisse-moi t'aider, Mallory, déclara-t-il en serrant sa main dans la sienne. Je n'ai aucune idée derrière la tête, je te le jure. Après ce que j'ai fait à Mara, je lui dois bien ça, et je sais qu'elle aurait voulu que je t'aide dans la mesure de mes moyens.

Tout en se mordillant la lèvre de ses dents blanches et

bien alignées, elle l'observa attentivement. Elle finit par prendre une profonde inspiration et lâcha sa main.

— Je recherche un hacker. Quelqu'un que j'ai connu il y a quelques années. A l'époque, c'était un *white hat*, mais je ne suis pas sûre qu'il le soit resté.

— Comment s'appelle-t-il ?

— J'ignore son vrai nom. Quinn le connaît, mais il ne me l'a jamais dit. Je sais seulement quel pseudonyme il utilisait quand je l'ai connu : Endrex. D'après Quinn, il se sert aussi des pseudos « pwnst4r » et « Phreakwrld ».

Elle épela le mot pour qu'il comprenne.

— Et que fabrique ce type en ce moment ? demanda Jack.

Il était loin d'être ignorant en matière de technologie, mais le monde mystérieux des hackers que Mallory tentait de lui décrire semblait appartenir à une autre planète.

— C'est ce que j'essaie de découvrir.

— Tu as dit tout à l'heure qu'il risquait d'y avoir beaucoup de blessés.

Elle recula sur le lit, replia une jambe sous elle, puis se pencha en avant. Ses doigts fins se mirent à triturer le dessus-de-lit.

— Il y a des bavardages.

— « Des bavardages » ?

— Des conversations. Des rumeurs. Des allusions comme quoi il se trame quelque chose de grave. Les personnes avec qui j'ai travaillé à l'agence pensent qu'il y a peut-être une attaque terroriste intérieure de grande ampleur en préparation.

— Et tu es mêlée à tout ça ? demanda Jack, le ventre noué par l'angoisse.

Elle le fusilla du regard.

— Non, je ne suis pas mêlée à tout ça.

— Mais tu recherches un homme qui l'est peut-être.

— Soit il participe au projet, soit il essaie de le contrecarrer. Quinn semble penser que c'est la seconde option, mais…

— Pas toi ?

— Je ne sais pas. Le fait qu'il ait été un *white hat* à un moment ne veut pas dire qu'il le soit resté. Et Endrex a toujours eu ses propres priorités, même quand il œuvrait pour le gouvernement. Je dois dire que je n'ai jamais réussi à comprendre ce qu'elles étaient d'un jour à l'autre.

— Tu le connaissais bien, ce type ?

A l'instant où les mots franchirent ses lèvres, Jack s'aperçut de leur côté accusateur. En la voyant relever brusquement les yeux, il essaya de se rattraper.

— Je veux dire… L'as-tu déjà rencontré en personne ? Ou est-ce que tout s'est passé sur Internet ?

— Internet.

— Alors tu ne sais même pas si c'est un homme.

— C'est un homme. Je connaissais des gens qui l'avaient rencontré. Dans le « monde réel », précisa Mallory en mimant les guillemets avec ses doigts. C'est un homme, je t'assure. Il doit avoir environ trente-cinq ans, maintenant. Les cheveux plutôt longs. Crois-moi, j'ai interrogé tous ceux que je connais en ligne sur lui.

— Tu as peut-être posé la mauvaise question à la mauvaise personne. Y a-t-il un moyen de retrouver les gens à qui tu as parlé ? Ce serait bien de découvrir ce qui a poussé quelqu'un à lancer un homme de main armé à tes trousses.

— Peut-être, répondit-elle, avant de faire la moue. Mais pour l'instant, je suis un peu trop occupée à sauver ma peau et à tenter de me débarrasser d'un cow-boy buté atteint du syndrome du sauveur.

Jack ne put s'empêcher de sourire en entendant cette description.

— C'est sûrement plutôt un complexe de culpabilité qu'un syndrome du sauveur, mais à part ça…

Elle poussa un soupir exagéré.

— En tout cas, pendant que nous sommes assis ici à parler psychologie, moi, je perds un temps de travail précieux.

Elle saisit son sac à dos et en sortit un ordinateur portable au design sophistiqué. Après l'avoir posé sur le lit devant elle, elle récupéra un cordon d'alimentation et une rallonge parafoudre. Elle connecta le câble à l'appareil, puis envoya le reste à Jack.

— Trouve une prise murale, ordonna-t-elle, très professionnelle.

— Il est temps de bosser, si je comprends bien ?

Il s'accroupit à côté de la table de nuit, grimaçant lorsque sa vieille blessure envoya une onde de douleur d'une de ses hanches à l'autre. Il finit par localiser la prise de courant et y brancha la rallonge. Il enfonça ensuite l'extrémité de l'adaptateur de l'ordinateur dans l'un des trous de la multiprise.

— Je dois trouver Endrex, déclara Mallory. J'ai besoin de savoir s'il est du côté des bons ou des méchants. Il faut que je découvre pourquoi ces types armés s'intéressent à moi, et le plus tôt sera le mieux. Alors si tu n'as rien d'utile à ajouter, assieds-toi, tais-toi et laisse-moi travailler.

Jack obéit et se contenta de l'observer en silence. Elle raccorda un téléphone à un petit adaptateur, qu'elle brancha dans l'ordinateur. Il n'avait pas la moindre idée de ce qu'elle faisait, ni pourquoi elle le faisait. Visiblement, elle ne ressentait pas le besoin d'éclairer sa lanterne.

Il n'en revenait toujours pas d'avoir pu confondre, ne

serait-ce qu'une seconde, Mallory avec sa jumelle, plus douce et plus gentille.

Le fait de sentir de nouveau un clavier sous ses doigts lui fit l'effet d'une gorgée de whisky. Une bouffée d'énergie la traversa, renforçant son moral chancelant et calmant ses nerfs à vif. Mallory ne prit pas la peine de sortir les clés USB qui contenaient la plupart de ses recherches. Elle s'était peut-être résignée à laisser Jack Drummond jouer les gardes du corps pour l'instant, mais elle n'était pas prête à lui confier tous ses secrets. Elle avait déjà révélé beaucoup plus d'informations que prévu à ce cow-boy bien trop sexy.

Se fiant à sa mémoire, elle se rendit à plusieurs endroits sur le Net où elle avait des chances de croiser Endrex ou une personne susceptible de le connaître. Elle surfa de site en site sans faire preuve d'aucune subtilité. Lorsque quelqu'un viendrait enfin à bout des multiples couches de protection qu'elle avait mises en place pour masquer son identité et sa localisation, elle serait déjà ailleurs, à se faire passer pour quelqu'un d'autre.

L'idée de Jack d'essayer de retracer les connexions effectuées ces derniers jours était loin d'être mauvaise, même si Mallory ne l'admettrait jamais à voix haute. Elle avait pris l'habitude d'enregistrer tous ses historiques d'activité avec un programme qu'elle avait développé elle-même. Ils se trouvaient actuellement sur l'une des clés USB cousues dans la doublure de sa veste.

Mais voulait-elle vraiment prendre le risque de lui montrer où elle cachait ses secrets ?

— Pourquoi t'es-tu arrêtée ? demanda Jack.

Elle leva les yeux vers lui. Apparemment, pendant qu'elle évaluait ses options, elle s'était figée sur place.

Elle n'avait pas l'habitude qu'on la regarde lorsqu'elle était devant son ordinateur.

— Je réfléchis, c'est tout.

— A quoi ?

Pour quelqu'un censé se taire, il parlait beaucoup, pensa-t-elle en lui jetant un regard insistant.

— A comment commettre un meurtre en toute impunité.

Le grand sourire qu'il lui adressa déclencha plusieurs soubresauts inattendus dans son ventre.

— Tu veux que je disparaisse un moment ? demanda-t-il.

— Tu le ferais ?

— Je voudrais bien essayer de trouver un fast-food encore ouvert à cette heure. Je meurs de faim.

Il se leva du lit, puis se pencha vers elle.

— Qu'est-ce qui te ferait plaisir ?

Au son de sa voix profonde et intime, Mallory sentit une décharge électrique la traverser, mais elle s'efforça de ne rien en laisser paraître.

— Un burrito ou quelque chose comme ça. Et du Mountain Dew. En format XXL. Du soda bourré de caféine, c'est ce qu'il me faut.

Jack ne bougea pas tout de suite. Il était tellement près qu'elle n'aurait eu qu'à relever le visage vers le sien pour l'embrasser. Il finit par se redresser et recula d'un pas.

— Un burrito et un Mountain Dew. C'est noté. Et si le tex-mex n'est pas ouvert ?

— Un hamburger et un Coca. Je m'en fiche un peu, à vrai dire, déclara-t-elle en lui lançant un coup d'œil exaspéré. Tu en mets, du temps, à disparaître.

— Je ne suis pas convaincu que ce soit très sage de ma part de te laisser toute seule ici.

— Parfois, cow-boy, il faut avoir un peu confiance.

— Je trouverais peut-être ça un peu plus facile si tu

n'avais pas déjà essayé de me fausser compagnie plus d'une fois.

Il attrapa son blouson et l'enfila tout en s'enfonçant dans la nuit pluvieuse. Une fois Jack parti, la pièce sembla plus grande, mais aussi plus froide, comme si sa présence l'avait remplie de vie et de chaleur. Songeuse, Mallory tourna les yeux vers la porte. Combien de temps serait-il absent ? Assez longtemps pour qu'elle puisse faire une nouvelle tentative de fuite ?

Il est comme une drogue. Tu connais les hommes dans son genre : ils ont beau être mauvais pour nous, on est incapables de leur résister.

Les mots de Mara lui revinrent en mémoire. Lors des derniers jours qu'elles avaient passés ensemble, sa sœur avait été remarquablement franche à propos de sa rupture avec Jack Drummond. Elle avait en grande partie dépassé le stade de l'humiliation et n'éprouvait plus que la tristesse résignée causée par la fin d'une idylle.

Mallory avait été surprise quand Jack lui avait révélé ne jamais avoir fait l'amour avec Mara. Pourtant, connaissant sa sœur, cela n'avait rien de surprenant. Comme Jack l'avait dit, Mara avait joué selon les règles. Sans compter qu'elle ne se serait pas laissé séduire facilement. Là où leur enfance difficile avait rendu Mallory turbulente et rebelle, elle avait poussé Mara à devenir prudente et réservée.

Bien qu'elles soient de vraies jumelles, les deux sœurs étaient aux antipodes l'une de l'autre.

Mais elles semblaient partager le même goût pour les cow-boys élancés et obstinés. Qui l'aurait cru ?

Si elle voulait décamper avant le retour de Jack, il était temps de le faire. Elle devait ranger le portable et ses accessoires dans le sac, marcher jusqu'à la réception et vider les distributeurs pour avoir de quoi tenir le coup jusqu'à sa prochaine destination.

Quelle qu'elle soit.

Mais le martèlement de la pluie sur le parking du motel avait un effet hypnotique sur elle. Elle avait du mal à garder les yeux ouverts, et ses membres étaient de plus en plus lourds. Elle s'adossa aux oreillers, puis posa l'ordinateur sur ses genoux. Tout en visitant des forums et des salons de chat qu'Endrex était susceptible de fréquenter, elle essaya de trouver la motivation nécessaire pour partir.

Jack n'allait pas tarder à revenir, et ses chances de s'échapper s'envoleraient.

Pourtant elle ne fit pas un geste.

Seul le bruit de la porte qui s'ouvrait la tira de sa léthargie. Une silhouette humaine se découpait dans l'embrasure, bloquant le son de la pluie et la faible lumière provenant des lampadaires du parking. Mallory ne parvenait pas à distinguer ses traits, masqués par une ombre nébuleuse qui semblait vibrer d'une mystérieuse énergie.

Elle essaya de parler, mais la voix lui manqua. Elle était incapable de bouger, comme si son corps avait été cloué sur le lit. Son cœur se mit à battre à un rythme effréné.

La silhouette commença à s'étendre. Elle se répandit dans la pièce, comme la fumée impénétrable qui s'était propagée dans la maison où Mallory avait laissé le corps de sa sœur se consumer. Mais il n'y avait pas d'odeur âcre. L'air autour d'elle restait frais et sain. Un étrange bourdonnement emplit ses oreilles, et elle entendit un léger son, à peine audible, mais impossible à éviter.

— Je suis partout. Et nulle part.

Le murmure glissa sur elle comme une brise insistante, lui donnant la chair de poule.

— Et tant que tu ne m'auras pas trouvé, tu ne pourras pas m'arrêter.

Mallory se réveilla en sursaut. Dehors, le vent s'était levé. Un éclair zébra l'obscurité, suivi de coups de tonnerre assourdissants.

Ce n'était qu'un rêve, se rassura-t-elle en essayant de reprendre son souffle.

Mais ce n'était pas qu'un rêve, pas vraiment.

L'ordinateur était passé en mode veille. Mallory effleura du bout du doigt le pavé tactile, et le système redémarra. Surprise, elle découvrit une fenêtre de dialogue rectangulaire affichée au milieu de l'écran.

Une phrase courte était tapée à l'intérieur.

Tu m'as trouvé.

9

Il y avait cinquante pour cent de chances que Mallory Jennings ait disparu lorsqu'il entrerait dans leur chambre, estima Jack. Ou peut-être soixante, corrigea-t-il en tournant la clé dans la serrure. Voire soixante-dix. Il ouvrit la porte et s'arma de courage, prêt à trouver la chambre vide.

Au lieu de cela, il se retrouva face au canon du Smith & Wesson de la jeune femme.

Il leva les mains, resserrant sa prise sur le sac de nourriture et sur le porte-gobelets contenant leurs boissons.

— Ne tire pas. Je t'apporte à manger.

Elle poussa un long soupir et posa son arme sur la table de nuit. Elle avait l'air secouée, remarqua Jack en refermant la porte derrière lui d'un coup de hanche. Sur ses gardes, il s'approcha du lit.

— Un burrito et un Mountain Dew, comme convenu.

Tout en contournant le lit, il observa Mallory. Son teint pâle et les rides qui barraient son front n'auguraient rien de bon.

— Il est arrivé quelque chose ?

— Je ne sais pas.

Il posa la nourriture et les boissons à côté du Smith & Wesson.

— Est-ce que ça veut dire : « Je sais ce qui s'est passé, mais je ne compte pas en parler à ce crétin de cow-boy » ?

— Non. Ça veut dire que je l'ignore vraiment.

Elle était assise dans une posture défensive, les genoux repliés contre sa poitrine. Son ordinateur portable était fermé et posé sur le lit à côté d'elle.

— Et si tu me disais quelque chose dont tu es sûre ? suggéra-t-il en sortant du sac trois burritos emballés dans du papier aluminium. Tu n'as pas précisé si tu voulais du poulet, du bœuf ou des haricots rouges, alors j'ai pris les trois. Choisis ce que tu veux, et je mangerai le reste.

— Haricots rouges, ça me va.

Elle releva les yeux vers Jack.

— C'était très attentionné de ta part.

— Je n'ai pas que des défauts.

Il lui tendit un immense gobelet de Mountain Dew.

— Plus grand que ça, il n'y avait pas.

— Parfait.

Elle enfonça la paille dans le couvercle et avala une gorgée avec un murmure de plaisir. Sentant son bas-ventre s'embraser, Jack mordit dans son burrito dans l'espoir de se changer les idées. De quoi étaient-ils en train de parler avant que les gémissements de Mallory ne commencent à le faire fantasmer ? Ah oui, se souvint-il. Ils discutaient de ce qu'elle ignorait.

— Qu'as-tu fait pendant que j'étais parti qui t'a perturbée au point que tu ne sais pas de quoi il s'agit ?

— C'est cette question qui me perturbe, marmonna-t-elle, la bouche pleine.

— Je t'ai demandé si quelque chose était arrivé. Tu m'as dit que tu ne savais pas.

Les sourcils froncés, elle poussa un soupir plein de frustration.

— Je suis restée ici au lieu de m'enfuir. Est-ce que ça ne te suffit pas pour aujourd'hui ?

— Parce qu'on compte les points, maintenant ?

Il reposa son burrito dans le sac et se pencha vers elle.

— Attention, trésor. La compétition, c'est mon domaine. Et j'adore gagner.

Elle plissa le nez.

— Moi aussi.

Il comptait bien dessus. L'anticipation faisait bouillonner son sang dans ses veines et électrifiait ses nerfs.

— Que s'est-il passé, Mallory ?

— Ne m'appelle pas comme ça, répliqua-t-elle à mi-voix. Pour le pire ou pour le meilleur, je suis Mara, désormais.

— Je ne peux pas t'appeler Mara, désolé.

Il s'appuya contre son dossier, son appétit envolé.

— Que penses-tu de « MJ » ?

Elle esquissa un sourire.

— Ma mère m'appelait comme ça. Mon deuxième prénom est Jean. Elle appelait Mara « MC », pour Mara Caroline.

— Je l'ignorais.

— Nous n'aimions pas beaucoup parler de notre mère.

Ils s'éloignaient beaucoup de la question qu'il avait posée au départ. Mais il avait beau vouloir savoir ce qui avait troublé Mallory en son absence, il ne comptait pas l'interrompre alors qu'elle semblait prête à partager un peu de son enfance avec lui. Même Mara, qui était plus accessible que sa jumelle, n'avait jamais raconté son passé en détail.

D'après ce qu'il savait, les deux sœurs avaient grandi à Lubbock, à quelques heures au sud d'Amarillo. Lorsqu'il avait rencontré Mara, elle avait déjà perdu ses parents, et elle en parlait comme s'ils avaient disparu depuis longtemps.

— Votre mère est morte quand vous étiez petites, c'est ça ?

— Nous avions dix ans, répondit Mallory, les yeux rivés sur le mur en face d'elle.

A en juger par son regard un peu voilé, elle était plus concentrée sur un épisode de son passé que sur le papier peint de la chambre du motel.

— Ma mère est morte quand j'étais bébé, déclara Jack.

Il n'avait pas eu l'intention de révéler cette information sur sa vie. Il n'avait jamais parlé à Mara de son enfance dans le Wyoming, et elle ne l'avait jamais interrogé. Il ne s'était jamais demandé pourquoi, ravi qu'elle ne soit pas une de ces femmes trop curieuses qui voulaient tout savoir de l'homme qu'elles fréquentaient. Il n'avait peut-être pas été le seul à vouloir dissimuler des secrets de jeunesse.

— Je ne me souviens pas d'elle, admit-il. J'ai seulement quelques photos.

— Je ne sais pas si ça fait de toi quelqu'un de chanceux ou de malchanceux.

Mallory parlait d'une voix dénuée d'émotion, mais le chagrin formait des petites rides au coin de ses yeux.

— Est-ce que c'est pire de ne jamais connaître sa mère ? Ou de la connaître et de la perdre ?

Jack s'était posé la même question presque toute sa vie. A la mort d'Emily, il avait trouvé sa réponse : il préférait ne jamais avoir connu sa mère, comme ça il n'avait pas su ce qu'il perdait.

Sa sœur lui manquait tous les jours.

— Comment ta mère est-elle morte ? demanda Mallory.

— Dans un accident de voiture. Et la tienne ?

Elle releva les yeux pour croiser les siens.

— Mon père l'a tuée.

Il sentit un frisson le parcourir.

— Oh. Ça alors, c'est…

— Horrible ? Tragique ? suggéra-t-elle avant de détourner le regard. Pitoyable ?

— Mara ne m'avait rien dit.

— Je le répète, nous ne parlions jamais d'elle.

— Et de ton père non plus.

Elle emballa son burrito à moitié entamé et le replaça dans le sac posé sur la table de nuit.

— Qu'est-ce qu'il y a à en dire ? Il avait l'alcool mauvais et la battait constamment. Un jour, il a oublié d'arrêter.

— Je suis désolé.

Elle haussa les épaules.

— Tu n'y es pour rien.

— Qui vous a recueillies, après ?

— Mon oncle et ma tante.

Elle n'entra pas dans les détails, et Jack jugea inutile d'insister.

Lui et Emily avaient sûrement eu de la chance d'avoir été élevés par leur père, même s'il n'avait pas été un modèle de tendresse. Il avait veillé à ce qu'ils soient bien vêtus et bien nourris, à ce qu'ils aillent à l'école et fassent leurs devoirs. Il avait même essayé de leur trouver une nouvelle maman à deux reprises, mais ces relations n'avaient jamais vraiment fonctionné.

Jack avait toujours pensé que leur père était trop difficile à vivre mais sa sœur, qui avait le cœur plus tendre, avait une autre théorie. D'après elle, leur père avait perdu sa capacité à aimer lorsque sa femme avait disparu.

— Tu n'étais pas là, mais moi si, lui avait dit Emily plus d'une fois. Avec elle, il riait, chantait, plaisantait. Quand elle est morte, c'est comme si elle avait emporté une partie de lui avec elle.

Jack n'avait jamais compris ce que voulait dire sa

sœur, jusqu'à ce qu'elle meure et emporte une partie de lui avec elle.

Il repoussa résolument les vieux souvenirs, croisa les mains sur ses genoux et regarda Mallory avec détermination.

— Pourquoi étais-tu aussi secouée quand je suis revenu, MJ ?

Elle cligna des yeux, visiblement déstabilisée par le changement de sujet.

— Je n'étais pas vraiment secouée.

Elle paraissait sur le point de protester davantage, lorsque ses épaules se courbèrent. Elle tendit le bras pour attraper son ordinateur, qu'elle posa sur ses genoux. Avec un soupir, elle se décala sur le côté du lit et ouvrit le portable. D'un signe de la tête, elle invita Jack à la rejoindre.

Ignorant le désir qui continuait de le tirailler, il s'assit à côté d'elle et regarda l'écran. Elle utilisait un système d'exploitation Windows, constata-t-il avec surprise. Une de ses connaissances, un clown de rodéo fan de technologie, lui avait assuré que les cracks en informatique choisissaient toujours Linux. Mais après tout, le bonhomme lui avait peut-être raconté n'importe quoi.

Plusieurs fenêtres du navigateur étaient ouvertes. Devant elles, un autre rectangle plus petit occupait le milieu de l'écran. Il ne contenait que quelques mots.

Tu m'as trouvé.

— Qu'est-ce que ça veut dire ? demanda-t-il.

— Je n'en suis pas sûre.

Elle croisa les bras et les frotta comme si elle avait froid. Pourtant le radiateur fonctionnait bien. A vrai dire, il faisait même un peu trop chaud pour Jack.

— Tu recherches quelqu'un et tu as reçu ce message,

résuma-t-il en désignant la fenêtre de discussion. Que faisais-tu quand elle est apparue ?

— Je naviguais sur Internet. Je vérifiais des sites où j'ai croisé Endrex il y a quelques années.

Elle haussa les épaules.

— La moitié sont inactifs, ont changé d'adresses web ou ont été supprimés. Je ne faisais même pas beaucoup d'efforts pour le trouver. Je me contentais de réfléchir en laissant mes doigts courir sur le clavier.

— Tu n'as pas essayé de lui répondre ?

— Pas encore.

— Tu penses que c'est un traquenard ?

— C'est possible, admit-elle. Quelqu'un essaie peut-être de m'attirer dans un piège.

— A moins que ce ne soit l'homme que tu recherches qui essaie d'entrer en contact avec toi.

Jack pivota pour pouvoir examiner Mallory. Elle tourna la tête, et leurs regards se croisèrent. Elle semblait vraiment indécise. Jusqu'à présent, elle avait fait preuve d'une résolution à toute épreuve. C'était étrange de la voir aussi hésitante, songea-t-il, avant de reprendre la parole :

— Si tu as raison à propos de cet homme, s'il est la clé pour éviter un événement grave, je pense que c'est un risque que nous devons prendre.

— « Nous » ?

Elle haussa un sourcil, mais il discerna dans ses yeux bleus une lueur de soulagement. Elle n'était peut-être pas la dure à cuire solitaire qu'elle prétendait être, après tout.

— Je suis un cow-boy de rodéo qui ne peut plus monter de taureaux, répondit-il.

Il pencha la tête vers elle et baissa la voix.

— J'ai besoin d'un peu de piment dans ma vie. Prenons le risque.

— Quel genre de risque ? murmura-t-elle.

L'air se chargea aussitôt d'électricité, et le désir que Jack avait ressenti un peu plus tôt revint en force. Une partie de lui se doutait que Mallory avait changé le ton de leur conversation à dessein pour le distraire et qu'il renonce à l'aider à retrouver le mystérieux Endrex.

L'autre partie de lui se moquait complètement de ses motivations. Il voulait seulement voir jusqu'où elle était prête à mener son opération de diversion.

Jusque sous les draps ?

Jack obligea la partie la plus indocile de lui-même à se soumettre et recula de quelques centimètres.

— S'il est possible d'empêcher des gens de mourir en tapant une réponse dans cette fenêtre, alors je pense qu'il faut tenter le coup.

Les yeux de Mallory s'attardèrent sur sa bouche, puis vinrent croiser les siens.

— Il y a une chance que ça marche, reconnut-elle. Mais nous courons aussi le risque de nous faire tuer.

— C'est un risque acceptable, d'après moi.

Elle plissa le nez.

— Et voilà ton complexe du héros qui resurgit.

— Crois-moi, je n'ai rien d'un héros. Simplement, quand j'ai été assez sobre pour porter un regard critique sur ma vie, je me suis rendu compte que je n'avais rien fait qui vaille la peine d'être raconté à mes petits-enfants.

— Tu ne trouves pas qu'être un cow-boy de rodéo soit suffisamment intéressant ?

— Ça ne veut pas dire que ça ait le moindre intérêt.

— Et qu'est-ce qui te fait dire que tu auras des petits-enfants un jour ?

La question le fit sourire.

— Parce que je veux des petits-enfants.

— Et ce que tu veux, tu l'obtiens ?

— Je pourrais te retourner la question, tu sais.

Elle pencha la tête, baissant les yeux sur le portable comme si elle s'était lassée de la conversation. Elle fit un geste en direction de l'écran.

— Etant donné que nous sommes dans le même bateau, as-tu des suggestions sur ce que je devrais dire à cet homme ? demanda-t-elle.

Jack ravala une réponse sarcastique et observa le curseur clignotant sous le bref message.

— Il dit que tu l'as trouvé. Ecris-lui que ce n'est pas encore le cas, mais que tu aimerais bien.

Elle lui lança un regard sceptique, mais tapa une brève réponse.

Pas encore. Mais j'aimerais bien. On peut se rencontrer ?

Pendant plus de deux minutes, rien ne se passa. Puis, alors que la tension dans la chambre devenait palpable, un nouveau message apparut sous celui de Mallory.

Resurrection Point.

Jack regarda l'écran en fronçant les sourcils. Pourquoi ces quelques mots lui semblaient-ils familiers ?

Il jeta un coup d'œil vers Mallory, espérant qu'elle en savait plus long que lui, mais son expression figée était indéchiffrable.

Elle ferma brusquement la fenêtre de discussion et rabattit le capot du portable.

— Qu'est-ce que ça veut dire, « Resurrection Point » ? demanda-t-il doucement au bout de quelques instants.

— Aucune idée.

Elle mentait. Et plutôt bien, d'ailleurs. Son ton était juste assez ouvert et innocent pour en tromper plus d'un. Mais elle avait déjà trahi son agitation lorsqu'elle avait claqué l'écran de l'ordinateur, même si elle avait veillé à contrôler son expression aussitôt après.

— Alors pourquoi n'as-tu pas continué à discuter avec lui ? insista-t-il.

Elle se tourna pour le regarder, un sourire plein de sensualité aux lèvres, et se pencha un peu plus vers lui.

— Voyons, cow-boy, ne me dis pas que tu ne t'es jamais fait désirer ?

— Tu penses qu'il va te recontacter si tu ignores son message ?

— Ce n'est pas ce que tu ferais ?

Il ne pourrait sûrement pas s'en empêcher, songea Jack. Il semblait avoir un faible pour les rouquines au tempérament de feu, en particulier celle assise à côté de lui, qui s'amusait à le provoquer alors qu'ils se trouvaient sur un lit.

Lui aussi pouvait jouer à ce petit jeu-là. Il se rapprocha d'elle, la défiant de reculer.

— « Resurrection Point ». On dirait un nom de lieu.

— On dirait.

Elle ne recula pas.

Il lui effleura la colonne vertébrale du bout des doigts et réprima un sourire lorsqu'elle prit une brusque inspiration.

— Tu en as déjà entendu parler, je me trompe ?

Elle tourna la tête, et ses lèvres frôlèrent la mâchoire de Jack.

— Je t'ai dit que je ne savais pas ce que ça voulait dire.

Au moindre contact de cette bouche sur sa peau, Jack sentait des picotements de plaisir le traverser. Il avait perdu le contrôle de la situation dès que Mallory avait entrepris de le séduire, comprit-il. Il n'était pas sûr de s'en soucier.

Perdre cette bataille-là ressemblerait probablement beaucoup à une victoire.

Elle tira sur les boutons de sa chemise, défit les deux premiers et déposa un baiser sur son torse.

— Tu sens bon, murmura-t-elle.

— Toi aussi.

Tandis qu'il enfouissait son visage dans la masse de cheveux auburn, elle déboutonna le reste de sa chemise. Elle écarta le tissu, embrassant le moindre centimètre de peau qu'elle découvrait, jusqu'à ce qu'elle atteigne la ceinture de son jean. Alors qu'elle commençait à jouer avec la fermeture, Jack lui prit la tête entre ses mains et tira doucement. Il la fit remonter le long de son corps, jusqu'à ce qu'ils se retrouvent de nouveau face à face.

— Tu es prête à aller jusqu'où pour me cacher la vérité ?

Sa voix était rauque, comme si l'effort de contrôler son excitation avait laissé tout son être à vif.

C'était peut-être le cas. Il la désirait si fort qu'il en souffrait physiquement.

Mallory ferma les yeux, comme pour échapper à son regard. Il sentit un frisson infime la traverser avant qu'elle ne réponde :

— Je ne prends rien au sérieux, tu te rappelles ? Je suis sûre que Mara t'a dit ça à propos de moi.

— Je n'en crois rien.

Il la repoussa et se réfugia sur l'autre lit. Penché en avant, il prit plusieurs inspirations. Son corps était prêt à passer à l'acte, mais pour une fois son cerveau remporta la bataille.

Coucher avec Mallory Jennings maintenant gâcherait toutes ses chances de gagner sa confiance. Il passerait pour faible et impulsif à ses yeux. Cette tentative de séduction n'était rien d'autre qu'un jeu de pouvoir, et il serait stupide d'y succomber.

— Alors, cow-boy, on ne supporte pas la pression ? lança-t-elle.

Sa douce raillerie fit frissonner Jack, mais il ne faiblit pas. Sans bouger, il se mit à l'observer froidement. Il commençait à savoir déchiffrer son langage corporel. Elle le fixait droit dans les yeux sans ciller, mais sa lèvre inférieure tremblait très légèrement. Il avait remarqué la même chose lorsqu'elle était sortie de la salle de bains, les yeux rougis, essayant de ne montrer aucun signe de faiblesse.

— Je sais que tu as peur, Mallory. Moi aussi, j'ai peur.

Il ignora son regard méprisant et se concentra sur cette lèvre frémissante.

— Je sais que tu es venue avec moi uniquement parce que c'était le moyen le plus rapide de t'éloigner de Deception Lake, mais…

Un éclair de lucidité le traversa. Quelque chose concernant le lac, dont il devait impérativement se souvenir.

— « Mais » ? répéta-t-elle pour l'inciter à poursuivre.

— Deception Lake. Mon beau-frère et sa femme m'ont emmené pêcher là-bas ce matin.

Il avait du mal à croire qu'il s'agissait de la même journée. Il lui semblait qu'une vie entière s'était écoulée depuis cette matinée sur le lac nappé de brume. Tout en sortant des gros crapets de l'eau, lui et sa famille avaient regardé le soleil se lever au-dessus des montagnes.

— Et alors ? demanda-t-elle.

— Je ne sais pas si tu vas souvent pêcher le crapet.

— Je ne vais pas souvent pêcher tout court.

— Au printemps, on pêche le crapet dans les eaux calmes, peu profondes et protégées. A l'automne, on les trouve plutôt autour des promontoires. Alors, avant d'embarquer, nous avons acheté une carte du lac au magasin d'appâts, pour repérer les zones d'eaux calmes. Mais Hannah a également marqué tous les promontoires sur cette carte, parce qu'elle espérait revenir en automne.

— Et alors ? répliqua-t-elle d'un ton impatient.

— L'un des bons spots de pêche qu'elle a repérés se trouvait à un endroit appelé Resurrection Point.

Il vit le visage de Mallory se figer. Encore un signe que ce qu'il venait de lui dire avait touché une corde sensible.

— Nous ne sommes pas allés à Resurrection Point, bien sûr, ajouta-t-il lentement.

Il ne la quitta pas des yeux, à l'affût du moindre indice trahissant ce qu'elle pensait.

— Les eaux calmes étaient de l'autre côté du lac, sur la rive occidentale.

— Et si tu en venais à la conclusion de cette fascinante histoire de pêche ?

Son ton plein d'ennui était démenti par son regard perçant et vigilant. Elle avait peut-être l'air calme, mais elle était terrifiée à l'intérieur.

— Quand je t'ai suivie jusque chez toi cet après-midi, je me souviens d'avoir pensé que tu allais à l'est de là où nous avions pêché dans la matinée. Et je viens de me rappeler que Resurrection Point était aussi situé à l'est des zones d'eaux calmes. Ce qui veut dire que cet endroit se trouve quelque part autour de ton joli petit chalet dans les bois.

Il se pencha vers elle.

— J'ai raison, non ?

— Mon joli petit chalet dans les bois se trouve *à* Resurrection Point, répondit-elle sèchement, la peur fissurant son masque d'impassibilité.

— Ce qui signifie…

— Que c'est peut-être Endrex qui a engagé le tireur pour me tuer.

10

Elle avait commis une erreur. Elle avait été négligente. Elle avait fait confiance à la mauvaise personne.

N'avait-elle donc rien appris au cours des sept dernières années ?

— Dis-moi tout ce que tu sais sur ce fameux Endrex.

La voix de Jack résonna doucement dans la chambre silencieuse, comme un écho au tonnerre qui grondait au loin.

— Je ne sais pas grand-chose, répondit-elle.

— Mais toujours plus que ce que tu veux bien me dire.

Il lui attrapa le menton entre ses doigts et l'obligea à le regarder. Elle ne voulait pas croiser ses yeux sombres, mais ils l'attiraient de façon presque irrésistible. Elle sentit un tiraillement au centre de sa poitrine, comme si Jack avait saisi son cœur et l'avait gentiment serré dans son poing.

— Je ne sais rien avec certitude.

— Tu as des soupçons, alors.

Il passa lentement le pouce sur son menton, dans une caresse légère et hypnotique.

— Je sais que tu n'accordes pas ta confiance facilement. C'est l'évidence même. Et tu ne me connais pas vraiment. Mais…

— Mais tu es tout ce que j'ai, termina-t-elle à sa place.

— J'aurais espéré un peu plus d'enthousiasme de ta part.

Il esquissa un sourire.

— Mais oui, c'est ça, ajouta-t-il.

Elle baissa la tête pour qu'il lui lâche le menton. Elle ne voulait pas l'admettre, mais elle avait besoin de son aide. En moins d'un jour, quelqu'un avait essayé de la kidnapper et de la tuer. Peut-être deux personnes différentes, si son bref aperçu du tireur était exact. Il ne semblait pas aussi grand ou costaud que l'homme qui l'avait attaquée au chalet.

Elle avait donc au moins deux inconnus malintentionnés à ses trousses. Qui étaient peut-être de mèche, ou pas, avec le mystérieux hacker nommé Endrex. Si son interlocuteur sur Internet était Endrex, il savait où elle habitait. Il avait peut-être même commandité les attaques.

Elle avait mal à la tête. Ses yeux la brûlaient et son estomac était douloureux, comme s'il était tiraillé entre la faim et la nausée. Elle avait besoin de dormir. Après un peu de repos, elle aurait peut-être récupéré assez de lucidité pour trouver quelques réponses.

Mais comment était-elle censée trouver le sommeil alors qu'elle se sentait comme une souris prise au piège ?

— Fais-moi confiance, MJ.

Jack prit sa main dans la sienne et la caressa de son pouce.

— Tu vis dans la peur depuis très longtemps, n'est-ce pas ? Tu sembles au bout du rouleau.

— Je veux te faire confiance, je t'assure, déclara-t-elle, dépitée d'entendre sa voix se fêler.

— Alors, n'hésite plus.

Il vint s'asseoir à côté de Mallory sur le lit et mêla ses doigts aux siens.

— Si tu ne veux pas encore me parler, ce n'est pas grave. Mais ne me laisse pas en plan. Je peux monter la garde cette nuit. Toi, essaie de dormir. Demain matin, la tempête sera passée, et nous pourrons reprendre la route. Nous irons où tu voudras.

« Nous », songea-t-elle, détestant le mot autant qu'elle s'y raccrochait. Cela faisait longtemps qu'elle n'avait rien connu d'autre que la solitude.

— Allonge-toi, poursuivit-il. Ferme les yeux. Laisse-moi m'occuper de toi. Juste pour cette nuit.

Sans résister plus longtemps, elle suivit ses instructions. Elle s'appuya contre les oreillers et s'enfonça davantage sous les draps.

Jack remonta la couverture sur elle, la bordant comme si elle était une petite fille. Quel genre de père ferait-il ? se demanda-t-elle, frappée par la douceur de son expression. Un père qui jouerait avec ses enfants, leur lirait des histoires et sécherait leurs larmes quand ils s'écorcheraient les genoux ou perdraient à un jeu, décida-t-elle, apaisée par cette pensée.

L'homme assis près d'elle ne correspondait pas du tout à l'image qu'elle s'était faite du soupirant infidèle de Mara.

Mais sa sœur n'était pas du genre à mentir. Les informations qu'elle avait tues étaient sûrement au détriment de Jack. Tout ce que Mara avait pu lui dire de négatif sur lui avait été confirmé par le principal intéressé.

Mais il avait aussi essayé de faire amende honorable. Il avait insisté pour rembourser l'argent qu'il avait volé. Il avait risqué sa vie aujourd'hui pour aider Mallory, simplement parce qu'il estimait le devoir à la mémoire de Mara. Le cow-boy coureur de jupons et porté sur la bouteille qui existait dans l'imagination de Mallory n'aurait jamais fait une chose pareille.

Alors lequel de ces Jack Drummond était le vrai ?

Alexander Quinn attendit avec impatience que la porte de la chambre d'hôtel à laquelle il venait de frapper s'ouvre. Il entendit un bruit à l'intérieur, puis le battant s'entrouvrit de quelques centimètres. Le visage buriné de Riley Patterson apparut. Ses yeux bleus étaient gonflés de sommeil.

— Oh. C'est vous.

— Puis-je entrer ?

Riley baissa les yeux sur sa montre.

— Il est minuit passé.

— C'est important.

— Ma femme et mon fils dorment.

— Pas ta femme, grommela une voix féminine depuis l'intérieur de la chambre.

Le joli visage d'Hannah Patterson apparut derrière l'épaule de son mari.

— Qu'est-ce que vous voulez, Quinn ?

— Je pense que vous le savez.

Elle fit une grimace.

— Est-ce que je vous ai déjà dit à quel point je détestais tout le charabia énigmatique qui sort de votre bouche ?

— Je recherche votre beau-frère.

— Tous nos vœux de succès, répliqua Riley en commençant à refermer la porte.

Quinn l'en empêcha en glissant son pied dans l'ouverture.

— Jack est en danger.

— A cause de vous ?

Quinn ravala une réponse cinglante, même si Riley Patterson commençait à l'irriter au plus haut point.

— Il y a quelque chose que vous devez savoir à propos de la femme que votre beau-frère essaie de protéger.

L'expression d'ennui que Patterson arborait changea subtilement, et une lueur d'intérêt s'alluma dans ses yeux.

— Qui ?

— Vous croyez qu'elle s'appelle Mara Jennings. Vous pensez qu'il s'agit de la femme que votre beau-frère a fréquentée à Amarillo, au Texas, il y a quatre ans.

Quinn baissa la voix.

— Mais vous faites erreur.

— C'est une intrigante ?

— En quelque sorte.

Il fit un signe de tête en direction de la porte.

— Si vous me laissez entrer, je me ferai un plaisir de vous expliquer de quoi il retourne. Je ne pense pas que ce soit judicieux d'avoir cette conversation au beau milieu du couloir.

— Pour l'amour du ciel, laisse-le entrer, grogna Hannah. Finissons-en, parce que je le connais, et il ne va pas s'en aller comme ça.

Quinn réprima un sourire en entendant le ton frustré de la jeune femme.

— Elle a raison.

Patterson recula et laissa Quinn entrer dans leur chambre. Hannah traversa la pièce pour jeter un œil sur leur fils endormi. Elle resserra la couverture autour de lui, puis se tourna vers Quinn et son mari.

— Pas trop de bruit, d'accord ? La journée a été animée, et le petit a mis un temps fou à s'endormir.

Pendant qu'elle allumait la lampe de chevet, Quinn s'assit sur l'une des deux chaises qui encadraient la petite table près de la fenêtre. Patterson et sa femme s'installèrent côte à côte sur le matelas. A en juger par leur tenue, il les avait tirés du lit. Patterson était torse nu et en caleçon, tandis que Hannah était enveloppée dans un peignoir en éponge. Ses jambes fuselées étaient nues à partir des genoux. Elle ne portait rien aux pieds et, à la vue du vernis à ongles vert électrique sur ses orteils, Quinn réprima un nouveau sourire.

— C'est quoi, ce gros secret concernant Mara Jennings ?

demanda-t-elle impatiemment. Si ce n'est pas la femme que Jack connaissait, qui est-ce ?

— La sœur de Mara.

Patterson fronça les sourcils.

— Jack a dit que la sœur de Mara était morte il y a quatre ans.

— Sa sœur jumelle, intervint Hannah, une expression pensive dans ses yeux verts. Des vraies jumelles, n'est-ce pas ? Leurs profils ADN seraient probablement impossibles à différencier sans des analyses spécialisées…

— Mara est morte, et sa sœur a pris sa place ? demanda Patterson en se tournant vers Quinn pour en avoir la confirmation.

C'était vraiment agréable de parler avec des gens qui comprenaient les choses à demi-mot, pensa Quinn en acquiesçant. C'était tellement rare.

— Pourquoi ? demanda Patterson.

— Parce que la personne qui a tué Mara visait Mallory, répondit Hannah à la place de Quinn, son esprit aiguisé fonctionnant aussi vite que d'habitude.

— Et continue à la viser ? demanda son mari.

— Si vous avez le moyen de joindre votre beau-frère, faites-le. Contactez-le et prévenez-le de ce qui se passe. Parce que je vous assure que Mallory Jennings ne fait confiance à personne. Il est peu probable qu'elle lui dise la vérité.

— Autrement dit, il ne sait peut-être pas quel danger il court, résuma Hannah.

— Savez-vous comment le joindre ? demanda Quinn.

Il regarda ostensiblement le téléphone portable posé sur la table de chevet entre les deux lits.

— Merci pour cette information, monsieur Quinn,

déclara Patterson en se levant et en lui adressant un signe de la tête. Bonne nuit.

Contrôlant une brusque bouffée d'agacement, Quinn le suivit jusqu'à la porte sans rien dire. De toute façon, il n'avait pas besoin d'être dans la chambre pour surveiller les communications téléphoniques entre le portable de Patterson et celui de son beau-frère.

Il n'avait pas été espion pendant des années pour rien.

Nick Darcy l'attendait, assis au volant d'une Mercedes-Benz noire. Quinn s'installa sur le siège passager, puis se tourna vers l'ancien agent du DSS, le Service de sécurité diplomatique. C'était le seul de ses employés, sans compter Anson Daughtry, qui connaissait la vérité sur Mallory Jennings.

— Ça donne quoi ? demanda Quinn.

— Ce sont des gens intelligents. Ils comprennent le risque que court Drummond.

Darcy jeta un coup d'œil sur le matériel d'enregistrement installé sur la banquette arrière de la berline. Il tapota l'oreillette enfoncée dans son oreille droite.

— Pour l'instant, ils se demandent si c'est une bonne idée d'essayer de contacter Jack.

Quinn s'autorisa enfin un sourire.

— Ils ne me font pas confiance.

— Ça te surprend ? demanda Darcy avec un regard narquois.

— C'est de bonne guerre.

Il brancha des écouteurs dans l'enregistreur, afin d'entendre ce que captait le dispositif qu'il avait caché sous la chaise.

Dans la chambre d'hôtel, Hannah et Riley restaient pour l'instant silencieux. La lumière à leur fenêtre s'éteignit. Grâce au puissant signal du mouchard, Quinn entendit le grincement du matelas et un bruissement de tissu, puis la question endormie d'Hannah Patterson.

— Veux-tu tester un autre endroit du lac, demain ? Quelqu'un au magasin d'appâts a dit que les crapets mordent bien dans les zones d'eaux calmes au sud du lac.

— Ça roule.

Il y eut le son, reconnaissable entre tous, d'un baiser, puis le silence revint. Quelques secondes plus tard, Hannah Patterson murmura :

— Bonne nuit, Quinn.

Darcy se mit à rire.

Un bourdonnement sourd tira Jack du sommeil. Sentant une vibration contre sa poitrine, il sortit son téléphone de la poche de sa chemise. Il avait reçu un SMS d'un expéditeur inconnu. Le message était bref et allait droit au but.

R et moi en silence radio pour l'instant. Sois prudent. Elle n'est pas qui tu crois.

Hannah, comprit-il. Elle utilisait probablement un portable impossible à tracer. Elle avait des cousins dans le milieu de la sécurité, et sa famille proche avait déjà participé à des activités top secret, à en croire les récits de Riley.

Quelqu'un l'avait donc approchée pour l'avertir à propos de Mallory. C'était forcément le patron de l'agence, cet ancien espion en qui elle n'avait pas vraiment confiance.

A quel jeu jouait ce type ? Essayait-il de découvrir leur localisation en passant par Hannah et Riley ?

Il répondit à Hannah en utilisant le même numéro.

Je sais. Je suis sur le coup.

Puis il remit le portable dans sa poche et se rallongea, les yeux fixés sur le plafond obscur.

Dehors, la tempête s'était enfin calmée. L'averse avait baissé d'intensité, jusqu'à ce qu'il n'entende plus qu'un léger son de pluie à travers les murs fins de la chambre.

Sur l'autre lit, Mallory était plongée dans un profond sommeil. Son souffle était lent et régulier. Si elle rêvait, elle n'en montrait aucun signe.

Comment devait-il s'y prendre avec elle ? se demanda-t-il.

Pour le moment, elle avait décidé de lui faire confiance. Elle avait besoin de dormir un peu, de récupérer pour pouvoir affronter ce qui les attendait. Mais il ne se faisait aucune illusion : ce n'était sûrement pas parce qu'elle le croyait de son côté.

A l'évidence, la confiance n'était pas son fort. Et elle ne se fiait pas plus à elle-même qu'au reste du monde.

Tout à coup, Mallory sursauta, puis se redressa brusquement. Elle resta figée plusieurs secondes, avant de courber les épaules. Elle finit par se tourner vers lui. Il faisait trop sombre pour qu'il puisse discerner son expression, mais quand elle parla, sa voix tendue trahissait son agitation.

— Quelle heure est-il ?

Il pressa le bouton de sa montre pour éclairer le cadran.

— Presque 5 heures du matin. Tu as dormi longtemps.

— Bien assez longtemps comme ça.

Elle alluma la lampe de chevet, et le centre de la chambre se retrouva inondé de lumière. Ebloui, Jack plissa les yeux.

— Tu peux dormir deux ou trois heures de plus, tu sais.

— Nous devons prendre la route avant qu'il n'y ait trop de circulation.

Elle repoussa les couvertures et attrapa son sac marin sur le sol.

— Je vais dans la salle de bains la première.

Il lui attrapa la main lorsqu'elle passa devant lui, et elle croisa son regard. Une lueur d'excitation brillait dans ses iris, et Jack sentit un feu similaire le brûler. Il se racla la gorge.

— Où allons-nous ?

Elle baissa les yeux.

— Je n'ai pas encore décidé.

Mais c'était faux, il le voyait bien. Et il avait le pressentiment que leur destination n'allait pas lui plaire.

Elle s'efforça de sourire.

— Dès que ce sera le cas, tu seras le premier à le savoir, c'est promis.

Il n'était pas sûr de pouvoir la croire.

— Nous retournons à Purgatory ?

Mallory garda les yeux rivés droit devant elle, même si elle sentait le regard interrogateur de Jack peser sur elle.

— Je sais bien que ça semble fou, étant donné ce que nous avons appris.

— Je m'attends toujours à quelque chose de fou, venant de toi.

Jack avait arrêté le pick-up à la sortie du parking du motel. La route qui s'étirait de chaque côté de l'intersection était déserte dans les deux sens. S'ils tournaient à droite, ils s'éloigneraient de Purgatory en direction du nord. S'ils prenaient à gauche, ils rouleraient vers Deception Lake.

— Si c'est bien à Endrex que j'ai parlé hier soir, il a sûrement évoqué Resurrection Point pour une bonne raison.

Elle s'efforça d'avoir l'air plus assurée qu'elle ne l'était en réalité.

— Il veut peut-être que je le retrouve là-bas.

— Il veut peut-être te tuer là-bas, répliqua Jack sèchement.

Elle tourna la tête vers lui et vit la fureur contenue dans ses yeux sombres. Il semblait réellement se soucier de savoir si elle allait vivre ou mourir, comprit-elle.

C'était un sentiment déroutant. Même avant la mort de Mara, elle avait vécu en marge de la société, avec seulement une poignée de connaissances et aucun véritable ami. L'idée de forger un lien réel avec quelqu'un, de laisser une autre personne voir ce qui se cachait sous les couches supérieures de sa coquille protectrice, était profondément terrifiante.

Et vraiment tentante.

Un silence tendu s'installa entre eux, seulement rompu par le tambourinement des pouces de Jack sur le volant. Mallory était à sa merci, du moins pour l'instant, et ce qu'il allait décider pouvait tout changer.

Il ferma les yeux pendant quelques secondes. Puis les rouvrit et tourna à gauche.

— Tu ne sais pas où je pourrais trouver une laverie ?

La question, à la fois banale et inattendue, faillit la laisser sans voix.

— « Une laverie » ?

— Tout ce que j'ai avec moi, c'est un sac de linge sale, tu te souviens ? Crois-moi, tu as tout intérêt à ce que je trouve une laverie, et vite.

Malgré elle, elle eut envie de sourire. Pourtant, elle ne le voulait pas. Elle ne voulait pas être amusée par son humour caustique. Elle ne voulait pas éprouver quoi que ce soit pour lui, ni colère ni désir.

Elle ne voulait rien ressentir du tout.

— Il y a une laverie sur la gauche à environ quatre cents mètres d'ici. Mais tu es sûr que ça ne peut pas attendre que nous arrivions à destination ?

— Ça peut attendre, répondit-il avec une grimace. Mais pourquoi se précipiter ? Tu penses vraiment qu'Endrex va t'attendre sur le perron de ton chalet ?

— Bien sûr que non, répliqua-t-elle sèchement. Mais il y a peut-être laissé un mot.

— Ou tendu un piège.

— Qu'est-ce que tu voudrais que je fasse ? Que j'ignore son message ? J'ai besoin de trouver ce type. Tu sais pourquoi.

— En fait, non, je ne le sais pas.

Jack tourna brutalement le volant et s'arrêta sur l'accotement. Il alluma les feux de détresse, puis se tourna vers Mallory.

— Alors pourquoi ne m'expliques-tu pas ce qu'il en est une bonne fois pour toutes ? De quoi soupçonnes-tu Endrex, exactement ?

— Si nous restons garés sur le bas-côté de la route, tôt ou tard, un policier va s'arrêter et venir nous poser tout un tas de questions gênantes.

— Commence à parler, et je commencerai à rouler.

Quelle galère, pensa Mallory. Pourquoi était-elle si tentée de lui raconter tout ce qu'elle savait ? Jack était imprévisible, et ses exploits passés ne jouaient pas en sa faveur. Mais il y avait quelque chose chez lui qui ne cadrait pas avec la description que Mara avait faite. Il dégageait une sorte de ténacité sereine qui donnait envie de lui révéler ses secrets et de lui confier ses soucis. Enfin décidée à lui expliquer, elle se lança :

— Pendant quelque temps, Endrex a opéré sous couverture au sein d'une organisation criminelle dirigée par un certain Wayne Cortland.

Avec un regard insistant, elle désigna du menton le voyant des warning. Jack appuya de nouveau sur le bouton et remonta sur la route presque vide.

— Ce nom est-il censé me dire quelque chose ?

— Probablement pas, admit-elle. La mort de Cortland et la divulgation au grand jour de ses activités criminelles ont été surtout évoquées dans la presse locale. Principalement dans le Sud de la Virginie, à vrai dire. Cela dit, la sphère d'influence de Cortland s'étendait jusqu'à l'est du Tennessee et à l'ouest de la Caroline du Nord.

— Quel genre d'activités criminelles ?

— Trafic de drogue, blanchiment d'argent, corruption générale. Le tout bien caché derrière la façade d'une scierie et d'un magasin florissants, appartenant à un homme d'affaires respecté et apprécié de tous. Il y a deux ans, j'ai découvert par hasard le groupe de Cortland alors que je bidouillais en ligne. Je suis tombée sur des anarchistes qui passaient des informations codées via un forum de hackers que je fréquente de temps en temps.

Elle jeta un coup d'œil vers lui pour vérifier qu'il suivait. Les gens extérieurs à la communauté hacker avaient tendance à décrocher au bout de quelques secondes. Mais si Jack s'était lassé du sujet, il n'en montrait rien.

— Je ne peux pas dire que je les soupçonnais vraiment de tramer quelque chose, poursuivit-elle. Tu sais, la plupart des anarchistes ne le sont pas vraiment. Ce sont seulement des gamins fortunés un peu oisifs qui n'ont aucun respect pour le travail ou la société civile.

— C'est très bourgeois de ta part comme point de vue, dit Jack en lui coulant un regard en coin.

Elle réprima un sourire, puis reprit :

— Comme je le disais, je ne les soupçonnais pas vraiment de quoi que ce soit. J'aime craquer des codes pour le plaisir. J'ai une base de données regroupant les codes que j'ai cassés au fil des ans. Ça va de petites choses toutes simples à des codes incroyablement complexes que même le gouvernement avait du mal à décrypter. Bref, en m'attaquant à ce code-là, j'ai eu l'impression de l'avoir déjà vu. J'ai fouillé dans ma base de données et, en effet, il était là. C'était l'un des codes d'Endrex.

— Tu as donc déchiffré ce message, et… ?

— Et il s'agissait d'un complot pour une cyberattaque visant l'ORNL, le Laboratoire national d'Oak Ridge, dans le Tennessee. Ils prévoyaient de lancer une attaque par déni de service sur le système Scada du site nucléaire…

— « Scada » ?

— C'est un sigle qui signifie « système de contrôle et d'acquisition de données ». C'est le dispositif informatique qui surveille et contrôle les fonctions essentielles de sûreté du complexe.

— Comme les fuites radioactives, par exemple ? devina Jack en lui lançant un autre regard.

— Exactement.

Il marmonna un juron bien senti.

— Je n'ai jamais entendu parler de ce complot.

— Ce petit détail n'a jamais été révélé à la presse. Je suppose que la sécurité intérieure voulait éviter de déclencher une panique générale qui aurait pu paralyser la production d'énergie nucléaire. Il y avait trop de choses en jeu.

— Endrex faisait partie de ce complot ? demanda-t-il.

— C'est ce que je devais découvrir. Alors j'ai appelé quelqu'un que je connaissais au gouvernement et je lui ai présenté une situation hypothétique.

— Quinn ?

Il avait l'esprit plus vif qu'elle ne s'y attendait, songea Mallory.

— Oui. Quinn a essayé de faire passer ça pour les soupçons paranoïaques d'une *geek* désœuvrée, mais…

— Mais tu n'es pas du genre à laisser un vieil espion comme Quinn te détourner de ton but ?

— Exactement, répondit-elle avec amusement.

— Et au bout du compte, tu avais raison ?

— Oui. Et Quinn m'a engagée pour prendre part aux recherches.

— Qu'avez-vous découvert ?

— C'est bien ça, le problème. Je n'ai pas vraiment été autorisée à connaître les derniers résultats de l'enquête.

Elle poussa un gros soupir de frustration.

— Apparemment, le fait qu'Endrex soit ou pas un hacker *black hat* n'entre pas dans la liste des choses que j'ai besoin de savoir.

— Et maintenant ? Quinn ne fait plus partie de la CIA, et pourtant, il te tient toujours dans l'ignorance ? Comment es-tu censée faire ton travail ?

— Mon travail, c'est de retrouver Endrex, pas de comprendre ses motivations.

Elle avait répondu avec plus d'amertume qu'elle n'en avait eu l'intention. Peut-être même plus que ce qu'elle ressentait au fond d'elle-même.

Jack garda le silence pendant plusieurs minutes, et elle en profita pour fermer les yeux. Elle était trop surexcitée pour s'endormir, mais la fatigue qu'elle avait accumulée au cours des derniers jours se faisait sentir. Elle avait dû travailler tard dans la nuit pour essayer de retrouver la trace d'Endrex. Comme le hacker avait toujours été un noctambule, elle avait adopté ses habitudes. Elle avait passé les forums au crible, à la recherche de son style particulier, mais sans succès.

Elle aurait peut-être dû suivre le conseil de Jack et dormir un peu plus longtemps ce matin.

— Nous approchons de l'embranchement pour le lac, n'est-ce pas ?

La tension dans la voix de Jack perturba Mallory. Elle ouvrit les yeux et regarda autour d'elle pour se repérer. Elle se redressa aussitôt en voyant ce qui avait alarmé Jack.

Un peu plus loin, au-dessus de la crête des arbres, une fine colonne de fumée noire s'élevait dans le ciel nuageux.

— On y est presque, répondit-elle en se penchant en avant.

Elle essaya de distinguer ce qui brûlait à travers les arbres. Elle espérait se tromper.

Mais ce n'était pas le cas.

Jack ralentit et se rangea sur le côté de la route lorsqu'un camion de pompiers apparut au détour d'un virage. La lumière du gyrophare éclairait les bois d'une lueur rouge. Le véhicule était garé sur l'allée de gravier qui menait à son chalet.

Ou, plus exactement, aux ruines fumantes de ce qui avait été son chalet.

11

— Tu es sûr de pouvoir leur faire confiance ? demanda Mallory en s'agitant sur le siège à côté de Jack.

Elle ne cessait de jeter des coups d'œil nerveux en arrière, en direction de la grande route qu'ils avaient quittée.

— Riley et Hannah sont pour moi ce qui se rapproche le plus d'une famille.

Jack ralentit en approchant d'un nouveau virage. Pour la première fois depuis longtemps, le Wyoming lui manquait. A dix-huit ans, il avait quitté son Etat natal et ses hivers interminables. Résolu à poursuivre son rêve de rodéo, il était parti au Texas et dans le Sud-Ouest, sans jamais vraiment se retourner. Mais les routes du Wyoming étaient la plupart du temps plates et rectilignes. La vue s'étendait à des kilomètres à la ronde, aussi loin que l'œil pouvait porter.

Ici, dans les Smoky Mountains, les routes sinueuses étaient aussi fréquentes que la brume sur les sommets arrondis. Tandis qu'ils roulaient vers Purgatory, les bas-côtés étroits et les à-pic qui leur tendaient les bras à chaque lacet lui mettaient les nerfs à vif.

— Ce n'est pas vraiment une réponse, marmonna-t-elle.

— Je leur fais confiance. Ce sont des gens bien. Et ils ont tous les deux un peu d'expérience en matière de situation critique.

Il sentit son regard se poser sur lui, mais il resta

concentré sur la route et ses embûches. Pendant quelques minutes, Mallory garda le silence, mais il pouvait presque l'entendre réfléchir.

— Qu'y a-t-il ? finit-il par demander.

— Pourquoi étaient-ils dans une situation critique ?

Ils avaient enfin atteint une portion de route un peu plus droite, et Jack prit le temps de jeter un coup d'œil vers Mallory. Elle s'était déchaussée et avait posé les pieds sur le siège. Ses bras entouraient ses genoux ramenés contre sa poitrine. Elle lui rappelait un porc-épic qu'il avait croisé un jour lors d'une randonnée en montagne. L'animal s'était recroquevillé dans une position défensive, dos rond et piquants hérissés.

Jack était sorti indemne de cette rencontre surprise, mais il n'était pas sûr d'être aussi chanceux cette fois-ci.

— Quelle fois en particulier ?

Elle tourna la tête vers lui, et leurs regards se croisèrent brièvement avant qu'il ne reporte son attention sur la route.

— Parce que c'est arrivé souvent ? demanda-t-elle.

— Il y a eu la fois où le tueur en série qui a assassiné ma sœur s'en est pris à Hannah.

Il observa sa réaction du coin de l'œil. Elle haussa un sourcil, mais ne fit aucun commentaire.

— Ensuite, il y a eu la fois où un cartel sud-américain a visé sa famille à cause de quelque chose que l'un de ses frères avait fait lorsqu'il était dans les marines.

— Tu me fais marcher.

— Et puis, il y a eu la fois où un terroriste a pris en otage le frère d'Hannah et sa femme, pas loin d'ici, afin de débusquer le frère de l'épouse en question.

Mallory reposa les pieds par terre.

— Sinclair Solano. C'est bien ça ?

— Tu as entendu parler de lui ?

— Bien sûr. La confrontation finale a eu lieu à Poe Creek. Ça a fait la une des médias.

Elle eut un léger sourire.

— Qui plus est, Solano travaille pour The Gates. Il vient de se fiancer à un autre agent.

— Oh.

— D'après lui, il s'en est sorti grâce à la belle-famille de sa sœur. Quinn est du même avis.

Jack hocha la tête.

— Hannah fait partie de cette belle-famille. Elle et Riley étaient là-bas cet automne, en train de sauver la peau de ton copain Solano.

Ils approchaient de Purgatory. Les bois touffus laissèrent place aux pavillons, puis aux quelques commerces installés en banlieue. Leur prochaine destination se situait après le petit centre-ville : un parc où Hannah et Cody les attendaient avec les affaires de Jack.

Jack regarda de nouveau Mallory et remarqua sa mâchoire crispée et son expression dure.

— Alors, MJ… Qu'est-ce que tu choisis ? Arrêter ou continuer ?

Elle l'étudia à son tour.

— Tu veux sûrement dire : faire confiance ou ne pas faire confiance ?

Il acquiesça de la tête.

— Cinq minutes, déclara-t-elle après une seconde de silence. Si tu n'es pas revenu au pick-up dans cinq minutes, je m'en vais.

Il savait qu'elle ne bluffait pas.

Le parc était plus un point de vue sur le panorama qu'un espace vert traditionnel. Jack traversa la mince bande d'herbe qui séparait le petit parking de la limite des arbres. Au-delà, une falaise abrupte surplombait un ruban d'eau brillant, une dizaine de mètres en contrebas du promontoire rocheux.

— Little Black Creek.

La voix d'Hannah était toute proche. Jack fit volte-face et la vit à moins d'un mètre de lui, Cody endormi sur son épaule.

— Quoi ?

Elle fit un signe de tête en direction de l'eau.

— Cette rivière s'appelle Little Black Creek. Je l'ai lu sur une plaque près de l'entrée du parking.

Les sourcils froncés, elle le fixa d'un regard pénétrant. Pendant un instant, elle lui rappela Emily, même si elle ne ressemblait pas à sa sœur, du moins physiquement. Hannah avait les yeux verts et une coupe au carré auburn, tandis qu'Emily avait eu les iris marron et les cheveux d'un noir corbeau.

Mais les deux femmes avaient en commun le sens de la justice et l'esprit de famille. Jack aimait à croire qu'Emily aurait été heureuse de savoir que Riley avait retrouvé l'amour avec quelqu'un comme Hannah.

— Tu vas bien ? demanda-t-elle.

— Oui.

— Tu veux toujours t'y prendre de cette manière ?

— Je n'ai pas le choix.

— Ce n'est pas Mara.

— Je te l'ai dit : je suis au courant.

Il se rapprocha d'elle, prenant le prétexte d'ajuster le blouson de Cody sur ses petites épaules.

— Comment l'avez-vous découvert ? demanda-t-il.

— Alexander Quinn nous a rendu une petite visite.

Evidemment, songea Jack, avant de poursuivre :

— Vous a-t-il dit autre chose ?

— Seulement qu'elle n'était pas ce qu'elle semblait être, dit Hannah.

Ce qui était l'entière vérité, bien sûr.

— Où sont mes affaires ? reprit Jack.

— Cachées sous la table de pique-nique, à une vingtaine de mètres derrière moi.

Hannah posa brièvement la main sur le bras de Jack. Son geste était léger et impersonnel en apparence, mais ses yeux étaient assombris par l'inquiétude.

— Donne de tes nouvelles. Et sois prudent, compris ?

— Tu me connais. Je suis toujours prudent.

Elle leva les yeux au ciel, puis s'éloigna et disparut. Tandis qu'il se dirigeait vers la table, il éprouva pendant une seconde la peur affreuse de ne plus jamais les revoir, elle, Riley et leur petit garçon.

Le vieux sac en toile qu'il avait préparé pour la pêche était posé sous le banc le plus proche des arbres. Jack s'assit, sortit son téléphone et fit mine de vérifier ses messages. En réalité, il balayait les environs du regard, à l'affût du moindre curieux.

A cette heure de la matinée, un jour de semaine, le parc était quasiment désert. Un bruit sur le parking attira son attention : un monospace était en train de se garer à quelques mètres de son pick-up. Une femme aux traits tirés en sortit. Elle contourna le véhicule et fit coulisser la portière arrière. Jack attrapa la poignée de son sac, puis se leva sans se presser.

La conductrice réapparut avec trois enfants à sa suite, tous d'âge préscolaire et tous aussi blonds qu'elle. Il ne leur accorda qu'un bref regard avant de traverser la bande herbeuse entre la table de pique-nique et son pick-up.

Le soleil qui se réfléchissait sur le pare-brise l'empêchait de voir à l'intérieur de la cabine. Il baissa les yeux sur sa montre. Six minutes s'étaient écoulées depuis qu'il avait laissé Mallory seule dans le véhicule.

Avait-elle mis sa menace à exécution ?

Il crut que le pick-up était vide jusqu'à ce qu'il atteigne la portière et jette un œil à l'intérieur. Recroquevillée sur le plancher, Mallory releva la tête, juste assez pour croiser son regard.

Il poussa un soupir de soulagement, puis ouvrit la portière côté conducteur et jeta son sac à l'arrière de la cabine.

— Tu es restée. Même si j'ai une minute de retard.

— J'étais d'humeur clémente, murmura-t-elle tandis qu'il s'installait au volant et démarrait. Tu as eu des ennuis ?

— Pas du tout.

Il recula et s'engagea sur la route principale après avoir regardé des deux côtés de la route.

— Qu'est-ce qui te dit qu'il n'y a pas de mouchard dans ce sac ? demanda-t-elle quelques minutes plus tard en se rasseyant sur son siège.

Elle avait attendu qu'ils soient sortis de la ville pour se relever. Ils roulaient à présent en direction du sud, sur la route sinueuse et boisée qui menait à Bitterwood.

— Et qui aurait pu le mettre là ? répliqua-t-il.

Elle attacha sa ceinture de sécurité.

— Tu as bien dit que ton beau-frère était policier, non ?

— Un shérif adjoint d'un bled paumé d'Alabama. On est loin du FBI.

Alors qu'elle ouvrait la bouche pour protester, il enchaîna :

— Et si tu me dis de ne faire confiance à personne, je vais te demander de me remettre ton petit chapeau en papier d'alu repousseur d'ondes, comme toi et tes petits copains théoriciens du complot aimez à en porter. Même si je suis sûr qu'il te va à merveille, évidemment.

A la surprise de Jack, elle émit un léger gloussement.

— L’aluminium ne ferait qu’amplifier les rayons de contrôle cérébral, crétin.

Il ne put s’empêcher de rire à son tour.

— Mais ils n’ont pas eu ton sac avec eux tout le temps, n’est-ce pas ? ajouta-t-elle d’un ton plus grave. Il était resté dans ta chambre d’hôtel ?

— C’est ça. Mais qui aurait pu mettre un mouchard dedans ? Je ne suis personne, crois-moi. Je n’ai rien d’intéressant.

— Ton beau-frère a dit que Quinn les avait contactés.

— Tu le crois capable d’entrer par effraction dans ma chambre pour planquer un mouchard dans mes affaires ? Des affaires que j’ai abandonnées quand je me suis enfui avec toi, je te le signale.

— Quinn n’a pas survécu vingt ans à la CIA sans être prêt à parer à toute éventualité.

Mallory tendit le bras derrière elle pour attraper le sac en toile. Lorsqu’elle le ramena vers elle, le sac heurta Jack sur le côté de la tête.

— Aïe !

— Désolée.

Elle n’avait pas l’air de l’être le moins du monde.

— Sois franche. Tu veux seulement mettre la main sur mes sous-vêtements, plaisanta-t-il.

Il essaya de se rappeler si son sac contenait quelque chose de potentiellement embarrassant. A priori, non. Depuis son accident, il vivait plus comme un moine que comme un cow-boy trop sûr de lui.

— Ouais, parce que c’est sûr que ça, ça me fait démarrer au quart de tour, ironisa-t-elle.

Elle agita un caleçon à carreaux bleus avant de le remettre dans le sac.

— Pas de conclusion hâtive, agent Mulder, répliqua-t-il.

Et si jamais un complot gouvernemental avait caché un dispositif d'écoute dans la couture ?

— C'est ça, cow-boy, moque-toi.

Elle referma le sac et le renfonça dans l'espace derrière leurs sièges.

— A l'agence, Quinn a du matériel de détection qui peut repérer les traceurs GPS, les fréquences radio... tous les moyens électroniques qui permettent de pister quelqu'un. Ça m'amène à penser que s'ils peuvent détecter ce genre de surveillance à distance, ils sont plus que capables de s'en servir eux-mêmes.

— Mais pourquoi Quinn voudrait-il te pister ? Tu travailles pour lui, non ?

Elle se laissa aller contre le dossier en soupirant.

— Il a ses raisons. Il n'est pas paranoïaque pour rien.

— Tu as tes propres priorités depuis le début, c'est ça ? A l'insu de Quinn ? demanda Jack, le ventre noué.

Elle releva brusquement les yeux vers lui.

— Pas du tout. Je l'ai informé d'absolument tout, jusqu'à ce qui s'est passé hier.

— Alors pourquoi te soupçonnerait-il de quoi que ce soit ?

Elle ramena les genoux contre elle, reprenant la position défensive du porc-épic. Jack décela une certaine vulnérabilité dans sa façon de tenir sa tête, la nuque raide mais légèrement penchée vers l'avant, comme si elle était prête à se rouler encore plus en boule.

— Je n'ai pas toujours été un *white hat*, finit-elle par répondre.

L'extrémité méridionale de Deception Lake n'était guère plus qu'une étroite langue d'eau étincelante, se jetant dans la Caugaloosa River au sud de Bitterwood. Cette partie du lac semblait serpenter sans but à travers les montagnes, plus comme une rivière que comme une nappe d'eau. Mais les maisonnettes construites sur cette rive s'appelaient quand même « Bungalows du lac », constata Mallory lorsque Jack se gara devant le bureau de location.

— Je reviens tout de suite, annonça-t-il en coupant le moteur. Cette conversation n'est pas terminée.

Elle se laissa glisser sur le siège, si bas qu'elle voyait à peine au-dessus du tableau de bord, et regarda Jack entrer dans la bâtisse.

Elle ferait bien de prendre ses sacs et de décamper avant qu'il ne revienne, songea-t-elle. Mais son corps las semblait incapable de bouger.

Où Jack trouvait-il l'argent pour louer un de ces bungalows plutôt coûteux ? Ses années de rodéo avaient-elles été si lucratives que cela ? Et même si c'était le cas, après toutes ses factures d'hôpital et sa retraite forcée, il avait dû voir ses économies fondre comme neige au soleil.

Une nouvelle pensée surgit dans son esprit, et Mallory se redressa. Tandis qu'elle s'efforçait de détacher sa ceinture, Jack ressortit du bureau de location. Il ouvrit la portière côté conducteur et lui adressa un bref sourire.

— Ça y est, c'est loué pour trois jours…

— Comment as-tu payé ? demanda-t-elle d'un ton pressant qui lui fit froncer les sourcils.

— Par carte.

Elle poussa un juron.

— Nous devons partir.

— Quoi ?

— Les cartes de crédit, Jack. C'est le meilleur moyen de retrouver la trace de quelqu'un, affirma-t-elle en rattachant sa ceinture. Emmène-nous loin d'ici, peu importe où, mais fonce.

— Arrête, Mallory.

Il referma la main sur la sienne et serra. De l'autre main, il lui attrapa le menton pour l'obliger à tourner la tête vers lui.

— Tu es peut-être surveillée de toute part, trésor, mais pas moi. J'ai pu respecter ton besoin de discrétion au motel, mais cet endroit exige un peu plus de transparence.

— Alors trouvons-en un autre qui soit prêt à fermer les yeux.

— Ecoute, nous sommes déjà sur place. C'est l'occasion de nous poser, de dormir et, pour toi, de faire un peu de tes trucs de hacking. Arrête un peu ta parano.

Si elle n'avait pas été aussi stressée, elle aurait souri en entendant la maladresse avec laquelle Jack parlait de ses « trucs de hacking ». Ce qu'elle faisait dans la vie était aussi incompréhensible pour lui que le rodéo l'était pour elle. Ils formaient le tandem de conspirateurs le plus improbable qu'elle puisse imaginer.

Mais, étrangement, elle éprouvait l'envie presque irrésistible de prendre le visage de Jack entre ses mains et de l'embrasser à perdre haleine. Elle serra les poings pour ne pas y céder et se reconcentra sur la conversation.

— Au moins, dis-moi que tu n'utilises pas la même carte depuis le début de ce voyage.

— Non, répondit-il.

Mais son ton indiquait qu'il mentait.

— Bon sang, Jack !

— Ecoute, ce qui est fait est fait.

Après lui avoir lâché le menton, il boucla sa ceinture.

— Même si quelqu'un surveille ma carte de crédit, il lui faudra un peu de temps pour débarquer ici et nous faire... ce que tu imagines et dont personnellement j'ignore tout. Je me trompe ?

Mallory pressa les paumes de ses mains sur ses yeux brûlants. Elle était peut-être paranoïaque, en effet. Les méthodes de surveillance actuelles avaient beau être intrusives, tout le monde n'était pas forcément ciblé. Jack avait raison sur un point : il était peu probable qu'un cow-boy à la retraite soit surveillé par qui que ce soit. Seuls Quinn et deux autres agents de The Gates étaient au courant de son passé de hacker. Et pour autant qu'elle sache, Quinn était le seul à connaître son lien ténu avec Jack Drummond. Sans oublier qu'elle avait bien besoin de dormir un peu…

— Mallory, je ne laisserai personne te faire du mal, déclara Jack d'une voix douce. Tu le sais, n'est-ce pas ?

Elle avait envie de le croire. Elle rêvait de pouvoir baisser la garde ne serait-ce qu'une minute et de laisser quelqu'un d'autre veiller à sa place.

Jack couvre tes arrières, et ce, depuis le début.

Elle baissa les mains et se tourna vers lui. Il l'observait de ses yeux sombres et chaleureux, qui lui donnaient envie de remettre sa vie entre ses mains.

Elle pouvait peut-être lâcher prise pendant un temps, murmura une petite voix dans son esprit.

— D'accord, finit-elle par acquiescer.

Jack lui effleura la joue du dos de la main, d'un geste très doux.

— Encore quatre cents mètres jusqu'au chalet. Et nous pourrons nous reposer.

Si seulement elle pouvait croire que prendre un peu de repos n'avait rien de risqué…

Le bungalow d'un étage était petit, mais bien conçu. Il contenait un réfrigérateur, deux chambres confortables et un grand salon ouvert au rez-de-chaussée. La luxueuse salle de bains était dotée d'une immense baignoire à remous.

Tandis qu'elle et Jack observaient l'élégance décadente de la pièce depuis le pas de la porte, Mallory sentit son imagination se débrider.

— Je risque d'être prête à tuer pour étrenner cette baignoire, prévint-elle.

— Je suis plus que prêt à la partager.

Elle lui jeta un regard oblique, incapable de décider si l'offre était sérieuse ou pas.

— Comme c'est généreux de ta part, répliqua-t-elle, préférant rester sur le terrain de l'humour.

— On peut dire ça comme ça.

Il lui adressa un sourire en coin, puis ressortit de la salle de bains. Il portait le sac de courses qu'ils avaient achetées — et payées en liquide bien sûr — à la supérette du coin.

— Je vais ranger les courses, dit-il. Sois gentille, ne prends pas toute l'eau chaude.

Elle avait plaisanté en parlant de prendre un bain, mais tout compte fait, la tentation était trop forte. Elle ferma la porte, puis tourna les robinets. Dans un petit panier en osier posé près du lavabo, elle trouva une bouteille de bain moussant parfumé à la pêche. Elle en versa un bouchon dans l'eau chaude, et l'agréable odeur de fruits mûris au soleil s'éleva autour d'elle.

Elle se déshabilla et se plongea dans l'eau chaude avec un soupir de plaisir. Peut-être que tout se passerait bien, pensa-t-elle en s'enfonçant davantage sous la mousse. Peut-être qu'ils étaient vraiment en sécurité pour l'instant.

Elle aurait dû se douter que cet espoir était illusoire.

Jack n'avait pas l'intention de s'endormir, mais dès que Mallory eut fini de manger son sandwich, elle se mit à travailler, le laissant livré à lui-même. Tandis qu'elle se concentrait sur son ordinateur posé sur la table, il s'allongea sur le canapé, face à l'écran plat.

Lorsqu'il se réveilla un peu plus tard dans le salon obscur, il ne gardait en mémoire que quelques minutes du match de basket qu'il avait commencé à regarder.

La télévision était toujours allumée, le son coupé. Une publicité aux couleurs vives était en train de passer. Jack se redressa et regarda sa montre : il était minuit passé de quelques minutes. Il avait dormi presque quatre heures.

La cuisine était vide et plongée dans l'ombre. Mallory avait dû aller se coucher, emportant son ordinateur avec elle.

Jack se leva lentement du canapé et grimaça en sentant un élancement de douleur traverser son bassin. Les médecins lui avaient promis que cette douleur finirait par disparaître, mais, d'après lui, c'était surtout une façon de lui donner un peu d'espoir au cours de son lent rétablissement. Il avait parlé à d'anciens cow-boys de rodéo qui avaient dû mettre un terme à leur carrière à cause de blessures similaires. Il savait que la souffrance et la sensation de faiblesse ne s'en iraient peut-être jamais. Mais il était toujours vivant et pouvait encore marcher. Les conséquences de son accident auraient pu être beaucoup plus graves.

Il appuya sur la télécommande pour éteindre la télévision. Après avoir attendu quelques secondes que sa vision s'adapte à l'obscurité, il se dirigea vers l'escalier menant au premier étage.

Il avait atteint la première marche lorsqu'il entendit un bruit métallique derrière lui. Il se figea, retenant son souffle et tendant l'oreille.

Là… Encore le même cliquetis…

Quelqu'un essayait d'ouvrir la porte du bungalow.

12

— Elle a des raisons d'être paranoïaque, on dirait.

La voix de baryton de Nick Darcy résonna à l'oreille d'Alexander Quinn. Les deux hommes se tenaient à une distance raisonnable des ruines fumantes du chalet de Resurrection Point. Ils observaient les enquêteurs qui s'efforçaient de découvrir la cause de l'incendie.

— Je n'ai jamais pensé le contraire, répliqua Quinn.

Ce n'était pas l'entière vérité. En réalité, il estimait que Mallory Jennings avait un instinct de combat ou de fuite surdéveloppé. D'après lui, elle devait ses réactions autant à son enfance difficile qu'aux activités dangereuses qu'elle avait menées plus tard sur Internet… et parfois dans la vraie vie. Chacune de ses connexions dans la partie du cyberespace qu'elle avait fréquentée pouvait être une menace potentielle. Les amitiés véritables n'existaient pas dans un univers aussi secret et compétitif. Au fil du temps, elle s'était même fait de dangereux ennemis.

— Des indices sur sa localisation ? demanda Darcy.

— Elle est avec le cow-boy. C'est tout ce que nous savons.

— Et vous n'avez pas de pistes sur ce cow-boy ?

Quinn faillit sourire en entendant le léger accent britannique de Darcy buter sur le dernier mot.

— Nous avons quelqu'un qui surveille sa carte de crédit, répondit-il.

— De façon illégale, je présume ? lança Darcy en haussant un sourcil.

Quinn ne comptait pas répondre à une question aussi incriminante.

— Ils n'ont pas dû aller bien loin. Jack Drummond est peut-être en manque d'aventure, mais il ne va pas suivre Mallory jusqu'au bout de la terre à cause d'une culpabilité mal placée concernant le chagrin d'amour de sa sœur.

— Peut-être pas. Mais la culpabilité n'est peut-être pas la seule motivation, déclara Darcy en tournant le dos au chalet en ruine pour faire face à Quinn. Mallory Jennings est très séduisante. Et d'après ce que j'ai appris sur Drummond depuis que tu m'as demandé d'enquêter sur son passé, il a du mal à résister aux belles femmes.

— Il n'est pas non plus du genre à s'engager auprès d'elles.

— Les gens changent.

— Je sais.

— C'est important pour toi de retrouver Mlle Jennings ?

— Très, répondit Quinn en croisant le regard curieux de Darcy.

— Alors pourquoi sommes-nous ici au lieu de surveiller la chambre d'hôtel des Patterson ?

Quinn sourit.

— Qui te dit que nous ne le faisons pas ?

Les pas dans l'escalier s'arrêtèrent après la deuxième marche. Mallory, qui était en train de fermer son ordinateur, suspendit son geste et écouta.

Elle entendit un léger cliquetis, si distant qu'elle crut l'avoir imaginé. Elle posa le portable sur le matelas, fit passer ses jambes par-dessus le bord du lit et posa ses pieds nus sur le plancher. Elle remit son jean, puis saisit le Smith &

Wesson posé sur la table de nuit. Tout en se dirigeant vers la porte de la chambre, elle enfila ses tennis dénouées.

Un mouvement précipité dans l'escalier la prit par surprise. Elle se plaqua contre le mur, braquant son arme sans la direction d'où venait le bruit.

— Stop !

Elle entendit à peine le chuchotement de Jack par-dessus le bourdonnement dans ses oreilles. Dans la pâle lueur de la lune qui filtrait par la fenêtre du couloir, elle ne voyait qu'une silhouette sombre, immobile en haut des marches, les mains levées.

— Que se passe-t-il ? demanda-t-elle en baissant son arme.

— Quelqu'un essaie d'entrer.

Jack se rapprocha d'elle, et la chaleur de son corps se mêla à la sienne.

— C'est peut-être un touriste qui se trompe de bungalow, mais…

— Mais nous ne pouvons pas courir de risque, termina-t-elle à sa place. J'imagine que tu n'as pas d'arme ?

— Si, dans ma chambre.

Il entra dans la pièce et en ressortit quelques secondes plus tard, un pistolet à la main.

— Tu es prête ?

— Non, mais je ne crois pas que nous ayons le choix.

Jack la précéda dans l'escalier, faisant écran entre elle et la porte d'entrée. Le cliquetis de la poignée avait cessé.

Ils s'arrêtèrent en bas des marches, à l'affût du moindre bruit. Mais seules leurs respirations haletantes brisaient le silence.

— Ils sont peut-être partis, murmura-t-elle.

— Ne comptons pas trop là-dessus.

Il tendit le bras derrière lui et l'attrapa par la main. Tout en l'attirant à sa suite, il avança vers le salon.

— Va te cacher derrière le canapé et ne bouge pas, dit-il.

— Pendant que tu fais quoi ?

— Je vais jeter un œil sur le perron.

Elle secoua la tête.

— Pas question. Tu tiens vraiment à ce qu'on te tire dessus ?

— C'était sûrement un locataire qui se trompait de bungalow. Comme il s'est rendu compte que la clé ne marchait pas, il est reparti.

— Ou c'est quelqu'un armé d'un fusil qui est prêt à t'abattre comme un chien pour m'atteindre.

Il lui adressa un sourire tellement suffisant qu'elle eut envie de le frapper.

— Tu as une haute idée de toi-même.

— Jack, c'est grave.

Il reprit aussitôt son sérieux.

— Je le sais très bien, crois-moi. Et tu ne m'as pas expliqué ce que signifiait le fait que tu n'aies pas toujours été un *white hat*. Mais je suis bien obligé de penser que c'est lié à ce qui se passe. Tu ne vas pas me faire gober que tu as un tueur à gages aux trousses à cause d'un mystérieux hacker et d'un éventuel complot terroriste.

Il avait sans doute raison, songea Mallory. Les attaques les plus récentes semblaient trop personnelles pour être liées aux recherches qu'elle avait faites sur Internet ces derniers mois.

Quand elle était plus jeune, elle avait mené une vie stupide et imprudente. Ses agissements l'avaient obligée à aller se mettre sous la protection d'un homme comme Alexander Quinn, bien avant leur plus récente collaboration. Même Mara n'était pas au courant de ces choses-là.

Elle s'était mis à dos des gens qui n'accordaient aucune valeur à la vie humaine, qui n'hésitaient pas à tuer tous ceux qui se mettaient en travers de leur chemin. Et l'un de leurs objectifs, elle le savait, était de la faire payer pour les avoir doublés.

— Je t'en prie, n'y va pas, murmura-t-elle. Pas encore.

Jack se tourna vers elle. L'obscurité masquait son expression, mais dans sa voix elle entendit une gentillesse qui lui fit venir les larmes aux yeux.

— Dis-moi ce que tu veux que je fasse, et je le ferai.

— Nous devons partir. Maintenant. Avant qu'il ne soit trop tard.

Elle remonta les marches deux à deux. Jack la rattrapa en haut de l'escalier et referma les doigts sur son bras.

— Attends.

Elle pivota vers lui, submergée par la panique.

— On n'a pas le temps !

— Qui est derrière tout ça ?

Elle ne fit pas semblant de ne pas comprendre ce qu'il demandait.

— Je vais tout te raconter, c'est promis. Mais pour l'instant, nous devons y aller.

Il lui serra le bras une seconde de plus, puis laissa retomber sa main.

— Dis-moi ce que je dois faire.

— Fais ton sac. Aussi vite que possible. Je vais vérifier dehors que la voie est libre. Ensuite, je te retrouve au pick-up.

Elle s'éloigna au pas de course, son cœur battant frénétiquement dans sa poitrine.

La nuit était claire et froide. Un souffle de vent fit courir un frisson dans le dos de Jack tandis qu'il dévalait les marches du perron. Il traversa l'allée de gravier et rejoignit Mallory. Elle l'attendait près du pick-up, se balançant d'un pied sur l'autre. Elle ne cessait de tourner la tête pour observer les bois autour d'eux, comme si elle s'attendait à être attaquée d'une seconde à l'autre.

C'était peut-être le cas. Il devait peut-être se méfier, lui aussi, songea-t-il. Quand il pressa la télécommande du véhicule, le bip fit sursauter Mallory.

— Désolé, murmura-t-il.

Il ouvrit sa portière, tandis qu'elle montait du côté passager et rangeait ses sacs à l'arrière.

— Il faut rendre la clé à la réception, déclara-t-il.

— Ne t'arrête pas.

Voyant qu'elle était déjà en train d'attacher sa ceinture, Jack démarra.

— Pourquoi pas ?

— Ne t'arrête pas, c'est tout. Nous pourrons toujours leur renvoyer la clé par courrier, mais fais-moi confiance. Ne…

Quelque chose frappa l'aile du pick-up avec un bruit métallique tandis qu'un coup de feu résonnait depuis les bois.

— Fonce ! cria Mallory.

Elle se courba en avant pour se protéger. Jack passa la première et enfonça l'accélérateur. Le pick-up partit en trombe dans une gerbe de gravillons. Ils entendirent un second coup de feu claquer, mais il ne toucha pas le véhicule.

— Plus vite !

La voix de Mallory était empreinte de terreur, tellement éloignée de son calme habituel que Jack sentit la panique l'envahir à son tour. Malgré l'obscurité et les virages, il roula aussi vite qu'il l'osait, pressé de rejoindre la route principale.

— Tourne à droite au carrefour ! ordonna-t-elle.

Il obéit, puis sitôt monté sur la quatre-voies, ralentit

pour respecter la limitation de vitesse. Mallory émit un grognement de protestation.

— Qu'est-ce que tu fais ?

— J'essaie de ne pas attirer l'attention de la police routière du Tennessee, répondit-il en lui jetant un coup d'œil.

A la lueur du tableau de bord, il vit la peur dans ses yeux, tandis qu'elle regardait nerveusement dans toutes les directions.

— Nous allons bientôt devoir faire une pause, dit-elle. Alors il est impératif de mettre le plus de distance possible entre nous et cet endroit.

— Tu ne viens pas de me dire de ne pas m'arrêter ?

Elle le regarda d'un air impatient.

— Il y avait quelqu'un à l'extérieur du chalet. Il a pu planquer un traceur sur ton pick-up. La prochaine aire de repos est à quinze kilomètres au sud. Il va falloir qu'on s'y arrête.

Elle s'enfonça dans son siège et fit un effort visible pour se détendre. Mais à en juger par le mouvement convulsif de son genou, elle risquait de bondir si jamais Jack la touchait.

— Qui était-ce, dans les bois ? demanda-t-il.

Il parvint à garder un ton égal, mais il était tellement stressé lui aussi qu'il devait se retenir pour ne pas crisper les mains sur le volant.

— Je n'en suis pas sûre, répondit-elle après une seconde de silence.

— Tu as dit que tu me raconterais tout.

— Et je le ferai.

Elle tourna la tête vers lui.

— Je vais le faire. Mais c'est une histoire longue et compliquée. Franchement, j'ignore qui nous a tiré dessus. Ou qui m'a attaquée au chalet.

— Tu as bien une idée.

— J'en ai quelques-unes.

— « Quelques-unes » ?

— Je me suis fait des ennemis.

— Des ennemis qui ont assassiné ta sœur en pensant que c'était toi ?

Elle resta muette un long moment et finit par murmurer d'une voix fêlée :

— Oui.

— Et tu te sens coupable.

— Oui, répondit-elle sans la moindre hésitation.

Quelques minutes plus tard, ils aperçurent l'aire de repos sur leur droite.

— Tu es sûre que nous sommes assez loin pour prendre le risque de nous arrêter ?

— S'il y a un traceur GPS sur le pick-up, ils nous retrouveront de toute façon.

— Et s'il n'y en a pas ?

— Ça vaut le coup de vérifier.

Elle fit un signe du menton en direction de la bretelle qui menait à l'aire de repos.

— Allez, dépêchons-nous.

Jack se dirigea vers le fond du parking, là où le bâtiment les cacherait de la route. En voyant le hochement de tête approbateur de Mallory, il sentit une bouffée de fierté l'envahir.

Quelque peu gêné par sa réaction, il sortit du pick-up à son tour. Elle était déjà en train d'examiner le châssis et de passer la main sous la carrosserie.

— S'ils avaient ouvert une des portières, l'alarme se serait déclenchée, n'est-ce pas ? demanda-t-il.

— En effet. Mais ils auraient pu poser un mouchard sous le châssis. Cela dit, ils auraient eu du mal à se glisser sous le pick-up. Ça aurait laissé des traces dans le gravier. Or je n'ai rien remarqué en t'attendant tout à l'heure.

Elle se redressa et s'épousseta les mains.

— Pas de traceur.

— Tu as vérifié le gravier ? demanda-t-il, stupéfait.

Pourtant, rien de ce que cette femme faisait ou disait n'aurait dû encore le surprendre.

— J'ai pensé à un mouchard. Mais je n'ai pas eu le temps de vérifier avant que tu ne sortes, et ensuite la fusillade a commencé.

Elle ouvrit sa portière et remonta dans le pick-up. Jack l'imita, puis marqua une pause, la main posée sur la clé. Il repensa à tout ce qu'elle venait de dire, et à ce que cela révélait sur elle. Abaissant la main, il se tourna vers elle, la gorge serrée par l'anxiété.

Elle releva les yeux pour croiser son regard. Dans ses yeux bleus, il lut de l'appréhension.

— Depuis combien de temps es-tu en cavale, Mallory ?

Elle poussa un léger soupir, puis répondit :

— Je crois l'avoir toujours été.

Il s'était remis à pleuvoir à l'approche de Maryville. De grosses gouttes s'écrasaient sur le pare-brise et brouillaient leur vision limitée du paysage.

— Je t'ai parlé de la mort de ma mère, déclara Mallory, rompant le silence tendu qui régnait entre eux depuis sa dernière réponse.

Jack avait eu le mérite de ne pas l'assaillir de questions. Il lui avait laissé le temps de rassembler ses pensées et son courage.

— En effet, acquiesça-t-il.

— Nous sommes allées vivre avec mon oncle et ma tante à Amarillo.

La maison où Mara habitait avait d'abord appartenu à leur oncle, le frère aîné de leur mère. Lui et sa femme n'avaient pas eu d'enfants. Quand il était mort d'une crise cardiaque, un mois seulement après le décès de sa femme, emportée par un cancer, il avait laissé la maison aux deux sœurs.

Mara y avait passé le reste de sa vie. Quant à Mallory, elle avait déjà déménagé depuis longtemps.

— Ils étaient très gentils avec nous. Ils n'avaient pas d'enfants, alors ils nous ont traitées comme si nous étions les leurs.

Elle ramena les genoux contre sa poitrine et les entoura de ses bras.

— Mara s'est épanouie avec eux.

— Pas toi ?

— J'ai assisté à la mort de ma mère. Pas Mara.

Elle se frotta le menton sur son avant-bras, essayant de repousser le souvenir de cette nuit-là, de l'enfouir au plus profond de sa mémoire.

— Je crois que j'ai perdu toute trace d'enfance après ça. Je suis devenue insupportable. Mon oncle et ma tante ne savaient pas comment gérer mon comportement. J'avais peut-être un QI élevé, mais j'étais vraiment stupide.

— Tu n'as jamais suivi de thérapie ?

Elle esquissa un sourire qui ressemblait plutôt à une grimace.

— Je suis allée chez le psy plusieurs fois. Quand j'ai affirmé que j'étais guérie, mon oncle et ma tante devaient tellement avoir envie de le croire qu'ils n'ont pas insisté.

Jack émit un petit reniflement, mais ne fit aucun commentaire.

— J'ai fini le lycée à seize ans, poursuivit-elle. J'étais bonne élève de nature, je suppose. Je dévorais tout ce qu'on me mettait sous le nez et j'en redemandais. Je ne sais pas… Je devais me dire que si j'apprenais tous les secrets de l'univers, ma vie aurait enfin du sens.

— Mais ça n'a pas marché.

— Non, ça n'a pas marché. Ensuite, j'ai intégré le MIT.

Il poussa un long sifflement.

— Impressionnant.

Etait-il en train de se moquer d'elle ? songea Mallory en lui jetant un regard oblique. Pourtant il semblait sincère.

— J'ai fait un double cursus : informatique et philosophie.

— « Philosophie » ? demanda-t-il en souriant.

— Je trouvais ça cool et radical.

— Et ça l'était ?

— Pas vraiment, admit-elle. La plupart des garçons qui faisaient de la philo étaient là pour se taper des filles.

— C'est souvent pour ça que les garçons vont à la fac au départ, murmura-t-il d'un ton pince-sans-rire.

— J'ai obtenu mon diplôme à dix-neuf ans. Le monde m'appartenait, comme nous l'a dit l'astronaute invité à notre cérémonie de fin d'études.

Pour une femme qui n'avait pas encore trente ans, elle donnait d'elle une image très cynique, constata-t-elle en crispant les mains sur ses genoux.

— A ce moment-là, je traînais déjà avec un groupe de hackers que j'avais rencontrés pendant mes études. Certains étaient étudiants comme moi. D'autres avaient lâché la fac. D'autres encore étaient des gosses de riches avec trop d'argent et trop de temps libre.

— Des *black hats* ou des *white hats* ?

— Plutôt des *grey hats*.

A l'époque, ils contournaient les lois sur la cybersécurité en toute inconscience, trop jeunes et stupides pour croire qu'ils risquaient quoi que ce soit.

— Nous ne faisions rien qui puisse nous valoir un séjour prolongé en prison, reprit-elle.

— Mais un bref séjour, oui ? demanda Jack.

— Une nuit en cellule de temps en temps, répondit-elle en haussant les épaules. J'arrivais à flirter avec les limites. Je ne me suis jamais fait prendre... Pas par la police locale, en tout cas, conclut-elle.

Jack sembla percevoir la pointe d'hésitation dans sa voix.

— Jamais ? demanda-t-il.

— Pas ici. Aux Etats-Unis, je veux dire.

Il haussa un sourcil et lui jeta un nouveau coup d'œil.

— Où, alors ?

— A Medellin, en Colombie.

— Pour de la drogue ? demanda-t-il d'une voix grave.

La gorge serrée, elle secoua la tête.

— Des armes.

Il lui lança un regard dur.

— Tu faisais du trafic d'armes ?

— Pas moi. Enfin, je suppose que si, mais... Bref, le type avec qui je sortais à l'époque était un trafiquant d'armes.

Jack regarda à nouveau devant lui, mais à en juger par ses mâchoires crispées il était troublé par sa confession.

— Je n'étais pas au courant, s'empressa-t-elle d'ajouter. Elle avait du mal à comprendre pourquoi elle voulait se justifier auprès de Jack Drummond. Elle n'avait encore jamais éprouvé le besoin d'expliquer ses choix à quiconque, hormis Mara.

Même Alexander Quinn ne l'avait jamais entendue prononcer un seul mot d'excuse. De toute façon, il ne lui en avait pas demandé. Il n'avait d'intérêt que pour les informations qu'elle pouvait lui fournir sur Carlos Herrera et sa joyeuse bande.

— Comment t'es-tu retrouvée en prison ? demanda Jack.

— Carlos s'était servi de moi pour transporter des armes. Je ne savais pas ce qu'il faisait, Jack, je te le jure.

Il la regarda en fronçant les sourcils, comme s'il était surpris autant qu'elle-même par sa déclaration.

— Je te crois.

Mallory sentit une bouffée de soulagement l'envahir, aussitôt suivie d'une étincelle de culpabilité. Elle ne lui avait pas encore tout avoué.

— Je n'étais pas complètement innocente, cela dit.

— Est-ce que tu pensais transporter de la drogue ?

— Non, bien sûr que non, répliqua-t-elle, frémissant à cette idée. Je croyais qu'ils faisaient de la contrebande de logiciels piratés. Des programmes qui auraient dû être libres et gratuits de toute façon. Du moins, c'était mon opinion en ce temps-là.

— Plus maintenant ?

— Tout ne doit pas forcément être gratuit. Les gens consacrent beaucoup de temps et d'efforts à leur travail. J'estime qu'ils ont droit à une compensation.

— Bien sûr.

— Mais les choses peuvent sembler très différentes quand on a vingt-deux ans, qu'on est stupide et qu'on vit à cent à l'heure.

Elle appuya sa joue contre son avant-bras, ignorant la pointe de douleur dans son dos due à sa position recroquevillée. C'était un autre rappel qu'elle n'était plus la jeune femme naïve de vingt-deux ans depuis bien longtemps.

— Combien de temps es-tu restée en prison à Medellin ?

— Quatre jours.

Il grimaça.

— C'était comment ?

— Ça aurait pu être bien pire, reconnut-elle.

Le personnel de l'ambassade à Bogota lui avait raconté

plusieurs histoires horrifiques à propos d'Américains détenus dans des geôles colombiennes.

— L'un de mes amis ayant échappé à la descente de police a appelé l'ambassade américaine à Bogota. Quinn était sur place.

— Et il a vu une occasion de démanteler un réseau de trafic d'armes ? devina Jack.

— On peut dire ça.

— Pourquoi ai-je la sensation que ce n'est pas la dernière chose que tu aies faite pour Alexander Quinn ?

— Parce que ça ne l'était pas.

— C'est à ce moment-là que tu as échangé ton chapeau gris contre un chapeau blanc ?

Elle sourit en entendant la note amusée dans sa voix. Elle s'était doutée qu'il aimerait cette histoire de chapeaux.

— Plus ou moins. Quinn m'a sauvée de ce qui aurait pu être des années de prison. Et nous avons éliminé au moins un petit groupe fournissant en armes les Farc, les Forces armées révolutionnaires de Colombie. Une organisation de guérilla d'extrême gauche, très violente.

— Charmant.

— Je ne le savais pas.

— Peut-être que tu ne voulais pas le savoir.

— Peut-être, concéda-t-elle. J'aurais dû poser plus de questions.

— Tu n'aurais pas dû non plus être en Colombie à faire du trafic de logiciels piratés.

— Et tu n'aurais pas dû traiter Mara comme tu l'as fait, rétorqua-t-elle.

Il la fusilla du regard, puis finit par desserrer la mâchoire et hocher la tête.

— C'est juste.

— Non, marmonna-t-elle, la poitrine serrée par la

culpabilité. Tu ne lui as pas vraiment brisé le cœur, Jack. Elle ne t'a jamais laissé y avoir accès complètement.

Pendant qu'elle lui racontait sa jeunesse tourmentée, ils avaient atteint la banlieue de Maryville. Devant eux, le premier feu tricolore qu'ils trouvaient depuis des kilomètres brillait en rouge dans la nuit pluvieuse. Jack freina et se tourna vers elle.

— Qu'est-ce que tu veux dire par là ?

Mallory s'obligea à croiser son regard curieux, même si ce qu'elle s'apprêtait à dire la mettait mal à l'aise.

— Mara avait ses propres démons, Jack. Elle était douce et gentille, c'est vrai. Mais elle m'a dit après ton départ qu'elle ne s'était jamais laissée aller à t'aimer. Elle savait que tu partirais, alors elle n'en voyait pas l'intérêt. Au début, je ne l'ai pas crue. A vrai dire, je t'ai haï à sa place, parce que tu n'aurais pas dû jouer avec ses sentiments. Toi, tu t'en moquais bien de savoir dans quel état tu l'avais abandonnée.

Jack cligna lentement des paupières.

— Si, je m'en suis soucié. Mais trop tard.

— Eh bien, tu peux arrêter de te sentir coupable. D'accord ? Mara ne t'a jamais aimé.

Elle agita la main devant lui.

— Je t'absous officiellement.

— Je croyais que l'absolution, ce n'était pas ton truc.

— Ça ne l'est pas, admit-elle en détournant les yeux.

Elle désigna le feu qui était passé au vert. Avec un léger soupir, Jack accéléra et entra dans Maryville. Mallory n'avait pas eu grand espoir de trouver un restaurant ouvert toute la nuit, mais un peu plus loin elle aperçut une gargote encore éclairée malgré l'heure tardive. Elle toucha le bras de Jack et montra la devanture du doigt.

— Tu as faim ? demanda-t-il.

— Je peux installer un *hot spot*. Retourner sur Internet.

— Pour chercher quoi ? lança-t-il en plissant les yeux.

— Pas « quoi ». Qui.

Elle attrapa le sac à dos qui contenait son ordinateur.

— Il est temps de voir si Endrex veut revenir jouer avec moi.

13

Regarder Mallory travailler sur son ordinateur était comme de voir un cow-boy expérimenté à l'œuvre, songea Jack. Au cours de ses années sur le circuit des rodéos, il avait vu des chevauchées qui défiaient les lois de la physique. Observer les manipulations virtuoses de Mallory était presque aussi exaltant, mais de façon plus cérébrale. En quelques frappes rapides sur le clavier, elle naviguait sur Internet avec une habileté et une intuition qui le dépassaient complètement.

Ils s'étaient installés dans un coin de la petite salle. Deux camionneurs assis sur des tabourets au comptoir échangeaient des histoires d'autoroute. Dans un autre box, des amoureux d'un certain âge semblaient plus intéressés l'un par l'autre que par l'assiette de frites à moitié pleine posée devant eux.

Lui et Mallory avaient commandé deux grands cafés et des sandwichs : steak et fromage fondu pour lui, dinde et gruyère pour elle. Ils s'étaient assis sur la même banquette, comme le couple de l'autre côté de la pièce. Mais contrairement à la femme en face d'eux, Mallory n'avait d'yeux que pour l'écran de son ordinateur.

— J'ai écrit un programme qui enregistre tous mes historiques d'activité sur Internet. Je peux donc retrouver la brève conversation que j'ai eue avec notre mystérieux correspondant hier soir.

Tout en parlant, elle continuait à taper avec vélocité sur le clavier.

— Je peux utiliser un autre programme que j'ai mis au point pour essayer de retrouver l'origine du message, mais ça va prendre un peu de temps.

Elle enfonça une autre touche avant de s'écarter et de tendre la main vers son sandwich.

— Et ça va nous aider, de savoir d'où provient le message ? demanda Jack. Je veux dire, est-ce que ça t'indiquera l'emplacement physique de ce type ? Ça nous permettrait de le retrouver et de le rencontrer ?

— A priori, oui. Mais même si sa géolocalisation est masquée, nous obtiendrons peut-être des indices. Ce serait bien de prendre contact avec lui, plutôt que d'attendre qu'il reprenne l'initiative.

Il y avait un intérêt certain à avoir le contrôle de la situation, se dit Jack.

— Depuis combien de temps le recherches-tu ?

— De façon sporadique depuis la dernière fois qu'il a disparu, il y a presque deux ans. Mais je le fais pour de bon depuis quatre mois.

— Qu'est-ce qui a changé il y a quatre mois ? demanda-t-il avec curiosité.

— Un groupe appelé Blue Ridge Infantry a essayé d'empoisonner les participants à une conférence sur le maintien de l'ordre près de Barrowville, tout près de Purgatory.

— Je ne comprends pas.

Elle lui lança un coup d'œil.

— Je t'ai parlé de Wayne Cortland et de son organisation criminelle, n'est-ce pas ?

— Oui, et tu as dit qu'Endrex avait travaillé pour lui. Mais quel est le rapport avec ce Blue quelque chose ?

— Blue Ridge Infantry. Une milice patriotique autoproclamée, mais c'est du grand n'importe quoi, précisa-t-elle en grimaçant. Ils font leurs petites manœuvres paramilitaires, mais ce qui les motive vraiment, c'est l'argent. Cortland a compris comment conjuguer les intérêts de trois groupes plutôt disparates. Il y a les anarchistes, parmi lesquels des hacktivistes comme les types dont j'ai découvert le complot. Il y a les cultivateurs d'herbe et les fabricants de meth qui gèrent le trafic de drogue dans ces montagnes. Et puis il y a les gars de la Blue Ridge Infantry, qui ont vendu leur âme à l'organisation de Cortland et font office d'hommes de main.

— C'est une organisation plutôt complexe à diriger.

— D'après ce que j'ai appris sur Cortland depuis qu'il est mort, il avait une volonté d'acier et beaucoup de charisme, expliqua Mallory entre deux bouchées de son sandwich. Les gens l'aimaient bien et écoutaient ce qu'il avait à dire. Mais c'était aussi quelqu'un d'impitoyable. Il pouvait se montrer très généreux avec ceux qui faisaient preuve d'obéissance et de loyauté, mais n'hésitait pas à punir ceux qui sortaient du rang. Et ses punitions étaient brutales. Les gens redoutaient sa colère. Ça lui donnait énormément de pouvoir.

Elle mordit de nouveau dans son sandwich. Une trace de moutarde resta au coin de sa bouche, que Jack ne put s'empêcher d'essuyer du pouce. L'air entre eux se chargea aussitôt d'électricité.

— Je suis désolé, murmura-t-il en ramenant sa main vers lui.

Sauf qu'il ne l'était pas. Il le fut encore moins lorsqu'elle l'attrapa par la chemise et l'attira vers elle.

— Où tu vas comme ça, cow-boy ? demanda-t-elle d'un ton doux qui lui donna des frissons dans le dos.

— Tu sais à quel point c'est une mauvaise idée, n'est-ce pas ? dit-il.

Il n'entendit aucun regret dans sa propre voix, mais il fallait bien que quelqu'un dise ces mots tout haut.

— Tu vois, c'est bien ça le problème.

Elle parlait dans un souffle, tout contre sa mâchoire.

— Les mauvaises idées sont ma drogue à moi.

Il posa la main au creux de ses reins et plaqua son corps contre le sien.

— Et jusqu'ici, ça te réussit comment ?

— Tant qu'il y a de la vie, il y a de l'espoir.

Mallory ponctua sa phrase d'un baiser passionné et irrésistible.

Pendant un long moment d'éternité, le monde autour d'eux sembla disparaître dans un vortex de plaisir brûlant. Plus rien n'existait hormis la chaleur des lèvres de Mallory contre les siennes, la pression de sa langue, le battement de son pouls, qu'il sentit en refermant la main autour de son cou pour l'attirer encore plus près de lui.

Un léger tintement filtra à travers la brume de désir. Mallory s'écarta brusquement de lui, et Jack ouvrit les yeux. Elle regardait de nouveau l'écran de son ordinateur, où une petite fenêtre bleue était apparue.

Hui mots y étaient écrits :

Les gouttes de pluie tombent sur ma tête.

Jack se tourna vers Mallory. Elle avait les yeux brillants d'excitation et les lèvres gonflées par leur baiser.

— Qu'est-ce que ça signifie ? demanda-t-il.

Sa seule réponse fut de poser les doigts sur le clavier et de taper un seul mot :

Helsinki.

— « Helsinki » ? demanda Jack. Ça veut dire quoi, tout ça ?

Quand elle posa son regard étincelant sur lui, il sentit quelque chose s'ouvrir du côté de son cœur.

— Ça veut dire que nous l'avons retrouvé, répondit-elle avec un large sourire. Nous avons retrouvé Endrex.

— Et c'est une bonne chose ?

Il avait du mal à partager son enthousiasme. Après tout, ils ne savaient toujours pas la couleur du chapeau que portait le hacker en ce moment.

— C'est toujours mieux que l'inverse, non ? rétorqua-t-elle en se tournant vers l'ordinateur, le sourire moins éclatant.

— C'est peut-être un piège.

— Je sais, répondit-elle, à nouveau sérieuse. Mais je ne supporte plus cette incertitude. J'en ai assez, de devoir fuir tout le temps.

— Il y a quatre ans, tu ignorais tout de l'implication d'Endrex dans l'attaque terroriste, n'est-ce pas ? demanda-t-il, étonné de ne pas s'être encore posé la question. Tu m'as dit que tu avais découvert le lien potentiel avec Endrex il y a deux ans. Tu étais déjà arrivée dans le Tennessee, pas vrai ?

Elle acquiesça lentement sans le regarder.

— Mais Mara a été assassinée il y a quatre ans, poursuivit-il. Et tu penses que les tueurs l'ont prise pour toi.

Elle tourna la tête vers lui, sans vraiment croiser son regard.

— Oui.

— Sa mort n'a rien à voir avec ce que nous sommes en train de rechercher, je me trompe ?

— Je ne sais pas.

— Mais…

Elle riva sur lui des yeux bleus élargis par la peur.

— Je sais qu'elle n'a pas été tuée par Endrex. Je suis à peu près sûre que c'était Carlos.

— Le trafiquant d'armes ?

Elle hocha la tête.

— Peut-être pas Carlos lui-même, mais quelqu'un en rapport avec lui. Quand j'ai témoigné contre lui, il a juré de me le faire payer. Alors j'ai disparu dans la nature pendant un bout de temps. Et ensuite…

— « Et ensuite » ?

Elle cessa de se mordiller la lèvre inférieure et poursuivit :

— Et ensuite, Mara m'a appelée. Elle m'a dit qu'elle avait besoin d'entendre ma voix. A en juger par la sienne, elle était bouleversée.

— Ça devait être à l'époque…

Jack ne put finir sa phrase. Elle le fit à sa place :

— C'était juste après ton départ d'Amarillo.

— Tu as dit que je ne lui avais pas brisé le cœur, s'exclama-t-il avec un tiraillement de culpabilité.

— Tu ne l'as pas fait. Elle se l'est brisé toute seule.

Il fourragea dans ses cheveux, essayant de comprendre.

— Qu'est-ce que tu veux dire par là ?

Un tintement venu de l'ordinateur attira leur attention sur l'écran avant qu'elle ne puisse répondre. Un nouveau message était apparu dans la fenêtre.

Tu es en danger.

Le juron que Mallory laissa échapper faillit arracher un sourire à Jack.

— Mais c'est qu'il est serviable, ce garçon, lâcha-t-il. Parce qu'on n'était pas capables de s'en rendre compte tout seuls après s'être fait canarder…

Un autre message apparut.

Campesinos et péquenauds sudistes… Pas si différents.

— *Campesinos ?* demanda-t-il.

— C'est un mot espagnol qui veut dire « fermiers », « paysans »…

— *Hablo español, chica,* coupa Jack d'une voix traînante. J'ai monté des taureaux partout dans le Sud-Ouest pendant des années. Je sais ce que le mot signifie, mais je bloque sur le message.

— Les *campesinos* étaient les forces vives des Farc.

— Les rebelles colombiens que ton petit ami fournissait en armes ?

Elle lui jeta un regard noir.

— Mon ex-petit ami. Qui se servait de moi et a failli me transformer en star d'un film de prévention contre les risques qu'on coure en commettant des crimes dans des pays étrangers au système carcéral ignoble. Oui, ces Farc-là.

— Endrex ne suggère quand même pas que les guérilleros des Farc se sont installés dans le Tennessee…

Même si ce ne serait pas la première fois qu'une bande de terroristes sud-américains échoueraient dans les Smoky Mountains, après tout, pensa Jack. Quelques mois plus tôt, Riley et Hannah avaient eu maille à partir avec des terroristes originaires de la petite république sud-américaine de Sanselmo.

— Tu penses que si ?

— Pas les Farc, répondit-elle d'un ton solennel qui le fit frissonner. Je pense qu'il parle de Carlos. Ou de quelqu'un qui a été envoyé par lui.

— Ils t'ont retrouvée.

La fenêtre de discussion disparut brusquement, et Mallory laissa échapper un grognement de frustration.

— Qu'est-ce que ça veut dire ? demanda Jack.

— Il a fermé la connexion.

— Tu peux la récupérer ?

Après avoir pianoté pendant quelques secondes, elle secoua la tête.

— Le lien est mort. L'oiseau s'est envolé.

Jack n'avait aucune idée de ce que cela signifiait en termes de cyberespace, mais l'équivalent dans la vraie vie était très clair.

— Donc il te lance un mystérieux avertissement avant de disparaître. Encore.

Elle hocha lentement la tête.

— Mais il n'est peut-être pas si mystérieux que ça, cet avertissement.

— Tu plaisantes ?

— Il y a quelques années, certains signes indiquaient qu'une partie de la mafia qui gère le trafic de drogue dans ces montagnes, autrement dit les « péquenauds sudistes » mentionnés dans le message, essayaient de se rapprocher de trafiquants d'armes sud-américains.

— Quel genre de signes ? Et comment sais-tu tout ça ?

— Quinn m'en a parlé. Apparemment, un agent du FBI sous couverture a infiltré une famille de dealers de méthamphétamine dans le Nord-Est de l'Alabama. Il a découvert que certains membres étaient en contact avec un trafiquant d'armes péruvien. Et, crois-moi, s'ils poursuivent ce genre d'expansion dans l'Alabama, ils le font aussi dans les Smoky Mountains.

Jack sentait son cerveau au bord de l'implosion. Il était épuisé, avait très peu dormi au cours de ces deux derniers jours et n'avait mangé qu'un quart de sa consommation quotidienne habituelle en quarante-huit heures. Comment diable était-il censé démêler le fonctionnement d'un complot alors que son cerveau réclamait trois choses : de la nourriture, du sommeil et du sexe, pas forcément dans cet ordre ?

Il pouvait régler le problème de la nourriture. Son sandwich était toujours posé, à moitié mangé, sur une assiette devant lui. Il le dévora en quelques bouchées, ignorant le regard étonné de Mallory.

— Finis ton sandwich, ordonna-t-il après avoir avalé une gorgée de café. Nous ne pouvons rien faire tant que ton copain ne nous contacte pas, même si tu as raison à propos de cette histoire d'armes. Et aucun de nous deux n'a assez mangé ni dormi, ces deux derniers jours.

Sans oublier le manque de sexe, ajouta son esprit fatigué. Les sourcils toujours froncés, Mallory tendit la main vers son sandwich.

Une autre fenêtre apparut au centre de l'écran, avec deux séries de cinq chiffres.

Le cœur de Jack commença à battre plus vite.

— Des codes postaux ?

— Non, du codage ordinaire, répondit Mallory, un sourire dans la voix.

Une seconde plus tard, un numéro composé de six chiffres, séparés deux par deux par des tirets, s'afficha sous la première ligne. Enfin, quatre autres numéros, par groupes de deux séparés par un point, apparurent sur une troisième ligne.

— Encore des codes ? demanda Jack.

Il ferma les yeux et pressa la paume de sa main contre son front douloureux. Mallory ne répondit pas, se contentant de taper sur le clavier à toute vitesse. Il appuya sa tête contre la paroi du box, trop épuisé pour céder à sa curiosité. Quelques instants plus tard, Mallory murmura :

— Il veut qu'on se rencontre.

Il rouvrit les yeux.

— Où ça ?

Elle tapota les chiffres sur l'écran.

— Lilac Point, demain matin à 10 heures.

— C'est ce que ces chiffres veulent dire ?

Elle hocha la tête en silence.

— Comment connais-tu son code ?

— Je l'ai cassé il y a longtemps. C'est un de mes passe-temps, tu te souviens ? Je te l'ai dit, j'ai une base de données pleine de codes que j'ai craqués par le passé.

Elle le regarda dans les yeux, avec une expression mêlant défi et appréhension.

— Tu es trop mignonne quand tu fais ta *geek*, lança-t-il.

Elle lui rendit son sourire.

— Merci.

— Bon. Alors, où est ce Lilac Point où il veut te retrouver demain ?

— C'est sur le lac, répondit-elle en lui lançant un autre coup d'œil rapide. A environ cinq kilomètres du chalet que je louais.

— Ça ne me plaît pas du tout. Et si c'était un piège ?

— Et si ce n'en était pas un ? Et si Endrex avait des informations qui pourraient empêcher cette attaque terroriste de se produire ?

Il n'avait pas de bonne réponse à lui donner, mais il ne voulait certainement pas l'encourager à mettre encore plus sa vie en danger. Tandis qu'il gardait le silence, elle lui toucha la main de ses doigts chauds.

— Je pense que nous devons courir ce risque, Jack.

Il expira longuement.

— D'accord. Mais nous devons trouver un endroit où passer la nuit. Nous avons besoin de dormir.

Et de faire l'amour, lui rappela son corps frustré. Il

s'empressa de repousser cette pensée au fond de ce cerveau, où elle se mit à trépigner d'impatience.

— J'ai vu un motel sur la route qui a l'air assez miteux pour satisfaire nos besoins.

Des besoins qui incluaient du sexe, songea-t-il avant de se frotter le front.

— D'accord.

— Nous pourrons peut-être avoir deux chambres, cette fois-ci.

Ignorant les protestations de son corps, il acquiesça.

— Bonne idée.

Mallory finit la dernière bouchée de son sandwich, avala le reste de son café et prit sa veste, pliée à côté d'elle. Tandis qu'elle l'enfilait, Jack sortit son portefeuille pour le pourboire. Il commençait à être à court d'argent liquide, constata-t-il, mal à l'aise. Il en restait sûrement assez pour une nuit ou deux dans un motel pas cher, mais après…

— Tu sais pourquoi c'est une bonne idée de prendre deux chambres, n'est-ce pas, Jack ?

Mallory se pencha vers lui, la voix douce comme du velours. Il la dévisagea, incapable de parler à cause du désir sauvage qui grondait en lui.

— C'est une bonne idée, parce que nous avons besoin de dormir, pas de faire l'amour, murmura-t-elle.

— Tout à fait.

Elle lui toucha la mâchoire, puis laissa glisser la main le long de son cou et de son épaule. Elle passa sur son sternum avec une lenteur délibérée, descendant jusqu'à son jean. Elle enfonça les doigts dans la ceinture, juste au-dessus du bouton, et tira légèrement.

— Pas ce soir, en tout cas.

Elle était déjà à la porte du restaurant, faisant tinter le

carillon de l'entrée, avant qu'il ne songe à reprendre son souffle.

Le Maryville Arms Motel était plus confortable à l'intérieur que son aspect extérieur minable ne le laissait supposer, constata Mallory après avoir ouvert la porte de la chambre. Elle entra et posa ses sacs. La pièce était petite, mais sentait le propre. La moquette avait de toute évidence été récemment shampouinée. Le dessus-de-lit et les draps étaient bien repassés, dégageant une bonne odeur de lessive. Un bonbon était même posé sur chaque oreiller.

Il ne manquait que la présence d'un grand cow-boy nu dans le lit…

Mallory s'assit au bord du matelas et se laissa tomber en arrière. Elle rebondit deux fois avant de s'immobiliser. Le plafond était d'un blanc immaculé, sans la moindre toile d'araignée dans les coins, remarqua-t-elle en levant les yeux.

Elle était enfin dans une chambre de motel où elle n'aurait pas rechigné à se déshabiller, et elle se retrouvait toute seule.

— Il faut dormir, MJ. Oublie le sexe, marmonna-t-elle en direction du plafond.

Le plafond ne répondit pas. Et Mallory comprit que son état de fébrilité allait l'empêcher de dormir.

Elle se redressa, puis sortit son ordinateur de son sac à dos. Assise en tailleur sur le lit, elle alluma le portable. Elle replongea la main dans le sac et sortit de leur cachette les trois clés USB contenant cinq mois de recherches.

Elle inséra la première clé dans l'un des ports. Elle venait d'ouvrir la fenêtre de contenu lorsqu'un message apparut à l'écran.

Ne fais pas confiance à Jack Drummond.

14

Le ciel était à peine teinté de rose à l'est des Smoky Mountains lorsque Jack répondit au coup frappé à la porte de sa chambre. Il trouva Mallory sur le seuil, déjà prête à partir. Elle était vêtue d'un jean marron, d'un pull vert olive et d'une veste de camouflage. Elle portait de grosses chaussures de randonnée et avait son sac à dos sur les épaules. Ses cheveux étaient tirés en queue-de-cheval et son visage dépourvu de maquillage arborait une expression déterminée.

Elle baissa les yeux sur les pieds nus de Jack, puis observa la chemise déboutonnée qu'il avait enfilée à la hâte avant d'ouvrir la porte. Elle plaqua un sourire peu convaincant sur ses lèvres.

— Debout là-dedans, cow-boy.

Il tendit les bras de chaque côté de la porte et agrippa le chambranle en soupirant.

— Il est 5 h 30, MJ. Le but, c'était d'essayer de dormir cette nuit, tu sais.

Elle n'attendit pas qu'il l'invite à entrer et se faufila sous son bras.

— Je veux arriver là-bas bien avant Endrex.

— Au cas où il s'agirait d'un piège ?

— Exactement.

Jack referma la porte, plongeant la pièce dans l'obscurité. Une seconde plus tard, Mallory alluma la lampe près du lit défait. Elle s'assit sur le bord du matelas, l'air tendu mais intraitable. Ses yeux fixaient le mur en face d'elle comme si elle refusait de croiser son regard, songea Jack, mal à l'aise.

— As-tu réussi à dormir un peu ?

Elle ne semblait pas s'être reposée du tout.

— Juste assez.

— Tu as passé la nuit devant l'ordinateur, n'est-ce pas ?

Elle ne cilla pas, mais il aperçut un léger frémissement au coin de son œil gauche.

— Non, répondit-elle.

Mais Jack devina qu'elle mentait.

— J'ai besoin des clés du pick-up pour y ranger mon autre sac, ajouta-t-elle.

Elle releva enfin les yeux vers lui. Malgré son expression neutre, il distingua dans les iris cobalt un océan de secrets qui lui noua l'estomac.

— Je l'emporterai avant notre départ, déclara-t-il d'un ton ferme.

Il ne devait surtout pas fournir un moyen de transport à une femme qui avait déjà plusieurs fois montré des velléités de fuite.

— Pourquoi tu n'irais pas chercher le reste de tes affaires pendant que je finis de m'habiller ?

— Ça ne me dérange pas d'aller mettre tout ça dans le pick-up. Je peux aussi prendre ton sac.

Elle avait quelque chose en tête, c'était de plus en plus évident.

— MJ, pourquoi veux-tu à ce point que je te donne mes clés ?

— C'est quoi, cette question ?

Elle ne tressaillit pas, ne changea pas d'expression,

mais Jack ne manqua pas le nouveau frémissement au coin de son œil.

— Je dois être un peu parano, répondit-il sans lui tendre les clés. Tu as toujours le Smith & Wesson que tu as braqué sur moi le premier jour à ton chalet ?

A en croire le regard qu'elle lui lança, il venait de poser la question la plus idiote de tous les temps.

— Très bien…

Il sortit son colt M1911 de son sac et attacha l'étui à la ceinture de son jean.

— Comme ça, nous serons tous les deux armés.

Elle le dévisagea, les yeux plissés.

— Tu as le droit de porter une arme cachée dans le Tennessee ?

— Oui. Mon permis du Wyoming reste valide ici. Est-ce que ça pose un problème ?

— Bien sûr que non.

Elle avait l'air sincère. Pourtant, il ne la croyait pas.

— Mallory, as-tu peur de moi ?

Elle parut surprise par la question. Un peu trop.

— Non. Pourquoi est-ce que tu me ferais peur ?

— C'était ma prochaine question.

— Je n'ai pas peur de toi.

Elle attrapa son sac à dos, se leva et désigna du menton sa chemise déboutonnée.

— Finis de t'habiller. Je vais chercher mon autre sac et je t'attendrai près du pick-up.

Pour quelqu'un qui n'avait pas peur de lui, elle était drôlement impatiente de sortir de sa chambre.

Il retrouva Mallory à l'extérieur. Il pressa le bouton d'ouverture centralisée pour déverrouiller le coffre, puis rangea aussitôt les clés dans sa poche. Il se dirigea ensuite vers la réception du motel pour régler la note. Ses réserves d'argent liquide fondaient à vue d'œil. Si leur cavale durait encore longtemps, il allait devoir reprendre contact avec Riley ou Hannah.

Mais cela valait-il la peine de prendre ce risque ? Comme il le savait, Alexander Quinn avait probablement mis sa famille sous surveillance.

En revenant sur le parking, il s'attendait presque à ce que le pick-up ait disparu. Une femme qui était assez intelligente pour naviguer dans le monde des hackers était sûrement capable de démarrer un véhicule sans la clé.

Mais Mallory et le pick-up étaient toujours là. Elle était assise bien droite sur le siège passager, avait mis sa ceinture et croisé les mains sur ses genoux. Déconcerté, Jack s'installa au volant sans la quitter des yeux.

Où était donc passé son petit porc-épic ?

Il referma la portière, puis enfonça la clé dans le contact. Pourtant il ne démarra pas. Au bout de quelques secondes de silence, Mallory tourna lentement la tête vers lui. Le coin de son œil ne cessait de tressauter.

— Il s'est passé quelque chose hier soir, affirma-t-il doucement. Entre le moment où nous avons eu nos chambres et celui où tu as frappé à ma porte ce matin. Tu fais de ton mieux pour me convaincre que tout va bien, mais tu n'es pas si bonne actrice que ça.

Elle reporta son attention sur ses genoux.

— Qui t'a envoyé, Jack ? Est-ce Carlos ?

Pris au dépourvu, il la dévisagea.

— Tu crois que je travaille pour ton ex-petit ami trafiquant d'armes ? Tu n'es pas sérieuse.

— Ce n'est peut-être pas Carlos. C'est peut-être un ancien de l'organisation de Cortland. Comment t'ont-ils abordé ? Est-ce qu'ils t'ont vu en train de me parler au restaurant ? Ça leur a donné l'idée de t'acheter ?

Elle se tourna vers lui, les yeux embués de larmes.

— Combien t'ont-ils proposé ? A combien as-tu évalué ma vie ?

Il tendit le bras et posa la main sur sa joue. Elle tressaillit, mais ne s'écarta pas.

— Ta vie n'a pas de prix, Mallory. Je ne ferai jamais quoi que ce soit qui puisse te blesser. Toi ou quelqu'un d'autre. Plus jamais. J'ai fait assez de mal comme ça.

Une petite ride se forma entre les sourcils de Mallory.

— Tu n'imagines pas à quel point j'aimerais te croire.

Il laissa retomber sa main.

— Mais tu ne me crois pas.

Elle baissa de nouveau les yeux.

— Je ne te connais pas. Pas vraiment. Et ce que je sais à propos de toi ne me donne pas particulièrement envie de mettre ma vie entre tes mains.

La vérité faisait beaucoup plus mal qu'il ne s'y attendait.

— Que s'est-il passé, hier soir ? Tu peux au moins me dire ça.

Elle se pencha et plongea la main dans son sac à dos. Pendant une seconde, il crut qu'elle allait en tirer son Smith & Wesson, mais elle se contenta de sortir son ordinateur. Elle le posa sur ses genoux, l'ouvrit, puis cliqua plusieurs fois, jusqu'à ce qu'une image s'affiche.

— Je ne voulais pas laisser la fenêtre de discussion ouverte, murmura-t-elle en tournant l'appareil vers lui. Mais j'ai fait une capture d'écran.

Il se pencha pour mieux voir. La fenêtre au milieu de l'écran contenait une seule phrase :

Ne fais pas confiance à Jack Drummond.

Il sentit un frisson remonter le long de sa colonne vertébrale.

— Tu penses que ça vient d'Endrex ?

— Je ne sais pas, admit-elle.

— As-tu essayé de retracer l'origine du message ?

Au moment même où la question franchissait ses lèvres, il s'aperçut qu'il avait l'air d'un crétin essayant de se faire passer pour ce qu'il n'était pas.

L'expression figée de Mallory se fêla et ses lèvres se plissèrent comme si elle réprimait un sourire.

— J'ai essayé. Ça n'a rien donné.

— Ce qui veut dire ?

— Que la personne qui m'a écrit ça est douée dans son domaine.

Elle plia la jambe et posa le pied sur son siège. Cela ne faisait d'elle qu'une moitié de porc-épic, mais il s'en contenterait, songea Jack. C'était au moins un signe qu'elle se détendait un peu.

— Je ne sais pas qui t'a envoyé ce message, Mallory. Je ne connais personne dans le Tennessee, à part toi et ma belle-famille.

Elle fronça les sourcils, remonta son autre jambe contre elle et passa les bras autour de ses genoux. Il parvint à ne pas sourire en assistant au retour bienvenu de la position du porc-épic, mais ses muscles tendus se relâchèrent légèrement.

— A quoi penses-tu ? demanda-t-il pour rompre le silence.

— J'ai parlé de toi à Alexander Quinn, Jack. Ton nom, ta relation avec Mara…

— Pourquoi ?

Elle tourna la tête et posa la joue sur ses genoux, les yeux rivés sur lui.

— Parce que j'avais des soupçons sur toi. Le fait que tu aies débarqué de nulle part, que tu essayes d'engager la conversation… Tu as dit que tu voulais me parler en privé. Je ne savais pas…

— Si j'avais l'intention de t'emmener quelque part pour t'agresser ?

— Oui, répondit-elle en soutenant son regard. Ou s'il s'agissait d'une coïncidence, et que tu ignorais vraiment que je n'étais pas Mara.

— Et tu avais peur que je le découvre si je continuais à te parler ?

Elle se frotta la joue contre son genou.

— J'ai beaucoup bougé après la mort de Mara. Je suis allée de ville en ville, sans jamais y rester longtemps.

— Jusqu'à ce que tu tombes par hasard sur ce complot dont tu m'as parlé ? Celui qui visait Oak Ridge ?

— C'est ça. Je n'étais pas restée au même endroit aussi longtemps depuis un bail. Probablement depuis la fac.

Elle regarda ostensiblement la clé de contact.

— Jack, nous perdons un temps précieux.

— C'est bon, nous jouons de nouveau dans la même équipe ? demanda-t-il, la main sur la clé.

Une amorce de sourire se dessina sur les lèvres de Mallory.

— Je ne pense pas que tu travailles pour Carlos. Ou pour les Cortland.

Cela ne répondait pas tout à fait à sa question, mais de la part de son petit porc-épic, cela équivalait sûrement à une grande preuve de confiance, estima Jack. Il démarra et prit la direction de la route qui les ramènerait dans les montagnes.

A 9 heures, ils étaient garés aux abords de Lilac Point Park, non loin du parking principal. Mallory avait incité Jack à dépasser l'entrée pour aller se garer juste derrière, entre deux lauriers. Les arbustes ne cachaient pas complètement le véhicule, mais c'était mieux que de faire tache au milieu d'un vaste espace quasiment vide.

— C'est un parc, ça ? murmura Jack.

Il observa la bande d'herbe jaunissante située entre les gravillons du parking et les rives rocailleuses du lac.

— A ce qu'il paraît.

Mallory avait détaché sa ceinture. Elle était en train de remplir son sac à dos d'affaires qu'elle piochait à la fois dans son sac marin et dans celui de Jack.

— Pourquoi mets-tu tout ce fatras là-dedans ? demanda-t-il.

Elle referma son sac et le posa à ses pieds.

— Parce que je vais devoir sortir du pick-up pour rejoindre Endrex. Si les choses tournent mal, je ne veux pas être obligée de m'enfuir les mains vides.

— Tu es paranoïaque. On te l'a déjà dit ?

— Ce n'est pas de la paranoïa si quelqu'un vous veut vraiment du mal.

Elle se tourna de côté sur son siège, puis releva les jambes. Elle posa ses bras repliés sur ses genoux et y appuya son menton. Son regard nerveux était tourné vers la zone principale du petit parc, visible à travers la fenêtre du conducteur.

— Comment vas-tu le repérer s'il arrive en avance ? demanda Jack. Tu as dit que tu ne savais pas à quoi il ressemblait.

— Je t'ai dit qu'une de mes amies avait rencontré Endrex. Elle m'en a fait une description précise.

Elle posa les yeux sur lui un bref instant.

— Je pense qu'elle a cru que j'avais des intentions sexuelles envers lui.

Jack ressentit une pointe d'agacement.

— Et c'était le cas ?

— J'étais dans ma phase « tous les hommes sont diaboliques ». Non, je n'avais aucune intention de ce genre.

— Et as-tu dépassé cette phase ? marmonna-t-il.

— Je suis parvenue à la conclusion que *tous* les hommes ne sont pas diaboliques.

Elle lui adressa un sourire en coin.

— Et même ceux qui le sont ont une certaine utilité.

Il commençait à regretter de lui avoir posé la question. L'idée même de Mallory avec un autre homme lui retournait l'estomac.

— Est-ce que tu fréquentes quelqu'un en ce moment ? demanda-t-il.

— Tu crois vraiment que je t'aurais balancé sur ce lit si je sortais avec quelqu'un, cow-boy ?

— Je ne sais pas. Parfois, j'ai l'impression de très bien te connaître, et à d'autres moments tu es une véritable énigme.

— Je suis une femme simple, Jack.

A en croire la petite étincelle dans ses yeux, elle savait fort bien que ce n'était pas exact.

— Es-tu déjà tombée amoureuse ?

— Et toi ? répliqua-t-elle.

Pas jusqu'à maintenant.

Choqué par cette pensée, il se redressa. Amoureux, lui ? De Mallory Jennings ?

— Non, répondit-il.

— Moi non plus.

La note mélancolique dans la voix de Mallory le prit par surprise. Elle sembla aussi étonner la jeune femme, qui serra ses genoux contre sa poitrine et détourna les yeux.

— Je sais que ce genre d'amour existe, fit Jack à mi-voix.

Il voulait qu'elle le regarde de nouveau, afin de lire dans ses iris bleus les pensées qu'elle semblait incapable de cacher.

— Riley, mon beau-frère, l'a trouvé deux fois dans sa vie.

— Ce n'est pas juste. Certaines personnes ont déjà du mal à le trouver une seule fois.

Leurs regards se croisèrent. Elle tourna rapidement la tête, mais cela suffit à Jack pour comprendre qu'il n'avait pas imaginé la mélancolie dans sa voix.

— Nous ne l'avons peut-être pas encore trouvé parce que nous n'en acceptons pas l'idée, suggéra-t-il.

Elle haussa un sourcil, l'air sceptique.

— Merci pour cette fine analyse, docteur.

— Je n'aurais jamais pu aimer Mara, reprit-il au bout de quelques secondes.

Il éprouvait le besoin irrésistible de s'expliquer. L'opinion que Mallory avait de lui était surtout fondée sur la façon qu'il avait eue de traiter sa sœur. Tôt ou tard, ils devraient se séparer, et il ne voulait pas la quitter sans essayer de lui faire comprendre qu'il n'était pas le même homme.

— Pourquoi pas ? demanda-t-elle.

— Je ne dis pas qu'elle n'était pas digne d'amour, bien sûr. Elle était adorable. Et elle méritait d'être aimée par un homme capable de lui donner tout ce qu'elle voulait.

— Et cet homme, ce n'était pas toi.

— Non, confirma-t-il. Et même maintenant que je ne bois plus et que j'ai essayé de changer, je ne pense toujours pas que notre couple aurait pu durer.

— Tu as raison. Ça n'aurait pas fonctionné.

Une expression triste apparut sur le joli visage de Mallory.

— Mara ne croyait pas à l'amour, Jack. Elle croyait en beaucoup de choses qui me dépassent, comme l'espoir, la patience et autres belles vertus. Mais l'amour, non. Pas après ce que mon père avait fait. Elle ne t'aurait jamais aimé. Elle t'a choisi parce qu'elle savait que tu n'attendrais jamais ça de sa part.

Jack l'observa, sans savoir s'il pouvait la croire. Lui confiait-elle ces secrets à propos de Mara pour le rassurer ? Pour l'absoudre de sa culpabilité ?

— Ça ne ressemble pas à Mara.

— Tu ne connaissais pas Mara, Jack, répondit-elle en lui touchant l'épaule. Elle ne s'est jamais vraiment dévoilée.

— Pourquoi me racontes-tu tout ça ?

— Parce que ça fait quatre ans que je te déteste. Mais tu ne ressembles en rien à l'homme que j'imaginais.

Elle le lâcha et reposa son menton sur ses bras.

— Je pensais que tu étais au courant pour son passé. Elle m'a dit que tu ignorais tout, mais elle savait mentir quand il s'agissait de protéger les gens. Et je sais qu'elle essayait de te protéger.

Il secoua la tête.

— Je ne le méritais pas.

— Je ne méritais pas sa protection non plus.

— Elle t'aimait.

Mallory lui adressa un pâle sourire.

— Elle était bien obligée. J'étais toute la famille qui lui restait.

La tristesse dans ses yeux était plus que Jack ne pouvait supporter. Il tendit de nouveau la main vers elle et la posa sur sa joue.

— Elle t'aimait parce que tu es toi. Et parce que tu n'es pas aussi indigne d'amour que tu as l'air de le croire.

Elle cligna des paupières plusieurs fois et s'écarta.

— C'est très flatteur, mais nous ne sommes pas ici pour une conversation à cœur ouvert.

Il reposa sa main sur ses genoux.

— Bon, alors… A quoi ressemble Endrex ?

Les yeux de Mallory s'élargirent tandis qu'elle regardait derrière lui.

— A ça, répondit-elle avec un signe du menton.

A une cinquantaine de mètres, un homme dégingandé d'environ trente-cinq ans marchait lentement vers eux. Ses cheveux blonds étaient séparés par une raie et retenus en catogan. Il était vêtu d'un jean et d'une veste militaire d'un vert fané, portée sur ce qui ressemblait à un T-shirt imprimé.

Il s'arrêta brusquement. Il avait dû repérer le pick-up, pensa Jack.

— Il est en avance, lui aussi.

— Probablement pour la même raison que nous, dit Mallory. Je dois y aller seule.

— Non.

— Jack, s'il voit quelqu'un qu'il n'attendait pas, il risque de s'enfuir.

— Il m'a déjà vu. Je pense que nous devons y aller sans rien cacher, affirma-t-il en ouvrant sa portière.

Mallory sortit à son tour, puis contourna le véhicule pour rejoindre Jack, les yeux rivés sur l'homme aux cheveux longs. Il s'était figé sur place et les observait, les yeux écarquillés comme un animal pris au piège.

Jack ralentit, laissant Mallory s'avancer seule vers l'homme inquiet. Elle lui dit quelques mots que Jack n'entendit pas, mais qui permirent à son interlocuteur de se détendre un peu.

Mallory regarda Jack par-dessus son épaule, avant de hocher légèrement la tête. Il reprit sa marche, jusqu'à ce qu'il soit assez près pour voir les iris vert clair de l'autre homme.

Endrex dévisagea Jack avant de reporter son attention sur Mallory.

— J'ai besoin que ces informations arrivent dans les bonnes mains, déclara-t-il d'une voix de ténor douce et peu modulée.

— C'est quoi, « les bonnes mains » ? demanda Jack.

Endrex tourna de nouveau les yeux vers lui.

— Voici Jack, présenta Mallory. C'est un *white hat.*

Elle lui jeta un regard oblique, et les commissures de ses lèvres se relevèrent.

— Littéralement.

— J'étais un cow-boy de rodéo, expliqua Jack.

— Original, se contenta de dire Endrex avant de se tourner vers Mallory. Je sais que Quinn n'est pas sûr de pouvoir me faire confiance. Je comprends pourquoi, mais là, c'est du sérieux. Quinn doit avoir ces informations aussitôt que tu pourras les lui donner.

— D'accord, acquiesça Mallory.

Mais Jack entendit dans sa voix une note étrange qu'il avait appris à reconnaître comme étant un signe de tromperie. Elle mentait à Endrex. Elle n'avait pas l'intention de transmettre les informations en question à Alexander Quinn.

Mais pourquoi ?

Le hacker plongea la main dans la poche avant de son jean et en sortit une petite clé USB noire.

— Elle contient des photos d'un homme nommé Albert Morris. C'est l'un des sénateurs du Tennessee, et il n'est pas l'homme qu'il prétend être. Un de mes amis a perdu la vie en me communiquant ces photos.

— Pourquoi ? demanda Jack.

Endrex garda les yeux sur Mallory.

— Parce qu'Albert Morris y est photographié en compagnie d'un homme qui s'appelle Carlos Herrera.

Mallory se raidit, mais ne montra pas qu'elle connaissait ce nom.

— Qui est Carlos Herrera ?

Endrex plissa les yeux.

— Tu as déjà entendu ce nom.

— Ça me dit quelque chose, concéda-t-elle. Pourquoi serait-il en compagnie d'Albert Morris ?

— Herrera faisait du trafic d'armes en Amérique du Sud. Mais ces jours-ci, il trempe plutôt dans le cyberterrorisme. Et d'après les rumeurs, il prévoit de s'attaquer à une grosse entreprise d'énergie.

— Quel rapport entre le cyberterrorisme et Albert Morris ? demanda Jack.

Endrex le fixa de ses yeux brillants comme des émeraudes.

— Albert Morris détient un grand nombre d'actions dans une entreprise qui s'appelle Cyber Solutions. Si Carlos Herrera parvient à prendre le contrôle du système Scada de la Eastern Tennessee Power et coupe le courant à la moitié de l'Etat, les actions de Cyber Solutions vont monter en flèche. Il va gagner des millions en quelques heures.

Le ventre noué, Jack dévisagea l'autre homme.

— Vous voulez dire que c'est juste une question d'argent ?

Mallory et Endrex le regardèrent comme s'il était stupide.

— C'est toujours une question d'argent, répondit le hacker en tendant la clé USB à Mallory. Donne ça à Quinn. Il saura quoi faire.

Il fit volte-face et commença à s'éloigner d'un pas rapide. Mallory releva les yeux vers Jack, anticipant sa question.

— Je ne sais pas si nous pouvons apporter ça à Quinn.

— Pourquoi pas ? demanda-t-il tandis qu'ils retournaient vers le pick-up.

Avant qu'elle ne puisse répondre, un coup de feu déchira l'air. L'arbre situé à cinquante centimètres de Mallory explosa en morceaux. Un éclat de bois jaillit et se ficha dans le bras de Jack.

Mallory laissa échapper un juron et le prit par la main.

— Cours !

15

Mallory n'était pas sûre de la provenance du coup de feu, mais s'ils parvenaient à atteindre le pick-up, ils pourraient au moins se mettre à l'abri. Ils auraient aussi la possibilité de garder le tireur à distance, le temps que quelqu'un signale la fusillade à la police.

Mais ils étaient encore à dix mètres du véhicule lorsque le pneu arrière le plus proche d'eux explosa sous l'effet d'une balle.

Une balle de fusil, constata-t-elle. Celui qui leur tirait dessus ne se servait pas d'un pistolet.

Jack resserra sa prise sur la main de Mallory et se mit à zigzaguer vers la gauche. L'entraînant à sa suite, il courut en direction des arbres près du lac.

— Fais-moi confiance, grogna-t-il lorsqu'elle essaya de le ramener vers leur véhicule.

Le pick-up avait peut-être perdu son utilité comme moyen de transport, mais ils pouvaient au moins s'en servir comme abri temporaire.

Que devait-elle faire ? Tenter sa chance toute seule ? Ou faire confiance au cow-boy ?

Elle cessa de résister et pressa l'allure pour rester au niveau de Jack.

Il avait mal. Elle le devinait à la grimace sur son visage et au grognement de douleur qu'il laissait échapper à chaque respiration. Au cours des derniers jours, il n'avait pas montré beaucoup de signes de douleur liés à sa vieille blessure, mais un homme comme lui n'aurait pas renoncé à sa carrière s'il avait pu faire autrement.

Ils devaient trouver un endroit où se cacher et reprendre leurs esprits avant de décider quoi faire. Elle avait besoin de transmettre les informations sur la clé USB à quelqu'un capable d'empêcher le complot.

Mais Quinn était-il la personne adéquate ?

Et quand allaient-ils enfin pouvoir cesser de courir ? Des coups de feu étaient tirés dans leur direction toutes les trente ou quarante secondes, les empêchant de ralentir et de chercher une cachette.

Devant eux, elle aperçut à travers les arbres le départ d'un sentier de randonnée. Il grimpait le long de la montagne qui s'élevait derrière la rive orientale du lac. Ils auraient plus de mal à escalader la pente rocailleuse qu'à courir le long de la rive. Malheureusement, il n'y avait nulle part où se mettre à l'abri pendant au moins trois kilomètres : cette partie du lac servait de réserve de gibier d'eau et toute construction y était interdite.

A cinq cents mètres de là, il n'y avait rien d'autre qu'une berge sableuse pendant presque un kilomètre. Hormis quelques arbres çà et là, rien ne les protégerait des coups de fusil. S'ils continuaient, ils seraient des cibles faciles.

Elle sentit Jack ralentir l'allure lorsqu'il aperçut l'espace ouvert qui s'étendait devant eux. Quand il lui jeta un coup d'œil inquiet, elle tira brutalement sur sa main et se mit à courir vers la pente bordée d'arbres.

— On monte !

Avec un grognement, il s'élança vers la côte.

Le sentier de montagne tournait et virait, bien abrité par des pacaniers, des érables et des pins qui poussaient dru à cette basse altitude. La pente était raide, mais pas abrupte au point de les obliger à escalader.

Mallory n'avait entendu aucun coup de feu depuis qu'ils avaient entrepris leur ascension. Le champ de vision du tireur était peut-être en partie bloqué par le terrain accidenté.

Autrement dit, ils avaient peut-être une chance de le semer. Mais ils allaient devoir bouger maintenant, pendant que l'homme au fusil changeait de position.

Elle leva les yeux pour observer les arbres autour d'eux, essayant de voir au travers. Les bosquets touffus de conifères empêchaient de bien visualiser la face de la montagne. Il leur fallait un endroit où se cacher pendant quelques minutes. Un endroit abrité ou…

Là. Elle aperçut une saillie rocheuse à flanc de montagne, au-dessus d'un trou obscur qui était peut-être l'entrée d'une grotte.

— Allez ! lança-t-elle en poussant Jack en direction de l'avancée rocheuse.

— Il a arrêté de tirer.

Lorsque Jack glissa sur des cailloux, il dut faire un mouvement brusque pour ne pas tomber. En voyant la douleur sur son visage, Mallory grimaça à son tour. Elle laissa ses doigts glisser le long de son bras.

— Il va recommencer. Mais je pense que nous sommes hors de portée, pour l'instant. Alors il faut en profiter pour atteindre cette saillie le plus vite possible.

Jack suivit son regard, plissant les yeux contre le soleil matinal.

— Est-ce que c'est…

— Une grotte ? C'est ce que je pense.

Aucun coup de feu ne fut tiré pendant les longues minutes qu'ils mirent à rejoindre leur but. A l'ombre du surplomb rocheux, l'ouverture de la grotte était beaucoup plus visible. De près, le tireur ne s'y tromperait pas, mais dans le viseur, il la prendrait peut-être pour un simple creux dans la falaise.

En tout cas, Mallory l'espérait. Parce qu'une fois entrés dans la grotte, ils y seraient coincés sans moyen d'en sortir.

Le regard de Jack se riva au sien.

— Si nous allons là-dedans…

— Je sais. Mais je ne pense pas que nous ayons le choix.

Il serra les lèvres, mais fit un signe de tête en direction de son sac à dos.

— Est-ce que tu as pris la lampe dans le pick-up ?

— J'en avais déjà rangé une dans le sac.

Mallory récupéra la torche dans la poche extérieure, puis commença à marcher vers l'entrée de la grotte. Il lui emboîta le pas, comme une présence rassurante dans son dos. Ils entrèrent ensemble, lentement, tandis qu'elle balayait de sa lampe l'intérieur de la cavité. Elle était petite et humide, mais il y avait quelques rochers qui leur permettraient de s'asseoir ailleurs que sur le sol irrégulier.

Jack alla en claudiquant jusqu'au plus gros, dont la surface était à peu près plane, et s'y affala avec un grognement.

— Si nous nous en sortons et que je retourne un jour dans le Wyoming, je jure de retourner chez le kiné. Parole de scout.

Elle lui fit signe de se pousser, s'assit à côté de lui et posa son sac à dos par terre.

— Tu n'as jamais été scout.

— C'est vrai, répondit-il en contemplant le sac. Pitié, dis-moi que ton kit de survie magique contient de l'eau.

Elle ouvrit la fermeture Eclair et sortit une bouteille.

— J'en ai pris quatre. Mais il va falloir les faire durer, alors ne la vide pas d'un coup.

Il but quelques gorgées, avant de lui rendre la bouteille.

— Tu savais déjà qu'une grotte se trouvait ici ?

— Non. Mais je connais plutôt bien le terrain, à force. Il y a beaucoup de grottes dans cette partie des montagnes. Je me suis dit que nous avions de bonnes chances d'en trouver une.

Elle avala quelques gorgées à son tour.

— Cela dit, si quelqu'un trouve cet endroit, nous allons nous faire tirer comme des lapins.

— Super, répondit-il en grimaçant.

— Ta blessure te fait vraiment mal, n'est-ce pas ?

Il se tourna vers elle et pressa le front contre sa tempe.

— Je m'en remettrai. D'ici un jour ou deux.

Mallory se blottit contre lui, tandis qu'il passait un bras autour de son épaule. Elle appréciait la chaleur de son corps dans cet environnement froid et humide.

— Je ne crois pas qu'il y ait de réseau dans cette grotte, mais je peux toujours essayer, déclara-t-elle. Même si je ne sais pas vraiment qui appeler.

— Je peux contacter Riley, dit Jack. Il viendra sans poser de question.

Sa barbe naissante frotta légèrement sur la peau de Mallory, allumant des étincelles dans son système nerveux.

— Tu penses vraiment que ton téléphone peut capter quelque chose à travers ces parois rocheuses ?

— Il faut tenter le coup, répondit-elle en sortant son portable de son sac à dos.

Mais aucune barre n'apparaissait à l'écran.

— Non, pas de réseau.

Elle se laissa aller contre Jack et rangea son téléphone dans sa poche.

— Je pourrais me glisser dehors, suggéra-t-il.

Elle secoua la tête.

— Nous ne pouvons pas courir ce risque. Si le tireur

a eu le temps de changer de localisation pour avoir une meilleure ligne de mire, il te verra bouger.

— Tu penses qu'il s'agit de Carlos ?

— Je ne sais pas. Evidemment, Carlos s'y connaît en matière d'armes, mais à l'époque il préférait les armes de poing aux armes d'épaule.

Elle avait vu son travail de près en Colombie, peu avant d'être embarquée lors d'une descente de police. Elle était tellement soulagée d'échapper à Carlos qu'elle avait mis plusieurs heures à se rendre compte qu'elle avait seulement échangé un cauchemar contre un autre.

— Mais je suis sûre qu'il n'est pas le seul à être employé par ce sénateur véreux.

— Tu as dit qu'Endrex avait des liens avec une organisation criminelle.

— D'après Quinn, il était sous couverture au sein de Cortland Enterprises, mais je ne suis pas convaincue que Quinn se soit fié aux motivations d'Endrex.

Mallory secoua la tête d'un air dubitatif.

— Mais pourquoi me donner la clé USB en me disant de la transmettre à Quinn ? Si Endrex dit la vérité sur ce qu'elle contient, c'est le genre de chose qu'un réseau de crime organisé en difficulté adorerait avoir en sa possession. Imagine si ça leur donnait de quoi faire chanter un membre du Sénat des Etats-Unis ?

— Endrex a peut-être menti sur le contenu de la clé.

Elle sortit la clé USB de sa poche et ouvrit son sac à dos.

— Il n'y a qu'un seul moyen de le savoir.

— Toujours rien du côté de la belle-famille ?

Le haut-parleur du téléphone portable donnait un timbre un peu métallique à la voix de Nick Darcy. Cela dit, ses intonations britanniques auraient révélé son identité même si le numéro sur l'écran ne l'avait pas fait.

— Pas encore, répondit Quinn. Ils sont sur le lac, comme si c'était une journée de pêche tout à fait normale.

Il leva de nouveau ses jumelles pour vérifier qu'Hannah et son mari ne s'étaient pas esquivés depuis la dernière fois qu'il avait regardé. Elle était née Cooper, après tout, et au cours des dernières années Quinn avait appris à se méfier : il ne fallait jamais sous-estimer les membres de cette famille qui avait le chic pour s'attirer des ennuis.

— Ils savent qu'ils sont surveillés, lança Darcy.

— Bien sûr.

— Et la petite Jennings a complètement disparu ?

— Si tu me demandes si j'ai eu de ses nouvelles, la réponse est non.

Et il ne s'attendait pas à en avoir. Il trouvait perturbantes les attaques sur Mallory Jennings, mais elles devaient l'être beaucoup plus pour elle. Elle savait qu'il soupçonnait la présence d'une taupe au sein de l'agence. Malheureusement, tout semblait indiquer qu'il avait raison.

Et à présent, il avait deux suspects.

Nick Darcy et Anson Daughtry étaient les seuls employés de The Gates à savoir que Mallory Jennings n'était pas seulement une assistante administrative. Il y avait donc une forte probabilité que la personne ayant révélé la localisation de Mallory soit l'un de ces deux hommes.

Des hommes en qui il avait confiance, autant qu'il en était capable.

— Tu ne sais pas du tout où elle a pu aller ? demanda Darcy.

Il semblait penser que son patron ne disait pas toute la vérité. Il avait oublié d'être bête, c'était certain.

— Les Patterson sont en train de se déplacer sur le lac, prétendit Quinn. Je dois filer.

Après avoir raccroché, il releva les jumelles. Alors qu'il observait la nuque de Patterson, il se redressa d'un coup.

— Bon Dieu, grommela-t-il en voyant le tatouage tribal noir qui dépassait du col du T-shirt gris.

Riley Patterson n'avait pas de tatouage.

Il reprit son téléphone et composa un numéro. A travers les jumelles, il vit Hannah Patterson plonger la main dans la poche de son jean et en sortir son portable.

— Vous avez repéré le tatouage, hein ? demanda-t-elle sans préambule. J'ai dit à Caleb de le cacher avec du maquillage, mais il a décrété que c'était un truc de nana.

Quinn feuilleta mentalement son dossier sur la famille Cooper et s'arrêta sur l'un des cousins de Birmingham. Si sa mémoire était bonne, l'un des frères aînés se prénommait Caleb.

— Caleb Cooper, je présume ?

— Je suis flattée que vous connaissiez tout l'arbre généalogique de ma famille éloignée, Quinn.

— Où est votre mari, Hannah ?

— Aucune idée.

— Vous n'êtes pas une très bonne menteuse.

— Mais je suis une très bonne épouse.

Elle raccrocha. Quinn mit fin à la communication d'une pression rageuse sur l'écran de son portable. L'élancement de douleur dans son doigt lui rappela que la violence n'était presque jamais une bonne réponse à la frustration.

Presque jamais.

Mallory Jennings était en fuite. C'était sa spécialité, et il en était venu à la connaître assez bien ces dernières années pour avoir quelques idées sur sa prochaine destination.

Mais cette fois, il y avait dans l'équation une inconnue

qui s'appelait Jack Drummond. Et ce que Quinn savait à propos du cow-boy du Wyoming n'aurait même pas rempli une page d'un dossier de la CIA. Sans compter que cela ne lui donnait aucun indice sur l'endroit où le couple avait pu se réfugier quand les choses avaient mal tourné.

Il appela Anson Daughtry. Au bout de la troisième sonnerie, l'informaticien répondit d'une voix distraite :

— Un problème, patron ?

— Du nouveau, sur la localisation de Jennings ?

— Rien du tout.

Daughtry semblait dépité à titre personnel. Il s'enorgueillissait de ses compétences techniques et n'avait pas apprécié que Quinn engage un hacker extérieur pour retrouver Endrex.

Mallory Jennings le connaissait sous ce pseudonyme, mais son vrai nom était Nolan Cavanaugh. Il avait joué un rôle clé dans le démantèlement d'une cabale gravement corrompue sous le précédent gouvernement. Il avait aussi risqué sa vie pour exposer l'organisation criminelle de Wayne Cortland deux ans plus tôt.

Quinn avait envie de croire que le hacker était toujours ce que la jeune femme appelait un « *white hat* ». Mais il avait vu et fait trop de choses discutables au cours de sa vie pour se laisser vraiment convaincre par les actions et les mobiles d'une autre personne.

Y compris Mallory Jennings elle-même.

— A ton avis, elle joue les francs-tireurs ? demanda Daughtry, sa voix grave roulant comme le tonnerre sur le haut-parleur.

— Arrête de la rechercher pour l'instant. J'ai d'autres pistes à suivre, déclara Quinn au lieu de répondre à la question de Daughtry.

Il raccrocha et démarra la voiture. Plongé dans ses

réflexions, il commença à prendre le chemin du retour vers Purgatory.

Par le plus grand des hasards, il regarda de nouveau vers le lac au moment de s'engager sur la quatre-voies. Des colverts qui fouillaient du bec le sol couvert d'aiguilles de pin s'envolèrent d'un coup, attirant l'attention de Quinn. Une seconde plus tard, il découvrit la raison de leur brusque ascension. Un homme efflanqué courait à toute allure à travers les arbres près de la rive, sa queue-de-cheval blonde flottant derrière lui.

Quinn enfonça aussitôt la pédale de frein et fit demi-tour pour intercepter le fuyard.

Il avait enfin retrouvé Endrex.

L'analyse antivirus s'acheva sans avoir détecté de logiciel malveillant sur la clé USB. Mallory jeta un coup d'œil vers Jack avant de cliquer sur l'icône du support amovible.

— C'est parti.

Lisant la peur dans son regard, il posa la main dans son dos, la paume entre ses omoplates. Elle se laissa aller contre lui, tandis qu'il se rapprochait d'elle pour mieux voir l'écran du portable.

Le dossier de la clé USB s'afficha : il ne contenait que sept fichiers. Des fichiers d'image plutôt lourds.

— Commence par le début, suggéra Jack avec douceur lorsqu'elle hésita, le doigt suspendu au-dessus du pavé tactile.

Elle cliqua sur le premier fichier, et la photo s'ouvrit dans la visionneuse. Il s'agissait de l'image étonnamment claire de deux hommes, assis sur un banc sous un arbre. Derrière eux, l'angle de ce qui ressemblait à un vieux bâtiment en pierre était visible.

Mallory prit une brusque inspiration.

— Est-ce que c'est Carlos Herrera ? demanda Jack en lui frottant légèrement le dos.

Elle hocha la tête.

— Et l'homme à côté de lui est bien Albert Morris. En tout cas, il ressemble au type des publicités de campagne.

— Reconnais-tu l'endroit ?

— Un parc, peut-être ? Quelqu'un de l'agence le saurait peut-être.

Elle poussa un soupir.

— Encore faudrait-il que j'aie assez confiance en eux pour leur apporter la clé.

— Si nous pouvions contacter Riley…

Jack marqua une pause. Ce qu'il était sur le point de dire ne signifierait rien pour Mallory. Elle ne lui faisait déjà pas vraiment confiance. Elle n'allait sûrement pas se fier à des personnes qu'il n'avait jamais rencontrées lui-même, comme les membres de la famille d'Hannah.

Mais Riley parlait des Cooper avec le même respect et la même affection qu'il utilisait en évoquant son vieil ami Joe Garrison, qu'il avait connu lorsqu'ils étaient fils de ranchers dans le Wyoming.

— « Si nous pouvions contacter Riley »… quoi ? demanda Mallory.

Elle cliqua sur la photo suivante. Les deux hommes se trouvaient sur une passerelle en treillis métallique surplombant une petite rivière.

— Rien, répondit-il.

Elle releva les yeux vers lui.

— Tu allais dire quelque chose.

— C'était stupide. Tu ne me fais pas confiance, alors je ne vois pas comment tu pourrais faire confiance à la belle-famille de mon beau-frère.

Les lèvres de Mallory frémirent.

— C'est peu probable, en effet.

— C'est juste que… La famille d'Hannah a l'expérience de ce genre de situation. Et si tu ne te fies pas à Quinn…

— Tu penses que j'irais demander de l'aide à de parfaits inconnus ? Ben tiens…

Elle haussa un sourcil vers lui avant de reporter son attention sur l'écran du portable.

— Voyons le reste des photos. Nous pourrons peut-être découvrir où a eu lieu la rencontre. La batterie de mon ordinateur va finir par lâcher.

En découvrant la quatrième image, elle prit de nouveau une brusque inspiration.

— Je sais où ces photos ont été prises.

Elle désigna l'édifice en arrière-plan, une grande bâtisse à bardeaux coiffée d'un toit à pignons.

— Ça, c'est l'écurie et la remise à voitures de Belle Meade.

— « Belle Meade » ?

— Une ancienne plantation qui se trouve à Nashville. Elle est ouverte au public, et les touristes y viennent nombreux. Carlos et Albert Morris se sont peut-être retrouvés au milieu des visiteurs et ont fait semblant de sympathiser. Tout le monde n'y aurait vu que du feu, à moins de savoir qui est Carlos ou, plus précisément, quel genre d'homme il est.

Elle revint sur les photos qu'ils avaient déjà vues.

— Il me semble que cette passerelle est aussi là-bas. Et je crois bien que le bâtiment en pierre visible sur la première photo fait partie du domaine.

— Est-ce que tout ça va nous permettre de sortir d'ici sans qu'on nous tire dessus ? demanda Jack.

Elle le fusilla du regard.

— Non.

— Alors tu ne devrais peut-être pas rejeter aussi vite

mon idée de contacter Riley, poursuivit-il en lui caressant légèrement le dos, comme pour adoucir ses paroles. Si je m'éloigne un peu de ces parois rocheuses, je pourrai peut-être avoir du réseau.

Elle se tourna vers lui, une expression inquiète sur le visage.

— Jack, si tu sors d'ici, le tireur va te voir. Et il va te tirer dessus. Et je ne sais pas ce que…

Elle s'interrompit et serra les lèvres d'un air consterné. Il lui encadra le visage de ses mains, stupéfait par ce qu'il vit briller dans les beaux yeux bleus. Il s'obligea à garder un ton léger, même si son cœur tambourinait dans sa poitrine.

— Tu ne sais pas comment tu te débarrasserais de mon cadavre, c'est ça ?

Elle le frappa au bras, mais une esquisse de sourire se dessina sur ses lèvres.

— Je ne sais pas comment je m'en serais sortie ces derniers jours sans toi, admit-elle dans un filet de voix.

— Toute seule, répondit-il sur le même ton. Tu te serais débrouillée toute seule.

A sa surprise, il vit des larmes remplir les yeux de Mallory et trembler à ses cils.

— Je crois que nous sommes tous les deux beaucoup trop seuls dans ce monde, ajouta-t-il en penchant la tête pour lui donner un baiser.

Elle enfonça les doigts dans ses cheveux pour l'attirer plus près. Tandis qu'il pressait de nouveau sa bouche contre la sienne, elle entrouvrit les lèvres et le caressa de sa langue.

Il l'embrassa intimement, intensément, sans se presser le moins du monde. Il ignorait combien de temps ils allaient pouvoir se terrer ici, ni combien de temps il leur resterait à vivre si le tireur trouvait leur cachette. Mais il refusait de se précipiter et de gâcher ce moment.

Avec un grognement de frustration, Mallory s'écarta et riva son regard sur lui.

— Tu penses vraiment que ton beau-frère pourrait nous aider ?

— Oui, répondit-il en hochant la tête.

— Alors voyons si nous pouvons trouver un autre moyen de sortir de cette grotte.

Elle se leva et saisit la lampe qu'il avait posée sur un rocher à proximité. Elle l'alluma, puis éclaira le fond de la petite grotte. Jack ignorait ce qu'elle cherchait, mais elle sembla soudain le trouver. Elle se précipita, le rayon lumineux braqué vers le haut.

Il se leva à son tour, grimaçant lorsque la douleur dans son bassin s'étendit à ses jambes. Il en avait vraiment trop fait, avec le sprint et l'escalade, songea-t-il. Surtout qu'il n'était pas allé chez le kiné depuis des semaines. Mais il s'obligea à avancer pour rejoindre Mallory. Une fois à côté d'elle, il suivit des yeux le rayon de la lampe qui balayait le plafond de la grotte.

— Il y a une ouverture, là-haut, indiqua Mallory. Elle semble étroite, mais je devrais réussir à m'y faufiler. Et même si je n'y parviens pas, je trouverai peut-être du réseau.

La percée dans la voûte était située à un peu moins de trois mètres au-dessus d'eux, estima Jack. La distance n'avait rien d'insurmontable, mais ce ne serait pas une mince affaire de grimper en s'aidant seulement des reliefs de la paroi. Si Mallory tombait, elle risquait de se blesser gravement.

— Il doit y avoir un autre moyen…, commença-t-il.

Un bruit de pas à l'extérieur l'interrompit. Mallory se tourna vers Jack, ses yeux écarquillés visibles dans la lumière de la torche, qu'elle s'empressa d'éteindre. Elle referma les mains sur les bras de Jack et le tira vers elle.

Les pas cessèrent. Pendant un instant, ils n'entendirent que le bruit léger de leur souffle précipité.

Puis une voix grave résonna, provenant de l'entrée de la grotte.

— *Ven a mí, querida.*

Laissant échapper un gémissement sourd, Mallory crispa les doigts sur les biceps de Jack.

— C'est Carlos, murmura-t-elle.

16

Jack ne s'était jamais considéré comme un homme violent, malgré les nombreuses années passées à se faire un nom dans un sport très physique. « Je fais l'amour, pas la guerre » avait toujours été son credo, et cette attitude lui avait permis d'éviter bien des conflits au fil des ans.

Mais le meurtre de sa sœur lui avait au moins appris une chose : dans certaines situations, il était impératif de prendre position. Personne n'avait été là pour Emily lorsqu'elle avait eu besoin d'aide. Mais pour Mallory, il allait répondre présent. Elle était en danger, et il avait un revolver chargé dans l'étui derrière son dos.

Il dégaina son arme et se pencha pour murmurer à l'oreille de Mallory :

— Si tu peux sortir d'ici, fais-le. Moi, je vais occuper Carlos.

Elle lui serra les bras au point de lui faire mal.

— C'est après moi qu'il en a, pas après toi. Je vais aller le retrouver.

Alors qu'elle essayait de passer à côté de lui, il la retint en l'entourant de ses bras.

— Il ne me laissera pas la vie sauve pour autant. Tu le sais. Grimpe jusqu'à cette ouverture et essaie de sortir d'ici. Appelle à l'aide. Appuie sur « 7 », puis sur « envoi ». C'est le numéro de Riley.

Il l'obligea à lâcher son bras et lui donna son portable.

— Dépêche-toi. Je vais voir combien de temps je peux le retenir.

La lumière qui entrait dans la grotte par les deux ouvertures était faible, mais suffisante pour que Jack voie la peur dans les yeux de Mallory.

— Et s'il n'est pas seul ? demanda-t-elle.

— Raison de plus pour appeler à l'aide.

Il la poussa doucement vers la paroi escarpée.

— Ne tombe pas.

Elle posa la main sur sa nuque et se haussa vers lui pour l'embrasser.

— Ne meurs pas.

Puis elle le lâcha et commença son ascension.

Il jeta un coup d'œil vers l'entrée de la grotte pour vérifier que Carlos était toujours à l'extérieur. Il regarda ensuite Mallory se hisser le long de la paroi, s'aidant des creux et des reliefs pour éviter de tomber.

Presque en haut, là où l'étroite percée laissait entrer un triangle de lumière, une saillie d'une vingtaine de centimètres dépassait de la paroi. Mallory posa les pieds sur cette corniche et testa sa résistance. Quelques cailloux se détachèrent, mais la roche ne céda pas.

Elle baissa les yeux vers Jack et lui adressa une ombre de sourire. Elle entreprit ensuite de se faufiler par l'ouverture. Son torse disparut, puis ses pieds décollèrent de la saillie une seconde plus tard.

En voyant ses jambes se balancer dans l'air, Jack sentit son cœur manquer un battement. Très vite, elle se hissa complètement à l'extérieur.

Il essaya de l'apercevoir à travers le trou dans le plafond, mais un mouvement dans son champ de vision le força à reporter son attention sur la grotte.

Une ombre de forme humaine se découpait dans l'ouverture de la grotte.

— C'est ta dernière chance, *querida,* annonça Carlos en espagnol, d'un ton chantant qui fit frissonner Jack. Tu as intérêt à sortir, sinon c'est moi qui vais entrer.

— Elle n'est pas seule, répliqua Jack de son timbre le plus traînant.

Il braqua son colt vers l'entrée, conscient qu'il n'aurait peut-être qu'une chance d'atteindre sa cible.

— Ah, le cow-boy, répondit Carlos en anglais, un rire dans la voix. Tu me prends pour un taureau stupide que tu peux conquérir rien qu'avec ton courage et ta volonté ?

— Tu as tout compris.

Jack jeta un coup d'œil vers l'ouverture dans la voûte. Avec un peu de chance, elle était assez en hauteur pour que Carlos ne puisse pas voir Mallory se déplacer.

Il fallait à tout prix qu'elle reste hors de vue et qu'elle parvienne à passer ce coup de fil.

— Dommage pour toi, *vaquero,* rétorqua Carlos en ricanant. Parce que je ne suis pas tout seul, moi non plus.

Alors que Jack resserrait sa prise sur son arme, trois autres ombres rejoignirent la première, bloquant la lumière à l'entrée de la grotte.

Les railleries de Carlos avaient porté jusqu'à la cachette de Mallory. Elle s'était réfugiée derrière un massif d'hortensias de Virginie près de l'ouverture au sommet de la grotte. Accroupie, le portable de Jack à la main, elle essayait de se familiariser avec l'appareil et commençait à paniquer.

Carlos n'était pas seul, contrairement à Jack. Et elle était coincée là, à essayer d'appeler à l'aide, les mains tellement tremblantes qu'elle avait du mal à tenir le téléphone.

Jack avait dit d'appuyer sur la touche « 7 » et sur « envoi ». Elle suivit ses indications, puis porta l'appareil à son oreille.

Un homme répondit dès la première sonnerie.

— Jack ?

— Ce n'est pas Jack, fit-elle doucement. Mais il a des ennuis.

Pendant une seconde, elle n'entendit que le silence à l'autre bout du fil. Il lui avait peut-être raccroché au nez. Mais il finit par reprendre la parole.

— Je suis Riley, le beau-frère de Jack. Vous êtes Mallory Jennings, n'est-ce pas ?

Elle réussit à répondre malgré la boule dans sa gorge.

— Oui. Jack est coincé dans une grotte au nord-est de Lilac Point Park, près du lac. J'ai réussi à sortir par une ouverture dans la voûte…

— « Coincé » ? Par un éboulement ?

— Par des hommes armés, répondit-elle sèchement.

Elle avait le plus grand mal à empêcher la panique de lui faire hausser le ton.

— Il y en a plusieurs. Je ne peux pas les voir. Jack est armé, mais il n'a nulle part où se cacher. Ils ne sont pas encore entrés…

— De qui s'agit-il ? demanda Riley.

— L'un des hommes s'appelle Carlos Herrera. Ça, j'en suis sûre, mais je ne sais pas qui l'accompagne. Nous avons besoin d'aide. Jack a dit que la famille de votre femme avait l'expérience de ce genre de chose, mais le temps presse.

— Je suis à trois minutes du parc. Je peux amener au moins deux personnes avec moi. Le combat sera plus équilibré.

— Dépêchez-vous !

Elle avait relevé les coordonnées GPS de sa position avant de passer l'appel. Elle les lui dicta rapidement.

— C'est bon ?

— On arrive, la rassura-t-il avant de raccrocher.

Elle rangea le portable de Jack dans sa poche et s'avança pour essayer de voir à travers les hortensias. De ce côté de la montagne, elle ne pouvait rien distinguer de ce qui se passait sous la saillie surplombant l'entrée de la grotte. Elle n'avait entendu aucun coup de feu, mais rien ne disait que Carlos n'avait pas déjà capturé Jack.

Elle recula et se pencha sur l'étroite ouverture d'où elle était sortie. Le soleil étant presque au zénith à cette heure de la journée, l'intérieur de la grotte ressemblait à un gouffre obscur. Mais au bout de quelques secondes, sa vision s'ajusta, et elle aperçut un mouvement en contrebas.

C'était Jack. Il se pressait le plus possible dans un recoin de la cavité.

La voix de Carlos s'éleva, provenant de deux directions à la fois : un peu lointaine depuis l'entrée de la grotte, plus forte de là où elle résonnait sur les parois rocheuses.

— Fais-la sortir, *vaquero*, et tu auras la vie sauve. Par contre, si tu joues les héros, vous mourrez tous les deux.

Il avait raison, songea Mallory avec désespoir. Jack était complètement piégé, surpassé en nombre et en puissance de feu. Son beau-frère et sa bande ne pourraient jamais voler à son secours à temps.

Il n'y avait qu'une seule chose à faire pour s'assurer que Jack ne mourrait pas aujourd'hui.

Elle se leva et marcha lentement vers le bord de la faille, veillant à faire le moins de bruit possible. Quelques secondes plus tard, elle pouvait observer la zone plate sous le surplomb, même si Carlos et ses complices restaient invisibles.

Elle s'approcha un peu plus, dans l'espoir de trouver un meilleur point de vue. Sa semelle dérapa sur des gravillons, projetant une pluie de cailloux et de poussière par-dessus le rebord.

Un coup de feu retentit. Elle se jeta aussitôt à terre et roula sur le côté, essayant de viser celui qui lui tirait dessus à l'aveuglette.

Là. A l'ombre de la saillie. Un homme tenait un fusil, le canon levé dans sa direction.

Elle n'avait qu'une seconde pour agir. Un seul tir possible.

Elle saisit sa chance.

Alors que la seconde balle tirée par l'inconnu la frôlait et allait s'enfoncer dans le tronc d'un petit pin rabougri derrière elle, Mallory inspira et pressa la détente. Sa paume absorba facilement le léger recul de son Smith & Wesson. Son tir fit mouche et atteignit l'homme en pleine poitrine. Il s'effondra, une tache de sang s'étalant sur son T-shirt gris.

Un hurlement de douleur s'éleva, et Mallory se laissa retomber contre la pente, au bord de la nausée.

Des coups de feu crépitèrent en contrebas. Deux tirs assourdis y répondirent successivement, provenant de l'intérieur de la grotte. Mallory s'obligea à se relever et se déplaça pour trouver un meilleur point de vue.

Elle aperçut Carlos. Il se déplaçait à pas prudents, à couvert près des arbres. Il se dirigeait vers la pente rocheuse à l'est de la position de Mallory, un gros pistolet noir dans sa main gauche. C'était un excellent tireur, rapide et d'une précision sans faille.

Mallory était terrifiée. Elle tremblait tellement qu'elle n'avait aucune chance d'atteindre sa cible une seconde fois.

Les yeux rivés sur Carlos, elle essaya de viser, mais ne parvenait pas à stabiliser ses mains. Renonçant à tirer, elle recula jusqu'aux hortensias qui l'avaient abritée un peu plus tôt.

Ils ne la protégeraient plus maintenant, elle le savait.

Les branches et les feuilles n'offriraient aucune résistance contre une balle. Mais elle pourrait échapper aux yeux de Carlos un peu plus longtemps, ce qui lui donnait l'occasion de réfléchir à ce qu'elle devait faire.

Et de déterminer si les tirs qu'elle avait entendus avaient atteint leur cible à l'intérieur de la grotte.

Pour se rapprocher de l'ouverture dans la voûte, elle allait devoir s'éloigner des arbustes. Son côté pragmatique, qui lui avait permis de rester devant une maison en flammes et de pleurer alors que le corps de sa sœur y brûlait, lui ordonnait de rester à l'abri. Jack pouvait se débrouiller tout seul. Sa vie à elle était la seule qu'elle avait une chance de sauver.

Mais une autre facette de sa personnalité émergeait, un côté féroce et protecteur qu'elle ignorait posséder et qui refusait d'abandonner. Se préparant pour une fusillade, elle roula vers l'ouverture et regarda dans le gouffre sombre.

Au cours de la poignée de secondes que ses yeux mirent à s'habituer à l'obscurité, plusieurs choses se produisirent. Des coups de feu éclatèrent de l'autre côté du promontoire. En bas, des éclairs déchirèrent l'ombre lorsque Jack répliqua.

Et des pas accouraient vers elle, pesants et précipités.

Mallory roula sur le côté, levant déjà son arme en direction de la personne qui montait la pente.

Carlos s'arrêta dans une glissade et braqua fermement son pistolet sur elle.

Elle sentit sa propre main trembler, mais pas autant que tout à l'heure. Elle était peut-être un peu moins nerveuse. A moins que ce ne soit le fait de savoir que si elle ne barrait pas à la route à Carlos, Jack n'aurait plus nulle part où se cacher. Quoi qu'il en soit, elle était soulagée d'avoir une prise plus solide sur la crosse. Elle ne réchapperait peut-être pas de ce duel, mais si Carlos Herrera mourait avec elle, sa vie aurait valu la peine d'être vécue.

— Tu n'as pas besoin de faire ça, *querida*, s'exclama Carlos depuis sa position à vingt mètres.

— Tu crois ?

Elle se concentra pour maîtriser sa voix autant que ses mains. Son ton était assuré, et seuls ses doigts frémissaient légèrement.

— Tu m'as trahi, lança Carlos. Toi toute seule. Je n'ai aucune envie de blesser ton ami. Viens à moi. Pose ton arme. Je ne lui ferai aucun mal.

— Je ne te crois pas.

Mallory baissa son canon pour viser la masse centrale, comme elle l'avait fait avec l'autre homme. Quinn lui-même lui avait enseigné cette tactique lors d'une demi-douzaine de sessions d'entraînement.

« Vise la plus grosse cible, avait-il conseillé. Si tu veux causer des dégâts, le centre du torse est parfait et moins difficile à viser. »

Il lui avait inculqué les protocoles de tir jusqu'à ce qu'elle soit capable de les réciter pendant son sommeil. Puis il l'avait entraînée au stand qu'il avait installé à quelques kilomètres de l'agence. Elle avait vidé trois boîtes de munitions en suivant ses instructions, avant qu'il ne soit certain de sa capacité à manier son Smith & Wesson M&P .40 avec aisance et habileté.

Elle aurait donné n'importe quoi pour avoir Alexander Quinn à ses côtés en ce moment. Il avait peut-être des secrets. Il était peut-être un excellent menteur. Mais il ne l'avait jamais laissée tomber quand elle avait besoin de lui.

Lui et Jack Drummond partageaient cette qualité étonnante. Et c'était sa seule chance de prouver aux deux hommes qu'ils ne s'étaient pas trompés en risquant leur vie pour elle.

C'était l'occasion de prouver qu'elle n'était pas une égoïste doublée d'une lâche.

Elle leva les yeux vers Carlos. Sa nervosité s'était envolée et ses mains ne tremblaient plus. Un sourire calme et confiant se dessina sur ses lèvres. Son cœur retrouva un rythme normal et régulier.

Alors que sa panique disparaissait, remplacée par une bulle de courage, le sourire carnassier de Carlos vacilla.

— Baisse ton arme, Carlos, ordonna-t-elle. Si tu la baisses maintenant, je ne t'abattrai pas.

Il retrouva son sourire, mais son beau visage mince n'affichait plus la même confiance. Ses yeux pivotèrent de gauche à droite, comme s'il essayait d'évaluer ses possibilités de fuite.

Elle avait pris l'ascendant sur lui, comprit Mallory.

Les mains de Carlos s'abaissèrent de quelques centimètres, puis il releva l'arme et tira rapidement trois fois d'affilée.

Mais Mallory avait déjà commencé à bouger en roulant sur sa gauche. Elle se releva, prête à appuyer sur la détente et répondit aux trois coups de feu par un tir bien visé.

Carlos se figea, et une autre balle jaillit de son arme avant qu'il ne baisse lentement les bras. Il laissa tomber le pistolet, puis releva la tête vers Mallory, croisant son regard.

Du sang se répandit rapidement au centre de son T-shirt, s'étalant sur le tissu comme une tache d'encre sur une feuille de papier. Carlos s'effondra tête la première sur le sol et ne bougea plus.

Les coups de feu se succédaient par-delà le bord de la saillie. Il y avait plus d'armes qu'auparavant, et les tirs provenaient de plus d'une direction, remarqua Mallory distraitement. Elle entendit des exclamations en anglais et en espagnol, des cris de colère et de douleur.

Mais elle ne parvenait pas se relever de sa position accroupie. Ses bras étaient toujours tendus, continuant à braquer l'arme sur le corps de Carlos.

Peu à peu, elle s'aperçut que le bruit de la fusillade avait cessé. Des bourdonnements de voix s'élevèrent du bas de la falaise. Quelqu'un avait remporté la bataille, songea-t-elle.

Pourvu qu'il s'agisse des gentils.

— Mallory ?

Pendant un instant, elle crut avoir imaginé la voix de Jack. Elle l'avait peut-être entendu parler depuis la grotte, disant quelque chose qui ressemblait assez à son nom pour troubler son esprit embrouillé.

Mais soudain il était là, agenouillé à ses côtés, lui ôtant le pistolet de la main.

— Est-ce que ça va ?

Il posa la paume sur son visage et l'obligea à détourner les yeux du corps de Carlos. Son regard sombre la scruta comme pour s'assurer qu'elle l'entendait.

— Je m'en sors, répondit-elle d'une voix étranglée.

— Mieux que ça. Tu es extraordinaire.

Il lui caressa le menton de son pouce, la contemplant avec une intensité troublante.

— C'est ce que Riley a dit de toi : extraordinaire. Calme, directe, lui donnant exactement ce qu'il fallait pour nous retrouver…

— Je suis consciencieuse, murmura-t-elle.

Jack la dévisagea une seconde, avant de se mettre à rire doucement. Puis il referma les bras autour d'elle et la serra contre son corps, comme pour la protéger de tout.

— Tu es une sacrée bonne femme, MJ.

— Mallory, murmura-t-elle, la bouche contre son cou.

— Quoi ?

Elle recula un peu la tête pour pouvoir le regarder dans les yeux.

— Tu peux m'appeler Mallory. C'est mon prénom. Et je suis un peu fatiguée d'essayer de lui échapper.

Il pressa les lèvres contre son front.

— Ces derniers jours ont été complètement fous, mais je suis vraiment content d'être tombé sur toi dans ce restaurant.

— Moi aussi, cow-boy.

Elle passa les bras autour du cou de Jack, retenant à grand-peine un éclat de rire.

— Moi aussi.

— Carlos Herrera et deux de ses sbires sont morts. Les deux autres sont à l'hôpital. Ils sont dans un état stable, mais pas encore hors de danger.

Dos à la salle, Alexander Quinn regardait par la grande fenêtre de son bureau. L'après-midi touchait à sa fin, laissant place à un crépuscule indigo qui soulignait de bleu le profil de Quinn.

Jack était assis à côté de Mallory dans l'un des deux fauteuils placés devant le bureau de Quinn. Riley, Hannah et son cousin Caleb occupaient les chaises que l'un des employés de l'agence avait rapportées de la salle de conférences.

— Et du côté des gentils ? demanda Hannah.

En entendant sa voix, Quinn se tourna vers eux. Il avait l'air fatigué, pensa Jack. Mais il ne connaissait pas assez le bonhomme pour juger si c'était son expression habituelle ou la conséquence de ces quelques jours stressants.

— L'un de nos agents a pris une balle dans l'épaule, répondit Quinn. Il est au bloc, mais les chirurgiens espèrent que les dommages ne seront pas permanents. Mais ça veut dire qu'il nous manque un agent.

— Vous recrutez ?

La question était posée par le cousin d'Hannah. Caleb Cooper ne ressemblait pas vraiment aux autres Cooper que Jack avait rencontrés dans le comté de Chickasaw, dans l'Alabama. Même s'il était grand et sportif comme les frères d'Hannah, Caleb avait un physique mince et anguleux qui rappelait plutôt Riley Patterson. Sa peau pâle, couverte de taches de rousseur, ses yeux vert clair et ses cheveux roux le différenciaient également du reste des Cooper.

— Je recrute toujours, répondit Quinn d'un air amusé. Mais je ne suis pas sûr qu'engager un Cooper soit une bonne idée. Votre famille a un penchant pour les ennuis.

Caleb sourit d'un air serein.

— Mais je suis adopté.

Voilà qui expliquait tout, songea Jack.

Quinn secoua la tête.

— En tout cas, si vous êtes sérieux, vous pouvez demander un formulaire à la réception.

Il jeta un regard sévère à Caleb.

— Et nous procéderons à une vérification en règle de vos antécédents.

Toujours souriant, Caleb ne répondit pas.

— Et Endrex ?

Mallory parlait pour la première fois depuis qu'ils s'étaient réunis dans le bureau de Quinn pour un dernier débriefing. Ils avaient passé plusieurs heures à raconter leur histoire aux enquêteurs du département du shérif du comté de Ridge. L'équipe juridique de The Gates avait ensuite investi le poste de police et avait procédé à leur extraction sans trop de résistance de la part des adjoints.

Jack était un peu surpris que Quinn n'ait pas convié d'autres agents à cette petite réunion dans son bureau. Mallory avait parlé d'une taupe au sein de l'agence, s'il avait bonne mémoire. Quinn hésitait-il à parler librement devant ses employés ?

Et plus important encore, Mallory était-elle toujours en danger ?

— Endrex est en sécurité, répondit Quinn en venant se placer devant la jeune femme.

Son expression se radoucit légèrement.

— A présent, nous devons nous assurer que tu ne risques rien non plus. Je pense que tu devrais aller dans une de nos planques.

Mallory secoua la tête.

— Non.

— Je ne peux pas te mettre sous protection vingt-quatre heures sur vingt-quatre, sept jours sur sept…

— Je n'ai pas besoin de garde du corps. Je veux seulement récupérer ma vie.

— Tu n'auras peut-être pas de vie du tout si tu ne prends pas de précautions…

— Le Wyoming, intervint Jack.

Mallory et Quinn se tournèrent vers lui.

— « Le Wyoming » ? demanda Quinn.

— C'est loin du Tennessee. Elle n'a pas de famille là-bas. Pas d'amis connus. Elle peut loger chez un ami de Riley.

Jack regarda son beau-frère, qui hocha la tête sans rien dire.

— Cet ami est le chef de la police d'une petite ville. Il est solide comme un roc. Sa femme est une vraie dure à cuire, mais gentille comme tout. Ils ont un enfant et attendent le second. Ils vivent au milieu de nulle part.

Mallory pourrait rester là-bas pendant des semaines sans que personne le sache, tant qu'elle n'irait pas en ville.

— Le Wyoming, répéta Mallory en lui lançant un regard pensif.

— J'ai de la famille dans le coin. Je ne les ai pas vus depuis très, très longtemps.

Mallory sourit.

— Et il ne neige plus beaucoup, à cette période de l'année, ajouta Jack.

— D'accord, déclara Quinn après une pause. Nous pouvons nous occuper de ça.

— Et les preuves ? interrogea Riley.

Le regard acéré de Quinn se posa sur lui.

— Elles sont en sécurité pour l'instant.

— Vous ne les avez pas données à la police ? demanda Jack.

Toutes les personnes présentes dans la pièce le regardèrent comme s'il avait perdu l'esprit.

— Oubliez ça, bougonna-t-il, se sentant comme un débutant.

— J'ai contacté quelqu'un à qui nous avons déjà eu affaire, répondit Quinn. Un sénateur qui veillera à ce que ces informations atterrissent dans les bonnes mains.

— Blackledge, murmura Hannah.

Quinn lui jeta un regard vif.

— Il n'est pas du genre à balayer la poussière sous le tapis. C'est peut-être un enfoiré et un manipulateur, mais il prend l'intégrité de sa fonction au sérieux. Il veillera à ce qu'Albert Morris tombe. Et avec un peu de chance, ce qui reste de l'organisation de Cortland va devoir affronter une commission d'enquête du Congrès.

— Quand vas-tu le voir ?

— Il est déjà dans l'avion pour venir ici. Je lui remettrai une copie en fin de soirée.

Quinn se tourna de nouveau vers la fenêtre. Sa posture indiquait clairement qu'à ses yeux la conversation était terminée.

— Vous avez tous besoin de dormir un peu. Je vous suggère d'aller vous coucher.

— Et Mallory ? demanda Jack lorsqu'ils se levèrent de leurs sièges. Sa maison est détruite.

— Ça n'a jamais été ma maison, murmura-t-elle.

Quinn répondit sans se retourner :

— Mallory est libre d'aller où elle veut, avec qui elle veut. Elle le fera de toute façon, peu importe ce que j'en pense.

Il n'y avait aucun reproche dans la voix de l'ancien espion, rien qu'une légère résignation.

— Ça n'a rien de personnel, Quinn, remarqua Mallory.

— La confiance est une chose fragile. Je le sais bien.

Les yeux fixés droit devant lui, il hocha la tête.

— Fais attention à toi, Mallory.

Elle contempla Jack, une expression intrépide dans ses iris cobalt.

— Je ne crois pas qu'il y aura le moindre problème.

Jack soutint son regard, ravi. Elle lui faisait confiance, comprit-il. Et s'il lisait bien l'étincelle coquine derrière toute cette assurance, elle le désirait aussi.

C'était un bon début.

17

Dehors, une légère chute de neige saupoudra de flocons l'herbe éparse du jardin. Mallory resserra sa veste autour d'elle, même s'il faisait bon à l'intérieur de la maison.

— Tu as froid ?

La voix de Jack fit naître une vague de chaleur en elle avant même qu'il ne vienne l'enlacer par-derrière et pose la joue contre la sienne.

— Non, répondit-elle en s'appuyant contre lui. Je n'aime pas beaucoup le froid, c'est tout.

Il lui effleura la tempe de ses lèvres.

— Alors le Wyoming n'est peut-être pas l'endroit idéal pour toi.

En entendant le ton morne de sa voix, elle sentit son ventre se serrer. Elle se tourna dans son étreinte et glissa doucement les mains sur son torse, avant de le regarder dans les yeux.

— Je peux m'adapter, tu sais. Il ne fait pas froid toute l'année, quand même ?

Il sourit.

— Non, pas toute l'année.

— Il y a quand même des étés ici, rassure-moi ? demanda-t-elle en lui jetant un regard faussement suspicieux.

— Oui, nous avons des étés.

Il se mit à rire et l'attira plus près de lui.

— Et personne ne nous oblige à rester ici pour toujours. Il faut seulement que tu restes au vert pendant quelque temps, jusqu'à ce que Blackledge et sa commission d'enquête aient réglé l'affaire Albert Morris.

— Et nous ne pouvions pas faire ça aux Bahamas ?

Elle lui caressa le cou, lui effleurant la mâchoire de ses pouces.

— Imagine un peu. Au vert… en bikini.

— Tu es une femme diabolique, murmura-t-il en fermant les yeux.

Elle se haussa sur la pointe des pieds et posa les lèvres sur sa fossette au menton.

— C'est ce que tu préfères chez moi.

Il l'embrassa intensément, buvant à la source de sa passion comme s'il mourait de soif. Mais avant qu'ils ne génèrent assez d'énergie pour illuminer tout le comté de Canyon, il libéra sa bouche, terminant leur baiser par quelques pressions de ses lèvres sur les siennes.

— Si tu veux quitter le Wyoming, nous pouvons partir. N'importe quand.

Elle secoua la tête.

— Je n'ai pas vraiment envie de partie. J'aime bien les Garrison. Et Jane est sur le point d'accoucher. J'ai envie de voir la petite Emily faire son entrée dans le monde.

Le sourire de Jack se teinta de mélancolie.

— Moi aussi.

— Joe m'a dit qu'Emily était quelqu'un de vraiment incroyable. J'aurais aimé la connaître.

Elle passa les bras autour de sa taille et posa la joue contre son épaule. Elle se sentait triste pour eux deux. Ils avaient perdu leurs sœurs de façon violente, et même le bonheur qu'ils avaient trouvé ensemble ne pouvait pas effacer leur absence.

— La vie est injuste, n'est-ce pas ?

Il lui ébouriffa les cheveux en se frottant le menton sur le haut de son crâne.

— C'est vrai. Mais parfois, elle peut être très belle.

— Quinn a appelé ce matin, pendant que tu n'étais pas là.

Il recula la tête pour la regarder.

— Que voulait-il ?

— Il a un boulot en freelance pour moi, si ça m'intéresse.

Jack la lâcha et fit un pas en arrière, les sourcils froncés.

— Il est vraiment gonflé.

— Ce n'est pas lui qui m'a mise dans le pétrin, Jack. Tu le sais très bien. Et si lui et Riley ne s'étaient pas croisés au bon moment, nous ne serions peut-être pas vivants pour en parler.

— Tu vas accepter ce travail, n'est-ce pas ?

— Ça me tente, répondit-elle en tirant sur sa main pour l'attirer contre elle. Il a besoin de mon aide pour fouiner dans le passé de deux de ses agents.

Jack plissa les yeux.

— Pourquoi ?

— Parce qu'à part Quinn, ils sont les seuls à avoir été au courant de ma vraie identité. Pourtant, d'une façon ou d'une autre, quelqu'un dans le cyberespace a découvert qui j'étais et ce que je faisais.

— Quinn pense que l'un des deux y est pour quelque chose ?

— Il veut savoir ce qu'il en est. Il aimerait que je creuse un peu.

— Et si jamais il a raison ? Et si la personne qui a essayé de te piéger découvre ce que tu fais ?

Il la serra contre lui.

— Je viens de te trouver, Mallory. Et je peux m'imaginer passer le reste de mes jours avec toi. Je nous vois, toi et moi, apprenant à nous connaître, à avancer ensemble… Je n'ai jamais rien voulu autant que cet avenir avec toi. Je croyais que c'était ce que tu voulais, toi aussi.

— C'est le cas.

Elle referma les bras autour de lui et l'embrassa passionnément. Elle essaya de communiquer par ce baiser ce qu'elle n'aurait jamais les mots pour lui dire, malgré toute sa bonne volonté.

— Tu sais que c'est ce que je veux, moi aussi.

— Mais ?

— Mais quelqu'un a failli nous tuer tous les deux, répondit-elle en lui touchant le visage. Tu aurais pu mourir dans cette grotte. Et je n'aurais jamais eu la chance d'avoir cet avenir avec lequel tu aimes tant me courtiser.

Il lui adressa un sourire en coin.

— Te courtiser ?

— Tu courtises très bien.

Tirant doucement sur le bouton en haut de sa chemise, elle sourit à son tour.

— Entre autres choses.

— C'est ça, essaie de distraire ce pauvre cow-boy bête comme ses pieds avec quelques mots sexy…

Il appuya son front contre le sien.

— D'accord. Tu veux mettre la main sur l'enfoiré qui a essayé de nous tuer. Disons que j'approuve. A une condition.

Elle se pencha en arrière pour mieux le regarder.

— Attention, cow-boy. Ne commence pas à lancer des ultimatums. Tu sais que ça me met dans tous mes états.

— Des promesses, toujours des promesses, lui murmura-t-il à l'oreille. Tout ce que je demande, c'est que tu m'inclues dans cette enquête. Je sais que tu as l'habitude de faire ça toute seule depuis longtemps, mais…

— Etre habituée à quelque chose et l'apprécier sont

deux choses très différentes. Sur ce coup-là, j'ai besoin que tu protèges mes arrières. Absolument.

— Toujours, affirma-t-il en lui caressant la joue. Quand dois-tu donner ta réponse à Quinn ?

Elle grimaça.

— En fait, je l'ai déjà plus ou moins donnée.

Jack soupira.

— Pourquoi est-ce que je ne suis pas surpris ?

— Parce que tu n'es pas vraiment un pauvre cow-boy bête comme ses pieds.

Elle le tira vers la fenêtre, puis s'appuya de nouveau contre lui, le dos contre son torse.

— Tu es un grand cow-boy intelligent et sexy.

— Attention, trésor. Tu commences à donner à ce cow-boy des idées coquines.

Mallory tira sur ses bras pour qu'il resserre son étreinte. Elle tourna la tête vers lui et sourit lorsqu'il se pencha pour l'embrasser.

— Crois-moi, c'est tout à fait délibéré.

— Alors qu'est-ce que ça veut dire, exactement ?

Nick Darcy se leva du fauteuil et se pencha au-dessus du bureau de Quinn. Les mains plaquées sur la surface de bois, il fusilla son chef du regard.

Assis dans l'autre siège, Anson Daughtry ne bougea pas d'un pouce. Ignorant l'agitation de Darcy, il croisa les yeux de Quinn sans changer d'expression.

La plupart des gens observant les deux hommes pour la première fois se seraient attendus à la réaction inverse de leur part. Darcy, avec son accent britannique et sa présentation impeccable, son costume bien coupé et sa cravate de soie italienne, avait tout du professionnel courtois, imperturbable et rigoureux. Pourtant, c'était lui qui grondait de colère et montrait physiquement son déplaisir à la décision de Quinn.

Aux antipodes de Darcy, Daughtry avait des allures de plouc de province. Il était vêtu d'un jean délavé, d'une chemise à carreaux sur un T-shirt blanc et portait une casquette bleue sur ses cheveux bruns ébouriffés. Mais contrairement à son collègue, il restait calme et maître de lui. Il répondit à la question de Darcy avec un accent traînant du Tennessee, tel qu'on pouvait l'entendre dans un bar perdu au fin fond du comté de Ridge.

— Ça signifie, Nick, que M. Quinn ici présent nous met à pied parce que quelqu'un de l'agence a laissé fuiter nos secrets comme une vieille barque rouillée.

Le regard agacé que lui lança Darcy contenait toute la morgue d'un aristocrate. Ce qu'il était, à vrai dire, grâce à la lignée impeccable de sa mère, britannique.

— Merci beaucoup pour cette explication, Anson. Je n'aurais pas pu comprendre les intentions de Quinn sans cette métaphore nautique édifiante.

Daughtry eut le mérite de ne pas lever les yeux au ciel à cette réflexion et reprit :

— Je comprends, patron. La confiance, ce n'est pas ton truc.

— Non, en effet, admit Quinn. Et ce n'est pas non plus mon genre d'accuser sans preuve. C'est pour ça que je vous mets tous les deux en congés payés en attendant les conclusions de l'enquête interne. Vous allez devoir rendre vos badges d'accès et toutes les clés en votre possession. Si l'un de vous a besoin de venir à l'agence pour une raison ou une autre, vous passerez par la réception comme n'importe quel visiteur.

— Et nous serons escortés partout par un autre agent, je suppose ? demanda Darcy.

Il se rassit dans son fauteuil et croisa les bras, visiblement agacé.

— Je ne veux pas croire que l'un de vous soit la taupe, affirma Quinn. Il est même possible qu'aucun de vous ne le soit.

— Mais nous sommes les seuls à avoir connu la vérité sur l'identité de Mallory Jennings, lança Daughtry avant de jeter un coup d'œil vers Darcy. Et tu penses que l'un de nous deux en a informé quelqu'un, qui s'est servi du hacker que Mallory recherchait pour l'attirer dans un piège.

Quinn hocha la tête.

— Je dois éliminer ce qui est évident.

— Et c'est nous, murmura Darcy d'un air défait.

— Je n'ai pas le choix, Nick.

L'agent releva brusquement les yeux en entendant Quinn utiliser son prénom. Les commissures de ses lèvres frémirent, indiquant que sa colère diminuait. Une sorte de résignation incrédule s'afficha sur son visage.

— Tu commences à me faire peur, Quinn. Je ne savais même pas que tu connaissais mon prénom.

Quinn récompensa le léger sarcasme de Darcy d'un sourire, même si l'humour était bien la dernière chose qui l'animait en ce moment.

— Je superviserai l'enquête moi-même. Et je la mènerai à terme le plus vite possible.

— Qui va savoir que nous sommes sur la sellette ? demanda Daughtry.

C'était le premier signe de malaise qu'il manifestait depuis que Quinn avait annoncé à ses deux agents leur suspension temporaire.

— Vous savez que je ne peux pas dévoiler qui j'ai mis sur le coup, répondit-il.

Il le regrettait d'ailleurs sincèrement. Lui aussi avait déjà fait l'objet d'enquêtes internes. Elles étaient humiliantes et stressantes, et il ne prenait aucun plaisir à infliger la même épreuve à Darcy et Daughtry.

— Ce sont de bons agents, dont le seul objectif est de découvrir la vérité. Ils seront rapides et minutieux.

— J'imagine que je ne suis pas en position d'en demander plus, remarqua Darcy, la mine sombre.

— A vous de voir ce que vous voulez dire à vos collègues s'ils vous demandent où vous allez.

Quinn se pencha en avant et croisa leurs regards, passant de Darcy au jeune directeur du service informatique.

— Les agents en question pensent pouvoir boucler l'enquête en deux mois.

— « Deux mois » ? s'exclama Darcy, avant de presser le bout de ses doigts contre son front. Bon Dieu…

— Je suis désolé, reprit Quinn. Vraiment.

Daughtry hocha la tête, puis déplia son long corps du fauteuil. Une fois debout, il fouilla dans les poches de son jean.

— Qui récupère nos badges et nos clés ? Toi ?

— Ce sera plus discret, acquiesça Quinn.

Il prit le badge et le trousseau de clés que l'informaticien lui tendait. Après avoir incliné sa casquette, Daughtry sortit du bureau d'un pas souple et tranquille.

— Depuis combien de temps me connais-tu, Quinn ? demanda Darcy d'une voix grave et crispée.

Quinn riva ses yeux à ceux de l'agent.

— Depuis le Kaziristan.

— Nous avons survécu à un siège ensemble. Nous avons collaboré sur d'autres enquêtes, aussi bien pour le gouvernement que pour cette agence. A une époque, j'avais une vraie carrière. J'aurais pu aller loin dans le service diplomatique, gravir les échelons comme mon père l'avait toujours rêvé. Sauf que je ne voulais pas être le genre de type obligé de s'écraser pour avoir la paix. Tu le sais. C'est la raison pour laquelle tu m'as engagé.

— En effet, admit Quinn.

Il refusa de céder à la pointe de culpabilité qui le titillait. Il n'était pas du genre à se laisser dominer par des émotions comme la culpabilité ou le doute. Il y avait des décisions à prendre et, la plupart du temps, c'était lui qui devait s'en charger. L'incertitude était un signe de faiblesse.

Darcy le dévisagea d'un air furieux. Il se leva et sortit de la pièce sans un mot.

La porte du placard de rangement derrière Quinn s'ouvrit. Une jeune femme, grande et blonde, en sortit. Elle tenait un petit moniteur vidéo dans une main et une paire d'écouteurs dans l'autre. Elle arborait un sourire satisfait.

— Ça s'est passé exactement comme je m'y attendais, murmura-t-elle d'une voix chaude de contralto.

Elle s'assit dans le fauteuil abandonné par Anson Daughtry et croisa ses longues jambes.

— Il ne faut jamais se fier aux apparences. C'est pour ça que tant de gens finissent par faire les idiots.

Son enthousiasme fit sourire Quinn, qui profitait de la vue sans en avoir l'air. Il était trop vieux et désabusé pour une femme de son âge et de sa vivacité, mais il ne voyait aucun mal à la contempler, ni à savourer son énergie débordante.

— Alors, quelles sont tes premières impressions ? demanda-t-elle en lui jetant un coup d'œil curieux. Non, peu importe. Je ne veux pas le savoir. Ça pourrait nuire à l'enquête.

Il hocha la tête en signe d'approbation.

— As-tu choisi ton équipe ?

Tout en posant le moniteur et les écouteurs sur le bureau,

elle acquiesça. Elle plongea la main à l'intérieur de son blazer de soie gris perle. Elle en sortit une clé USB, qu'elle plaça devant lui.

— Ces deux agents conviennent le mieux pour ce que tu as en tête. Ils sont particulièrement aptes à débusquer la moindre vulnérabilité que ces hommes pourraient cacher.

Le sourire de Quinn s'effaça. Même s'il n'était jamais en proie à la culpabilité ou au doute, il n'aimait pas cet aspect de la prise de décisions. Il était possible, voire probable, que ni Darcy ni Daughtry ne puissent lui faire de nouveau confiance un jour. Il risquait de perdre deux excellents agents au terme de cette enquête interne, même si aucun des deux n'était coupable.

Mais il devait courir le risque. Comme un ver dans le fruit, quelqu'un s'était infiltré au cœur de The Gates, mettant en danger l'intégrité de l'agence, ainsi que la vie de ses clients et de ses agents.

Il était temps de trouver la taupe et de l'abattre pour de bon.

ELLE JAMES

La mémoire piégée

Traduction française de
CATHERINE BERTHET

BLACK ROSE

HARLEQUIN

Titre original :
KILLER BODY

Ce roman a déjà été publié en 2011.

1

Dawson Gray crispa les doigts sur son téléphone portable pour empêcher sa main de trembler.

— Je ne suis pas qualifié pour ce job. Vous n'auriez pas un travail de surveillance temporaire, pour moi ? Et Jack, il ne peut pas s'en charger ?

C'était exactement le genre de mission qui convenait à son copain Jack. Dawson ne voulait pas décevoir son nouvel employeur, mais il ne voulait pas non plus être responsable de la vie de quelqu'un d'autre.

Quand il avait intégré l'Agence Lone Star, c'était pour effectuer des enquêtes privées. Prendre en photo des époux adultères, cela ne lui posait aucun problème. Mais protéger quelqu'un d'un ennemi inconnu, non. Plus jamais ça.

Il contempla, depuis le parking, la façade de l'hôpital de Laredo, retardant le moment d'y pénétrer. Ses deux derniers passages dans un hôpital l'avaient marqué à vie. Quand il était dans l'armée, il était resté au chevet d'un jeune caporal qui était sous ses ordres, et il l'avait vu lentement se vider de son sang, après avoir sauté sur un engin explosif improvisé, en bordure de route. Puis il y avait eu la mort de sa femme, à laquelle il n'avait même pas pu dire adieu, puisqu'elle était morte avant qu'il ne soit arrivé.

— Le procureur de Laredo a besoin de quelqu'un aujourd'hui même. J'aurais bien envoyé Jack, mais il n'est pas disponible. Tu es le seul agent qui ne soit pas occupé en ce moment.

Audrey Nye soupira, et ajouta d'une voix suppliante :

— J'ai besoin de toi. La vie d'une femme est en jeu.

Dawson sentit son estomac se nouer. Ses paumes étaient moites. Comment aurait-il pu protéger quelqu'un, alors qu'il avait déjà perdu tant de gens qui comptaient pour lui ? Comment Audrey pouvait-elle lui confier cette mission, alors qu'il n'y avait que deux mois qu'il était redevenu sobre ? Deux mois, c'était à peine suffisant pour lui permettre de paraître en public sans tituber ! C'est dire qu'il ne se jugeait pas encore apte à veiller sur la sécurité d'une femme que des voyous avaient laissée pour morte dans une ruelle. Il ouvrit la bouche pour annoncer à sa patronne qu'il ne pouvait pas se charger de ce travail, mais elle fut plus rapide que lui.

— Dawson, tu peux le faire. Je ne t'aurais pas mis sur cette affaire si je n'étais pas sûre que tu en étais capable. Laredo est une ville calme, mais trop proche de la frontière. Et les trafics de drogue qui prennent place à Mexico débordent souvent au-delà du Rio Grande. Tu as servi dans l'Unité d'Opérations Spéciales, et tu sais te servir d'une arme. Je sais que tu es l'homme qu'il faut pour ce job. Puisque tu es sur place, tu peux au moins aller voir. Si tu décides que tu ne peux vraiment pas le faire, je trouverai quelqu'un d'autre, ou bien je prendrai l'affaire moi-même.

Si sa patronne, une femme sans aucun entraînement militaire, était prête à prendre en charge une mission de garde du corps susceptible de se révéler dangereuse, parce que lui la refusait, c'est qu'il y avait un problème. Dawson serra les mâchoires et soupira.

— O.K., je m'en occupe.

— Merci, Dawson. Je savais que je pouvais compter

sur toi. Frank Young, le procureur, a prévu de te retrouver dans le bureau des infirmières, à l'étage où se trouve Savvy. Il te donnera tous les détails de l'affaire. Tu n'as qu'à dire au personnel que tu es le fiancé de la jeune femme, sinon on ne te laissera pas approcher. Ne dis à personne qui tu es en réalité, compris ? Le procureur tient à une discrétion absolue.

— Bien, madame.

Tant que cela restait de la fiction... Dawson n'était pas en mesure d'être autre chose qu'un garde du corps rémunéré. Depuis la mort de sa femme, deux ans auparavant, il avait eu un comportement suicidaire. Le cœur brisé, il s'était porté volontaire pour les missions les plus dangereuses à l'étranger, prenant des risques qu'aucun homme sain d'esprit n'aurait envisagés une seconde. Mais il n'avait plus toute sa tête. Pas depuis la mort d'Amanda. Après avoir failli se faire tuer trois fois, et avoir fait l'objet d'une évaluation psychologique obligatoire, Dawson avait été renvoyé chez lui par sa hiérarchie et avait quitté l'armée.

Il gara sa camionnette sur le parking, ôta la clé du contact, et ouvrit la portière. La chaleur s'abattit sur lui comme une chape de plomb. Le soleil implacable du Texas brûlait l'asphalte.

Content d'avoir les épaisses semelles de ses bottes de cow-boy pour le protéger, Dawson descendit de la camionnette.

Malgré la chaleur oppressante du milieu de matinée, il fut parcouru d'un frémissement en songeant à sa femme, allongée dans les draps blancs de l'hôpital, avec toute une batterie de tubes et de fils reliés à son corps. Son cœur se mit à battre comme un tambour, et sa respiration se fit saccadée, au fur et à mesure qu'il avançait vers les portes de l'hôpital. L'envie de whisky se fit soudain si violente qu'il fut près de s'écrouler sur les marches du perron.

Une femme qui sortait pour gagner le parking avec un bébé dans les bras lui tint la porte ouverte en souriant gentiment.

— Vous entrez ?

Il acquiesça et se hâta pour lui tenir la porte à son tour, alors qu'elle se débattait avec le bébé et un enfant qui marchait à peine.

— Merci.

Inspirant profondément, il pénétra dans le hall climatisé, et se dirigea vers le bureau de réception.

Une femme d'âge mûr le regarda par-dessus ses lunettes.

— Que puis-je pour vous ?

— Je voudrais savoir dans quelle chambre se trouve Savvy Jones.

La femme tapota d'un seul doigt sur le clavier de son ordinateur.

Dawson ravala un grognement. L'odeur de désinfectant qui régnait dans l'hôpital lui emplissait les poumons et lui donnait la nausée.

La réceptionniste lui sourit.

— Vous êtes de la famille ?

— Je suis son… fiancé, marmonna-t-il, la gorge serrée.

Savvy se trouvait au quatrième étage. La femme lui donna le numéro de chambre, et lui désigna l'ascenseur.

Dawson pénétra dans la cabine, appuya sur le bouton et serra les poings. L'ascenseur s'arrêta au troisième étage, une jeune infirmière entra, et elle le dévisagea en écarquillant les yeux.

— Bonjour, dit-elle, souriante, en repoussant une mèche blonde en arrière. Vous êtes un visiteur ?

C'est à peine si Dawson lui accorda un coup d'œil.

— Oui, je vais voir ma fiancée.

Les épaules de la jeune femme s'affaissèrent, et elle poussa un soupir résigné.

— Tous les beaux mecs sont déjà pris. Je m'appelle Dani, ajouta-t-elle en lui tendant la main. Faites-moi signe si ça ne marche pas.

— Ça marchera.

Si tout se passait comme il le voulait, ça marcherait. Il accomplirait ce boulot de garde du corps jusqu'à ce qu'on lui ait trouvé un remplaçant, puis il retournerait à San Antonio pour sa prochaine mission.

— Vous descendez là ? demanda-t-il quand les portes coulissèrent, au quatrième étage.

L'infirmière secoua la tête.

— J'aimerais bien, mais non.

Dawson sortit dans un couloir, regarda les panneaux sur les murs et suivit les flèches pour trouver la chambre de Savvy. Il s'arrêta devant le bureau des infirmières. Audrey lui avait dit que le procureur qui avait demandé un garde du corps l'attendrait là.

Il vit un homme qui lui tournait le dos, un téléphone portable pressé contre l'oreille. Sa voix n'était qu'un murmure. Grand, avec des cheveux blond pâle et un costume gris à la coupe impeccable. Ce ne pouvait être que le procureur.

L'homme pivota brusquement sur lui-même, aperçut Dawson, et fit un signe de tête.

— Faites des recherches de ce côté, dit-il à son interlocuteur au téléphone. Si elle est vraiment la personne que ce type pense qu'elle est, il faut agir avec précaution. Rappelez-moi pour me dire ce que vous avez trouvé à son sujet.

Il raccrocha, et tendit la main.

— Vous devez être Dawson Gray. Mme Nye m'a parlé de vous.

— Il n'y a pas grand-chose à dire, répondit Dawson en lui serrant la main.

Sa poigne était ferme, bien que l'homme soit d'un abord plutôt froid.

— Frank Young, procureur de Webb County. La chambre de Mme Jones se trouve au bout du couloir. D'après l'infirmière, l'effet des sédatifs ne va pas tarder à se dissiper.

— Mme Nye m'a dit que vous me communiqueriez tous les renseignements sur l'affaire.

Young hocha la tête.

— Mme Jones a été trouvée la nuit dernière dans une ruelle, derrière le Waterin'Hole Bar, où elle travaille. Elle avait une blessure causée par balle à la tempe, ce qui laisserait penser qu'elle a tenté de mettre fin à ses jours. Heureusement pour elle, la balle n'a fait que l'effleurer et la blessure est superficielle. La mauvaise nouvelle, c'est que l'arme retrouvée à côté d'elle et qu'elle est censée avoir utilisée pour se suicider est aussi celle qui a servi à tuer Tomas Rodriguez.

Dawson serra les mâchoires.

— Vous essayez de me dire que c'est elle qui a tué ce M. Rodriguez ?

— Je ne peux rien vous dire. Quand elle s'est réveillée ce matin, elle était tellement droguée que les infirmières n'ont rien pu en tirer de cohérent. Elles l'ont questionnée, mais elle jure qu'elle ne se souvient de rien.

— Elle ne se souvient pas de ce qui lui est arrivé hier soir ?

Young secoua la tête.

— Elle ne se souvient de rien du tout. Même pas de son nom.

— Un cas d'amnésie ?

— C'est ce que disent les médecins. Ce peut être temporaire, ou permanent. Seul le temps nous le dira, conclut le procureur en croisant les bras.

— Vous êtes sûr qu'elle n'essaye pas de gagner du temps ? Si elle ne se souvient de rien, elle ne pourra pas témoigner dans un procès.

— C'est exact.

— Et ses autres facultés mentales ? Elle peut parler ?

— Oui, elle a demandé de l'eau aux infirmières, et elle a dit qu'elle avait froid et qu'elle voulait une couverture. Son élocution est claire, et elle comprend ce qu'on lui demande.

— Pourquoi avez-vous exigé un garde du corps ? Il suffisait de placer un policier devant sa porte.

— Avec tous les problèmes à la frontière, les forces de police sont débordées. Et je ne suis pas certain que la police saura se charger de cette affaire avec la délicatesse nécessaire.

— Pourquoi ?

— Pourquoi ? répéta le procureur, en considérant Dawson avec stupéfaction. Vous savez qui est Tomas Rodriguez ?

Dawson secoua la tête, perplexe.

— Le nom me dit quelque chose.

— Je suppose que les problèmes aux frontières ne font pas la une de tous les journaux du pays. Mais ici, tout le monde connaît ce nom.

Le procureur jeta un coup d'œil à droite et à gauche, avant de continuer :

— Tomas Rodriguez était le fils de Humberto Rodriguez, un des chefs les plus puissants du cartel de la drogue de Nuevo Laredo.

Dawson contempla pensivement la porte fermée de la chambre.

— Ce qui signifie que Mme Jones est une cible marquée à l'encre rouge.

Génial. Il allait devoir protéger une femme suspectée de meurtre, poursuivie par le père de sa victime et une armée de mercenaires.

— Exactement, reprit Young. Une fois que la nouvelle de la mort de Tomas se sera répandue, et je pense que c'est le cas à présent, Rodriguez se mettra en chasse pour la retrouver. Et je ne suis pas sûr que la police voudra s'interposer entre cette femme et lui.

— Les policiers de l'Etat sont corrompus à ce point ?

— Non, mais ils ont peur. Certains ont des membres de leur famille des deux côtés de la frontière. S'ils veulent que leurs proches restent en vie, ils doivent rester en dehors de cette affaire. Quiconque tentera de se mettre en travers du chemin de Rodriguez alors qu'il veut venger la mort de son fils unique en subira de terribles conséquences.

La femme avait été condamnée à mort, avant même que le procureur n'arrive sur les lieux.

— Si elle a tué Tomas, pourquoi ne la mettez-vous pas en prison ?

— J'ai appris quelque chose sur Mme Jones il y a un moment, en parlant à l'une des infirmières. Cela me tracasse, et je n'en ai pas dit un mot à la presse, ni à personne d'autre.

— Je croyais que Mme Jones ne se rappelait absolument rien ?

Frank Young eut un petit rire sans joie.

— En effet. Mais il y a certaines choses qu'on n'oublie jamais, même si on ne se souvient pas de son propre nom.

Le procureur marqua une pause, comme pour souligner ses paroles de façon dramatique. Dawson croisa les bras, avec un peu d'impatience.

— Eclairez-moi.

— Les empreintes sur l'arme correspondent à celles de sa main gauche. Comme elle a tenté de se tuer après avoir tiré sur Tomas, elle a donc dû utiliser sa main gauche pour cela.

— Et alors ? fit Dawson d'un ton sec.

L'odeur de désinfectant lui soulevait le cœur. Il avait hâte d'en finir pour pouvoir quitter ce maudit hôpital.

— Ce matin, elle s'est servie de la main droite pour manger son petit déjeuner. Mme Jones est droitière.

Par une étrange coïncidence, le silence se fit dans le couloir encombré, comme pour donner aux paroles du procureur une valeur spéciale. Aucune infirmière ne passa d'un air affairé, aucun patient ne sortit de sa chambre.

— Elle est droitière ?

Dawson considéra Young en étrécissant les yeux, tandis que la signification de ce détail pénétrait son esprit.

— Exactement. Or, pourquoi une droitière se suiciderait-elle en tenant l'arme de la main gauche ?

— Vous ne croyez pas qu'elle a essayé de se suicider. Vous croyez que la personne qui a tué Rodriguez a ensuite tiré sur elle, et a essayé de faire croire qu'elle avait voulu se suicider après avoir tué Tomas.

Une veine battait douloureusement sur sa tempe, et il se massa le front du bout des doigts.

— C'est exact.

— Et la personne qui a essayé de la tuer va probablement recommencer.

— Encore exact. Les meurtriers n'aiment pas laisser des détails non réglés derrière eux.

— Elle est la seule à avoir assisté au crime ?

— Pour autant que nous le sachions, oui. Personne d'autre ne s'est fait connaître.

Le procureur désigna d'un signe de tête la porte de la chambre.

— Jusqu'ici, elle n'a accusé personne. Et comme elle n'a sans doute pas tué Rodriguez, je ne peux pas l'arrêter.

Dawson examina le couloir sous un angle nouveau, dévisageant chaque personne qui y passait.

— L'assassin de Tomas Rodriguez ne lui laissera pas la moindre chance de témoigner contre lui.

Sa tête lui faisait mal. Elle fit un effort pour ouvrir les yeux et s'habituer à la lueur des néons de la chambre d'hôpital. Elle voulut lever la main pour la presser contre sa tempe, mais quelque chose la retenait. Elle était attachée.

Une intraveineuse était fixée sur le dessus de sa main. Elle se rappela vaguement les tubes qu'elle avait vus la dernière fois qu'elle s'était réveillée, lorsque les infirmières avaient absolument voulu la redresser pour qu'elle puisse prendre son petit déjeuner. Mais elle ne voulait rien avaler. Que lui était-il arrivé ? Pourquoi était-elle allongée dans un lit d'hôpital, et pourquoi avait-elle mal à la tête ?

Avait-elle d'autres problèmes, plus graves ? Elle fit bouger ses doigts de pieds, et vit le drap se soulever légèrement. Elle poussa un soupir de soulagement. Elle n'était donc pas paralysée. Puis elle essaya de s'asseoir dans le lit, mais retomba contre l'oreiller au bout de quelques secondes. Le mouvement l'avait épuisée.

Elle tenta encore une fois de se rappeler comment elle était arrivée ici. Avait-elle eu un accident ? Où était sa famille ? Un brusque sentiment de vide l'oppressa. Avait-elle une famille ? Elle jeta un regard circulaire dans la chambre. Pas de fleurs, pas de cartes d'encouragements pour sa guérison. Pas le moindre signe que quelqu'un, quelque part, se souciait d'elle et de sa santé. Qu'est-ce qui était pire ? Qu'elle ne puisse pas se rappeler les gens qui l'aimaient, ou bien qu'elle n'ait personne dans sa vie ? Impossible de voir un visage connu, ou de se rappeler un nom. Même pas le sien.

Son cœur se mit à battre un peu plus vite, sa respiration se fit haletante. Plus elle essayait de se souvenir, plus elle se rendait compte que c'était impossible. Où était-elle ? Que faisait-elle ? Comment avait-elle été blessée ?

Un violent frisson lui parcourut le corps. Cela n'avait rien à voir avec la température de la chambre. Ce qui la faisait trembler ainsi, c'était de se rendre compte qu'elle ne se rappelait ni son nom, ni son visage.

Elle essaya de nouveau de s'asseoir, et cette fois elle y parvint. Un besoin irrésistible de s'enfuir s'empara d'elle. Sans réfléchir, elle tira sur le sparadrap et ôta l'aiguille de l'intraveineuse. L'air froid fit surgir la chair de poule sur ses jambes quand elle s'assit sur le côté du lit.

Elle se dressa, et ses pieds nus touchèrent le sol. L'espace d'une seconde, elle songea qu'il n'y avait aucun problème, tout fonctionnait. L'instant d'après, ses genoux se dérobèrent, et elle s'écroula sur le sol glacé en poussant un cri.

Pendant un court instant elle demeura immobile, attendant que sa respiration redevienne normale.

Le bruit d'une porte s'ouvrant et se refermant derrière elle lui fit tourner la tête.

— A l'aide, cria-t-elle.

Personne ne répondit.

Une peur irrépressible lui serra la gorge. Un hôpital était normalement un endroit rassurant, où les gens étaient soignés pour leurs blessures. Alors, pourquoi une panique folle venait-elle de s'emparer d'elle, lui coupant le souffle ?

Des pas se rapprochèrent, contournant le lit. Elle vit un homme, portant la blouse bleu-vert du personnel de l'hôpital.

— Savvy Jones ?

Son visage était caché par un masque de la même couleur que la blouse, et il avait un fort accent hispanique.

— Je… je ne sais pas, balbutia-t-elle.

Le regard de l'homme s'assombrit, et ses épais sourcils noirs se rapprochèrent. Il prit un oreiller sur le lit.

— Laissez-moi vous aider.

Mais au lieu de la soulever, il se pencha à côté d'elle.

— Je peux me lever seule, dit-elle, bien qu'elle n'en fût pas du tout sûre. Reculez. S'il vous plaît.

L'homme ne bougea pas. Il tendit les bras, et elle vit qu'ils étaient couverts de tatouages représentant des démons rouges, et des dragons bleus et verts.

Effrayée par ces images violentes, elle recula, et sa tête heurta le coin de la table de chevet.

— Laissez-moi. Laissez-moi seule.

— Je vous laisserai seule, dit-il d'une voix froide et menaçante, une fois que je me serai occupé de vous.

L'oreiller s'abattit sur son visage, poussant sa tête contre le carrelage glacé.

Elle se débattit et cria, mais en vain.

L'homme la maintint à terre sans effort. Il était beaucoup plus massif et plus fort qu'elle. Et son but était de la tuer.

2

— J'ai un procès à 10 heures, annonça le procureur Young. J'ai laissé un policier en faction devant sa porte, mais il sait qu'il pourra partir dès que vous serez là. Je compte sur vous pour protéger cette femme. Vous en serez capable ?

Dawson acquiesça d'un hochement de tête, bien qu'il ait des doutes sur ses capacités.

Le procureur lui tendit une carte de visite.

— Dès qu'elle sera capable de tenir des propos cohérents, prévenez-moi. Je serai là. J'espère qu'elle ne tardera pas à se réveiller, et qu'elle aura recouvré la mémoire. Cela nous permettra de mettre la main sur le tueur.

Un tueur qui devait avoir hâte de finir le travail. Dawson prit la carte, et la fit tourner dans sa main, tandis que l'homme au complet gris s'éloignait dans le couloir.

Très bien, sa mission était toute tracée. Une femme témoin d'un meurtre. Un seigneur de la drogue déterminé à tuer la personne qui avait assassiné son fils. Bon, c'était aussi simple que de faire une balade dans le parc…

Il se dirigea vers le bout du couloir, et repéra une chaise devant la porte de la chambre que Mme Jones était censée occuper. Au même instant, ses cheveux se hérissèrent sur sa nuque. Où était passé le policier ? Etait-il entré, pour voir comment allait la patiente ? Ou bien avait-il déserté son poste ?

Dawson se mit à courir, et leva la main pour frapper à la porte. Il s'inquiétait sans doute pour rien. Le flic devait être dans la chambre.

Un bruit sourd lui parvint, de l'autre côté du battant. Dawson ouvrit et s'engouffra dans la chambre. Le lit était vide.

Son premier jour de travail, et il avait déjà perdu son client de vue !

Un mouvement sur le sol, à côté du lit, attira son attention. Un homme vêtu d'une blouse bleu-vert était penché vers le sol, un oreiller dans les mains. Des démons et des dragons étaient tatoués sur son avant-bras. Au-dessous de lui, des jambes sveltes et bien galbées s'agitaient désespérément.

— Hé !

Dawson saisit l'homme par l'épaule et lui fit perdre l'équilibre, le jetant sur le sol, aussi loin que possible de cette femme qui devait être Savvy Jones.

Celle-ci repoussa l'oreiller et inspira l'air à grandes goulées. Son visage était rouge, ses yeux écarquillés.

— Il a… essayé de… de me tuer !

L'homme qui avait tenté de se faire passer pour un membre du personnel de l'hôpital bondit sur ses pieds, brandit un bras énorme, et frappa Dawson du revers de la main.

Ce dernier leva les bras devant lui pour se protéger, mais l'inconnu avait tant de force que le coup l'envoya contre le mur. Il trébucha et se redressa, mais il ne put empêcher l'homme de se ruer vers la porte. Il ne put non plus distinguer ses traits dissimulés sous le masque chirurgical. Toutefois, il se jeta en avant et parvint à attraper l'homme par la cheville avant qu'il n'ait franchi la porte.

L'inconnu trébucha, et s'affala dans le couloir, renversant une infirmière qui passait avec un chariot de médicaments. Le chariot bascula, et des pilules multicolores se répandirent sur le sol. Mais le criminel se releva, enjamba l'infirmière et se précipita vers l'escalier.

Dawson se lança à sa poursuite. Mais au beau milieu du couloir, il se rendit compte qu'il ne pouvait pas essayer de rattraper l'inconnu. Cela voulait dire qu'il laissait Savvy Jones sans protection. Il s'arrêta donc à quelques pas du chariot renversé, les poings serrés et le cœur battant. Puis il se retourna et aida l'infirmière à se relever.

— Appelez la police. Dites-leur que quelqu'un a essayé de tuer une de vos patientes. L'homme s'est enfui dans l'escalier.

La femme acquiesça d'un signe de tête, et regagna le bureau des infirmières en boitillant.

A ce moment, un homme portant l'uniforme de la police de Laredo apparut à l'extrémité du couloir. Il se figea, les yeux écarquillés, puis courut vers Dawson en essayant de sortir son arme de son holster.

— Arrêtez, ou je tire !

En proie à une brusque bouffée de colère, Dawson marcha droit sur lui. Le policier braqua son arme vers sa poitrine.

— Je vais tirer.

En un éclair, Dawson frappa la main du policier, envoyant l'arme rouler sur le sol. Puis il se jeta sur l'homme et le plaqua face contre le mur, en lui maintenant les poignets dans le dos.

— C'est vous, le policier qui devait assurer la sécurité de Savvy Jones ?

— Oui. Lâchez-moi, ou je porterai plainte contre vous et vous serez arrêté.

— Ça vous coûterait votre plaque. Je suis le garde du

corps engagé par le procureur pour le job que vous êtes visiblement incapable de faire.

— Que voulez-vous dire ?

— Vous avez abandonné votre poste.

— J'ai été appelé pour un échange de coups de feu dans la salle des urgences, expliqua l'homme, sans essayer de se débattre. Mais l'appel était bidon.

— Et vous avez laissé Savvy Jones sans protection, grommela Dawson, en ramenant les poignets de l'homme plus haut dans son dos. Elle a failli être tuée.

— Je suis désolé.

— Sortez d'ici, ordonna Dawson, en poussant le policier dans le couloir.

L'homme remit son arme dans le holster.

— Je ferai un rapport sur vous au procureur, dit-il.

— Ne vous gênez pas. J'ai un travail à accomplir.

— Moi aussi. Ecartez-vous.

Un homme vêtu d'une blouse verte et avec un stéthoscope autour du cou se dirigea d'un pas vif vers la porte de Savvy.

— Arrêtez-vous, ordonna Dawson, d'un ton sans réplique.

L'homme montra son badge.

— Je suis le médecin de Savvy Jones.

Dawson examina le badge, et annonça :

— Personne ne peut entrer ici sans mon autorisation.

— Qu'est-ce qui vous permet de faire cela ? demanda le médecin, en croisant les bras.

Dawson tapota l'étui de son Glock sous sa veste, et barra l'entrée de la chambre.

— Je suis le garde du corps de Mme Jones. Si vous avez besoin d'une confirmation, appelez le procureur.

— Ne vous inquiétez pas, je vais le faire sur-le-champ.

Le médecin pivota sur lui-même et se dirigea vers le bureau des infirmières. Un petit groupe de femmes de salle et d'infirmières, qui se tenait à distance respectable de Dawson, s'écarta pour le laisser passer.

Dawson décida qu'il avait assez perdu de temps. Il entra dans la chambre, contourna le lit d'hôpital, et découvrit la jeune femme sur le sol, respirant encore avec difficulté. Sa chemise d'hôpital était remontée sur ses cuisses, dévoilant une peau blanche et crémeuse, et un petit bout de slip en dentelle vert foncé. De longs cheveux blond vénitien étaient répandus dans son dos et sur le sol. Un pansement maintenu à l'aide d'une bande de gaze couvrait le côté gauche de sa tête.

— Que se passe-t-il ? murmura-t-elle en pressant une main contre ses yeux.

— Apparemment, quelqu'un vous en veut.

— Je ne veux plus jamais voir d'oreiller, marmonna-t-elle. Surtout plaqué contre mon visage.

— Comment vous sentez-vous ? s'enquit Dawson en s'agenouillant à côté d'elle. Vous voulez que j'appelle l'infirmière ?

— Non, tant que j'arrive à respirer, tout va bien.

Elle battit des paupières, et ouvrit grand les yeux, révélant des prunelles d'un vert sombre.

— Qui êtes-vous ? Vous ne tenez pas d'oreiller dans les mains ? demanda-t-elle, en essayant de regarder derrière lui.

— Non, ne craignez rien. Je suis Dawson Gray, dit-il en tendant la main. Votre garde du corps. Mais si quelqu'un vous pose des questions, dites que je suis votre fiancé.

— Mon garde du corps ? Mon fiancé ? répéta-t-elle en élargissant les yeux. Qui êtes-vous en réalité ?

— Officiellement, votre garde du corps.

Savvy secoua la tête, abasourdie.

— Apparemment, je ne suis pas au bout de mes surprises. Merci de m'avoir secourue, en tout cas. Oh… ma tête me fait mal, il vaut mieux que je ne la bouge pas.

Elle regarda sa main tendue, mais ne la serra pas.

— Je devrais vous connaître ? Je veux dire, si vous êtes mon fiancé…

— Non. C'est la première fois que nous nous voyons.

— Tant mieux, car je ne me souviens pas du tout de vous. Mais comment pouvez-vous être mon fiancé, si je ne vous ai jamais vu ? Nous avons fait connaissance par l'internet, ou quelque chose comme ça ? Je n'ai pas les idées très claires.

Elle s'appuya sur les coudes pour se redresser, et ferma les yeux.

— C'est moi, ou bien la chambre tourne-t-elle vraiment ?

— C'est vous. Vous avez une blessure à la tête, et quelqu'un a essayé de vous étouffer. Cela doit expliquer les vertiges. A part cela, vous êtes sûre de vous sentir bien ?

— Je crois. Bien que mes jambes aient refusé de me porter, ajouta-t-elle en soupirant.

— Reposez-vous un moment. De toute évidence, vous venez de traverser quelques épreuves difficiles. Si vous n'y voyez pas d'inconvénient, je vais vous remettre dans le lit.

Il passa les bras sous ses jambes et se redressa. Bien qu'elle soit assez grande, elle ne devait pas peser plus de cinquante kilos.

— Hé ! s'exclama-t-elle en lui passant un bras autour du cou. Pas si vite !

— Désolé.

Il l'adossa aux oreillers, et ramena la chemise sur ses jambes, effleurant sans le vouloir la peau soyeuse de ses cuisses. Mais où avait-il la tête, bon sang ? Il retira vivement sa main, et la fourra dans sa poche.

Savvy demeura immobile. Elle était très pâle et, pendant quelques secondes, elle garda le silence.

Dawson éprouva soudain un tel besoin de la protéger qu'il fit un pas en arrière pour se ressaisir. Il n'avait pas le droit. Il n'était pas apte à protéger qui que ce soit, il n'y était jamais parvenu.

Son palmarès était éloquent. Il avait perdu sa femme, perdu un de ses hommes, et pour finir, presque perdu l'esprit. Il se tourna vers la porte, bien décidé à s'échapper.

— Excusez-moi. Je dois passer un coup de fil.

— S'il vous plaît, lança-t-elle, d'une petite voix effrayée.

Dawson se figea, et se retourna. Il n'aurait pas dû.

Elle se pencha en avant, et ses grands yeux verts allèrent de lui à la porte.

— Il faut que vous me laissiez… seule ? demanda-t-elle d'une voix faible, en se recroquevillant dans le lit.

Dawson avait déjà glissé la main dans sa poche, pour prendre son téléphone. Il marqua une pause, et expliqua :

— Je reste devant votre porte. Je ne laisserai entrer personne.

— S'il vous plaît…

Ses doigts se crispèrent sur le tissu de la chemise, qui remonta un peu le long de ses jambes.

— Je ne sais même pas comment je suis arrivée ici.

Dawson serra son téléphone dans sa main. La raison lui ordonnait de sortir. Sur-le-champ. Mais son instinct, moins judicieux, le poussa vers le lit et la personne qui l'occupait.

— Vous ne vous rappelez pas, parce que vous étiez inconsciente quand on vous a amenée.

Savvy hocha doucement la tête, et la douleur la fit grimacer.

— Non, c'est pire que cela, murmura-t-elle, les lèvres tremblantes.

Dawson sentit son cœur se serrer, et il s'obligea à demeurer impassible, à ne pas s'apitoyer. Cette femme avait besoin de parler à quelqu'un. A quelqu'un d'autre que lui.

— Comment ça ?

— Je ne me rappelle pas où j'étais, expliqua-t-elle en posant sur lui ses grands yeux limpides. Vous pouvez me le dire ?

Dawson soupira. Impossible de l'abandonner, alors qu'elle le regardait avec ces yeux de petit chien perdu. Tout en se traitant intérieurement d'idiot, il revint sur ses pas.

— On vous a trouvée dans une ruelle, derrière un bar.

Elle essuya une larme sur sa joue, et redressa un peu les épaules.

— Quel bar ?

— Celui où vous travailliez.

Une ride se creusa entre ses sourcils, et elle posa doucement la main sur le pansement qui protégeait sa tempe, en fermant les yeux.

— Je ne me rappelle pas. Vous êtes sûr que je travaillais dans un bar ?

Elle battit des paupières, laissant apparaître des prunelles qui rappelaient la couleur des forêts de sapin. Des cernes mauves soulignaient ses yeux, lui donnant l'allure d'une misérable enfant abandonnée.

— C'est ce qu'ils m'ont dit.

Dawson détacha son regard de ces yeux verts, et jeta un coup d'œil à la porte. Bon sang, il ne voulait pas s'impliquer dans la vie de qui que ce soit, ne se sentir responsable de personne ! Au train où allaient les choses, Savvy risquait de lui poser plus de problèmes encore qu'il ne le craignait. La rondeur de ses mollets, le renflement de ses seins sous la chemise, ses yeux brillants de larmes contenues… tout cela laissait présager un désastre. Elle éveillait en lui tous les instincts mâles et primaires qu'il possédait.

Elle se pencha encore, et lui prit le bras.

— Dites-moi quelque chose, je vous en prie.

— Quoi ? grommela-t-il, pressé de sortir de cette chambre et d'échapper au regard vert de Savvy.

Il fallait absolument qu'il appelle Audrey, avant de commettre une des pires erreurs de sa vie.

Savvy émit un petit reniflement triste, et il se figea.

Deux grosses larmes roulèrent sur les joues de la jeune femme, et vinrent s'écraser sur le drap.

— Je sais que vous vous appelez Dawson Gray, dit-elle en serrant convulsivement les doigts sur son poignet. Mais vous, savez-vous comment je m'appelle ?

Elle attendit, en retenant son souffle, qu'il lui réponde.

Dawson posa les yeux sur la main accrochée à sa manche.

— Savvy, articula-t-il d'une voix rauque, comme si le mot ne pouvait franchir ses lèvres. Votre nom est Savvy Jones.

— Savvy.

Elle lui relâcha le bras et retomba contre les oreillers.

— Savvy.

Elle répéta le nom, et ferma les yeux en essayant de retrouver des souvenirs. Mais plus elle essayait, plus le sang battait douloureusement dans ses tempes.

— Je ne me souviens pas, finit-elle par admettre.

Elle souleva les paupières et fixa sur lui des yeux brouillés de larmes.

— Je n'ai aucun souvenir de ce qui s'est passé avant que je ne me réveille dans cet hôpital.

— Vous avez été blessée à la tête. Ce problème de

mémoire ne durera peut-être pas très longtemps. Vous n'avez pas oublié l'essentiel.

— L'essentiel ? répéta-t-elle avec un petit ricanement. J'ai tout oublié de ma vie. Quel est mon âge ? Mes parents sont-ils toujours en vie ? Où ai-je grandi ? Suis-je…

Ses yeux se posèrent sur son annulaire, et elle retint une exclamation. Etait-ce un effet de son imagination, ou bien la peau était-elle un peu plus claire à la base du doigt, comme si elle avait porté une bague ? La gorge nouée, elle fixa de grands yeux sur Dawson.

— Je suis mariée ?

Dawson haussa les épaules.

— Je n'en sais rien. Le procureur ne m'a rien dit.

— Le procureur ?

— Frank Young, bougonna-t-il, mal à l'aise. C'est lui qui m'a engagé pour vous protéger.

— Et pourquoi s'intéresse-t-il à moi ?

— Il vous expliquera ça lui-même. Il m'a demandé de l'appeler dès que l'effet des calmants se sera dissipé.

— Vous pensez qu'il sait tout sur moi ? demanda-t-elle en touchant son annulaire, comme pour y faire tourner une bague imaginaire. Il se pourrait que je sois mariée. J'ai… j'ai peut-être de la famille qui s'inquiète pour moi, balbutia-t-elle, les mains tremblantes.

— Le procureur doit le savoir.

— Et s'il ne le sait pas ?

— Vous travailliez dans ce bar. Quelqu'un doit savoir si vous avez une famille. Il faut les avertir.

— Oui…

Elle se laissa retomber sur les oreillers, les battements de son cœur reprenant un rythme normal.

— Vous devriez vous reposer, dit-il en jetant un coup d'œil à la porte.

Mais Savvy avait tant de questions sans réponses qu'elle ne lâcha pas Dawson des yeux.

— Comment ai-je été blessée ? demanda-t-elle en touchant son pansement. Que s'est-il passé ?

— Je vais appeler le médecin, répondit-il, en se tournant vers la porte.

— Non ! Restez avec moi. Dites-moi ce que vous savez.

— Ecoutez, madame, tout ce que je sais, c'est que le procureur m'a engagé pour être votre garde du corps, jusqu'à ce que vous ayez recouvré la mémoire.

— Il vous a dit ce qui s'était passé ?

— Seulement que vous aviez tiré…

Il s'interrompit et pinça les lèvres, avant de reprendre, plus posément :

— Que vous aviez été blessée à la tête par un coup de feu.

— Un coup de feu ? s'exclama-t-elle, le cœur battant à toute allure.

Elle essaya de se rappeler, essaya de se revoir dans la ruelle, mais en vain. Elle ne pensait pas avoir travaillé dans un bar. Et être blessée par balle, dans une ruelle, derrière un bar ? Non, cela lui paraissait irréel.

— Qui a tiré sur moi ?

Dawson eut une imperceptible hésitation, mais Savvy comprit aussitôt qu'il ne voulait pas répondre.

— Je ne sais pas.

— Vous savez quelque chose, sinon vous n'auriez pas hésité avant de répondre.

Que lui cachait-il ? Dawson prit son téléphone dans sa poche.

— Il faut vraiment que j'appelle quelqu'un. Ça ne vous fait rien ?

— Si, ça me fait quelque chose, répliqua-t-elle en dardant sur lui un regard perçant.

Cette réaction, en revanche, lui parut parfaitement naturelle. Comme si elle avait occupé une position où elle détenait de l'autorité, autrefois.

— Etes-vous, oui ou non, mon garde du corps ?

— Le procureur m'a engagé pour vous protéger. Mais je ne suis pas l'homme de la situation, ajouta-t-il en baissant les yeux sur le téléphone.

Il la regarda, avec ses yeux sombres. Une épaisse mèche de cheveux brun foncé retombait sur son front. Elle eut envie de la repousser en arrière.

Cet homme lui inspirait confiance. Elle ne connaissait personne d'autre, et elle se fiait à son instinct.

— Pourquoi ? demanda-t-elle d'une voix plus douce. Pourquoi pensez-vous cela ? Vous avez réussi à empêcher cet homme de me tuer.

— Il n'aurait jamais dû entrer dans votre chambre.

— Mais vous n'étiez pas encore arrivé, à ce moment-là. Et une fois que vous avez été là, vous avez su vous occuper de lui.

Elle haussa les sourcils, comme pour le mettre au défi de trouver une autre bonne excuse. Ce qu'il n'allait pas manquer de faire.

— Je n'ai jamais été garde du corps.

Aucune importance. Il savait se battre, et était capable de défendre quelqu'un. Il avait forcément appris quelque part.

— Avez-vous été policier ? Agent du FBI ? Militaire ?

— J'étais dans l'armée, confirma-t-il d'un ton crispé.

Savvy croisa les bras.

— Si vous étiez soldat, vous savez vous servir d'une arme. Vous êtes capable de vous défendre, et de défendre les autres.

Il poussa un grognement sourd, et ses yeux bruns s'assombrirent, devenant d'un noir d'encre.

— Je ne suis pas fait pour ce job.

— Et moi, je vous repose la question : pourquoi ?

— Parce que je suis nul, bon sang !

Il pivota sur ses talons, et gagna la porte.

— Dawson !

C'était le seul homme en qui elle sentait qu'elle pouvait avoir confiance, et il partait ?

Il assena un coup sur la porte, du plat de la main.

— Je vous dis que je ne suis pas fait pour ce travail !

— Je vous en prie, supplia-t-elle d'une voix douce. Vous êtes le seul en qui je puisse avoir confiance, dans ce monde empli d'étrangers.

— Mais pourquoi moi ?

— Parce que vous avez fait vos preuves. Vous m'avez déjà sauvée une fois.

— Cela ne veut pas dire que je peux recommencer.

— Peut-être, mais au moins, je sais que vous essayerez. Je ne connais personne d'autre.

Il se tourna lentement. Son visage était sans expression.

— Vous ne me connaissez pas.

— Pour le moment, je ne connais personne.

Comment pouvait-elle le convaincre ? A l'idée qu'il allait passer cette porte et la laisser seule, elle était si effrayée qu'elle ne parvenait même plus à réfléchir.

— Alors, je vais miser sur vous.

Il l'observa longuement, puis finit par hausser les épaules.

— Comme vous voudrez. C'est votre vie, après tout.

3

Dawson fit les cent pas dans la chambre, en prenant garde de ne pas faire claquer ses talons sur le carrelage, pendant que Savvy dormait. Chaque fois qu'il passait près du lit, il observait la jeune femme.

Des cheveux blond vénitien étalés sur des draps blancs immaculés. Des cils auburn qui se détachaient sur des joues pâles. Quelques taches de rousseur, qui lui donnaient l'apparence d'une adolescente. En revanche, les seins ronds que l'informe chemise d'hôpital ne parvenait pas à dissimuler, étaient bien ceux d'une femme, et non d'une jeune fille. Et ces jambes, ces longues jambes brunes, douces comme de la soie, étaient faites pour se nouer autour de la taille d'un homme. Les lèvres pleines et couleur de corail étaient de nature à damner un saint.

Mais pas Dawson Gray. Quand il avait perdu Amanda, sa petite amie du lycée, qui était devenue sa femme et la mère de l'enfant qui n'avait pas pu naître, il s'était promis de ne plus jamais s'engager dans cette voie. Il refusait absolument de s'exposer de nouveau à ce genre de torture.

Savvy Jones ne pouvait représenter pour lui qu'une mission à accomplir. Il ferait mieux de s'en souvenir, et de ne pas laisser ses *attributs* lui faire oublier le danger qui la guettait, ou encore les troubles qui agitaient la ville frontière de Laredo.

Il s'arrêta derrière la fenêtre et regarda le soleil sombrer lentement derrière le toit des immeubles de la ville. Une brume rouge et poussiéreuse colorait le ciel, tandis que le globe orange se fondait dans des tons de rose et de gris.

Le procureur Young l'avait appelé pour l'informer qu'il allait passer interroger le témoin.

Dawson lança un coup d'œil à Savvy par-dessus son épaule. Il n'avait pas le cœur de la réveiller. La police était venue, et avait déjà posé à Savvy toute une série de questions auxquelles elle n'avait pu apporter de réponses. Le médecin avait fait sa tournée, après avoir contacté le procureur. Il était encore irrité par sa prise de bec avec Dawson, mais il avait dit à Savvy qu'elle guérirait rapidement, et qu'elle avait eu de la chance que la blessure soit superficielle. Son crâne n'avait pas été touché, à part la bosse qu'elle s'était faite en tombant sur les pavés. Néanmoins, l'équipe médicale la gardait sous surveillance, au cas où un œdème cérébral se formerait. Mais si tout allait bien, elle serait autorisée à quitter l'hôpital dès le lendemain matin.

Ce qui impliquait pour Dawson toutes sortes de complications. Où Savvy irait-elle ? Allait-elle insister pour le garder auprès d'elle, comme un baby-sitter ? Et lui, pouvait-il la laisser sortir de l'hôpital sans lui, pour affronter les dangers qui la guettaient en ville ?

Il avait attendu qu'elle soit complètement endormie avant d'appeler Audrey. Malgré la confiance que Savvy avait en lui, il voulait toujours se débarrasser de cette mission.

Audrey ne répondit pas, et elle ne rappela pas Dawson. Cette mission lui incombait donc tant qu'il ne pouvait pas joindre sa patronne et se faire remplacer par quelqu'un d'autre.

— Vous n'êtes pas parti, lança soudain une voix rauque, derrière lui.

Dawson pivota sur ses talons. Adossée aux oreillers, Savvy l'observait.

— Non. Je ne peux pas partir tant que je n'ai pas trouvé quelqu'un pour me remplacer.

— Merci, dit-elle en pinçant les lèvres. Ça me réconforte de savoir que je suis un tel fardeau.

Elle cligna les paupières, et s'étira comme elle le pouvait, avec les intraveineuses qui entravaient son bras gauche.

— Vous voulez me faire une faveur ?

— Cela dépend, fit Dawson en hochant la tête.

— Je veux savoir si je peux tenir debout.

Elle repoussa le drap et s'assit lentement, tirant sur le tube de l'intraveineuse. Dawson se précipita et lui prit le coude pour la soutenir.

— Vous croyez que c'est une bonne idée ? Vous ne voulez pas attendre l'infirmière ?

— Non, je veux le faire seule, répondit-elle en secouant la tête. Laissez-moi simplement le temps.

Elle s'accrocha à son bras pendant un long moment, s'efforçant de respirer régulièrement. Dawson se raidit. Il aurait voulu s'écarter, mais elle se cramponnait à lui. S'il la repoussait, elle tomberait à coup sûr.

— Très bien, je suis prête.

Elle donna une petite poussée pour s'éloigner du bord du lit, ce qui fit remonter la chemise un peu plus haut sur sa cuisse.

— Je vous préviens, la dernière fois que j'ai essayé, je suis retombée comme une pierre, dit-elle avec un petit rire, en glissant sa main tremblante dans la sienne.

Diable. Dawson lui glissa un bras autour de la taille, effleurant la peau douce de son dos, à l'endroit où la chemise s'ouvrait. Il la soutint jusqu'à ce qu'elle ait posé les deux pieds bien à plat sur le carrelage froid.

Ses ongles vernis de rose se détachèrent sur les carreaux blancs. C'était une jolie couleur, qu'on ne s'attendait pas à voir sur une fille aux cheveux blond roux, mais que Dawson aimait bien.

— Vous y êtes ? demanda-t-il.

Elle hocha la tête en souriant, les yeux brillants.

— C'est fou, toutes les choses qu'on trouve parfaitement naturelles quand tout va bien ! Je n'aurais jamais cru qu'il me faudrait de l'aide pour tenir debout.

Son sourire s'effaça, et elle ajouta :

— Ne vous inquiétez pas. Cela vous rapproche du moment où vous serez libre.

Les lèvres pincées, elle tenta de faire un pas.

— Comment ça ? s'enquit Dawson, en la laissant s'appuyer sur lui.

— Dès que je pourrai bouger normalement, vous n'aurez plus besoin de monter la garde.

— Et que faites-vous des sales types qui veulent vous tuer ? répliqua Dawson en fronçant les sourcils.

— J'y ai réfléchi. Quand je serai sortie d'ici, je ferai très attention. Je suis sûre que je m'en sortirai très bien.

— Oui.

Dawson admirait l'esprit d'indépendance, mais la bravade était stupide.

— Vous croyez que vous pourrez vous débarrasser d'un gars comme celui qui vous a rendu visite un peu plus tôt ? Ce type bâti comme une armoire à glace, qui tenait un oreiller dans ses mains ?

Savvy se mit à trembler de tous ses membres et chancela.

Dawson la serra contre lui, pour l'empêcher de s'affaler face contre terre. Elle était parfaitement calée contre lui, avec sa main agrippant sa taille fine, la tête juste sous son menton. Elle n'était ni trop petite ni trop mince. Amanda était beaucoup plus petite que lui. Si petite qu'il la traitait comme une poupée de porcelaine qu'il avait peur de casser. Et finalement, elle s'était brisée, par sa faute. Elle était trop petite pour donner naissance à un enfant. Amanda et le bébé étaient morts au cours de l'accouchement.

La main de Dawson se crispa. La culpabilité qui pesait sur lui depuis deux ans était bien plus lourde que la femme qu'il tenait à bout de bras.

— Hé, ce n'est pas la peine de me serrer comme ça. Je crois que je vais y arriver, cette fois.

Savvy s'appuya contre son torse pour se redresser. Dawson se dégagea et recula comme s'il s'était brûlé à son contact. Son cou s'enflamma.

— Attendez ! cria Savvy.

Ses genoux se dérobèrent, et elle serait tombée s'il ne l'avait rattrapée et attirée contre lui. Elle s'effondra contre son torse, et enfouit le visage dans les revers de sa chemise. Ses cheveux soyeux lui effleurèrent les narines.

Elle se mit à rire doucement, pressant ses seins contre lui.

— Je crois que je ne suis pas aussi forte que je l'espérais. J'ai encore la tête qui tourne, ajouta-t-elle. Mais je serai en forme demain matin.

Il plongea le regard dans des pupilles aussi vertes que les forêts du Texas. Son corps était collé contre le sien, et il ne pouvait lui cacher le désir qu'elle lui inspirait.

— Où comptez-vous aller ?

Savvy élargit les yeux, et ses joues rosirent.

— Je ne sais pas, répondit-elle avec un petit rire sans joie. J'ai oublié où j'habite.

— Oh, elle est consciente. C'est très bien.

Frank Young entra sans avoir frappé, et éteignit rapidement son téléphone avant de le glisser dans sa poche.

— Vous croyez que vous pouvez répondre à quelques questions ?

Dawson fit doucement pivoter Savvy, afin que son dos en partie dénudé se trouve face à la fenêtre, et non sous les yeux de Frank Young.

La jeune femme acquiesça.

— Bien. Que vous rappelez-vous de la soirée d'hier ?

— Rien.

— Rien du tout ? s'exclama Frank en haussant les sourcils.

— Je ne me rappelais même pas mon nom, c'est Dawson qui me l'a dit.

Si Dawson n'avait pas été déjà témoin de sa détresse, il n'aurait peut-être pas perçu le léger tremblement de sa voix. Le procureur n'en eut pas conscience du tout.

— Je vais en parler avec le médecin. Il doit y avoir un moyen de vous faire recouvrer la mémoire.

— Ne vous donnez pas cette peine. Le médecin a dit qu'il était possible que l'amnésie soit temporaire, ou bien permanente. Seul le temps nous le dira.

Young observa Savvy en fronçant les sourcils.

— Vous êtes sûre que vous ne vous rappelez rien du tout ?

— Pourquoi mentirais-je ? rétorqua-t-elle en lui lançant un regard noir. Vous aimeriez, vous, vous réveiller dans une chambre d'hôpital, avec des étrangers, et ne même plus savoir qui vous êtes ? Essayez, pour voir.

Elle posa une main sur le bras de Dawson, et lui dit à voix basse :

— Je dois m'asseoir.

— Je suis désolé, madame Jones, reprit Frank Young. Mais vous ne comprenez peut-être pas qu'il est très important que vous vous souveniez de ce qui s'est passé.

— Vous pourriez me dire pourquoi c'est si important ?

— Madame Jones, un homme a été tué dans cette ruelle. Avec l'arme que les policiers ont trouvée dans *votre* main.

Dawson crispa les doigts sur le bras de Savvy, résistant avec difficulté à l'envie d'écraser son poing sur le visage du procureur.

La jeune femme s'appuya lourdement sur lui. Elle était d'une pâleur de cire, ce qui faisait ressortir les taches de rousseur sur son nez et ses joues.

— Ils ont trouvé une arme dans ma main ?

Elle contempla sa main droite, puis toucha la bande de gaze enroulée autour de son front.

— Pourquoi aurais-je tiré sur quelqu'un ? Voulait-il me tuer ?

— C'est ce que nous aimerions savoir. Pourquoi auriez-vous tiré sur Tomas Rodriguez avant de diriger l'arme contre vous ?

Savvy se tourna vers Dawson, les sourcils froncés.

— J'ai tiré sur quelqu'un, et ensuite sur moi ? C'est vrai ?

Dawson prit ses mains glacées dans les siennes.

— Apparemment, c'est ce qui s'est passé.

— Mais pourquoi aurais-je fait cela ? Il doit y avoir une raison… des preuves.

— Votre collègue dit que quand elle vous a trouvée, vous aviez une arme dans la main.

Le procureur traversa la chambre et vint se camper face à elle, la transperçant du regard.

— C'est la même arme qui vous a blessée à la tête, et qui a tué Tomas Rodriguez. Les seules empreintes trouvées sur l'arme sont les vôtres.

Elle contempla Young, les yeux écarquillés.

— Je ne m'en souviens pas. Je ne me souviens de rien.

Les lèvres du procureur formèrent une ligne dure.

— Je vous suggère de recouvrer la mémoire au plus

vite, madame Jones. Sans quoi vous risquez d'être inculpée du meurtre de Tomas Rodriguez.

— Comment puis-je être inculpée d'un meurtre que je ne me rappelle pas avoir commis ?

— La preuve est indirecte, dit Dawson, dans l'espoir de la rassurer.

— Si mes empreintes figurent sur l'arme du crime, ce n'est pas une preuve indirecte. C'est accablant. Que puis-je faire ? demanda-t-elle en s'adressant au procureur.

Frank Young chassa un grain de poussière de son costume gris, avant de croiser de nouveau le regard de Savvy.

— Ne quittez pas la ville. Pour l'instant, aucune charge n'a été retenue contre vous. Mais ce n'est peut-être qu'une question de temps. En attendant, M. Gray et vous avez de plus graves problèmes à affronter.

Savvy émit un petit rire aigu, proche de l'hystérie.

— Que peut-il y avoir de pire que d'être accusée de meurtre ?

— Tomas Rodriguez était le fils unique de Humberto Rodriguez.

Dawson lui apprit cela, en tenant fermement ses mains dans les siennes. Que pouvait-il faire d'autre ? Impossible de lui cacher la vérité plus longtemps. Il fallait qu'elle sache à quoi elle se trouvait confrontée.

— Humberto Rodriguez est le pilier d'un cartel de la drogue mexicain, dans la ville jumelle de Laredo, Nuevo Laredo. Et certains disent même que le trafic s'étend dans Laredo même. Il est connu aussi pour sa brutalité et ses actions violentes.

Savvy se rembrunit et retira ses mains.

— Cet homme croit que j'ai tué son fils ?

— Les médias du coin se sont emparées de l'histoire, dit Young en jetant un coup d'œil au poste de télévision éteint. Tout le monde, dans le sud du Texas, et dans les régions du nord du Mexique, sait que Tomas Rodriguez est mort. Toutes les stations de radio ont annoncé sa mort. Lorsque Humberto apprendra qu'on vous a retrouvée l'arme à la main, il se mettra à votre poursuite. A en juger par l'agression dont vous avez été victime ce matin, il sait déjà qui vous êtes, et où vous trouver.

Savvy s'assit sur le lit, s'adossa aux oreillers, et se massa l'arête du nez.

— Génial. Tout le monde sait qui je suis, à part moi.

Deux mois auparavant, Dawson se serait enfui jusqu'au bar le plus proche pour échapper à la situation. Et à vrai dire, il aurait volontiers avalé une bonne rasade de whisky. Mais un coup d'œil à la jeune femme pâle et sans défense allongée sur le lit d'hôpital le dissuada de noyer son angoisse dans l'alcool. La police ne l'avait pas protégée. Young avait raison, il fallait confier cette mission à quelqu'un qui n'avait aucun intérêt en jeu dans la région.

Des coups furent frappés à la porte, et une jeune femme brune passa la tête dans l'embrasure, en souriant.

Dawson s'interposa entre la porte et le lit, afin de protéger Savvy d'une attaque éventuelle.

— C'est bien la chambre de Savvy Jones ? demanda la femme en pénétrant dans la pièce.

— Oui, madame Scott, dit Frank Young en s'avançant vers elle. Entrez. Si Mme Jones voit un visage familier, cela stimulera peut-être sa mémoire.

Il prit la femme par le bras, et l'entraîna vers le lit.

— Savvy, reconnaissez-vous Liz Scott ? C'est votre collègue, et elle vous a trouvée dans la ruelle.

Savvy posa les yeux sur la jeune femme mince, dont les longs cheveux bruns retombaient en vagues souples sur les épaules. Elle portait un jean délavé et une chemise blanche aux manches retroussées.

— Bonjour, ma puce, dit Liz d'une voix grave à l'accent du Sud.

Elle posa un vase contenant une rose jaune sur la table de chevet, à côté du lit.

— Je t'ai apporté des vêtements propres, continua-t-elle en montrant un sac de toile.

Des larmes envahirent ses yeux, et elle esquissa un sourire tremblant.

— Comment tu te sens ? Tu nous as fait une drôle de frousse !

En proie à une soudaine panique, Savvy essaya en vain de se souvenir. La jeune femme avait l'air gentil, et se comportait comme si elles se connaissaient bien. Mais son visage ne lui évoquait rien.

— Je vous connais ?

Liz émit un petit rire forcé.

— Oui, ma chérie. Nous travaillons ensemble au Waterin'Hole. Il n'y a que toi qui peux m'empêcher de flanquer une beigne aux clients quand ils sont trop pénibles. Et tu me gardes Charlie, de temps en temps.

Liz jeta un coup d'œil au procureur, puis revint vers Savvy et haussa les épaules.

— Que dit le médecin, pour ton amnésie ? Il pense que ça va durer ?

— Nous le saurons quand la mémoire me reviendra… à moins qu'elle ne revienne jamais. Je suis désolée, mais… pourrais-tu me parler… de moi ? demanda Savvy en se penchant pour prendre la main de Liz.

Cette dernière grimaça un sourire.

— Je vais te dire tout ce que je sais. Et c'est trois fois rien.

— Pourquoi ? Je ne suis pas quelqu'un de bien ?

— Oh, ce n'est pas ça du tout. Au contraire. Tu es comme du pain béni pour Charlie et moi, déclara Liz en s'asseyant au bord du lit. Tu n'es pas seulement une collègue de travail, tu es aussi mon amie. Tu l'as été dès que tu es venue t'installer dans notre immeuble, il y a quatre mois.

— Où est-ce ? questionna Savvy, essayant désespérément de remplir le vide de sa mémoire. Où habitons-nous ?

— Dans l'ensemble d'appartements Oasis, près du Waterin'Hole. Tu occupes le 212, et Charlie et moi nous sommes au 215. Au fait, ça me fait penser…

Liz lâcha la main de Savvy pour fouiller dans la poche de son jean. Elle en sortit un papier plié en quatre, qu'elle donna à son amie.

— Charlie t'envoie ceci.

— Charlie…

Encore un nom sur lequel elle était incapable de mettre un visage. Ravalant ses larmes, elle déplia le papier. Un grand cœur dessiné au crayon mauve emplissait la page. Au centre, dans une écriture enfantine, étaient tracés les mots : *Savvy, on t'aime.*

Le cœur serré, elle contempla la feuille de papier froissé. Quelque chose de familier, une impression, l'effleura et disparut.

— Charlie est…

— Ma fille de sept ans, expliqua Liz en lui tapotant le bras. Elle est en adoration devant toi.

Les yeux brouillés de larmes, Savvy contempla la jeune femme.

— Je ne me souviens pas d'elle, murmura-t-elle, la gorge nouée par un sanglot. Je ne sais pas si j'ai une famille, et… et je suis désolée, mais je ne me souviens pas de toi non plus.

Les larmes se mirent à couler. Elle tremblait de tous ses membres. Liz lui caressa les épaules pour la réconforter.

— Oh, ne t'inquiète pas, ma chérie, ça va revenir. Tout ira bien.

Le procureur s'approcha du lit.

— Oui, et quand vous serez guérie, il faudra que je vous parle. Nous voulons savoir qui était avec Tomas Rodriguez et vous, dans cette ruelle. Cela pourra faire une grande différence au procès.

Les yeux écarquillés, Liz s'interposa entre le procureur et Savvy.

— Savvy n'a pas tué cet homme. Elle ne ferait pas une chose pareille.

Pouvait-elle vraiment être jugée pour meurtre ? se demanda Savvy. Pensaient-ils réellement qu'elle avait tué un homme ? En était-elle capable ? *Réfléchis, Savvy. Réfléchis.* Elle ferma les yeux et se pinça l'arête du nez. Plus elle essayait de se rappeler, plus son mal de tête augmentait. Quand elle rouvrit les yeux, elle vit que les deux hommes la fixaient. Le procureur, comme un vautour s'apprêtant à fondre sur sa proie. Dawson était visiblement en proie à un mélange de pitié et d'inquiétude. Mon Dieu, elle ne voulait pas de pitié ! Et sûrement pas de la part de cet homme qui prétendait être son garde du corps, et qui semblait assumer cette fonction à contrecœur. Son estomac était noué, et ses yeux brûlants de larmes. Elle ne voulait pas pleurer, mais elle ne pourrait sans doute pas résister longtemps.

— S'il te plaît, fais-les partir, supplia-t-elle en agrippant la main de Liz.

Elle vit Dawson étrécir les yeux. Il prit le procureur par le bras et l'entraîna vers la porte.

— Ecoutez, vous disiez que vous ne la croyiez pas coupable. Laissez-la tranquille, et elle se rappellera peut-être qui a fait le coup.

Frank hésita.

— Mais j'ai d'autres questions à lui poser.

— Manifestement, elle ne pourra pas y répondre. Laissez-la se reposer, elle a subi assez d'épreuves comme ça pour une journée.

Frank Young se laissa pousser dans le couloir, et la porte de la chambre se referma sur lui.

— Bien, murmura Liz en repoussant les cheveux qui tombaient sur le visage de Savvy. Ils sont partis. Y a-t-il quelque chose que je puisse faire pour toi ?

— Oui, dit Savvy en s'essuyant les joues à l'aide de la pointe du drap. Tu peux me dire qui je suis.

Liz lui pressa doucement la main.

— D'accord. Tout ce que je peux te dire, c'est ça… Tu es arrivée il y a quatre mois dans l'immeuble, et tu cherchais un appartement meublé à louer. Je me souviens très bien de ce jour-là. Tu avais l'air triste, au bout du rouleau. Tout ce que tu avais, c'était un petit sac rempli de vêtements. Pas de travail, et juste assez d'argent sur toi pour payer le premier mois de loyer. Le régisseur de l'immeuble a failli refuser de te louer l'appartement, parce que tu n'avais pas de pièce d'identité ni de carte de crédit.

— Rien ? Pas de papiers ? D'où je venais ? Et pourquoi ai-je échoué ici ?

— Tu as dit que tu avais roulé jusqu'à ce que tu n'aies plus d'essence, et presque plus d'argent. Tu ne m'as jamais expliqué pourquoi. Je crois que tu voulais fuir quelque chose, ou quelqu'un.

Savvy plissa le front, et sentit le tiraillement du pansement sur sa tempe. Elle était bien éveillée, bien vivante, et tout cela n'était pas un cauchemar. *Qui suis-je ?*

— J'espère que tu ne m'en voudras pas, mais quand l'ambulance t'a emmenée à l'hôpital, j'ai fouillé dans ton sac en espérant découvrir des renseignements sur ta famille. Mais je n'ai trouvé ni permis de conduire, ni carte d'assurance maladie, ni aucun autre papier. J'ignore s'il y a quelqu'un quelque part qui s'inquiète pour toi. Je suis ton amie depuis quatre mois, mais je ne sais rien de ton passé.

Savvy hocha la tête et retira la main que Liz tenait toujours dans la sienne.

— C'est comme si je n'existais pas.

Elle éprouva une sensation d'oppression. La chambre lui parut rapetisser, les murs blancs se resserrer autour d'elle. Son cœur se mit à battre comme un tambour.

— Il faut que je sorte d'ici.

Liz fronça les sourcils.

— Tu as le droit de partir ? Les médecins t'ont donné l'autorisation ?

— Je n'en sais rien, et ça m'est égal. Il faut que je m'en aille.

Elle repoussa le drap et glissa les jambes sur le côté du lit pour se lever, et se rappela tout à coup qu'elle était trop faible pour marcher. Elle risquait d'aggraver ses blessures si elle tombait de nouveau.

— Tu peux m'aider ?

— Bien sûr, mais tu crois que c'est prudent ? demanda Liz en la soutenant. Tu as été blessée à la tête, tu sais.

Mais Savvy était déterminée. Cette fois, quand ses pieds touchèrent le sol, elle parvint à demeurer debout. Elle tremblait, et n'aurait su dire si c'était à cause de l'effort qu'elle devait fournir, ou bien des médicaments dont l'effet ne s'était pas encore dissipé. Mais cela importait peu.

— C'est bon. Je vais y arriver.

Oui, mais comment ? Elle ne pouvait pourtant pas partir vêtue de cette chemise d'hôpital.

Liz la tenait par le bras, et ne quittait pas la porte des yeux, comme si elle espérait que les deux hommes allaient revenir et l'aider à s'en sortir.

— Je ne sais pas si c'est bien. Tu devrais rester jusqu'à ce que les médecins te donnent le feu vert.

— Je ne peux pas. Il faut que je retrouve un environnement familier. Cela m'aidera peut-être à recouvrer la mémoire.

Liz passa devant elle, sans lui lâcher le bras.

— Tu y vas un peu fort, Savvy. Tu devrais prendre soin de toi, ma chérie, ajouta-t-elle en lui posant une main sur la joue. Tu as failli mourir !

— C'est comme si je n'avais jamais vécu. Je ne me souviens de rien. Tu as une idée de ce que je ressens ? Mon esprit est complètement vide. Il n'y a rien. *Nada.*

Savvy fit un geste exaspéré de la main, et vacilla.

— Il faudra du temps, ma chérie. Tu ne peux pas recouvrer la mémoire en un jour. Et tu n'es pas encore assez forte pour sortir. C'est de la folie.

— Je tourne en rond dans cet hôpital, et ça ne me mène nulle part. Il n'y a rien ici pour stimuler ma mémoire. Rien. Il faut que je retrouve des endroits familiers. Je veux aller chez moi, et je verrai bien si quelque chose me revient en tête.

Savvy posa la main sur celle de Liz, et ajouta :

— Si tu es vraiment mon amie, tu dois m'aider.

Liz garda un long moment les yeux fixés sur Savvy, puis elle regarda le pansement sur son front, et soupira.

— Tu veux que je t'aide à t'habiller ?

— Non, je crois que je peux me débrouiller, répondit Savvy, submergée par le soulagement.

Dans un extrême effort de volonté, elle lâcha la main de Liz et fit quelques pas hésitants vers la salle de bains. Ses jambes la portaient à peine, mais elle atteignit la porte et agrippa la poignée.

— Hé, tu vas avoir besoin de cela, dit Liz en déposant le sac de vêtements sur le sol de la salle de bains. Et ne joue pas les héroïnes. Je peux t'aider, tu n'as qu'à me le demander.

Savvy esquissa un sourire timide.

— Merci.

Elle referma la porte, et s'appuya au lavabo. Puis, prenant une longue inspiration, elle leva la tête et regarda dans le miroir, en espérant que le fait de voir son propre visage déclencherait un afflux de souvenirs.

Son espoir s'éteignit dès qu'elle vit la femme qui lui faisait face. Un pansement blanc couvrait sa tempe gauche, retenu par une bande de gaze qui lui entourait le front. Des cheveux d'un blond vénitien, dont les mèches étaient collées par du sang séché, retombaient sur ses épaules et dans son dos. De grands yeux verts la contemplaient… les yeux d'une inconnue. Rien dans l'image que lui renvoyait le miroir ne faisait resurgir le moindre souvenir.

Elle étouffa le sanglot qui lui noua la gorge. Il ne fallait pas qu'elle pleure. Si elle voulait recouvrer la mémoire, il fallait qu'elle se rende dans des lieux familiers, qu'elle touche des objets, qu'elle se remette à vivre la même vie.

Puisque son visage n'évoquait rien, elle devait retourner dans les endroits où elle avait vécu et travaillé. Si la police ne trouvait pas d'indices l'orientant vers un autre suspect, elle serait arrêtée, et accusée du meurtre de Tomas Rodriguez. Plus vite elle récupérerait ses souvenirs, plus vite elle pourrait se disculper… avant que les autorités n'aient décidé de la jeter en prison.

Poussée par un sentiment d'urgence, elle fouilla dans le sac de sport que Liz lui avait apporté. Elle y trouva un jean propre, un T-shirt de cow-boy bleu ciel, un slip, un soutien-gorge, des tennis blanches, une brosse à cheveux et une brosse à dents.

Elle se lava le visage sans toucher à sa blessure et s'habilla, en s'arrêtant de temps à autre pour lutter contre les vertiges. Une fois habillée, lorsqu'elle se sentit un peu plus sûre de ses gestes, elle déroula la bande de gaze qui lui entourait la tête. Quand elle l'eut ôtée, elle vit le pansement carré sur sa tempe, contre la racine des cheveux.

Avec un gant propre, elle nettoya le sang séché et les traces de désinfectant qui entouraient la plaie. Puis elle passa délicatement la brosse dans ses cheveux, faisant retomber les mèches sur la blessure, pour dissimuler le pansement. Enfin, elle émergea de la salle de bains, pâle et tremblante.

— Je suis prête. Tu peux m'emmener en voiture ?

Liz lui offrit son bras.

— Si tu insistes. Mais je ne suis toujours pas sûre que ça soit une bonne idée.

— Il le faut. Quelqu'un a dû s'arranger pour me faire accuser. Tant que je ne me rappellerai pas ce qui s'est passé, je resterai la principale suspecte. Le seul moyen pour moi d'éviter la prison, c'est de recouvrer la mémoire.

— Savvy, rien ne dit que tu pourras te rappeler. Et que feras-tu, alors ? observa Liz avec un sourire triste.

— Pour l'instant, je dois traiter les problèmes les uns après les autres.

Savvy poussa la porte de la chambre, et se heurta à Dawson, posté dans le couloir.

Ah. Elle n'avait plus qu'à persuader son garde du corps de la laisser quitter l'hôpital.

4

Dawson prit Savvy par le bras pour l'empêcher de tomber.

— Pourquoi vous êtes-vous levée ?

Elle se raidit et recula.

— Je rentre chez moi.

Elle voulut se dégager, mais il resserra les doigts sur elle.

— Pas question. Pas tant que le médecin ne vous en a pas donné l'autorisation.

La jeune femme pinça les lèvres, et des larmes lui montèrent aux yeux.

— Il le faut. Vous ne voyez pas ? Je ne me rappellerai rien tant que je serai ici. J'ai besoin de voir mes affaires.

— Cela peut attendre demain.

— Non.

Elle tenta de desserrer l'emprise de ses doigts, mais elle était trop faible pour lutter contre lui.

— Je ne peux pas attendre. Le fait de ne rien savoir me rend folle. Laissez-moi partir.

Une larme roula sur sa joue.

— Je vous en prie.

Si elle s'était mise à hurler, il aurait tenu bon. Mais cette larme et cette supplication l'atteignirent en plein cœur, réveillant une sensibilité depuis longtemps endormie. Comment résister à ces yeux, qui le contemplaient comme s'il avait tenu toute sa vie entre ses mains ? L'espace d'un instant, sa volonté vacilla.

— Non, vous n'êtes pas en sécurité dehors.

Savvy ébaucha un petit sourire triste.

— Et ici, je le suis ?

Elle venait de marquer un point. L'agression de ce matin avait bien failli mettre un terme à la mission de Dawson, avant même qu'elle ait commencé.

— Il est plus facile de vous protéger dans un bâtiment qu'à l'extérieur. Les occasions de vous agresser se multiplieront à l'infini dès que vous aurez franchi les portes de l'hôpital.

— Soit je suis attaquée à l'extérieur soit je deviens folle enfermée dans cette chambre. Je préfère risquer le tout pour le tout.

Elle s'essuya les yeux, et posa fermement la main sur le bras du garde du corps.

— Vous êtes de mon côté ? Si c'est non, je partirai sans vous.

Dawson eut l'impression qu'un courant électrique lui parcourait le bras, partant de l'endroit où Savvy avait posé les doigts. Sa voix chaude et sexy, et ses yeux brillants de larmes allaient avoir raison de lui. Prenant une profonde inspiration, il repoussa sa main. Pas question de se laisser entraîner plus loin que ne l'exigeait la mission qu'on lui avait assignée.

— Vous signez votre arrêt de mort.

Et, sans un mot de plus, il lui tourna le dos et se dirigea vers la sortie du bâtiment.

Liz se pencha vers son amie, et murmura, d'une voix assez forte tout de même pour être entendue par le garde du corps :

— Il est un peu tendu, si tu veux mon avis. Mais assez sexy, dans son genre.

Elle souligna ces paroles d'un petit sifflement admiratif.

— J'ai entendu, lança Dawson en secouant la tête.

Le cou et les joues de Savvy se colorèrent de rose.

— Je ne sais pas. Pour moi, ce n'est qu'un garde du corps, même si pour je ne sais quelle raison, il doit se faire passer pour mon fiancé.

Tout en parlant, elle lança un coup d'œil à Dawson, comme pour le mettre au défi de nier.

— Ce n'est pas ton vrai fiancé ?

— Non. C'est juste une ruse, pour amadouer les infirmières.

Les joues de Liz se creusèrent d'adorables fossettes.

— Dans ce cas, ça ne te fait rien si je le drague ?

Savvy se mordit la lèvre.

— Il n'est pas à moi. Tu peux faire ce que tu veux.

Elle rejeta derrière son épaule une longue mèche de cheveux blond roux, et se rapprocha de Dawson.

Ce dernier aurait parié que, sous ses dehors durs, elle chancelait sur ses jambes et était sur le point de s'effondrer. Toutefois, les épaules rejetées en arrière, elle ne laissa pas filtrer le moindre signe de faiblesse. Elle craignait probablement que Dawson ne la renvoie illico presto dans son lit d'hôpital. Et il ne manquerait pas de le faire, si besoin était. Mais il ne pouvait s'empêcher d'admirer son courage. Elle l'impressionnait bien plus avec son cran qu'avec ses larmes.

Marquant une pause devant les portes vitrées, Dawson effectua un tour complet sur lui-même, examinant le hall dans tous ses recoins, puis la rue qui s'assombrissait rapidement. Un groupe d'une soixantaine de personnes se pressait devant l'issue de secours. Il distingua quelques journalistes, des cameramen, et au centre, le procureur.

— Pourquoi y a-t-il autant de monde ? s'enquit Savvy en jetant un coup d'œil à travers les vitres.

Sa voix était un murmure, mais il l'entendit, et crispa les mâchoires.

— Apparemment, le procureur fait une déclaration à la presse.

— La mort de Tomas a fait beaucoup de bruit, expliqua Liz avec un sourire narquois. Les gens sont là pour te remercier d'avoir éliminé Tomas Rodriguez.

Savvy porta une main à sa gorge et déglutit avec peine.

— Mais pourquoi ?

— Tomas avait la mauvaise habitude de violer des jeunes filles, des deux côtés de la frontière.

— Mais si tout le monde le savait, pourquoi n'a-t-il pas été arrêté et condamné ?

Le sourire de Liz se mua en grimace.

— Les victimes n'ont jamais osé porter plainte. Il paraît qu'il les menaçait de tuer leur famille si elles témoignaient contre lui. Ces gens sont là pour te remercier d'avoir sauvé leurs filles en tuant ce monstre, Savvy.

— Je n'ai pas le souvenir d'avoir tiré sur quelqu'un, répondit doucement Savvy.

Dawson fut parcouru d'un frisson en observant les femmes et les enfants massés devant l'hôpital, qui brandissaient des pancartes en anglais et en espagnol. L'une d'entre elles remerciait Dieu et Mlle Jones. Un poids immense l'accabla, et il battit en retraite, entraînant Savvy avec lui.

— Il y a trop de monde ici. Ce n'est pas une bonne idée, dit-il en lui barrant l'accès à la porte.

— Je veux rentrer chez moi, protesta Savvy. Ne vous

inquiétez pas, s'il m'arrive quelque chose, je ne vous adresserai aucun reproche.

Il posa les yeux sur la main fine crispée sur son bras.

— Non, mais je m'en ferai, moi. Attendez encore un jour.

— Je ne peux pas.

Elle secoua la tête, sans le quitter des yeux.

— En plus, je voudrais entendre ce que dit le procureur.

Avec un lourd soupir, il se tourna vers la porte.

— Alors, restez derrière moi. Si quelqu'un veut vous tuer, il attendra que vous soyez à l'écart, pour ne pas rater son coup.

— Wouah ! s'exclama Liz en regardant à droite et à gauche. Vous ne pensez tout de même pas qu'on va essayer de la tuer là, n'est-ce pas ?

— Quelqu'un souhaite sa mort, c'est sûr, répliqua Dawson sans cesser de scruter la foule. Prête ? C'est à vous.

Savvy redressa les épaules et fit un signe d'assentiment.

— Je suis prête.

Elle était peut-être idiote de s'exposer au danger, mais il fallait reconnaître qu'elle avait du cran. Dawson poussa les portes vitrées.

— Restez à côté de moi.

Savvy sortit dans la chaleur étouffante du sud du Texas. Elle se tenait sur les talons de Dawson, si proche de lui que, lorsqu'il s'arrêta, elle se heurta à lui.

— Désolée.

— Ce n'est rien. Plus vous vous tenez près de moi, moins vous offrez une cible facile au tireur.

— Mais… et vous ?

Il émit un rire grave.

— Ne vous inquiétez pas. S'il m'arrive quelque chose, je ne vous reprocherai rien.

De fait, songea-t-elle, ni elle ni Dawson ne seraient blessés si elle suivait son conseil et restait à l'hôpital au moins une nuit de plus.

Mais un bref regard en arrière suffit à confirmer sa décision. Non, elle ne retournerait pas dans cette chambre. Pour elle, l'hôpital représentait un grand vide blanc, où elle s'était éveillée l'esprit vidé de tout. Pas de mémoire, pas de passé, pas de famille. Les mâchoires serrées, elle crispa les doigts sur la chemise de Dawson. Elle ne pouvait pas revenir en arrière.

Elle retint le garde du corps par le bras, pour écouter ce que disait le procureur.

— Savvy Jones a-t-elle vraiment tué Tomas Rodriguez ?

Une journaliste brandit un micro devant le procureur, tandis que le cameraman posté derrière elle filmait la scène.

— Pour le moment, Savvy Jones est considérée comme un témoin important. Une enquête est en cours. Nous informerons les médias au fur et à mesure de sa progression.

Un homme aux cheveux bruns emmêlés et portant un petit appareil de photo se fraya un chemin dans la foule des journalistes.

— Que savez-vous sur Mme Jones ?

Le procureur se rembrunit.

— Nous savons qu'elle vit à Laredo, et occupe un emploi de serveuse au Bar du Waterin'Hole.

— Est-ce que Savvy Jones est son vrai nom ?

— Soyez assuré que nous menons une enquête approfondie sur toutes les personnes mêlées à cette affaire, et que nous fouillons dans leur passé.

— Est-il vrai que Mme Jones ne vit à Laredo que depuis quatre mois ?

— Oui, répondit Young en fronçant les sourcils. Posez-vous ces questions dans un but précis ?

L'homme prit un air parfaitement innocent.

— Non. Je cherche juste à m'informer.

— Pourquoi cet homme pose-t-il autant de questions sur moi ? demanda Savvy en se penchant vers Dawson.

Au même moment, une femme dans la foule pointa le doigt vers elle et s'écria :

— C'est elle !

Aussitôt, Savvy fut entourée par une marée humaine et submergée comme par des sables mouvants. Une femme massive parvint à se glisser entre Dawson et elle. Savvy tendit le bras vers le garde du corps, mais la femme lui agrippa la main pour l'embrasser.

— *Gracias, señorita, gracias !*

Elle glissa une photographie entre les doigts de Savvy, lui embrassa de nouveau la main, et s'éloigna.

Poussée en tous sens, aveuglée par les flashes des appareils photos, Savvy respirait avec difficulté. Une jeune fille qui ne pouvait pas avoir plus de seize ans lui noua les bras autour du cou, en pleurant.

— Merci, madame Jones, merci, dit-elle avec un fort accent espagnol.

Elle dut relâcher son étreinte, bousculée par quelqu'un d'autre. Savvy scrutait la foule, cherchant désespérément le grand garde du corps texan. Il ne lui fallut pas longtemps pour le repérer, et quand elle croisa enfin son regard brun, les battements désordonnés de son cœur s'apaisèrent.

Dépassant les femmes d'une bonne tête, Dawson se fraya un chemin jusqu'à elle en jouant des coudes. Quand il parvint à sa hauteur, il lui glissa un bras sur les épaules, et la maintint solidement contre lui, empêchant les autres d'approcher.

— *Por favor, señor,* nous voulons remercier *la señorita*

de nous avoir débarrassés de Tomas Rodriguez une bonne fois pour toutes.

Dawson secoua la tête, et déclara d'une voix forte et claire :

— Le meurtrier de Tomas Rodriguez n'a pas encore été identifié.

Puis, écartant la foule de son bras libre, il se dirigea vers le parking.

Mais avant qu'ils aient pu faire une douzaine de pas, l'homme aux cheveux ébouriffés brandit son appareil photo devant Savvy, et un flash l'éblouit.

— Madame, est-ce que *Jones* est votre vrai nom ? Où viviez-vous, avant de venir à Laredo ? Est-ce que le nom de Jameson évoque quelque chose pour vous ?

Savvy leva les mains devant elle, pour se protéger des flashes.

— Je ne connais pas ce nom. Et je ne connais pas les réponses à vos questions. Laissez-moi tranquille, s'il vous plaît.

Un autre journaliste tendit un micro devant elle.

— Que pensez-vous des menaces de mort de Humberto Rodriguez, le seigneur de la drogue ?

Le regard de Dawson s'assombrit, et ses traits se creusèrent.

— Dégagez.

— Madame Jones, je ne vous demande qu'une minute ! lança l'homme au petit appareil photo, poussant l'autre journaliste.

Savvy pressa le front contre le torse de Dawson.

— Partons d'ici.

Avant que la foule ait pu les bloquer de nouveau, Dawson passa un bras autour de la taille de la jeune femme et la souleva à demi pour l'emmener vers le parking.

Savvy sentait le sang battre contre ses tempes, réveillant la douleur de sa blessure. Elle trébucha, parvint à se redresser et hâta le pas, poussée par la panique.

Un long frémissement lui parcourut le corps. Comment avait-elle pu croire qu'elle survivrait sans l'aide de Dawson ? Elle n'était même pas capable d'atteindre seule les voitures garées devant l'hôpital. Elle était trop faible.

— J'aurais dû rester tranquillement dans ma chambre.

— Il est encore temps d'y retourner, répondit Dawson à voix basse.

Dans l'obscurité, son expression était indéchiffrable. Il passa de nouveau le bras autour de sa taille et la tint contre lui, en regardant prudemment à droite et à gauche.

— Celui qui a essayé de me tuer ce matin va peut-être tenter de vous abattre aussi.

— Ne vous en faites pas pour moi. Dès qu'on m'aura trouvé un remplaçant, je n'aurai plus rien à craindre.

Savvy sentit sa gorge se nouer. Dawson ne voulait même pas de cette mission.

— Rien de tout cela n'arriverait si je pouvais me rappeler..., chuchota-t-elle, d'une voix à peine audible.

Dawson dut l'entendre, car il répondit doucement :

— Parfois, il vaut mieux ne pas pouvoir se souvenir.

Savvy leva les yeux vers lui, mais il s'était déjà détourné. Etait-il poursuivi par des fantômes qu'il aurait voulu oublier ? Que pouvait-il vous arriver de si terrible, pour que vous vouliez rompre avec votre passé ?

Brûlant de curiosité, elle ouvrit la bouche pour lui poser la question.

— Dawson...

Mais ce dernier s'arrêta brusquement devant un pick-up et ouvrit la portière.

— Montez, et baissez-vous pour qu'on ne vous voie pas.

L'ordre grommelé à voix basse coupa court au flot de

questions qu'elle avait envie de poser. Elle grimpa dans le camion et rabattit le dossier du siège, afin de pouvoir s'allonger sans que personne ne la voie par la vitre passager.

Dawson s'installa à côté d'elle. Sans un mot, il sortit lentement du parking et s'engagea dans une rue adjacente. Alors seulement il prit conscience de la gravité de ce qu'ils venaient de faire. Les mains crispées sur le volant, il se demanda s'il n'avait pas commis une terrible erreur en faisant sortir Savvy de l'hôpital.

L'adrénaline qui l'avait poussé jusqu'ici se dissipa, le laissant dans un tel état d'épuisement que le besoin de boire l'assaillit avec force. Faisant appel à toute sa volonté, il résista à l'envie de s'arrêter devant une épicerie au coin de la rue, et s'efforça de se concentrer sur sa mission.

Pas question de boire une goutte d'alcool tant qu'Audrey n'avait pas envoyé un agent pour le relayer.

Savvy était allongée à côté de lui. Elle posa un bras sur ses yeux, mettant involontairement en valeur le renflement de ses seins et la finesse de sa taille. Dawson sentit ses reins s'embraser, et crispa encore les doigts sur le volant. Il devait se concentrer sur la route, sans se laisser distraire par la femme qui se trouvait à côté de lui.

Mais au bout de quelques kilomètres, il ne put s'empêcher de couler un nouveau regard dans sa direction. Le mouvement régulier de sa poitrine le rassura et l'affola en même temps. La vie de cette femme dépendait de lui. Or, au cours des deux années précédentes, c'est à peine s'il avait lui-même réussi à rester en vie. Quel genre d'homme fallait-il être pour chercher une échappatoire dans l'alcool ? Un lâche. S'il avait été possible de remonter le temps, il serait aussitôt reparti en arrière, pour tenter de réparer toutes ses erreurs.

Il s'arrêta devant un feu rouge qu'il fixa sans le voir. S'il avait pu réparer ses erreurs passées, cela aurait-il changé quelque chose ? Amanda et leur bébé seraient-ils encore en vie ? Le caporal Benson aurait-il évité les explosifs en bordure de route ? Il secoua la tête. On ne pouvait pas revenir en arrière. La seule façon d'avancer, c'était d'oublier le passé. Audrey ne cessait de le lui répéter.

Un klaxon retentit derrière lui. Le feu était passé au vert.

Dawson s'efforça d'échapper aux souvenirs et avança. Il fallait se concentrer sur le présent, sur cette femme qui dépendait de lui pour survivre.

— Pourquoi voulez-vous oublier le passé ? demanda Savvy, le bras toujours posé sur les yeux.

Désarçonné par la question, il répondit sans réfléchir.

— Les erreurs que j'ai commises ont coûté la vie à d'autres personnes.

Elle laissa son bras retomber sur le côté, et posa ses grands yeux verts sur lui.

Dawson fit mine de se concentrer sur la circulation pour éviter de croiser son regard. Il n'aurait jamais dû dire cela, se reprocha-t-il amèrement. Savvy Jones n'avait pas besoin de connaître les détails sordides de son passé, et ses échecs. Il tourna au carrefour suivant, et donna un coup d'œil dans le rétroviseur. Un autre véhicule tourna derrière lui, et ses phares l'aveuglèrent.

La voiture accéléra, jusqu'à ce que le pare-chocs touche presque celui du pick-up.

Envahi par une vague d'adrénaline, Dawson appuya sur l'accélérateur.

— Il y avait une femme dans votre vie ? demanda Savvy, en redressant son fauteuil.

— Ne faites pas ça ! hurla Dawson, les yeux fixés sur le rétroviseur.

— Je suis désolée. C'est trop douloureux pour en parler ? poursuivit-elle, regardant droit devant elle. Comme j'ai oublié mon passé, je m'intéresse à celui des autres.

— Savvy, ce n'est pas le moment.

Dawson s'apprêta à tourner brusquement au prochain croisement. Si l'autre voiture l'imitait, cela signifiait qu'ils avaient un problème.

Savvy soupira tristement.

— Je comprends. Vous ne voulez pas en parler. Je me sens tellement… vide.

Dawson tourna à droite, si brusquement que le véhicule dérapa. La voiture les suivit.

Savvy se redressa et regarda dans le rétroviseur extérieur, en se protégeant les yeux de la main, pour ne pas être éblouie par les lumières de l'autre véhicule.

— Cramponnez-vous, on va tourner de nouveau, lança-t-il en amorçant un virage à gauche.

— Vous conduisez toujours comme ça ?

— Seulement quand je suis suivi.

5

— Nous sommes suivis ?

Savvy se tourna pour regarder derrière eux.

— Baissez la tête ! s'exclama Dawson en la poussant sous le tableau de bord.

— D'accord, d'accord, j'ai compris. Pas la peine d'être aussi…

— Bon sang !

Dawson écrasa la pédale de freins.

En dépit des avertissements de son garde du corps, Savvy voulait voir ce qui se passait. Elle releva très légèrement la tête, afin de jeter un coup d'œil au-dessus du tableau de bord. Une berline noire leur barrait complètement la route.

— Accrochez-vous, ordonna Dawson en passant la marche arrière.

Savvy baissa la tête et noua les bras autour de son cou, se préparant au choc. Ils heurtèrent la voiture derrière eux, et elle fut projetée en avant. Mais la ceinture de sécurité la ramena vers le dossier avant qu'elle ait touché le pare-brise.

Dawson repassa aussitôt la première, et tourna dans une étroite ruelle entre les immeubles. Le rétroviseur extérieur érafla les briques du bâtiment avec un bruit qui fit grincer les dents de Savvy.

— Je commence à voir les avantages de rester tranquillement à l'hôpital, marmonna-t-elle, alors que le camion tournait encore à gauche, évitant de justesse un mur de briques.

Dawson émit un rire grave. Son visage s'éclaira, le faisant paraître totalement différent. Puis le sourire disparut aussi vite qu'il était venu, et Dawson se renfrogna de nouveau. La voiture qui leur barrait la rue un peu plus tôt venait de s'arrêter quelques mètres devant eux.

En dépit de la situation dans laquelle ils se trouvaient, Savvy regretta que le sourire de Dawson se soit effacé.

— Vous devriez sourire plus souvent.

— Rappelez-le-moi, quand nous ne serons plus poursuivis par deux tueurs fous.

Il tourna encore une fois, dans une ruelle obscure.

Au bout de la rue, il enfonça l'accélérateur, et fit tournoyer la voiture vers la gauche. Une fois engagé dans la rue, il éteignit les phares, et se fraya un chemin entre des piles de palettes et des poubelles. Lorsqu'il atteignit le bout de la ruelle, il ralentit suffisamment pour jeter un coup d'œil de chaque côté du croisement.

Savvy regarda derrière eux. Pas de phares, pas de trace de la voiture qui les avait suivis.

— Je crois que nous avons semé ceux qui étaient derrière nous.

— Oui, mais pour combien de temps ? répondit Dawson, en s'engageant dans une autre ruelle.

Il continua d'avancer pendant plusieurs minutes, tous feux éteints, dans un labyrinthe de rues sombres.

— C'est épuisant d'être poursuivis par des bandits, dit-elle en se calant contre l'appuie-tête. Je sais, je sais, j'aurais dû rester à l'hôpital. Mais je n'y étais pas en sécurité non plus.

— Je vous aurais surveillée.

— Dawson, il faut aussi que vous dormiez de temps en temps.

Mais au train où allaient les choses, songea-t-elle, ils ne dormiraient pas beaucoup, tant qu'elle ne serait pas innocentée pour le meurtre de Tomas Rodriguez.

— Je suis désolée de vous avoir mis dans cette situation.

— C'est mon…

— Je sais, c'est votre travail.

L'épuisement laissa soudain place à de l'irritation, et la douleur de sa blessure se raviva. Savvy pressa doucement les doigts sur les points de suture.

— Nous allons chez moi ?

— Oui, bien que je ne sois pas d'accord, répliqua Dawson d'un ton sec. Je ne pense pas que ce sera facile.

— Nous pourrions nous garer un peu plus loin, et y aller à pied ?

Il lui lança un regard de côté.

— Vous en aurez la force ?

Peut-être pas, mais elle ne le dirait pas. Elle lui avait déjà causé assez de soucis comme ça. Ses jambes et sa tête n'avaient qu'à coopérer un peu.

— Oui, déclara-t-elle avec assurance.

Elle observa les rues de Laredo, dans l'espoir que quelque chose réveillerait sa mémoire. Mais au bout d'un moment, elle secoua la tête.

— Tout cela ne me rappelle rien.

— Ne vous inquiétez pas, ça reviendra.

Il ralluma les lumières et s'engagea sur une large route à quatre voies. Toutes les deux minutes, Savvy se tordait le cou pour regarder en arrière.

— Ce n'est pas la peine de vous retourner, j'ai l'œil sur le rétroviseur.

Elle se laissa retomber contre le dossier de son siège en soupirant.

— Toute cette journée a été rude à digérer.

— J'imagine.

Elle posa les yeux sur le GPS fixé au tableau de bord.

— Tous les gardes du corps ont un GPS dans leur véhicule ?

— Tous ceux qui travaillent pour l'Agence Lone Star. La patronne exige d'avoir le meilleur matériel.

Donc, ce grand homme au visage sombre et pensif *pouvait* parler un peu de lui. Savvy réprima un sourire. Si elle voulait en apprendre davantage sur Dawson Gray, il fallait le questionner avec subtilité.

— Ça vous plaît, de travailler pour cette agence ? demanda-t-elle d'un ton détaché.

— Je vous dirai ça plus tard. Il n'y a que deux mois que j'ai été engagé.

Exact. Dawson avait eu une vie avant ce job de garde du corps.

— Dans quel corps serviez-vous ?

— L'armée de terre, répondit-il d'un ton bref.

Sa voix était si dure qu'elle hésita à lui poser d'autres questions. Elle avait tout le temps. Apparemment, ils allaient devoir rester ensemble quelques jours. Elle attendrait. Si elle ne se faisait pas tuer par le meurtrier, ou par les hommes de Humberto Rodriguez.

Dawson se gara derrière un long bâtiment.

— Votre appartement est à deux rues d'ici. Vous êtes sûre de pouvoir marcher ?

Savvy hocha la tête tout en dégrafant sa ceinture de sécurité. Son cœur battait à toute allure, mais ce n'était pas de crainte de tomber sur d'autres bandits. Elle se demandait ce qu'elle allait découvrir dans l'appartement. Ou plutôt, elle craignait de ne rien trouver qui lui rappelle qui elle était, d'où elle venait, et pourquoi elle avait choisi Laredo comme point de chute.

Dawson descendit du camion et ouvrit la portière arrière. Un gros sac de sport était posé sur le sol.

Le cœur de Savvy fit un bond quand elle vit Dawson en sortir une arme et un holster.

Il fit glisser les lanières de cuir sur son épaule, et glissa l'arme dans l'étui, sous son bras gauche. Puis il prit encore une chemise en chambray et un blouson de cuir dans le sac. Il enfila la chemise, afin de cacher l'arme et le holster, puis referma la portière et alla ouvrir celle de Savvy.

Elle se laissa glisser souplement entre ses bras, évitant de toucher l'arme. Il la tint pour l'aider à recouvrer son équilibre. Ses yeux étaient sombres.

— Merci, dit-elle dans un souffle.

— Tenez, cela vous sera utile, répondit-il en lui tendant le blouson de cuir.

Le logo *Harley* s'étalait sur le dos du vêtement.

— Que voulez-vous que j'en fasse ?

— Je veux que vous le portiez.

— Mais il est trop grand, et il date des années quatre-vingts !

— Considérez cela comme un déguisement. Allons, vite, enfilez-le !

— Avec cette chaleur ? Vous ne croyez pas que je vais me faire repérer ?

Elle passa tout de même le blouson, et eut l'impression de peser dix kilos de plus.

— Ça ne me plaît pas.

— Faites-moi plaisir, répliqua-t-il, en faisant sortir ses longs cheveux clairs du col de cuir.

Savvy s'écarta, troublée.

— Je peux le faire.

— Pour le moment, faites-moi…

— Plaisir, acheva-t-elle à sa place, avec un petit rire nerveux.

Elle ne savait pas quoi faire de ses mains. Elle aurait aimé les poser sur le torse de Dawson, mais cela aurait pu lui paraître bizarre. Elle les laissa retomber sur le côté.

Une fois qu'il lui eut remonté la fermeture Eclair, elle crut qu'il allait s'écarter. Mais, au lieu de cela, il saisit ses longues tresses et les ramena sur sa tête.

— Je ne vais pas à un défilé de mode, vous savez.

— Non, mais vous êtes la cible d'un des hommes les plus dangereux du Mexique.

Parcourue d'un frémissement, elle sentit sa gorge se nouer.

— Une autre partie du déguisement, dit-il en prenant une casquette de base-ball dans sa poche.

Il la posa sur la tête de la jeune femme, et recula pour la regarder.

— Voilà. Maintenant, vous êtes prête.

Savvy lui emboîta le pas, avec l'impression d'être une petite fille affublée des vieux vêtements de son grand frère. Ils traversèrent l'arrière-cour d'une vieille maison délabrée de style ranch, et passèrent rapidement dans la rue voisine.

Ils ne s'arrêtèrent que lorsqu'ils atteignirent une haute haie entourant un parking. Un immeuble d'apparence banale, avec des murs de stuc, se dressait derrière les buissons.

— C'est là ?

Savvy s'approcha d'un trou dans la haie, en traînant les pieds. La lumière pâle des réverbères éclairait faiblement les murs dont la peinture d'un brun rosé était délavée et écaillée. Les voitures garées au pied du bâtiment avaient connu des jours meilleurs. Certaines étaient rouillées, d'autres cabossées, avec des hayons fermés par des ficelles et des pare-brises fissurés.

— C'est ici que je vis ? chuchota Savvy.

Elle ne parvenait pas à s'imaginer dans un environnement aussi dégradé. Où étaient les larges portiques, les colonnes grecques, et les porteurs attendant de prendre ses bagages ?

Elle s'arrêta, et lâcha la main de Dawson. Vivait-elle dans un univers fortuné ? Ou bien rêvait-elle d'avoir une vie de princesse, parce que son quotidien était en réalité un enfer ? Elle ferma les yeux et essaya de retrouver le décor grec qu'elle avait imaginé lorsqu'elle avait posé les yeux sur les stucs ébréchés du vieil immeuble. Pourquoi cette image avait-elle surgi ? Pourquoi ?

Une main se posa sur son bras, rompant le cours de sa réflexion. La voix de Dawson résonna dans l'obscurité.

— Vous vous rappelez quelque chose ?

Savvy secoua la tête.

— Non. Je croyais…

Une serveuse de bar ne vivait pas dans une somptueuse villa de la côte grecque, songea-t-elle en soupirant. Une chaleur lourde montait du sol qui avait été chauffé toute la journée par le soleil accablant du Texas. Malgré cela, et malgré le blouson de motard qui pesait sur ses épaules, elle fut secouée d'un frisson. Rien de tout cela ne lui semblait naturel… ou familier.

— Non. Ce lieu ne me rappelle rien.

— Nous ne sommes pas obligés d'entrer, si vous n'en avez pas envie.

Dawson fit remonter la manche du blouson, pour chercher sa main. Il serra ses doigts forts et chauds sur les siens. Savvy voulut se dégager, mais il la retint.

— Je veux entrer.

Il fallait qu'elle voie l'appartement de ses yeux. Quelque chose, n'importe quel détail, pouvait lui rendre la mémoire.

— Ce n'est pas prudent. Ceux qui veulent vous tuer attendent peut-être à l'intérieur.

Elle balaya la rue du regard. Une voiture passa non loin de la haie derrière laquelle ils se dissimulaient.

— Liz a dit que je vivais dans l'appartement 212, et qu'elle était au 215.

Dawson observa les portes sur lesquelles les nombres étaient inscrits à la peinture, et secoua la tête.

— C'est beaucoup trop risqué. Nous ne devrions pas pénétrer dans le bâtiment.

— Mais il le faut.

Il continua d'observer les voitures, le toit, et les alentours.

— Je vais entrer le premier. Restez cachée derrière la haie.

Savvy voulut protester, mais il lui posa un doigt sur les lèvres. Il se pencha si près d'elle qu'elle sentit l'odeur de son after-shave. Tous les mots qu'elle avait en tête se dissipèrent, et elle ne fut plus consciente que du contact de son doigt fort et chaud.

— Je vous en prie, restez là, dit-il.

Elle demeura figée, le souffle court, le cœur battant à grands coups.

— D'accord.

Il garda un long moment les yeux fixés sur elle. Puis, comme s'il avait enfin vu ce qu'il désirait, il hocha la tête.

— Je reviens tout de suite.

Savvy le vit se glisser entre les buissons touffus de la haie, puis se faufiler silencieusement entre les voitures, tel un félin traquant sa proie.

Il disparut dans les ombres de l'escalier menant au deuxième étage. Savvy retint son souffle, l'oreille aux aguets, son regard passant de droite à gauche. Quand Dawson atteignit la galerie du deuxième étage, il ouvrit rapidement la porte avec la clé que Liz lui avait donnée. Poussant le battant, il fit un pas de côté, et attendit. Au bout de quelques secondes, il pénétra dans le hall d'entrée.

Pendant quelques secondes interminables, Savvy attendit de le voir réapparaître. A l'instant où elle allait se décider à se lancer à sa recherche, il apparut sur le seuil et lui fit signe d'approcher.

Elle poussa un soupir de soulagement. Empruntant le même chemin que Dawson, elle se faufila entre les voitures en gardant la tête baissée, et franchit vivement les quelques mètres à découvert qui la séparaient de l'entrée.

Dawson l'attendait au pied de l'escalier, prêt à l'aider à gravir les marches jusqu'au second étage.

— Quelqu'un nous a devancés, chuchota-t-il. L'appartement est sens dessus dessous.

Savvy redressa les épaules, luttant contre la peur et la déception.

— Cela m'est égal. Il faut que j'entre.

— Alors dépêchez-vous. Si j'étais un tueur à votre recherche, c'est le premier endroit où j'irais vous chercher.

— Merci, répondit-elle avec un petit sourire crispé. Rien de tel qu'un peu de pression de temps en temps, pour vous faire avancer.

— Fermez la porte et tirez les rideaux avant d'allumer la lumière. Je vais rester sur le palier pour monter la garde.

Savvy franchit le seuil et referma derrière elle. Elle aurait préféré que Dawson entre avec elle. Elle chercha l'interrupteur à tâtons, finit par le trouver, et une vive lumière illumina la pièce.

Elle étouffa une exclamation de stupeur.

Tous les meubles avaient été renversés et brisés. Des

livres étaient répandus sur le sol, dont les pages déchirées étaient éparpillées sur la vieille moquette beige. Sur le mur se détachait une inscription en lettres tremblées. *La señorita debe morir.*

Savvy pressa une main contre sa gorge. Sa vision se brouilla. *La jeune femme doit mourir.*

Les mots espagnols résonnèrent quelques instants dans sa tête, avant qu'elle ne se rende compte qu'elle les avait traduits. *Je comprends l'espagnol.* Comment était-ce possible ? Avait-elle grandi dans le sud du Texas ?

La femme doit mourir. *Cette femme, c'est moi.* Cette pensée la fit sortir de sa torpeur, et elle examina le contenu de la pièce, cherchant des photographies, un agenda, des souvenirs… n'importe quoi qui serait susceptible de réactiver sa mémoire.

Le minuscule salon ne contenait rien. Elle passa dans la chambre, qui n'était pas plus grande qu'un placard. Le matelas avait été dépouillé de ses draps, et éventré. Le couvre-lit était jeté sur le sol, à côté de l'oreiller. Le même message que dans le salon avait été tracé sur le mur, à l'aide d'une bombe de peinture.

Après avoir rapidement inspecté le sol et les tiroirs, elle dut se rendre à l'évidence. Il n'y avait rien qui évoque le plus infime souvenir. La salle de bains avait été également saccagée. Des vêtements en lambeaux jonchaient le sol. La commode ne contenait plus le moindre sous-vêtement de rechange.

Des larmes de colère lui serrèrent la gorge, et elle eut l'impression d'étouffer.

— Savvy ?

Dawson se tenait sur le seuil. Sa silhouette emplissait toute l'ouverture, et ses épaules étaient si larges qu'elles touchaient le chambranle. Mais même la force qui se dégageait de lui ne suffisait plus à la rassurer.

L'air était trop lourd, elle était oppressée. Il fallait qu'elle sorte d'ici. Son appartement avait été saccagé, tout comme sa mémoire. Une telle panique l'envahit qu'elle eut envie de hurler. Repoussant Dawson, elle passa dans le salon, trébucha contre un pouf, et gagna la porte d'entrée. Ouvrant le battant à la volée, elle s'enfuit sur la galerie, inspirant à pleins poumons.

— Savvy ! s'écria Dawson.

Impossible de lui faire face, de voir la pitié s'inscrire dans son regard. Cet appartement était son univers, mais pour l'instant elle ne parvenait pas à le reconnaître. Elle se mit à courir. Il fallait qu'elle mette le plus de distance possible entre elle, Dawson et cet appartement.

Mais à chaque pas, ses jambes s'affaiblissaient, sa force l'abandonnait. Les questions tournoyaient dans sa tête, se répétant comme un disque rayé. Qui était Savvy Jones ? D'où venait-elle ? Où allait-elle ?

— Savvy ?

Une petite fille aux cheveux noirs surgit devant elle. Ses longues boucles en désordre retombaient dans son dos, ses grands yeux bleus étaient élargis par la peur.

— Que se passe-t-il ?

— Je…

Savvy s'immobilisa et contempla la jolie fillette vêtue d'un jean et d'un T-shirt coloré. Son cœur se serra douloureusement.

— Je… oh, mon Dieu… je te connais ?

6

Dawson se rua derrière Savvy. Il découvrit celle-ci figée, tremblante, sur le palier.

Une petite fille se tenait devant elle, la main tendue.

— Tu ne te souviens pas de moi, Savvy ? Je m'appelle Charlie, tu es ma meilleure amie.

Une larme roula sur la joue potelée de la fillette.

Dawson sentit son cœur se serrer. Si sa fille avait vécu, elle aurait deux ans à présent. Le chagrin l'envahit de nouveau à la pensée de la perte qu'il avait subie.

Savvy s'agenouilla devant l'enfant et lui prit la main.

— Je suis désolée, expliqua-t-elle d'une voix brisée. Je ne me souviens de rien.

Dawson repoussa l'envie de prendre Savvy dans ses bras et de la serrer contre lui jusqu'à ce que leur chagrin, à tous les deux, se soit dissipé. Il s'obligea à scruter les environs, guettant les signes éventuels de la présence de l'ennemi dans le parking. Après tout ce qui s'était passé, Savvy n'était en sécurité nulle part à l'extérieur. Toutefois, il ne put se résoudre à interrompre ces retrouvailles avec la fillette, qui manifestement la reconnaissait. Savvy avait probablement besoin de ça pour recouvrer la mémoire. Tout ce qu'il pouvait faire en attendant, c'était d'être vigilant.

— Charlie !

Liz Scott apparut à la porte d'un autre appartement, l'air affolée. Elle repéra aussitôt Charlie et Savvy.

— Oh, Charlie ! s'écria-t-elle en courant vers sa fille. Tu ne dois pas sortir sans moi, tu entends ?

— Oui, maman. Savvy ne se souvient pas de moi, ajouta-t-elle en se tournant vers sa mère.

Liz sourit faiblement.

— Je sais, ma chérie. Savvy a reçu un coup sur la tête, qui lui a fait tout oublier.

— Tout ? Même notre signe secret ? demanda Charlie en glissant sa petite main dans celle de Savvy.

— Je suis désolée.

Savvy abandonna sa main à la fillette et leurs doigts se nouèrent, puis elles serrèrent les poings pour les cogner l'un contre l'autre.

— Tu te souviens ! s'exclama Charlie, dont le visage s'illumina.

Savvy émit un petit rire, et lança un coup d'œil en direction de Dawson.

— Oui, je me suis souvenue.

— Nous devrions rentrer, suggéra le garde du corps. C'est trop dangereux, ici.

— Venez avec nous, dit Liz en poussant Charlie à l'intérieur de l'appartement.

Dawson aida Savvy à se relever, et la guida vers la porte de Liz, en se plaçant vers l'extérieur de la galerie, pour la protéger de son corps. Quand ils furent tous entrés, il referma la porte.

Liz serra Savvy dans ses bras.

— Je me suis inquiétée en ne vous voyant pas arriver. Que s'est-il passé ?

— Nous avons été suivis, expliqua Savvy en frémissant.

— Zut alors ! s'exclama Liz, en poussant le rideau pour examiner le parking. Tu crois qu'ils vont venir ici ?

— Ils sont déjà venus, répondit Savvy, d'un ton si morne que son amie revint vers elle.

— Comment le sais-tu ?

— Mon appartement a été mis à sac. Tout a été saccagé. Les meubles, mes vêtements… Tout.

— Oh, Savvy, murmura Liz en serrant de nouveau la jeune femme contre elle.

Dawson aurait aimé être à la place de Liz. L'expression défaite de Savvy lui donnait envie de frapper quelqu'un, de punir ceux qui lui faisaient du mal. Et il avait beau se dire qu'elle ne représentait qu'une de ses nombreuses missions pour l'agence, cela n'apaisait en rien la colère qui bouillonnait en lui.

— Tu nous as, nous, Savvy, dit Liz en lui tapotant le dos.

— Je ne te connais pas, protesta la jeune femme en secouant la tête. Je ne me souviens pas.

— Mais nous, oui. Et nous pouvons t'aider. N'est-ce pas, Charlie ?

— Oui, maman. Nous pouvons lui apprendre à me lire des histoires avant d'aller dormir, comme avant !

Savvy regarda l'enfant avec un sourire tremblant.

— Quelle était mon histoire préférée ?

— La Belle et la Bête ! répliqua l'enfant avec enthousiasme. Ma préférée à moi, c'est Cendrillon, parce qu'elle se marie avec un prince très riche.

— Epouser un prince n'est pas toujours ce qu'il y a de mieux, tu sais. Ce qui est important, c'est d'avoir quelqu'un qui t'aime vraiment, même s'il est moins riche qu'un prince.

Savvy fronça les sourcils, et ajouta, pensive :

— Je me demande ce qui me fait dire ça…

— Tu me l'avais déjà dit, fit remarquer Charlie. Tu te rappelles ?

Savvy haussa les épaules, et passa la main dans les cheveux de l'enfant.

— Je ne sais plus.

Dawson observa la scène en silence. Amanda et lui rêvaient de raconter des histoires à leur enfant, avant d'aller dormir. Ils parlaient des choses qu'ils lui apprendraient, des endroits où ils iraient ensemble. Les souvenirs firent resurgir le chagrin qu'il croyait avoir fini par surmonter.

— Restez là, ordonna-t-il d'une voix plus rude qu'il ne l'aurait voulu. Je voudrais fouiller votre appartement. Il doit forcément y avoir quelque chose d'intéressant là-bas.

Savvy posa sur lui des yeux brillants de larmes.

— Merci.

Il laissa son regard s'attarder sur elle un instant de trop, plongeant dans la profondeur incroyable de ses yeux verts. Puis il tourna les talons et sortit, en rabattant la porte derrière lui. Il fallait absolument qu'Audrey lui confie une autre mission, et vite. Il tira son téléphone de sa poche et composa le numéro de sa patronne, se préparant à tomber sur sa messagerie.

La sonnerie retentit quatre fois avant qu'Audrey ne décroche enfin, hors d'haleine.

— Dawson !

Désarçonné, il faillit oublier ce qu'il voulait lui dire.

— Audrey, je…

— J'ai bien eu tes messages. Les quatre. Jack McDermott sera bientôt libre. Je peux l'envoyer demain après-midi pour prendre ta place, si c'est ce que tu veux.

La main de Dawson se crispa sur le téléphone. Il fut soudain assailli par l'image de Savvy allongée sur le sol blanc de l'hôpital, après que l'homme aux tatouages l'avait agressée dans sa chambre.

— Oui… c'est ce que je veux.

Pourquoi hésitait-il ? Il n'avait jamais souhaité devenir garde du corps. Il ne voulait pas être responsable de la vie de quelqu'un, éprouver de la culpabilité s'il échouait.

— Dans ce cas, je lui demanderai de te contacter demain. J'ai une enquête privée qui te conviendrait très bien, si ça t'intéresse.

— Plus tard, si tu peux attendre. Quelle que soit la personne qui assure la protection de la cliente, il faut que nous en apprenions davantage sur le cartel Rodriguez. Savvy… c'est-à-dire, Mme Jones, est toujours la principale suspecte, et apparemment le seul témoin du meurtre.

— Jack fera très bien l'affaire pour ce genre d'enquête. Il parle couramment l'espagnol et il a de nombreux contacts dans la région. Tu peux tenir jusqu'à ce qu'il soit disponible ?

— Oui.

— Je vais faire mon possible pour le libérer au plus tôt.

— Bien. Et au fait, fais une recherche sur le nom de Jameson. Je ne sais pas exactement ce que ça a à voir avec Savvy, mais vérifie s'il y a un lien.

— Pas de problème, répondit Audrey.

Dawson referma son téléphone et le glissa dans sa poche.

Pourquoi hésitait-il, alors qu'on lui proposait un remplaçant ? La protection d'un témoin était exactement le genre de travail dont il ne voulait pas. Il pouvait fort bien se contenter de filer une femme adultère, ce qui n'impliquait pas de cas de risque de vie ou de mort. Et il n'y aurait pas de jeune femme aux yeux verts et aux cheveux roux comptant sur lui pour la protéger des assassins, tandis qu'elle courait dans tout Laredo, à la recherche d'un indice pouvant lui rendre son passé, ou expliquer un meurtre qu'elle ne se souvenait pas d'avoir commis.

La main sur la poignée de la porte, il s'arrêta. Un mouvement, au milieu des voitures du parking, venait d'attirer son attention. Il alla se pencher par-dessus la rambarde de la galerie. Pendant un long moment, il ne vit rien bouger dans l'obscurité. Puis une ombre se déplaça entre deux voitures, et Dawson soupira. Un chat. Secouant la tête, il pénétra dans l'appartement de Savvy. Il valait mieux être trop méticuleux, plutôt que de laisser passer quelque chose.

Il contempla le désastre, en essayant de se mettre à la place de Savvy. Il comprenait qu'elle ait été bouleversée. Elle comptait beaucoup sur l'inspection de cet appartement pour stimuler sa mémoire.

Il en fit le tour pièce par pièce, examinant soigneusement les débris. Le salon était dévasté. Mais dans la chambre, il trouva une chemise intacte, et au fond d'un placard, un jean délavé qui n'avait qu'un accroc au genou. Sur la plus haute étagère, il dénicha une boîte à chaussures. Celle-ci était remplie de factures, et de bulletins de salaire provenant du Waterin'Hole. Quand il renversa la boîte pour la vider de son contenu, il vit une photo s'en échapper et glisser sur le sol.

Il la prit, la gorge sèche. Un bébé au visage rond, entouré de grosses boucles blond roux le contemplait. Le papier était froissé et marqué de taches d'humidité. Quelqu'un l'avait tenu dans ses mains, avait peut-être versé des larmes dessus. La photo aurait pu être celle de Savvy, à l'âge de un an et demi, ou deux ans. Mais la date inscrite au dos était récente. Elle remontait seulement à huit mois en arrière.

Savvy avait-elle un bébé ? Etait-elle mariée ? Si elle avait un enfant, pourquoi l'avait-elle laissé quelque part ? Quelle mère pouvait abandonner son enfant ? Il examina les grands yeux, aussi verts que ceux de Savvy. Oui, c'était certainement son enfant.

Ses doigts se crispèrent sur la photo. Celle-ci suscitait de nouvelles questions, et ne fournissait aucune réponse sur le passé de Savvy. Il la glissa dans sa poche, et continua de fouiller, avec encore plus de détermination. Qu'allait-il trouver d'autre ?

Et pourquoi était-ce si important pour lui, alors qu'il savait que sa mission allait s'achever, et qu'un de ses collègues allait le remplacer ?

Savvy était assise dans le canapé, et une Charlie débordante d'énergie lui passait ses livres de contes les uns après les autres.

— Cette histoire-là, tu me la lis lorsque j'ai peur. Celle-ci, tu me l'as achetée quand j'ai perdu ma première dent. Elle parle des petites souris qui viennent prendre les dents de lait.

— Charlie, laisse Savvy respirer. Elle n'est pas encore guérie de sa blessure.

Liz posa une tasse de thé brûlant sur la petite table encombrée.

— Cela t'aidera peut-être à récupérer. Cette journée a dû être très dure pour toi.

Savvy la remercia d'un sourire et prit la tasse.

— En effet. J'ai l'impression d'être un fardeau pour tout le monde. Et même pour moi. J'espérais vraiment trouver quelque chose qui raviverait mes souvenirs dans l'appartement.

— Eh bien, tu t'es au moins rappelé une chose, c'est la poignée de main secrète avec Charlie, fit observer Liz en souriant.

— Mais cela ne m'aide pas à savoir qui je suis.

— Non, mais c'est un début. Petit à petit, d'autres souvenirs te reviendront.

— Je ne peux pas attendre, Liz.

Elle ne connaissait Liz que depuis quelques minutes, mais elle se sentait à l'aise avec elle.

— Il faut que je sache qui je suis, d'où je viens, de quoi je suis capable…

Les mots moururent sur ses lèvres, ses mains se mirent à trembler. Sa plus grande crainte, c'était de découvrir qu'elle avait vraiment tué Tomas Rodriguez.

— Assez, dit Liz en lui prenant sa tasse pour la poser sur la table. Tu ne te souviens peut-être de rien, mais Charlie et moi savons des choses importantes sur toi. Tu es intelligente. Tu m'as aidée à faire mes comptes, car je ne suis pas douée pour ça. Tu es gentille. Tous les clients du bar t'aiment bien, car tu n'es jamais insolente avec eux. Tu leur souris, même quand ils sont désagréables. Et enfin, tu as beaucoup de patience avec Charlie, ce qui fait de toi une sainte car je sais qu'elle est parfois insupportable.

Savvy passa la main dans les cheveux soyeux de la fillette. Le geste lui parut étrangement familier, comme si elle avait déjà souvent caressé la tête d'un enfant.

— J'aimerais me rappeler, soupira-t-elle.

— Cela viendra. Charlie, sois une grande fille, rapporte les livres dans ta chambre. Tu peux lire seule.

Charlie sourit à Savvy et lui montra un vieux livre, qui avait visiblement été manipulé de nombreuses fois.

— Tu me liras celui-là ce soir.

Savvy lui rendit son sourire. Elle ne voulait pas décevoir la fillette, mais elle doutait fort de pouvoir lui lire son histoire ce soir. Mais cela arriverait peut-être, quand elle aurait enfin remis de l'ordre dans sa vie. Et elle le souhaitait. Vraiment.

Quand Charlie fut sortie, Liz se tourna vers son amie.

— En attendant que tu recouvres la mémoire, je peux te dire ce que je sais sur toi. Tu m'as confié une fois que tu ne voulais plus revivre ton ancienne vie. C'était trop douloureux. Tu disais que tu ne voulais pas finir comme ton père, qui était trop fasciné par le dieu dollar pour voir ce qui comptait vraiment dans la vie. La famille, par exemple.

— Je t'ai parlé de mon père ? Je t'ai dit qui il était ?

— Non, désolée, je ne sais rien de plus. Quand je t'ai demandé ce que tu voulais dire, tu t'es fermée comme une huître. C'est la seule fois où tu m'as parlé de ton ancienne vie.

Liz sourit gentiment, et poursuivit :

— Tu étais très triste, comme si tu avais perdu quelqu'un que tu aimais. Comme tu étais mon amie, et que tu m'avais soutenue quand je craignais de ne pas pouvoir élever Charlie toute seule, je n'ai pas insisté pour que tu me répondes.

Les paroles de Liz amenèrent une immense tristesse dans le cœur de Savvy. Peut-être ne pouvait-elle pas se rappeler son passé parce qu'elle ne le voulait pas vraiment. Comme Dawson. C'était trop douloureux.

Liz lui prit les mains, les serra dans les siennes.

— Quand tu étais avec Charlie, cela semblait t'aider. Je crois qu'elle formait un lien entre nous. Je n'ai pas de famille, en dehors d'elle. Et toi, tu es devenue ma famille.

— C'est réconfortant de savoir que je t'ai, dit Savvy, la gorge nouée.

Grâce à Liz, elle avait l'impression de ne plus être seule au monde.

— Tu peux compter sur moi, répondit la jeune femme. Ce que tu dois savoir sur Savvy Jones, c'est qu'elle n'a pas une once de méchanceté en elle. Il est impossible que tu aies tué Tomas Rodriguez. Tu n'as pas voulu écraser l'araignée que tu as trouvée dans ta salle de bains, l'autre jour. Tu es venue me chercher pour que je t'aide à l'attraper et à la relâcher dehors. Tu n'es vraiment pas le genre de personne qui pourrait tirer sur un homme.

Savvy posa les yeux sur leurs doigts entrelacés.

— Je te remercie de ta confiance. Mais si je ne l'ai pas tué, pourquoi avais-je une arme dans la main quand tu m'as découverte ?

Liz relâcha les doigts de Savvy et prit sa tasse sur la table.

— La seule explication, c'est que tu es victime d'un coup monté. Quelqu'un a voulu te faire accuser de l'assassinat de Tomas, afin de disculper le vrai meurtrier.

— C'est ce que dit Dawson. L'arme était dans ma main gauche. C'est bizarre, ajouta-t-elle en haussant les épaules. Je ne me souviens pas si j'étais droitière ou gauchère, mais mes mains s'en souviennent.

Elle sursauta en entendant frapper à la porte.

— Ce doit être Dawson.

— Je vais voir ! déclara Liz en se levant d'un bond.

Elle regarda par le judas, et siffla doucement.

— Oh la la. C'est vraiment un beau garde du corps. J'aimerais que ce soit le mien, dit-elle en ouvrant la porte.

— Qui ça ? fit Dawson en haussant les sourcils.

— Oh, rien. Nous parlions, c'est tout.

Les joues de Savvy s'enflammèrent. Elle ne pouvait même pas répondre à Liz, et lui dire que Dawson n'était pas à elle. Elle ne représentait qu'un job pour lui, dont il ne voulait pas.

— Il faut partir.

Il dévisagea Savvy et se rembrunit, mais ne fit pas de remarque. Avait-il deviné que Liz parlait de lui ?

Savvy espérait que non.

— J'ai trouvé un jean et une chemise qu'ils avaient oubliés.

Elle prit le paquet de vêtements et les serra contre sa poitrine.

— Merci.

— Vous êtes prête ? Plus nous restons ici, et plus nous courons le risque de mettre Liz et Charlie en danger.

Savvy écarquilla les yeux.

— Je n'avais pas pensé à cela. Fais attention à toi, et surveille bien Charlie, ajouta-t-elle en serrant Liz dans ses bras. Je ne voudrais surtout pas qu'il vous arrive quelque chose à cause de moi.

— Ne t'inquiète pas. Nous ferons attention.

Les jolis yeux bleus de Liz s'embuèrent.

— Tu vas me manquer. Faites bien attention à elle, Dawson.

Ce dernier acquiesça, les lèvres serrées. Puis il se tourna vers la porte sans ajouter un mot.

Liz le suivit des yeux. Un sourire espiègle se dessina sur ses lèvres.

— Bonne chance, ma chérie. Il faudra peut-être le garder, celui-là.

Savvy se hâta de rejoindre Dawson. Les mots de Liz résonnaient dans sa tête.

Le garder ?

C'était certainement le plus bel homme qu'elle ait jamais vu. Ce qui, étant donné son problème de mémoire, ne voulait pas dire grand-chose. Cependant, même si elle ne se rappelait pas ceux qui étaient passés dans sa vie, elle savait reconnaître un *bel* homme.

Mais en admettant même que Dawson manifeste de l'intérêt pour elle, elle ne pouvait se laisser tenter. Comment se lancer dans une relation, alors qu'elle ne savait pas qui elle était ?

Elle passa le bout de ses doigts autour de son annulaire.

Pas de trace d'une alliance. Liz la connaissait depuis quatre mois, et elle avait dit que Savvy n'avait pas de famille. Etait-elle séparée ? Divorcée ? Veuve ?

Quelle que soit l'attirance qu'elle éprouvait pour Dawson, elle ne pourrait rien faire avant de savoir avec certitude ce qu'était sa vie. Cette idée fermement ancrée dans la tête, elle suivit l'homme qui faisait naître en elle tant de questions.

Il franchit la porte, et tendit la main sur le côté, pour empêcher Savvy de l'imiter. Pendant un moment, il tourna la tête de droite à gauche pour scruter les environs, puis il lui fit signe de le suivre.

— Restez près de moi.

Savvy concentra son attention sur l'épaule du garde du corps.

— Je ne voudrais pas qu'on vous tire dessus à cause de moi.

— C'est mon travail de vous protéger.

— Oui, mais…

— Vous préférez passer devant ?

Savvy se raidit. Croyait-il qu'elle plaisantait ?

— Oui, je préférerais, dit-elle, en faisant un pas pour le dépasser.

Il lui agrippa la main, et la fit brutalement pivoter sur elle-même. Elle trébucha contre une marche et tomba en avant.

Dawson referma les bras autour d'elle, et elle se retrouva le visage plaqué contre sa poitrine. Les mains sur son torse, elle n'était qu'à quelques centimètres de son visage.

— Vous ne passerez pas devant.

Elle croisa son regard dans le peu de lumière qui filtrait par les fenêtres. Son expression était indéchiffrable.

— Et si j'insiste ? demanda-t-elle d'une voix haletante qu'elle ne reconnut pas elle-même.

De quoi parlaient-ils, au juste ? Elle avait oublié, fascinée par la profondeur des yeux sombres et des lèvres sensuelles de son protecteur.

— Vous n'avez pas le choix.

Les bras de Dawson se resserrèrent autour d'elle, et elle sentit son souffle sur ses lèvres. Un parfum de menthe l'enveloppa et une foule de pensées désordonnées envahit son esprit, dominées par une bouffée de colère. Avant qu'elle ait pu se ressaisir, un élan la poussa à se hausser sur la pointe des pieds pour presser ses lèvres contre les siennes.

Une flamme de désir surgit, si puissante qu'elle n'eut pas la force de s'écarter.

Il la serra contre lui, et leur baiser se fit passionné, désespéré. L'espace d'un instant, leur communion fut totale. Savvy s'offrit sans réserve.

Elle n'aurait su dire combien de temps ils demeurèrent enlacés. Une seconde, une éternité. Ce qui n'aurait jamais dû arriver devint si réel, si intense, qu'elle en eut la respiration coupée.

Dawson pressa les doigts sur sa nuque, ses lèvres glissèrent sur ses joues, puis sur son cou. Elle inspira longuement, frissonnante. Elle aurait voulu sentir sa bouche sur toutes les parties de son corps. Etre allongée nue contre lui, explorer chaque parcelle de son corps viril.

— Madame Jones ! cria un homme.

Dawson se retourna à l'instant précis où un flash déchira l'obscurité et aveugla Savvy.

Elle leva la main pour se protéger, mais trop tard. Eblouie, elle ne put distinguer l'homme qui tenait l'appareil.

7

Dawson était partagé entre frustration et colère. Sa tension était à son comble, et il avait envie de frapper quelqu'un. Autant s'en prendre à ce misérable journaliste en quête de sensationnel. Il agrippa l'homme par le col de sa chemise et le plaqua violemment contre le mur.

— Sortez de là, grommela-t-il en le relâchant pour examiner le parking.

Comment avait-il pu perdre de vue l'objectif de sa mission ? Cet instant de distraction aurait pu coûter la vie à Savvy. N'importe quel tueur aurait pu pointer son arme sur elle à la place de ce crétin de journaliste, pendant qu'ils s'embrassaient.

Ses lèvres étaient encore brûlantes au souvenir de ce baiser. Pendant deux ans, il s'était dit qu'il ne pourrait plus jamais désirer une femme comme il avait désiré la sienne. Et maintenant, il désirait Savvy. Une vague de culpabilité lui déchira le cœur. Il ne pouvait rien y avoir entre Savvy et lui. Amanda était sa vie, son seul amour, et il ne pouvait déshonorer sa mémoire.

Savvy, elle, ne représentait qu'une mission à accomplir.

— Sortons d'ici.

Il lui passa un bras autour de la taille, essayant de former un rempart de son corps, et se dirigea vers son camion.

— Madame Jones !

L'homme aux cheveux ébouriffés courut derrière eux.

— Pourriez-vous répondre à quelques questions ?

— Non, lança Dawson par-dessus son épaule, tout en aidant Savvy à grimper dans le camion.

— Avez-vous vraiment tiré sur Tomas Rodriguez ?

Dawson rabattit la portière et la verrouilla, puis contourna le véhicule pour aller prendre place à côté de la jeune femme.

— Je ne sais pas qui a tué Tomas Rodriguez, dit-elle à travers la vitre.

— Vous êtes vraiment amnésique ?

Elle confirma d'un hochement de tête.

— Savez-vous qui vous êtes ? Qui est votre père ? Savez-vous quelque chose sur vous-même ?

Dawson fit tourner la clé dans le contact, décidé à s'éloigner coûte que coûte de ce poison de journaliste.

— Non, je ne sais rien, chuchota Savvy en secouant la tête.

Maudit reporter. Ils n'auraient jamais dû venir dans l'immeuble. Tout le monde pouvait poser des questions et apprendre où vivait Savvy Jones. Les bandits qui étaient à sa poursuite le savaient déjà, et ils ne tarderaient pas à revenir pour finir ce qu'ils avaient commencé. Dawson passa la première et démarra.

L'homme se mit à courir à côté du camion, en cognant contre la vitre.

— Madame Jones ! J'ai peut-être des renseignements qui pourront vous aider. Vous pouvez me joindre à l'hôtel Desert Moon ! Demandez Vance Pearson !

— Dawson, arrêtez !

Savvy pivota sur son siège pour regarder l'homme qui était resté au milieu de la rue.

Une berline vert foncé arriva à leur hauteur et ralentit.

Impossible de distinguer les passagers à travers les vitres teintées.

— Pas question. Nous nous sommes déjà attardés trop longtemps ici.

Il appuya sur l'accélérateur et le camion fit un bond en avant, distançant la berline.

— Dawson, je vous en prie. Cet homme pourra peut-être me dire qui je suis.

Elle lui prit le bras, et il éprouva un léger frisson au contact de ses doigts. *Concentre-toi, Dawson.*

— Oui, et peut-être qu'il est juste à l'affût d'un scoop pour son article. Nous ne pouvions pas rester, même si j'avais eu confiance en lui. La voiture que nous venons de dépasser était peut-être celle des tueurs. A quoi bon savoir qui vous êtes, si vous êtes morte ?

— Sans passé, c'est comme si j'étais déjà morte.

— Eh bien, vous ne mourrez pas tant que vous êtes sous ma protection.

— Peu importe. Je n'ai pas de souvenirs pour définir ma personnalité.

Savvy se tourna vers la fenêtre, mais il voyait la tristesse dans son reflet sur la vitre, aussi clairement que si elle lui avait fait face.

— Parfois, les souvenirs sont plus douloureux que l'oubli, dit-il.

Elle se retourna et posa sur lui ses grands yeux verts éclairés par les lumières du tableau de bord.

— Les souvenirs douloureux nous aident à comprendre qui nous sommes. Ils nous rendent plus forts. Nos erreurs nous servent à nous construire.

Dawson s'obligea à garder son attention fixée sur la route pour ne plus voir ces yeux verts, ce visage pâle et suppliant, tellement désespéré.

— Et si vous vous apercevez en recouvrant la mémoire que la personne que vous êtes ne vous plaît pas ?

— Alors, j'aurai la possibilité de changer. Nous ne pouvons pas revenir en arrière, mais nous avons toujours le choix. Nous ne sommes pas obligés de répéter les mêmes erreurs.

— Certaines personnes préféreraient simplement oublier.

— Comme vous, par exemple ?

— Comme moi, admit-il.

Savvy garda le silence quelques instants, jouant du bout des doigts avec sa ceinture de sécurité.

— Qui était-elle ?

Dawson sentit que ses yeux le brûlaient. Il cligna les paupières plusieurs fois pour éclaircir sa vision, avant de répondre :

— Ma femme.

Il y eut un long silence. Dawson espéra qu'elle allait laisser tomber le sujet, car il regrettait déjà d'avoir parlé.

— Vous avez dû beaucoup l'aimer.

La culpabilité le submergea. Cette terrible sensation de ne pas avoir été à la hauteur le tenaillait encore.

— Vous voudriez vraiment oublier ?

— Oui, répondit-il sans la regarder.

— Les bons moments aussi ? Si vous l'aimiez, vous avez dû vivre de bons moments ensemble. Et si vous oubliez tout, vous oublierez cela aussi. C'est ce que vous voulez ?

— C'est dur de penser aux choses que vous avez perdues.

— Et vous ne pouvez imaginer à quel point le vide est effrayant, quand vous oubliez tout, dit-elle, le regard perdu dans le vague. Sans nos souvenirs, nous ne sommes rien.

— Et avec eux, nous sommes infirmes, rétorqua-t-il d'une voix dure.

Il ne voulait pas se rappeler, il ne voulait pas parler de son passé, et il ne voulait pas s'attacher à Savvy Jones.

Savvy Jones était une cliente. Il ne pouvait se permettre de se laisser dominer par ses émotions, alors même qu'il était sur le point d'être remplacé. Son job consistait à la protéger jusqu'à ce que Jack McDermott soit là pour le remplacer. Il lui tardait d'être au lendemain. Car au train où allaient les choses, il allait encore une fois échouer dans sa mission, songea Dawson. Ses doigts se crispèrent sur le volant.

Un nouvel échec n'est même pas envisageable.

Il tourna au coin de la rue, et se perdit dans un labyrinthe de ruelles afin de semer des poursuivants éventuels. Au bout de plusieurs minutes, ne voyant pas de phares dans le rétroviseur, il se dirigea vers l'extérieur de la ville et un petit motel banal qu'il avait remarqué en passant.

Bien que déterminé à garder ses distances avec Savvy, il ne put s'empêcher de lui lancer un regard en coin.

Elle se tenait raide, le menton levé. Une larme brillante roula sur sa joue. Dawson sentit sa carapace se fissurer.

Bon sang.

— Où allons-nous ?

La question de Savvy brisa un silence pesant. Elle aurait aimé poser d'autres questions à Dawson sur sa femme, et sur sa vie avec elle, mais il n'aurait sans doute pas répondu.

— Dans un motel.

Son cœur se mit à battre à cent à l'heure. Dawson et elle dans un motel ? Ensemble ? Après ce baiser passionné ?

— Non.

— Vous avez une meilleure idée ?

— Je veux savoir si cet homme détient vraiment des renseignements qui pourraient m'aider à retrouver mon passé.

— Non.

Elle serra les poings.

— Si vous ne me laissez pas retrouver cet homme, alors je veux aller dans le bar où je travaillais. Il faut que je parle aux clients, au patron, n'importe qui qui me connaissait et qui aurait pu voir quelque chose la nuit dernière.

— Non.

— Il *faut* que je fasse quelque chose. Si je ne découvre pas qui a tué Tomas Rodriguez, j'aurai le père de Tomas et tous ses hommes de main à mes trousses. Sans compter le gouvernement, qui risque de m'accuser de meurtre.

Elle prit une longue inspiration, et relâcha son souffle lentement, espérant calmer les battements de son cœur.

— Je vous en prie.

— C'est trop dangereux, répliqua-t-il en secouant brièvement la tête.

— Qu'importe, je prends le risque.

— Vous venez à peine de sortir de l'hôpital. Vous n'avez pas encore recouvré vos forces.

— Mais vous êtes là pour me protéger.

Elle savait qu'elle flattait son ego, mais il fallait qu'elle retourne au Waterin'Hole et cherche à apprendre tout ce qu'elle pouvait sur ce qui s'était passé la veille. Ensuite elle se mettrait à la recherche du journaliste aux cheveux ébouriffés, pour qu'il lui communique les renseignements qu'il détenait. Elle le secouerait elle-même jusqu'à ce qu'il parle !

— Ecoutez, Dawson, je sais que vous ne vouliez pas de cette mission, mais vous allez m'avoir sur les bras jusqu'à ce que le vrai tueur ait été retrouvé. Essayez de voir les choses sous cet angle : plus vite je serai innocentée, et plus vite les tueurs cesseront de me considérer comme leur cible préférée. Une fois que je serai disculpée, vous serez libre de vivre comme vous voulez.

Alors même qu'elle prononçait ces mots, son cœur se serra. L'idée que Dawson allait la quitter lui donnait une impression de perte encore plus grande que quand elle s'était réveillée à l'hôpital, totalement privée de son passé. Dawson avait alors été tel un roc pour elle, l'aidant à garder l'équilibre dans un monde sens dessus dessous. Elle ne savait pas ce qu'elle ferait sans lui. Elle survivrait, probablement. Bien qu'elle ne sache pas grand-chose sur elle, tout au fond de son cœur, elle avait le sentiment d'être une battante. Et peut-être, *peut-être*, y avait-il quelque part une famille qui s'inquiétait pour elle ? Elle finirait par retrouver les siens.

— Nous allons dans un motel où vous pourrez vous reposer, dit-il en lui coulant un regard en coin. Vous avez une mine épouvantable.

— Merci. Vous au moins, vous savez vous y prendre pour démolir l'ego d'une femme. Vous auriez aussi une mine épouvantable si on vous avait tiré dessus et laissé pour mort dans une ruelle, ajouta-t-elle en plissant les lèvres.

— C'est bien ce que je dis.

— D'accord, nous resterons au motel le temps nécessaire pour que je fasse un brin de toilette. Ensuite, avec ou sans vous, j'irai au Waterin'Hole.

Pour toute réponse, Dawson émit un grognement sourd.

Savvy croisa les bras. Il finirait bien par comprendre qu'elle parlait sérieusement. Ce n'était pas en se terrant dans un motel obscur qu'elle découvrirait le tueur.

Elle ne put réprimer un bâillement, qu'elle dissimula rapidement derrière sa main. Il fallait bien admettre qu'elle n'était pas au meilleur de sa forme. Après tout, ce matin encore, elle ne tenait pas sur ses pieds.

Ciel, c'était seulement ce matin ? Il s'était passé tant de choses, depuis qu'elle s'était réveillée à l'hôpital ! N'importe quelle personne adulte et en bonne santé aurait été épuisée par tous ces événements. Elle décocha un coup d'œil à Dawson.

Celui-ci était-il fatigué ? Il paraissait tout à fait vaillant.

Il fallait qu'il l'aide à trouver le tueur. Quand ils auraient mis la main sur la personne qui avait tué Tomas Rodriguez, Savvy serait tranquille, et Dawson pourrait partir.

A condition qu'ils trouvent le tueur. Savvy fut soudain traversée par une terrible pensée. Et si c'était elle qui avait tué Tomas Rodriguez ? Et si elle était une meurtrière ? Que se passerait-il si Dawson avait raison, si ce qu'elle découvrait sur Savvy Jones ne lui plaisait pas ? Pourrait-elle continuer de vivre en sachant qu'elle avait tué un homme ? Un frémissement, qui n'était pas dû à la climatisation du véhicule, lui parcourut le dos.

Sa principale préoccupation devait être de recouvrer la mémoire. Soit ses souvenirs l'innocenteraient, soit ils la condamneraient.

Elle se massa l'arête du nez. Qu'est-ce que son esprit bloquait dans ce trou noir ? Quels secrets pouvaient être si horribles, que son cerveau refusait de les libérer ? Le sang lui battait aux tempes. Avait-elle voulu se supprimer parce qu'elle ne pouvait pas vivre avec l'idée d'avoir tué un homme ?

Et alors, elle aurait tiré de la main gauche ?

Réfléchis, Savvy, réfléchis. Plus elle se concentrait, plus sa tête était douloureuse. Des larmes surgirent sous ses paupières.

Une main large et forte se posa sur la sienne.

— Cessez de vous torturer, Savvy.

— Il faut que je me rappelle.

— Votre mémoire reviendra. Laissez le temps à votre esprit de se remettre du choc.

Elle agrippa la main de Dawson, en gardant le regard fixé sur le pare-brise.

— Je n'ai pas le temps.

— Ce n'est pas en vous forçant à réfléchir que ça s'arrangera.

Il lui lâcha la main pour tourner dans le parking d'un motel miteux. La peinture de la façade était écaillée, et peu de voitures étaient stationnées devant les chambres. Une pancarte accrochée devant la porte indiquait que les chambres étaient louées à la nuit ou à l'heure.

Savvy sentit son cœur sombrer. Charmant.

— Non, j'ai l'impression que rien ne m'aide, admit-elle dans un soupir. Je n'ai rien trouvé dans mon appartement qui me donne la moindre indication sur moi. Pas de photos, pas de lettres, rien. C'est comme si je n'avais jamais existé.

— Cela reviendra. Ne vous crispez pas.

Il alla garer le camion à l'autre bout du parking, afin que personne ne puisse le voir de la route. Il retira la clé du contact, se tourna vers elle et l'observa en étrécissant les yeux.

— Vous me promettez d'attendre ici pendant que je vais réserver la chambre ?

— Je ne pense pas pouvoir faire démarrer votre camion sans les clés, répliqua-t-elle avec un ricanement. De plus, comme vous le dites, je ne suis pas encore rétablie. Je n'irais pas très loin.

— Vous n'avez pas répondu à ma question.

— D'accord, je ne bougerai pas d'ici. C'est promis.

Dawson eut une brève hésitation.

— Allongez-vous sur le siège. Personne ne doit vous voir.

Il descendit du véhicule, et disparut au coin du bâtiment.

Savvy baissa le dossier du fauteuil et s'allongea. Tous les bruits la faisaient sursauter. Elle se plaqua contre le siège, en attendant avec impatience que Dawson revienne. Elle n'aimait pas rester seule, après tout ce qui s'était passé. Avec Dawson, au moins, elle se sentait en sécurité.

Elle passa en revue tout ce qu'elle savait sur les événements de la veille.

D'après ce qu'elle avait compris, Liz l'avait trouvée dans la ruelle près du corps de Tomas Rodriguez, avec une arme dans la main gauche. Elle fit tourner son poignet gauche, essayant d'imaginer le poids d'une arme dans sa main. Cela n'allait pas. Elle n'était pas gauchère. Quelqu'un avait dû l'obliger à braquer cette arme vers sa tempe. Elle ne pouvait pas s'imaginer en train de faire une chose pareille. La vue du sang l'avait toujours rendue malade.

Les battements de son cœur s'accélérèrent. Comment savait-elle cela ? Elle ferma les yeux et essaya de se rappeler où elle avait vu du sang.

Quelques secondes s'écoulèrent, mais rien ne lui vint à l'esprit.

Une fois encore, elle récapitula tout ce qui s'était passé au cours de la journée. En commençant avec l'homme aux tatouages qui avait essayé de l'étouffer. Impossible de se rappeler son visage, dissimulé par un masque chirurgical, mais elle reconnaîtrait les tatouages si elle les voyait. L'image des dragons bleu-vert et des démons rouges était gravée dans son esprit. Ses seuls souvenirs étaient ceux qu'elle avait accumulés au cours des dernières dix-huit heures.

Celui qui surpassait tous les autres, en dehors de la terreur inspirée par l'homme aux tatouages et la poursuite des deux voitures mystérieuses, était le baiser de Dawson. Elle avait beau essayer, elle ne parvenait pas à le chasser de son esprit.

— Ça t'étonne ? murmura-t-elle pour elle-même. Ce n'est pas comme si j'avais tout un tas de souvenirs à classer.

En dépit de tous ses efforts pour oublier cet instant, elle le revivait sans cesse, retrouvant la sensation des lèvres viriles de son garde du corps écrasant les siennes, de cette chaleur envahissant sa bouche.

Son corps s'enflamma. Elle s'assit, droite sur la banquette, pressant une main contre ses seins gonflés. Avait-elle perdu la tête ?

Un visage sombre apparut derrière la vitre, et elle poussa un hurlement.

Dawson ouvrit la portière, et la prit dans ses bras.

— Ça ne va pas ?

Non, ça n'allait pas du tout. Noyée dans le souvenir de leur baiser, elle ne pouvait chasser le désir qu'elle avait éprouvé dans les bras de cet homme.

— Je vais très bien, déclara-t-elle en le repoussant. Vraiment. C'est juste que… vous m'avez fait peur.

C'était une demi-vérité. En réalité, c'était moins l'apparition de Dawson que l'intensité de son propre désir qui l'avait effrayée. Et maintenant, la présence de cet homme chaud, vivant, la faisait trembler de tous ses membres.

Il saisit le sac de sport.

— Venez, j'ai réservé une chambre à l'arrière du bâtiment.

Resserrant les pans de sa chemise sur sa poitrine, Savvy s'écarta de Dawson autant que possible. Il ne fallait surtout pas qu'il devine le désir qu'il lui faisait éprouver. Celui-ci se voyait-il dans ses yeux ? A cette idée, elle baissa la tête et fixa le sol.

Elle ne leva les yeux que quand ils s'arrêtèrent devant une porte.

— C'est ma chambre ?

— Oui.

Il fit tourner la clé dans la serrure, et poussa le battant.

La pièce n'était guère plus grande qu'un placard. Un lit à deux places, couvert d'une couverture fleurie usée par d'innombrables lavages, occupait tout l'espace. On ne pouvait rien espérer de mieux, dans un motel qui louait les chambres à l'heure. Savvy redressa les épaules et s'obligea à croiser le regard de Dawson.

— Où allez-vous dormir ? Pas trop loin, j'espère ?

— Pas loin du tout, répondit-il avec un léger sourire. J'ai réservé une seule chambre.

Le visage de Savvy s'enflamma.

— Que voulez-vous dire ?

— Que nous allons partager celle-ci.

Savvy secoua la tête, avant même qu'il ait fini sa phrase.

— Non, c'est impossible. Ils n'en ont pas d'autres de libre ?

— Si, mais elles ne communiquent pas.

Il referma la porte derrière lui, et son corps parut remplir tout l'espace. Savvy eut l'impression que l'air lui manquait. Craignant de s'évanouir, elle s'assit au bord du grand lit.

— Vous ne pouvez pas rester là.

Elle se leva brusquement en se rendant compte qu'elle était sur le lit et que cela risquait d'être suggestif. Bon sang, cela faisait naître chez elle toutes sortes d'idées, alors qu'est-ce que ça devait être chez lui ! Surtout après ce fameux baiser.

Elle se détourna, en pressant les mains contre ses joues brûlantes.

— C'est impossible. Nous nous connaissons à peine.

Dawson déposa le sac sur la commode.

— Vous êtes sous ma responsabilité. Je ne peux pas vous protéger en restant dans une autre chambre.

— Non, vous ne pouvez pas rester. Je ne risque rien, personne ne sait où nous sommes.

— Je ne partirai pas. Je ne prendrai aucun risque tant que vous êtes sous ma surveillance. Fin de la discussion.

Ses lèvres sensuelles se pressèrent, formant une ligne dure. Savvy ouvrit la bouche pour protester, mais se ravisa.

Dawson désigna la salle de bains d'un signe de tête.

— Vous pouvez vous doucher la première.

— C'est très généreux.

Elle se réfugia dans la minuscule salle d'eau, et referma la porte derrière elle en faisant tourner le verrou.

Puis elle s'adossa au battant, attendant que les battements de son cœur ralentissent et que sa respiration redevienne normale. Une douche l'aiderait peut-être à se ressaisir.

Elle repoussa le rideau de plastique transparent et ouvrit le robinet, bien décidée à chasser la saleté de son corps et le désir de son esprit.

Ce n'est qu'un garde du corps. Un homme qui est là pour faire son job, c'est-à-dire te garder en vie. Rien d'autre.

Elle pouvait passer une nuit dans la même chambre que lui. Sans problème. Mais alors qu'elle étalait le savon et le faisait mousser, son corps réagissait comme malgré elle. Elle était nue sous la douche, tandis que Dawson faisait les cent pas dans la chambre, à un mètre ou deux derrière la cloison.

Savvy tourna le robinet vers le froid et rinça ses cheveux, grimaçant quand l'eau coula sur les points de suture. Cela lui apprendrait à éprouver du désir pour un homme qu'elle ne connaissait que depuis quelques heures.

Propre et glacée, elle mit un pied sur le tapis de bain, se frictionna et enfila le jean et le T-shirt que Dawson avait dénichés dans l'appartement saccagé. Ses vêtements sales à la main, elle sortit de la salle de bains, accablée par l'idée que son passé s'obstinait à lui échapper.

Dawson s'était allongé. Ses bottes étaient posées au pied du lit, et son holster caché quelque part.

— Vous vous sentez mieux ?

Il était terriblement attirant, avec sa chemise déboutonnée qui laissait voir son torse musclé. Soudain submergée par toutes les émotions qu'elle avait dû affronter en si peu de temps, elle pinça les lèvres et sentit des larmes lui brûler les paupières.

— Oui, ça va mieux, dit-elle en évitant son regard.

Elle entendit le sommier grincer sous le poids de Dawson. Ses mains rugueuses se refermèrent tout à coup sur ses bras nus.

— Vous n'avez pas besoin d'être tout le temps courageuse, vous savez.

— Si, il le faut.

— Votre mémoire finira par revenir.

Son souffle chaud lui effleura l'épaule, et elle eut envie de se blottir contre lui et de l'embrasser. Elle ne le connaissait pas. Elle ne se connaissait pas *elle-même*. Elle se dégagea et se retourna pour lui faire face, prête à laisser libre cours à sa colère pour s'empêcher de tomber dans ses bras.

— Comment le savez-vous ?

Il haussa les épaules, et se passa une main dans les cheveux.

— Je l'ai constaté, avec les soldats qui étaient blessés. Leur situation était tellement traumatisante que leur esprit bloquait tous leurs souvenirs, comme pour les empêcher de devenir fous.

— Et ils recouvraient la mémoire, ensuite ?

— La plupart du temps, oui.

— Mais il n'y a pas de garantie ?

— Il faut avoir foi en vous-même.

— Et vous ? Vous avez la foi ?

Il fallait qu'elle établisse une distance entre eux. S'il la méprisait, elle n'aurait plus besoin de lutter contre le désir qu'il lui inspirait.

— Où était votre foi en vous quand vous avez perdu votre femme ? C'est pour cela que vous ne voulez plus être responsable de la vie de quelqu'un d'autre ?

Le visage de Dawson se figea. Il serra les poings.

— J'ai perdu ma foi en moi-même.

— Eh bien, moi aussi.

Savvy serra contre sa poitrine son jean sale et sa chemise, comme un bouclier l'empêchant d'aller vers lui, de revenir sur ce qu'elle avait dit.

— Voilà tout ce que j'ai. Ce sont les seules choses qui me restent de ma vie. Je n'ai rien, ajouta-t-elle, la voix étranglée par un sanglot.

Ses paupières la brûlaient, mais les larmes refusaient de couler. Elle en avait déjà versé plein, et cela ne changeait rien. Les pleurs ne l'aidaient pas à résoudre le mystère de son passé, ne libéraient pas les souvenirs, ne la soulageaient même pas. Elle courut vers la porte. Il fallait qu'elle sorte de cette boîte exiguë, qu'elle respire l'air de la nuit. La panique la poussait à fuir cet homme, et l'envie insensée de se réfugier entre ses bras.

D'un geste prompt, Dawson l'arrêta dans son élan.

Elle voulut se dégager, mais il la tenait solidement.

— Laissez-moi sortir, je n'ai pas besoin de votre pitié, grommela-t-elle, les mâchoires serrées.

— Ce n'est pas de la pitié que je vous propose, répondit-il en lui tendant une photographie froissée. Ceci vous aidera peut-être. Je l'ai trouvée chez vous.

— Que…

Elle prit la photo et la contempla en retenant son souffle.
— Qui… Mon Dieu.

Elle avait cru ne plus avoir de larmes en réserve, mais elle se trompait. Sa gorge se noua.

— Elle est à moi ? demanda-t-elle d'une voix faible.

8

Dawson haussa les épaules.

— Je ne sais pas. Mais elle a vos cheveux roux et vos yeux verts.

Les yeux noyés de larmes, Savvy continua à contempler la photo.

— Pourquoi l'aurais-je abandonnée pour venir ici ?

Dawson sentit son cœur sombrer.

Son regard balaya la chambre sombre et délabrée, puis s'arrêta sur la jeune femme. Il avait la gorge si serrée qu'il ne pouvait rester. Pas alors qu'il soupçonnait la vérité.

Il n'y avait qu'une seule chose qui expliquait que Savvy se soit éloignée de l'enfant. C'est que celle-ci avait disparu, ou bien qu'elle était morte.

Les souvenirs l'assaillirent, il eut l'impression que les murs du motel se refermaient sur lui. Il fallait qu'il sorte. Il enfila ses bottes à la hâte et se rua vers la porte.

— Où allez-vous ? s'exclama Savvy, le souffle court.

— Dehors.

La main sur la poignée de la porte, il marqua une pause.

— Fermez la porte à clé, ne sortez pas, et ne laissez personne entrer, à part moi. Compris ? hurla-t-il.

— Oui.

Sa voix lui parut ténue dans l'obscurité de la chambre.

Il n'eut pas la force de lui faire face. S'il se tournait

vers elle, il serait alors obligé de confronter ses propres chagrins. Il sortit donc en refermant derrière lui, refusant de se laisser fléchir par l'angoisse de la jeune femme. La même angoisse que celle qu'il avait dû affronter à la mort de sa femme et de sa petite fille.

Il traversa le parking, passa devant son camion sans s'arrêter et finit par se mettre à courir. Il ne s'arrêta que lorsqu'il fut à plusieurs rues du motel et de Savvy, le cœur battant à se rompre, le souffle saccadé. Les lumières d'un magasin d'alcool brillaient devant lui comme un étendard et l'attiraient, tel un animal assoiffé arrivant en vue d'un point d'eau. Ses pas le menèrent jusque sur le seuil de la boutique, mais il ne franchit pas la porte.

S'il achetait une bouteille de whisky, l'alcool lui ferait tout oublier et il pourrait sombrer dans un brouillard bienheureux. Pendant un court moment, il oublierait ce qu'il avait perdu. Oublier qu'il était trop tard pour dire au revoir, oublier qu'il n'avait pas été là au moment où on avait eu le plus besoin de lui.

Une bouteille d'alcool pouvait lui procurer l'amnésie temporaire dont il avait besoin pour survivre un jour de plus.

Une image lui traversa l'esprit. Amanda levant vers lui des yeux brillants de bonheur, après avoir lu le résultat de son test de grossesse. La joie qui illuminait son visage, la chanson qu'elle fredonnait à mi-voix en préparant les affaires de leur futur bébé. Son cœur se gonfla de chagrin. Ce qu'elle voulait le plus au monde, c'était devenir mère, lui donner des enfants, avoir quelqu'un à choyer quand il partait sur le terrain. Il ne l'avait jamais vue aussi heureuse que le jour où elle avait appris qu'elle portait leur enfant.

Vous voudriez oublier aussi tous les moments heureux ?

Les paroles de Savvy résonnèrent dans sa tête, alors

qu'il fixait l'enseigne du magasin. Oui. Il voulait tout oublier, bon sang !

Vraiment ?

Les moments de bonheur étaient aussi douloureux que les autres. Ils revenaient assez souvent pour lui rappeler ce qu'il avait perdu.

Il recula, alla s'asseoir au bord du trottoir et enfouit la tête entre ses mains. Quand la fuite avait-elle arrangé quoi que ce soit ? Il cherchait à fuir depuis la mort d'Amanda. Mais il ne courrait jamais assez vite pour échapper à sa peine.

Amanda et leur petite fille étaient décédées. Lui non. Il avait beau regretter de ne pas être mort avec elles, cela ne changeait rien. La vie continuait.

Peut-être avait-il une utilité quelconque, en ce monde. Peut-être devait-il protéger Savvy, découvrir le vrai tueur, être là pour quelqu'un, au moment où cette personne avait besoin de lui.

Relevant la tête, il regarda la longue rue, éclairée par les réverbères. Pour la première fois depuis deux ans, il eut l'impression d'y voir plus clair.

Si sa mission sur Terre était de protéger Savvy, il ne pouvait pas rester loin d'elle. Une voiture de police passa dans la rue et ralentit.

Dawson imaginait très bien ce que les flics devaient penser d'un homme assis sur le trottoir, à deux pas d'un magasin d'alcool. Il se releva d'un bond et se dirigea vers une pharmacie ouverte jour et nuit qu'il avait aperçue en passant.

Une fois dans le magasin, il acheta des barres de céréales et divers articles dont il aurait besoin pour soigner Savvy. En moins de cinq minutes, il avait fait ses achats et quitté le magasin. Trouverait-il Savvy dans la chambre de motel, en rentrant ? Bon sang, il fallait espérer que oui.

Longtemps après que Dawson eut quitté la chambre, Savvy garda les yeux fixés sur la photo, s'efforçant de mémoriser les traits de la fillette, depuis les boucles d'un blond roux qui encadraient son visage potelé jusqu'à ses prunelles vertes. Une profonde tristesse la submergea. Cette enfant était-elle vraiment la sienne ? Elle se frappa le front du plat de la main. Quelque part, au fond de sa tête, se trouvaient tous les détails de sa vie passée. Un tel sentiment de perte envahit son cœur qu'elle en arriva à la conclusion que l'enfant avait dû mourir.

Elle demeura un long moment allongée, la photo posée sur l'oreiller, à côté d'elle. Glacée jusqu'aux os, elle se mit à trembler et à claquer des dents. Lentement, avec des gestes ralentis, elle ramena la couverture sur elle. Recroquevillée dans une position fœtale, elle demeura aussi immobile qu'une morte, les yeux fixés sur le visage souriant de la fillette.

— Je suis désolée, mon bébé, murmura-t-elle en caressant la photo. Je ne me souviens même pas de ton nom. Suis-je ta maman ?

Avait-elle porté cet enfant pendant neuf mois ? Comment pouvait-on oublier ce genre de choses ? Sa main se posa sur son ventre. Elle repoussa le drap, et fit remonter sa chemise. Des traces imperceptibles, comme des vergetures à peine visibles, striaient son ventre.

— Je suis mère, chuchota-t-elle, dans un gémissement. Et je ne m'en souviens même pas.

Elle roula sur le dos et contempla le plafond, espérant que son esprit allait enfin libérer les souvenirs. Etait-ce parce qu'elle avait perdu son bébé qu'elle *voulait* oublier ? Son esprit avait-il choisi l'amnésie pour la soulager d'un immense chagrin ?

Elle fixa de nouveau les yeux sur la photo. En admettant

que sa fille soit morte, voudrait-elle vraiment l'oublier ? Oublier qu'elle l'avait tenue dans ses bras, oublier son rire, oublier qu'elle l'avait nourrie et changée ? Et ses premiers pas, ses premiers mots ? Voulait-elle oublier toutes ces joies, tout cet amour ?

— Oh, mon bébé, je veux tout me rappeler.

Elle voulait tout savoir sur la fillette, même si c'était douloureux. Comment s'appelait-elle ? Où avaient-elles vécu ? Les questions tourbillonnaient dans sa tête, mais les réponses lui échappaient, fuyaient, comme les souvenirs de sa propre enfance. Les doigts crispés sur la photo qui représentait son seul lien avec son passé, elle finit par céder au sommeil.

Elle ne devait pas dormir depuis très longtemps quand elle fut réveillée par des coups frappés doucement à la porte. On frappa plus fort, et elle s'éveilla alors tout à fait. Elle s'assit dans le lit, le cœur battant.

Un autre coup, plus fort encore.

Savvy rejeta les draps et se leva. Ses jambes vacillèrent, sa tête se mit à tourner. Elle se rassit au bord du lit, pour empêcher la chambre de basculer autour d'elle.

— J'arrive, marmonna-t-elle, en se levant plus lentement que la première fois.

Elle atteignit la porte, et une peur insensée surgit lorsqu'elle regarda par l'œilleton.

Tout d'abord, elle ne distingua qu'une silhouette sombre et inquiétante. Un autre coup la fit tressaillir, et elle recula.

— Savvy, ouvrez. C'est Dawson.

Le soulagement déferla en elle, et elle s'empressa de tirer le verrou et d'ôter la chaîne de sécurité.

Dawson entra, chargé de deux énormes sacs en plastique. Il referma la porte d'un coup de pied.

— Pendant un moment, je me suis fait du souci.

— J'ai dû m'endormir.

Savvy repoussa le verrou, et lui prit un des sacs pour en inspecter le contenu.

— Vous n'auriez pas acheté de quoi manger, par hasard ?

— Il n'y a pas grand-chose, mais nous ne mourrons pas de faim. Vous vous sentez mieux ?

Elle acquiesça, mais s'efforça de ne pas croiser son regard.

— Oui.

— Vous vous rappelez quelque chose ?

Elle secoua la tête en signe de négation, mais n'osa pas articuler un mot. Dawson sortit des bocaux du sac.

— Un sandwich BCC, ça vous dit ?

— BCC ?

— Oui, vous savez bien, beurre de cacahuètes et confiture, expliqua-t-il en brandissant deux bocaux.

Un sourire flotta sur les lèvres de la jeune femme.

— Oui, je veux bien.

Elle avait besoin d'énergie pour échapper aux tueurs, et pour recouvrer la mémoire.

— *J'adore* les sandwichs au beurre de cacahuètes et à la confiture.

— C'est vrai ? Vous vous rappelez cela ? demanda-t-il en ouvrant le paquet de pain.

— Non… c'est juste quelque chose que je sais.

— Vous voyez ? Amnésie ou pas, vous vous rappelez que vous aimez le beurre de cacahuètes.

Elle prit des couverts en plastique dans le sac, mais il les lui retira des mains et les posa sur la commode.

— C'est moi le chef, déclara-t-il.

— D'accord. Pour rien au monde je ne voudrais vous priver de ce plaisir.

Il prépara un sandwich et le lui donna, puis lui tendit une bouteille de jus de pomme.

— Non, merci, dit-elle en fronçant le nez. Il me semble avoir aperçu du jus d'orange dans ce sac.

Elle prit la bouteille, la déboucha et but longuement.

— Ah, je me sens mieux.

Dawson hocha la tête, avec un petit sourire d'approbation. Elle le trouvait vraiment craquant quand il souriait comme ça.

— Nous apprenons tout doucement, dit-il d'une voix rauque et sexy qui l'enveloppa comme une caresse.

Elle s'assit au bord du lit et mordit dans le sandwich, s'efforçant d'étouffer l'attirance qu'elle éprouvait pour lui.

— Que voulez-vous dire ?

Dawson s'assit à côté d'elle, donnant à la situation un caractère encore plus intime.

— Vous n'aimez pas le jus de pomme, vous préférez le jus d'orange. On vous a donné du jus de pomme, à l'hôpital ?

— Non, répondit-elle avec un soudain regain d'optimisme, qui lui fit presque oublier la proximité de Dawson. C'est probablement une sorte de souvenir subliminal.

— Un mot difficile. Vous devez être quelqu'un de cultivé, ou bien qui a reçu une bonne éducation.

— Les deux. Harvard, répondit-elle sans réfléchir.

Puis, écarquillant les yeux, elle redressa les épaules.

— Je suis allée à Harvard. Donc, ils doivent avoir un dossier avec mon adresse et celle de ma famille…

Dawson tira son téléphone de sa poche et appuya sur une touche.

— Vous ne pouvez pas appeler Harvard, protesta Savvy. Les bureaux sont fermés jusqu'à demain matin.

— Je n'appelle pas Harvard. Je fais mieux que cela. J'appelle ma patronne. Elle va vérifier les dossiers et retrouver votre adresse.

Il garda quelques secondes l'oreille collée à l'appareil.

— Elle ne répond pas, chuchota-t-il. J'ai sa boîte vocale. Bonjour, Audrey, c'est Dawson. Regardez si vous trouvez le nom de Savvy Jones dans les archives de Harvard. Ils doivent avoir son adresse et celle de sa famille. Rappelez-moi aussi vite que possible. Merci.

Il raccrocha et haussa les épaules.

— Elle va confier le boulot à quelqu'un, et nous aurons la réponse demain matin.

Le cœur de Savvy se gonfla d'espoir. Pendant un instant, elle garda les yeux fixés sur son sandwich, incapable d'en avaler une bouchée tant elle avait la gorge serrée. Elle était allée à Harvard. Les dossiers de l'université l'aideraient à retrouver d'où elle venait.

Sa maison. Peut-être quelque part aux environs de Laredo. Ou bien dans un autre Etat. Loin de Liz Scott et de sa fille Charlie, et de…

Un sentiment d'angoisse vint gâter ce bref instant de joie. Loin de Dawson, la personne à laquelle elle s'accrochait depuis le moment où elle s'était réveillée dans ce cauchemar. Elle mordit dans son sandwich, et se concentra sur les saveurs qui emplissaient son palais.

Dawson prit un paquet de chips dans le sac.

— Je me disais… Vous avez peut-être raison au sujet de ce journaliste, Vance Pearson. Quoique, je ne pense pas que ce soit un journaliste très important. Son appareil photo n'était pas très perfectionné.

— S'il sait quelque chose sur moi, je veux savoir ce que c'est. Quand voulez-vous repartir ?

— Pas au milieu de la nuit. Vous avez besoin de sommeil, et moi aussi.

Elle hocha la tête, tout en grignotant une chips.

— Quand, alors ?

— Demain matin, quand il aura quitté son hôtel. Nous

nous y rendrons incognito. J'ai un nouveau chapeau pour vous, annonça-t-il en sortant une casquette de base-ball d'un des sacs.

— Les *Fighting Iguanas* ? Je n'en ai jamais entendu parler. Vous êtes sûr que c'est une équipe de base-ball ?

— Non, c'est une équipe de hockey. Je vous emmènerai les voir jouer à San Antonio, un de ces jours.

Il voulait l'emmener voir un match de hockey ? Il voulait la revoir, une fois que cette affaire serait réglée ? A cette idée, elle éprouva une bouffée de joie.

Il lui posa délicatement la casquette sur la tête, en évitant de toucher le pansement sur sa tempe.

Savvy se tint immobile, retenant son souffle. Elle aurait aimé pouvoir le toucher, sentir sa force sous ses doigts, et l'absorber.

— Nous ne devrions pas prévenir le procureur, et lui dire que nous n'avons pas quitté la ville ?

— Si, nous le ferons demain. Il est sans doute prêt à lancer un avis de recherche, après votre évasion de l'hôpital à laquelle les médias ont donné pas mal de publicité.

— J'ai eu l'impression de m'évader d'une prison, dit-elle en soupirant.

Elle s'adossa à l'oreiller, et ne put réprimer un bâillement de fatigue.

— Je crois que je vais faire un somme. Vous avez mis des somnifères dans mon sandwich ? Je n'arrive plus à garder les yeux ouverts.

— Non, vous êtes seulement épuisée. Dormez, je monte la garde.

— Merci, murmura-t-elle, en se glissant avec délices sous les couvertures. Et vous, quand dormirez-vous ?

Dawson se leva et alla remettre les restes de nourriture dans les sacs.

— Quand vous serez en sécurité.

Le sommeil s'empara d'elle, mais elle eut le temps de murmurer :

— J'ai cru que vous n'alliez pas revenir.

— Moi aussi.

— Qu'est-ce qui vous a fait changer d'avis ?

— Les voix dans ma tête, grommela-t-il.

Elle le regarda, essaya désespérément de garder les yeux ouverts, mais échoua.

— Les voix dans votre tête... elles viennent... souvent ?

Elle entrouvrit les paupières, et vit de nouveau ce sourire sexy jouer sur ses lèvres.

— Seulement depuis que je vous connais.

— Dawson ?

Elle ferma les yeux, roula sur le côté, et ramena les couvertures sous son menton.

— Oui ?

— Vous aimiez votre femme ? demanda-t-elle, sans ouvrir les yeux.

Un long silence suivit sa question, mais elle ne regretta pas de l'avoir posée. Il fallait qu'elle sache.

— Oui, dit-il d'une voix si basse qu'elle crut l'avoir imaginée.

Elle rouvrit les yeux, et vit qu'il se tenait à côté du lit et contemplait la photo de la petite fille. Ses traits semblaient sculptés dans le marbre, mais le chagrin transparaissait dans son regard.

— Elle est morte en mettant au monde notre petite fille. Je les ai perdues toutes les deux cette nuit-là.

Savvy s'assit dans le lit, oubliant le sommeil qui l'accablait.

— Je suis désolée.

Elle se leva, s'appuya au bras de Dawson et glissa la main dans la sienne. Il ne pouvait oublier son chagrin, et elle ne parvenait pas à se rappeler le sien. Elle regarda la photo de la fillette aux boucles cuivrées.

Les doigts de Dawson serrèrent les siens.

— Ne tombez pas amoureuse de moi, Savvy Jones.

Elle renversa légèrement la tête en arrière et le toisa, d'un air de défi.

— Qui a dit que je tombais amoureuse ?

Dawson plongea le regard dans ses yeux. Puis il l'attira vers lui, ramenant sa main dans son dos. De sa main libre, il lui agrippa la nuque.

— Vous ne savez pas dans quoi vous vous aventurez.

Ses lèvres se pressèrent sur les siennes, dans un baiser ardent. Trop choquée pour protester, elle lui offrit sa bouche.

Son corps s'embrasa aussitôt, répondant sans réserve à son baiser brutal. Elle crispa la main sur sa chemise, glissant une jambe derrière les siennes, pour le maintenir contre elle.

Comme si toutes les émotions de la journée culminaient dans cette étreinte, Savvy s'abandonna. Pour la première fois depuis l'instant où elle s'était réveillée à l'hôpital, elle se sentit vraiment vivante.

Dawson lui relâcha la main, ses doigts glissèrent sur ses hanches et s'insinuèrent sous la ceinture de son jean.

Mais pour Savvy, ce n'était pas suffisant. Son désir dépassait toute mesure. Elle voulait sentir sa peau nue contre celle de Dawson. Ses doigts se posèrent sur son jean, qu'elle défit rapidement.

Il l'aida à faire glisser le pantalon sur ses jambes, et à l'ôter. Puis il tira sur le bord de son T-shirt et le fit passer par-dessus sa tête, en prenant garde de ne pas accrocher le pansement.

Elle se tint alors nue devant lui, les seins gonflés de

désir. Tout son corps était vibrant, douloureux, impatient de s'unir au corps viril de Dawson.

Ce dernier la tint un instant à bout de bras, laissant son regard glisser sur chaque courbe. Savvy sentit ses joues s'enflammer, et elle se demanda un instant si elle n'était pas allée trop loin.

— Tu es belle, dit-il d'une voix rauque.

— Mais tu es toujours habillé.

Dans un geste audacieux, elle tendit la main et lui déboutonna sa chemise, faisant glisser le tissu sur ses épaules. Le vêtement tomba à terre. Elle voulut lui défaire aussi son jean, mais il la devança, sortant une petite enveloppe en papier d'aluminium de sa poche, avant de retirer son pantalon. Manifestement, il estimait que les sous-vêtements étaient inutiles.

Savvy posa les mains sur son torse, et passa les doigts sur la toison serrée qui le recouvrait. Puis elle lui prit la petite enveloppe des mains, et la déchira en se servant de ses dents. Sans le quitter des yeux, elle fit glisser le fourreau de latex sur son sexe, impatiente de le sentir en elle. Elle avait besoin de se prouver que ce qu'elle vivait n'était pas un rêve, qu'elle n'était pas morte au fond de cette ruelle, qu'elle était une femme bien vivante, avec des désirs et des besoins que seul un homme pouvait satisfaire.

Les doigts de Dawson se pressèrent sur sa taille, ses doigts s'aventurèrent sur ses hanches et sur ses cuisses. Puis il la souleva et elle noua les jambes autour de sa taille. Son sexe se pressa contre sa chair moite et offerte.

— Ce n'est pas bien. Je ne devrais pas faire cela.

— On ne t'a jamais dit que tu parlais trop ? dit-elle en posant les lèvres sur les siennes.

Elle se pressa contre lui pour le prendre en elle. La tête renversée en arrière, ses longs cheveux se balançant dans son dos, elle se laissa envahir par un flot de sensations merveilleusement érotiques.

— Cela va trop vite, protesta-t-il en s'immobilisant pour la serrer contre lui.

— Non, ne t'arrête pas maintenant.

— Tu mérites mieux.

— Mais j'en ai envie !

— Je veux faire les choses bien.

Il la souleva, se retira doucement de la chaleur de son corps, et alla la déposer sur le lit. Comme elle gardait les bras noués autour de son cou, il la repoussa et recula.

— Je t'en prie, supplia-t-elle.

Il la contempla un instant, avant de s'allonger à côté d'elle. Savvy se lova contre lui, et lui caressa le torse d'un mouvement hésitant, comme si elle craignait qu'il ne s'éloigne de nouveau.

Il se redressa, s'appuya sur un coude et repoussa une mèche de cheveux cuivrés qui retombait sur son front.

— Pourquoi moi ?

Les doigts de la jeune femme effleurèrent son nombril, et la toison brune qui recouvrait son ventre.

— Avec toi, je me sens vivante. J'ai l'impression d'exister.

Il ne dit rien, mais ses mains viriles se posèrent sur elle, comme sur un objet précieux et délicat. Ses lèvres suivirent le chemin de ses doigts, et elle s'arqua sur le lit. Elle voulait être encore plus proche, le sentir en elle… maintenant.

Mais Dawson avait d'autres projets. Ses doigts s'insinuèrent dans le triangle de boucles serrées entre ses jambes. Puis il se plaça entre ses cuisses, posant les jambes de la jeune femme sur ses épaules. Alors, il toucha du bout de la langue les pétales moites et secrets de sa féminité. Une explosion de sensations se produisit en elle, lui faisant perdre tout contrôle d'elle-même.

Crispant les doigts sur ses cheveux bruns, elle l'attira vers elle en gémissant. Et quand cette exquise torture devint insoutenable, elle se glissa sous lui, l'incitant à venir se hisser au-dessus d'elle.

Leurs lèvres se joignirent, et il la pénétra profondément, d'un seul coup de reins. Alors, emportés par une vague de jouissance, ils s'abandonnèrent ensemble au plaisir, unis dans un même cri.

Savvy retomba lentement sur Terre, en proie à une douce léthargie qui envahit peu à peu ses membres et ses paupières. Leurs corps toujours unis, Dawson les fit rouler ensemble sur le côté.

— Dawson ? murmura-t-elle, la joue pressée contre sa poitrine.

— Oui, ma chérie ?

— Promets-moi quelque chose.

— Oui, si je le peux.

— Promets-moi que demain matin tu ne regretteras pas ce qui s'est passé.

Il ne répondit pas. Savvy soupira, refusant de laisser le silence dissiper le plaisir dans lequel ils baignaient.

— Je ne te demande pas de m'aimer pour toujours.

9

Quelque chose lui chatouillait le nez. Dawson passa un doigt sur son visage et ouvrit les yeux.

Une longue mèche blond roux lui barrait le menton.

Il émergea aussitôt d'un sommeil profond.

Peu après que Savvy se fut endormie, il s'était levé, avait enfilé son jean, puis s'était assis sur le lit et adossé au montant avec la ferme intention de rester éveillé. Au cours de la nuit, l'épuisement avait pris le dessus et, pour une fois, il avait dormi sans que son sommeil soit hanté par les cauchemars. Sa tête avait glissé sur l'oreiller et il s'était allongé de tout son long.

Savvy était blottie contre lui, une main sur son torse, et l'une de ses longues jambes posée sur sa cuisse.

Pendant un moment il demeura figé, respirant son odeur fraîche et féminine. La peau douce de ses seins était pressée contre son torse nu. Son bras était coincé sous la tête de la jeune femme. Il ne put se résoudre à l'éveiller, alors que ses doigts délicats reposaient sur la toison de son torse. S'il n'y prenait pas garde, elle prendrait aussi possession de son cœur.

Il aimait avoir une femme dans son lit, et il avait envie de la serrer dans ses bras pour lui faire de nouveau l'amour. Le seul fait d'effleurer sa cuisse suffit à faire resurgir son désir. Il avait des besoins, c'était normal, et n'importe quelle femme aurait pu les satisfaire. Mais depuis la mort d'Amanda, aucune n'avait provoqué chez lui de réaction aussi forte que Savvy.

Il s'écarta délicatement, afin de ne pas la réveiller. Une fois levé, il poussa un soupir et la contempla.

Ses lèvres étaient légèrement entrouvertes et sa poitrine se soulevait, suivant le rythme régulier de sa respiration. Tant qu'elle dormait, elle ne se posait pas de questions sur son identité, ou sur ce qui était arrivé à la fillette de la photo. Mais soudain, son front se plissa, elle roula sur le côté et ses doigts agrippèrent l'oreiller. Un léger sanglot franchit ses lèvres.

Sans réfléchir, il se pencha sur elle, et repoussa une mèche de cheveux, la calant derrière son oreille. Elle ne savait pas la chance qu'elle avait. Si elle avait perdu un être aimé, elle ne gardait pas le souvenir de ce chagrin.

Dans la lumière pâle du matin, il s'efforça de suivre ses résolutions, et remonta le drap sur le corps sensuel de Savvy. Mais cela ne suffit pas à éteindre le feu qui lui embrasait les reins.

Il se détourna en se promettant de protéger Savvy tout au long de la journée, puis de transmettre cette mission à son ami Jack McDermott. Il avait franchi les limites la veille, en profitant de Savvy alors qu'elle était vulnérable. Sa vie était déjà suffisamment bouleversée sans qu'elle ait besoin en plus d'un alcoolique brisé par le chagrin.

Il jeta un coup d'œil à sa montre. Jack arriverait un peu plus tard dans la journée. En attendant, il fallait qu'il garde Savvy à l'abri du danger. Il alla à la fenêtre et écarta le rideau. Un triangle de lumière tomba sur le sol. Le parking était vide et le soleil du Texas n'était pas encore écrasant. Une fine poussière blanche semblait flotter dans l'air. Rien ne bougeait. Aucune voiture noire ne rôdait, et il ne voyait pas de tireurs en embuscade sur les toits.

Cette immobilité étrange le mit mal à l'aise. Plus ils s'attarderaient au même endroit, et plus les hommes de Rodriguez auraient de chances de les retrouver. Et s'il ne contactait pas rapidement le procureur, celui-ci lancerait un avis de recherche au nom de Savvy, pensant qu'elle avait voulu s'échapper alors qu'elle était le principal suspect dans le meurtre de Rodriguez.

Ce qui n'avait pas de sens, songea Dawson en se grattant le crâne. Pourquoi le procureur avait-il laissé Savvy libre de ses mouvements ? S'il la soupçonnait, même vaguement, d'avoir tué Tomas Rodriguez, il aurait dû la faire arrêter. De fait, elle serait plus en sécurité dans une cellule que dans les rues où la bande de Rodriguez pouvait la prendre pour cible.

Il fallait qu'il parle à Frank Young, afin de comprendre ses raisons d'agir ainsi. Quelque chose lui paraissait louche. Comme si l'intention de Young était d'exposer Savvy au danger, en poussant Rodriguez à s'en prendre à elle.

Voulait-il se servir d'elle pour faire sortir le loup du bois ? Ou bien espérait-il qu'elle serait tuée, afin de couvrir le vrai meurtrier ?

Il s'assura d'un bref coup d'œil que la jeune femme dormait, inconsciente de la direction que prenaient ses pensées. Tirant son téléphone de sa poche, il alla dans la petite salle de bains, et referma la porte derrière lui. Puis il enfonça la touche correspondant au numéro de l'Agence Lone Star.

— Bonjour, Dawson, tu as des nouvelles de Jack ? s'enquit Audrey d'un ton sec et professionnel.

— Oui, madame. Il est censé arriver dans la journée.

— Bien. J'aurai une enquête à te confier, à ton retour.

Dawson secoua la tête, comme pour chasser Laredo de son esprit et se concentrer sur sa prochaine mission, à San Antonio. Mais il ne pouvait s'empêcher de penser que quelque chose lui échappait. Son travail n'était pas terminé.

— Vous pourriez effectuer une recherche sur le procureur Frank Young ?

— Je l'ai déjà fait, en fouillant dans les archives de la police, comme pour chacun de nos clients. Mais je n'ai rien trouvé de suspect. Il est procureur, après tout.

— Je sais. Mais vous pourriez approfondir un peu les recherches et voir s'il y a un défaut dans la cuirasse ? Peut-être mettre le nez dans ses comptes, pour vérifier s'il a accepté des pots-de-vin. Je ne sais pas… juste pour voir.

— Pourquoi ?

— Une intuition.

— D'accord, je vais le faire. Quand penses-tu revenir à San Antonio ? Il faut que je fixe une date à notre nouveau client, pour le début de l'enquête.

— Je vous dirai ça quand j'aurai vu Jack.

Audrey observa un bref silence.

— Tu sais, Dawson, tu peux changer d'avis, si tu veux.

— Pour la prochaine enquête ?

— Et pour ta mission actuelle. Si tu veux continuer, tu peux.

Ses doigts se crispèrent sur le téléphone. Jack n'allait pas tarder à prendre la relève, et c'était mieux ainsi.

— Je vais revenir à San Antonio. Je ne sais pas quand exactement, c'est tout.

— D'accord. Je voulais juste que tu saches que tu peux changer d'avis.

— Je ne le ferai pas. Prévenez-moi, si vous trouvez quelque chose sur Young.

Il coupa la communication, sans attendre de réponse.

Les yeux fixés sur le miroir, il contempla son reflet sans le voir.

Que penserait Savvy quand il la confierait à Jack ? Serait-elle soulagée, sachant qu'il n'avait jamais voulu de cette mission ? Ou bien se sentirait-elle trahie, abandonnée ? Surtout après ce qui s'était passé entre eux la nuit dernière.

Inutile d'anticiper. Il verrait bien, le moment venu. En attendant, il pouvait se préparer pour la journée. Il tourna le robinet et prit la mousse à raser dans son sac de sport.

Elle était coincée dans la voiture, étranglée par la ceinture de sécurité qui la plaquait contre le siège. Impossible de la défaire, avec la porte défoncée qui la bloquait. Mais il fallait pourtant qu'elle sorte, qu'elle aille voir son bébé.

— A l'aide, cria-t-elle, espérant que quelqu'un l'entendrait.

Elle se tourna vers l'homme assis à la place du conducteur.

Il était affalé contre le volant. Du sang couvrait ses cheveux, son visage, le siège, le tableau de bord. Il y avait du sang partout.

Savvy baissa les yeux sur son bras. Partout où elle posait les yeux, elle voyait du sang. Sur sa manche, sur ses mains. Il y en avait sans doute aussi dans ses cheveux, collés contre sa joue. Etait-ce son sang, ou celui de l'homme à ses côtés ? Celui-ci ne bougeait pas, ne respirait pas. Il était mort. Un frisson glacé la parcourut. Qui était cet homme ?

Elle aurait dû savoir qui il était, puisqu'elle était en voiture avec lui. Elle le connaissait. Un gémissement attira son attention sur l'occupant du siège arrière. Les pleurs faibles d'un bébé. Son cœur se serra, et elle redoubla d'efforts pour se dégager et aller s'occuper de l'enfant.

Sa vision se brouilla. La lumière qui filtrait à travers le pare-brise cassé s'effaça.

— Ne pleure pas, mon bébé. Tout va s'arranger.

Elle perdit conscience, puis revint à elle, toujours incapable de dégrafer la ceinture de sécurité.

Soudain, une vive lumière l'éblouit. Elle était libre, elle flottait et elle ne parvenait pas à reprendre pied sur terre. Elle se laissa dériver jusqu'à la lumière, où une silhouette l'attendait. Une petite fille aux boucles cuivrées lui tendit la main. Elle lui sourit, et deux petites fossettes se creusèrent dans son visage potelé et joyeux.

Savvy tendit les bras vers l'enfant au visage de chérubin, pour la serrer contre son cœur.

Mais la fillette lui tourna le dos et s'éloigna d'un pas titubant de bébé, dans la lumière. Une porte se ferma avec un léger déclic, et la lumière s'évanouit.

Savvy s'assit dans le lit, le cœur battant et le front moite de sueur. Elle chercha l'enfant dans la chambre, autour d'elle. Où était-elle ? Il y avait deux portes dans la pièce, et de la lumière passait sous l'une d'entre elles.

Rejetant les draps sur le côté, elle sortit du lit et gagna la porte en trébuchant. A chaque pas, la pièce devenait plus obscure, sa vue se brouillait. Il fallait qu'elle retrouve le bébé. Elle finit par atteindre la porte, qu'elle ouvrit brusquement.

Ce n'était pas un bébé qui se trouvait là, mais un homme, torse nu, et le visage disparaissant sous une mousse blanche. Ses yeux sombres s'élargirent de surprise.

Elle chancela.

Il laissa tomber son rasoir dans le lavabo, tendit les mains pour la rattraper, et la serra contre lui.

— Savvy, que se passe-t-il ?

— Où est mon bébé ? demanda-t-elle en lui martelant la poitrine de coups de poing. Où est-elle ?

— Savvy… elle n'est pas là.

— Mais où est-elle ? Où est-elle ?

Elle se laissa tomber contre lui, et des larmes roulèrent sur ses joues.

— Je ne sais pas.

Il la tint un long moment dans ses bras. Que pouvait-il faire d'autre ? Il ne pouvait répondre à ses questions, il ignorait qui elle était, et qui était l'enfant de la photo.

— Je l'ai vue. Elle a disparu derrière une porte.

Elle pressa la joue sur sa poitrine.

— Tu as rêvé, ma chérie.

— Non, c'était vrai. Elle était là, n'est-ce pas ?

— Je suis désolé, Savvy. Il n'y a qu'une personne ici, c'est moi.

Il lui caressa la nuque, les cheveux, puis l'enlaça et la maintint contre lui.

— Calme-toi, murmura-t-il en posant la joue contre sa tempe.

— J'ai eu un accident de voiture, et je n'arrivais pas à atteindre l'enfant sur le siège arrière. Quand je suis enfin sortie… elle était partie… Tout avait l'air tellement vrai, ajouta-t-elle dans un sanglot. Tu crois que c'était un souvenir ?

Il essuya une larme qui coulait sur sa joue.

— Je ne sais pas. Peut-être.

— C'était la petite fille de la photo ? Est-ce qu'elle… est morte ? chuchota-t-elle, submergée par le désespoir.

Il ne connaissait pas les réponses à ses questions. Ses doigts remontèrent sur la nuque de la jeune femme, et il la massa doucement pour chasser la tension dans ses muscles.

— Je sais, dit-elle avec un sourire triste. Nous nous connaissons à peine. Comment pourrais-tu savoir ?

Elle contempla ses mains, posées sur son torse, et élargit

les yeux, comme si elle s'apercevait seulement maintenant qu'elle était nue entre ses bras. Ses joues s'empourprèrent.

— Je suis désolée.

Elle recula, regagna la chambre à la hâte, et enfila son jean et son T-shirt. Une fois habillée, elle inspira plusieurs fois profondément avant de se retourner vers la porte de la salle de bains, restée ouverte. Dawson essuyait la mousse qui restait sur son visage à l'aide d'une serviette.

Savvy se sentit incapable de croiser son regard, après ce qui s'était passé entre eux. Dawson, lui, ne semblait pas affecté le moins du monde.

Elle croisa les bras sur sa poitrine, encore bouleversée par le rêve, et perturbée par le désir que cet homme lui inspirait.

— Nous devrions partir, lança-t-elle.

Le gouffre qui les séparait sembla se creuser. Savvy savait qu'elle aurait dû être soulagée, cependant, la chaleur des bras de Dawson lui manquait. Elle avait envie de sentir son corps se presser contre le sien. Elle risqua un coup d'œil vers lui, et recula en chancelant.

Il soutint longuement son regard. S'il lui avait tendu les bras, elle se serait réfugiée dans cette étreinte. Mais il demeura immobile.

— Tu as raison, dit-il simplement. Il faut partir.

Pendant que Dawson remballait ses affaires dans le sac de sport, Savvy s'enferma dans la salle de bains. Elle en ressortit le visage frais et propre, les cheveux dissimulés sous la casquette des *Fighting Iguanas*.

La seule façon de recouvrer la paix, c'était de confier la protection de la jeune femme à McDermott. C'était uniquement à ce prix qu'il parviendrait à rassembler ses idées et à poursuivre son chemin dans ce monde de fous.

Avec son jean, son T-shirt, et sa casquette, Savvy avait l'air d'un enfant perdu dans un monde de grandes personnes. Elle semblait avoir peur de tout, y compris de lui.

Il saisit la poignée de son sac de toile, et la serra nerveusement. Il eut envie de lui dire qu'elle ne devait pas avoir peur de lui. Mais après coup, il décida que c'était mieux comme ça. Depuis qu'il l'avait vue pour la première fois à l'hôpital, il était en proie à un tumulte d'émotions qui l'effrayait lui-même. Plus vite ils retrouveraient Jack, mieux cela vaudrait.

Savvy se dirigea vers la porte. Mais avant qu'elle ait pu poser la main sur la poignée, Dawson passa devant elle.

— Je vais sortir le premier.

Il enfonça un chapeau de cow-boy sur sa tête, et le rabattit sur son front. Repoussant légèrement le rideau, il observa le parking.

— Je vais amener le camion devant la porte. Ferme à clé quand je serai sorti, et reste postée derrière la fenêtre jusqu'à ce que je te fasse signe. C'est compris ?

Elle hocha la tête, en se frottant les bras.

Dawson ouvrit la porte. Le soleil était déjà haut dans le ciel et brûlant. Il referma rapidement et se dirigea vers l'arrière du bâtiment en regardant de tous côtés. Quand il eut atteint le camion, il en fit le tour en examinant l'intérieur, avant d'ouvrir la portière et de s'installer au volant. Il était impatient de retourner vers Savvy. Et si quelqu'un profitait de cette brève absence pour l'attaquer ? Le cœur battant, il mit le contact et fit démarrer le véhicule. Il ne pourrait pas rouler très longtemps en ville, avec Savvy dans le camion. Celui-ci était trop gros pour passer inaperçu, et le cartel l'avait probablement déjà repéré.

Qu'est-ce que ça pouvait lui faire ? songea-t-il en secouant la tête. Bientôt, ce serait le problème de Jack, et plus le sien. Il fallait seulement espérer que ce dernier arriverait au volant d'une voiture banale, que rien ne reliait à l'agence.

Il se dirigea vers la porte de la chambre, en surveillant le parking et la rue. A peine eut-il sauté du camion que la porte du motel s'ouvrit à la volée. Savvy sortit en courant, le visage blême.

— Démarre ! hurla-t-elle, en ouvrant la portière. Démarre !

Dawson remonta dans le camion, et passa la première. Dès que Savvy fut assise, il appuya sur l'accélérateur.

— Plus vite ! cria-t-elle, en baissant la tête pour ne pas être vue de l'extérieur.

Dawson obéit, et jeta un coup d'œil dans le rétroviseur.

Deux berlines noires étaient garées devant le motel. Jurant à mi-voix, il tourna sans ralentir et s'engagea dans une autre rue.

— Que s'est-il passé ?

— Le directeur du motel a appelé pour me dire qu'il avait reçu une communication de quelqu'un qui voulait savoir si un certain Dawson Gray, ou une Savvy Jones, avaient pris une chambre. Il a répondu qu'il n'avait pas le droit de donner ce genre de renseignements. Mais comme il a déjà eu des problèmes avec les cartels, il a préféré nous prévenir. Ils nous ont suivis ? demanda-t-elle en bouclant sa ceinture de sécurité.

— Jusqu'ici, non.

Il continua de rouler à toute vitesse dans les petites rues, mettant le plus de distance possible entre le motel et eux. Au bout d'un moment, il finit par pousser un soupir, évacuant la tension qui le tenaillait. Ses doigts se détendirent sur le volant.

— Où allons-nous ?

— Au Desert Moon Hotel.

Dawson ne fut pas étonné. Elle suivait toutes les pistes

qui pouvaient révéler quelque chose sur elle, sur son passé, sur sa vie. Il acquiesça d'un signe de tête, sans chercher à discuter.

— Après cela, nous abandonnerons ce camion.

Dawson activa son GPS, et chercha une agence de location de véhicules. Il en trouva une, parvint à l'atteindre sans incident, et ils reprirent la route dans une berline grise, semblable à des centaines d'autres qui sillonnaient les rues de Laredo.

Il était midi. Six heures encore, avant d'être relevé par Jack. Six heures pendant lesquelles il devrait veiller sur Savvy.

Celle-ci était assise à côté de lui, observant les rues, tel un soldat guettant la présence de l'ennemi. Elle tourna la tête vers lui, et ses joues s'enflammèrent.

— Qu'y a-t-il ?

— Rien. Quand nous arriverons à l'hôtel, je veux que tu restes dans la voiture.

Elle protesta d'un mouvement de tête.

— Nous en avons déjà parlé. Je ne suis pas plus en sécurité dans cette voiture que dans l'hôtel. Les hommes de Rodriguez sont partout. Ils me trouveront.

Dawson passa une main dans ses cheveux.

— Je déteste quand tu as raison. De toute façon, nous ne devrions pas y aller du tout.

Il faillit sourire, en voyant le regard noir qu'elle lui lança.

— Alors j'irai sans toi.

— Ne monte pas sur tes grands chevaux. Nous y sommes.

Il se dirigea vers l'arrière du Desert Moon Hotel, où étaient garés les camions de livraisons.

— Apparemment, notre M. Pearson a les moyens. Reste à côté de moi, et garde tes cheveux cachés sous la casquette.

Dawson gara la voiture parmi celles des employés de

l'hôtel, et sortit en laissant son chapeau de cow-boy sur le siège arrière. Savvy passa devant lui et se dirigea vers une porte de service. Il la rattrapa par le bras.

— Laisse-moi passer en tête.

Ils traversèrent les couloirs utilisés par les employés, et Dawson examina plusieurs portes avant de trouver celle de la lingerie.

— Attends-moi ici, dit-il en approchant de Savvy un grand chariot empli de nappes et de serviettes.

Le cas échéant, elle pourrait se faire passer pour une femme de service. Il pénétra dans la lingerie, se frayant un chemin entre les machines à laver, les sèche-linge et les tables à repasser.

Deux femmes travaillaient, le dos tourné à la porte, pliant du linge avec des gestes rapides et efficaces. Quand elles avaient fini de plier une pile de linge, elles l'apportaient sur les étagères derrière lesquelles Dawson se cachait.

Il attendit qu'elles s'attaquent à une nouvelle pile de linge pour bouger, et prit un uniforme de femme de chambre, une chemise de serveur de restaurant et une grande nappe blanche.

Il s'apprêtait à sortir quand une autre employée entra, en poussant un chariot. Puis elle se tourna vers les étagères, où elle prit des draps et des taies d'oreillers propres.

Elle ressortit en rabattant la porte derrière elle. Le chariot de linge sale était semblable à celui près duquel il avait laissé Savvy. Que faisait celle-ci dans les couloirs de l'hôtel ? Sans le chariot, elle allait se faire démasquer ! Affolé, il se rua vers la porte, mais quand il passa près du chariot, celui-ci se mit à bouger.

— Savvy ? chuchota-t-il.

— Dawson ? Dieu merci, c'est toi.

— Que fais-tu là-dedans ? demanda-t-il en se baissant pour ne pas être vu par les deux lingères.

— J'avais le choix entre plonger dans le linge sale, ou me faire jeter dehors.

— Qu'allons-nous faire ?

— Pour commencer, tu pourrais m'aider à sortir de là.

— D'accord.

Il glissa les deux bras sous la jeune femme et la souleva. Elle s'accrocha à son cou, et il se cacha de nouveau derrière le chariot, avec elle.

Sa casquette tomba sur le sol, et ses longs cheveux se répandirent sur ses épaules. Dawson inspira leur parfum avec délices. Le corps chaud et souple de Savvy se pressa contre lui, et ses reins s'embrasèrent. Les souvenirs de la nuit précédente resurgirent, et son corps réagit malgré lui.

— Ce sera plus facile si tu me lâches, dit-elle d'une voix légèrement essoufflée.

Les vœux d'abstinence qu'il avait formés le matin même se trouvèrent balayés en un instant. Il relâcha son étreinte, mais elle laissa un bras posé sur sa nuque.

Ses yeux fixèrent la bouche de Dawson, et elle passa le bout de sa langue sur ses lèvres roses comme du corail.

Le regard de Dawson fut attiré par ces lèvres sensuelles comme par un aimant. Il pencha la tête, et Savvy lui posa une main sur la joue, pour l'attirer vers elle.

Le bruit d'un couvercle rabattu bruyamment le fit revenir à la réalité. Il leva la tête, et plongea dans les prunelles vert émeraude de la jeune femme.

— Que vais-je faire ? chuchota-t-elle. Je ne devrais pas, mais c'est plus fort que moi.

Elle l'attira vers elle, et l'embrassa longuement.

Dawson se laissa emporter par la magie de l'instant.

Pour la deuxième fois en deux ans, il oublia qu'il avait perdu Amanda, et qu'il ne pouvait plus aimer.

Des voix résonnèrent non loin d'eux. Emergeant de sa torpeur, Dawson se rendit compte que les deux lingères se dirigeaient vers la dernière corbeille de linge sale. Serrant Savvy contre sa poitrine, il se glissa derrière une étagère chargée de piles de nappes et attendit, le souffle court.

Les deux femmes s'éloignèrent avec la corbeille. La voie jusqu'à la porte était libre. C'était le moment d'agir.

— Tiens, dit-il à Savvy en lui donnant l'uniforme de femme de chambre et la serviette blanche. Enfile ces vêtements, et mets la serviette sur ta tête.

Savvy enfila la robe sur son T-shirt et ôta son jean, révélant ses longues jambes pâles, fuselées et sexy. Ensuite elle attacha la serviette sur sa tête, comme un foulard.

Dawson détourna les yeux. Le désir l'assaillit quand il repensa à ces longues jambes nouées autour de sa taille. Il inspira pour calmer les battements de son cœur, puis enfila la chemise de serveur, en dissimulant sa chemise en chambray.

Alors, il prit la main de Savvy et se précipita vers la porte. Le couloir était désert, et ils partirent à la recherche de la chambre de Vance Pearson. Ils ralentirent en arrivant devant les cuisines.

— Suis-moi, dit Dawson en faisant un clin d'œil à Savvy.

Il franchit les portes battantes, prit un plateau, une assiette avec un couvercle métallique et des couverts rangés dans une serviette de lin blanc.

Ils ressortirent avant que le cuisinier ou quelqu'un du personnel ait pu les voir. Dawson posa le plateau sur son épaule avec aisance, comme un professionnel.

— Tu as déjà fait cela ?

— Quoi, de l'espionnage ?

Ils atteignirent le hall d'entrée, et Dawson se dirigea vers le bureau de réception. Savvy le suivit, un petit sourire flottant sur ses lèvres.

— Non, un travail de serveur de restaurant.

Dawson fut stupéfait en la voyant sourire, après toutes les épreuves qu'elle avait subies. Elle était encore plus forte qu'elle ne le pensait. Un sentiment nouveau, qui n'avait rien à voir avec le désir, s'insinua dans son cœur. De l'admiration ? Pour une femme qu'il connaissait à peine ?

Le concierge de l'hôtel ne leva les yeux que lorsque Dawson s'arrêta devant le bureau et qu'il toussota discrètement.

— Oui ? fit-il en haussant les sourcils d'un air d'infinie supériorité. Vous devez être nouveau, ici. Le personnel de cuisine n'a rien à faire dans le hall de réception.

— Désolé. Nous sommes censés apporter ceci à M. Pearson, mais j'ai oublié le numéro de sa chambre.

Le réceptionniste regarda son ordinateur, enfonça quelques touches sur le clavier, et annonça d'un ton prétentieux :

— Chambre 4212, quatrième étage. Et à l'avenir, ne vous montrez plus dans le hall.

Dawson se dirigea vers les ascenseurs.

— Et pour l'amour du ciel, prenez l'ascenseur de service !

Sans répondre, Dawson repartit dans le couloir qui menait aux cuisines.

— Par là, indiqua Savvy en désignant un monte-charge dont le sol métallique était sale et éraflé.

Ils pénétrèrent dans la cabine et appuyèrent sur le bouton du quatrième étage. Les portes coulissèrent avant qu'un autre membre du personnel ait pu monter avec eux.

— Je n'avais jamais fait ce genre de choses, souffla Savvy en s'efforçant de calmer sa respiration haletante.

— Comment le sais-tu ?

— Je n'ai pas recouvré la mémoire, mais je le sais.

— Au train où ça va, tu sauras bientôt tout ce qui te concerne.

Elle soupira lourdement.

— Je l'espère.

Les portes s'ouvrirent, et ils s'engagèrent dans un autre couloir. La chambre qu'ils cherchaient était au milieu, sur la gauche.

A cet instant, Vance Pearson franchit la porte de sa chambre et se dirigea vers eux, un téléphone portable collé à l'oreille.

Savvy et Dawson reculèrent dans le couloir de service avant qu'il ait pu les voir.

Il passa devant eux pour gagner l'ascenseur réservé aux clients. Tandis qu'il attendait devant la cabine, sa voix se répercuta contre les cloisons du couloir :

— Oui, je suis sûr que c'est elle. C'est la femme de la photo. Si vous consultez les informations d'hier soir sur internet, vous la verrez vous-même. Le procureur a engagé un garde du corps pour elle, aussi devrait-elle être en sécurité pour le moment... Oui, je le ferai... Non, je serai là à votre arrivée... Oui, monsieur... nous l'attraperons.

Savvy étouffa une exclamation de stupeur, au moment précis où un signal sonore annonçait l'arrivée de l'ascenseur.

Dawson lui glissa un bras autour de la taille et la serra contre lui. Les portes coulissèrent et l'ascenseur repartit.

— Tu crois qu'il parlait de moi ?

— Oui.

— Pourquoi a-t-il dit « nous l'attraperons » ?

— Je ne sais pas.

Dawson n'aimait pas ça du tout. Le fait que Savvy ait Humberto Rodriguez à ses trousses était déjà assez inquiétant comme ça. Que lui voulait Pearson ?

— Allons jeter un coup d'œil dans sa chambre.

Un chariot de linge sale se trouvait devant la porte voisine de la chambre 4212. Une femme de chambre nettoyait la salle de bains.

Avant que Dawson ait pu l'en empêcher, Savvy pénétra dans la chambre. Dawson attendit dehors, l'oreille tendue.

— Vous pourriez me faire entrer dans la 4212 ? M. Pearson a demandé qu'on lui dépose un plateau repas, pour quand il rentrera.

Une femme d'âge mûr sortit en maugréant, pestant contre ces nouvelles recrues qui ne pensaient même pas à prendre leurs passes. Savvy la suivit, avec un petit sourire.

Dawson dut lutter contre l'envie de l'embrasser.

La vieille femme ouvrit la porte, et retourna finir son travail. Dawson et Savvy pénétrèrent dans la chambre de Vance Pearson, et refermèrent la porte derrière eux.

— Il faut faire vite, dit Dawson. Sinon, la femme de ménage va se demander ce que nous faisons ici.

Savvy fouilla rapidement les tiroirs, pendant que Dawson se chargeait de la valise et de la penderie. A part un journal de Boston, et des étiquettes de bagages provenant de San Antonio, ils ne trouvèrent rien.

Savvy regarda un bloc de papier posé sur la table de chevet. Elle le prit, et le retourna.

— Tu as trouvé quelque chose ?

— Je ne sais pas. Regarde, dit-elle en tenant le bloc de papier à la lumière. Ce sont des traces d'écriture ?

Dawson lui prit le bloc des mains, pour l'observer à la lumière du plafonnier.

— Oui. Sortons d'ici, dit-il en glissant les papiers dans sa poche.

La main sur la poignée de la porte, il se figea et écouta les bruits du couloir. La voix d'un homme lui parvint, s'approchant de la porte. Il jeta un coup d'œil par l'œilleton qui permettait de voir les visiteurs.

— Il y a quelqu'un dans le hall, chuchota-t-il. Entre dans le dressing.

Savvy ouvrit les portes du placard et se glissa à l'intérieur.

— Et toi ?

— Laisse légèrement entrouvert. Je veux voir qui c'est.

Le visage d'un homme apparut nettement de l'autre côté de l'œilleton. Il regarda à droite, puis à gauche, avant de se pencher vers la serrure.

Dawson pénétra dans le dressing avec Savvy et tira la porte sans la fermer complètement.

— Ce n'est pas Pearson. Mais il va entrer.

10

Dans la pénombre du dressing, Savvy retint son souffle.

— Tiens-toi prête, dit Dawson en lui prenant la main.

Son cœur battait si fort qu'elle entendit à peine le bruit de la serrure qui tournait.

Dawson se pencha. Ses épaules étaient tendues, ses doigts crispés sur ceux de Savvy. Celle-ci n'osait pas respirer de peur que l'inconnu ne l'entende et ne les découvre dans le placard.

L'air conditionné se mit en marche, et le ronflement étouffa les autres bruits, y compris les pas de l'homme sur la moquette.

Dawson l'attira vers lui, et lui répéta à l'oreille :

— Tiens-toi prête.

Prête ? Prête à quoi ? A une attaque ? A des coups de feu ? A être jetée en prison ? Elle aurait voulu lui poser la question, mais elle craignait d'être entendue.

— Maintenant.

Dawson ouvrit silencieusement la porte de la penderie, jeta un coup d'œil au-dehors, et se précipita vers la porte de la chambre. Savvy ne voyait pas l'homme, mais elle entendit ses pas sur le carrelage de la salle de bains. Elle suivit Dawson sur la pointe des pieds.

Ce dernier ouvrit, poussa Savvy dans le couloir, et sortit après elle.

— Hé ! cria un homme derrière eux.

Savvy tourna la tête, juste assez longtemps pour voir un dragon tatoué sur un bras massif. La terreur la fit se figer sur place.

— Cours ! s'écria Dawson.

Tirée de sa stupeur par le son de sa voix, elle contourna le chariot de linge sale et se rua vers l'escalier, consciente que l'ascenseur mettrait trop longtemps à s'ouvrir. Elle passa une porte, Dawson sur les talons. Elle s'engagea dans l'escalier sans jeter un seul coup d'œil derrière elle.

Au bas des marches, Dawson tendit le bras pour l'arrêter.

— Attends.

Il n'y avait aucun bruit de pas dans l'escalier.

— S'il nous a suivis, il n'est pas passé par là.

Il ôta son uniforme de serveur. Savvy contempla sa robe.

— Je suppose que nous ne pouvons pas retourner chercher mon jean à la lingerie ?

— Je crains que non. Il faut sortir d'ici tant que c'est possible. Attends un instant.

Il poussa une porte battante et sortit. Savvy se plaqua dans un angle, l'oreille tendue. Les trente secondes qui suivirent lui parurent interminables. Elle était déjà devenue dépendante de Dawson, et cela ne lui plaisait pas. Elle ne voulait dépendre de personne. Son front se plissa. Etait-ce un souvenir ? Elle fit un effort désespéré pour se rappeler quelque chose. Rien. Sa vie était un trou noir.

La porte se rouvrit, la tirant de ses réflexions déprimantes. Dawson apparut, et elle poussa un soupir de soulagement.

— Tu es prête ? demanda-t-il en lui tendant la main.

Donc, elle dépendait de lui. Etait-ce une mauvaise chose ? Elle plaça la main dans la sienne, et la chaleur de ses doigts l'emplit d'un sentiment de bien-être qu'elle n'avait encore jamais éprouvé depuis le moment où elle s'était réveillée à l'hôpital. Et si elle ne recouvrait jamais la mémoire ? Son prochain garde du corps serait-il aussi efficace que Dawson ? La protégerait-il des hommes qui la poursuivaient ? Resterait-il avec elle jusqu'à ce que le meurtrier soit découvert ? Elle fut parcourue d'un frisson.

Ses traits durent trahir sa peur, car Dawson lui prit le menton entre les doigts.

— Tout ira bien. Viens, sortons d'ici.

Il leur fallut moins de temps pour sortir de l'hôtel que pour y entrer. En deux minutes, ils eurent regagné leur voiture de location.

Dawson s'assit au volant et mit le contact avec un petit sourire.

— C'était moins une.

— Ne me dis pas que tout cela t'a amusé ?

Savvy enfila le seul jean qui lui restait, et fit glisser son uniforme de femme de chambre par-dessus sa tête. Un large sourire éclairait le visage de son compagnon.

— J'ai trouvé ça grisant.

Savvy secoua la tête.

— Tu devrais sourire plus souvent, commenta-t-elle.

Le sourire de Dawson s'évanouit aussitôt.

— Ah oui ? Pourquoi ?

Elle se reprocha d'avoir parlé. Si elle n'avait rien dit, il sourirait peut-être encore, sans même s'en rendre compte.

— Tu fais moins peur quand tu souris.

— Le sourire n'est pas obligatoire, dans ma profession.

— Ça devrait l'être.

Il ouvrit la boîte à gants et y prit un crayon.

— Espérons que ça marchera, lança-t-il en passant le crayon sur la première feuille du bloc de papier blanc.

Des lettres et des chiffres apparurent.

— E. Jameson, déchiffra Savvy. Ce nom te dit quelque chose ?

— Peut-être. Il est vaguement familier.

Il examina le parking, avant de démarrer.

— Allons dans un endroit moins exposé. J'appellerai ma patronne pour qu'elle fasse une recherche sur le nom et le numéro de téléphone.

— E. Jameson, répéta Savvy. J'ai l'impression que je devrais le connaître.

Elle ferma les yeux et renversa la tête en arrière, cherchant dans son esprit dévasté par le choc. Elle ne trouva que le vide. Découragée, elle poussa un soupir.

— J'ai l'impression que tous mes souvenirs sont enfermés. Ils attendent qu'une porte s'ouvre pour se répandre dans ma tête. Je sais qu'ils sont là, mais ils ne parviennent pas jusqu'à moi.

Dawson lui prit la main et la pressa gentiment.

— Tout finira par revenir.

— J'espérais que nous trouverions quelque chose. M. Pearson avait l'air de savoir des choses sur moi. Pourquoi m'a-t-il demandé si je connaissais le nom de Jameson ?

Dawson s'engagea dans une rue peu fréquentée.

— Il t'aurait dit n'importe quoi pour obtenir une interview.

— Ou bien il sait quelque chose.

Savvy pinça les lèvres. Elle était prête à courir tous les risques pour apprendre la moindre information sur son passé.

— Nous aurions peut-être dû rester pour parler à M. Pearson.

— Non. C'est trop dangereux. L'homme qui est entré dans sa chambre est celui qui a essayé de t'étouffer à l'hôpital. Si Pearson en sait plus sur toi, cet homme cherchait peut-être des renseignements pour te retrouver.

Savvy ouvrit la bouche, mais Dawson l'arrêta d'un geste avant même qu'elle ait pu articuler un mot.

— Nous pourrons revenir plus tard. En attendant, nous sommes restés trop longtemps au même endroit. D'autre part, nous devons retrouver un autre agent de l'Agence Lone Star.

Par coïncidence, son téléphone se mit à sonner. Dawson répondit.

— Allô, Jack ? Il était temps. Ah, non ? Quand ?

Un poids se mit à peser sur la poitrine de Savvy. Dawson ne le lui avait pas dit, mais elle savait. L'homme à qui il parlait était celui qui devait le remplacer.

Savvy se renfonça dans son siège. Elle se sentait encore plus seule que lorsqu'elle s'était réveillée à l'hôpital. Elle n'en voulait pas à Dawson. Ce dernier ne lui avait pas caché qu'il ne voulait pas être garde du corps. Il ne voulait pas être responsable de la vie de quelqu'un.

Elle coula un regard dans sa direction, pendant qu'il s'entretenait avec Jack. Dawson allait lui manquer, avec sa force tranquille, sa détermination... et ses larges épaules. Son regard remonta vers ses lèvres, et son imagination la ramena à la nuit précédente. Une vague chaude prit naissance dans son ventre et se répandit dans ses membres. La douleur sourde du désir surgit entre ses jambes.

Il était sans doute temps que Dawson soit remplacé. Il fallait qu'elle se concentre sur le problème principal, qui était de sauver sa peau.

Dawson décida d'un lieu et d'une heure pour le rendez-vous qui devait avoir lieu un peu plus tard ce jour-là, de manière à faire d'une pierre deux coups. Puis il coupa la communication. A présent que sa mission arrivait à son terme, il ne se sentait pas aussi soulagé qu'il l'avait cru.

Si Jack prenait la suite de cette mission, il pourrait quant à lui reprendre son job d'enquêteur. Et il se contenterait de prendre sur le fait des époux volages. Il n'y aurait plus de coups de feu, et il ne serait pas obligé de dormir dans la même chambre qu'une jeune femme trop sexy qui avait été témoin d'un meurtre. *S'il* cédait la place à Jack.

Non. *Quand* il lui céderait la place.

Un coup d'œil à Savvy, et il eut le cœur serré.

Recroquevillée dans son siège, les bras croisés sur sa poitrine et la casquette de base-ball enfoncée sur sa masse de cheveux cuivrés, elle donnait l'impression d'être une enfant perdue. Ses yeux verts fixaient le pare-brise, soulignés par des cernes plus creusés que la veille.

Savait-elle qu'il voulait la quitter ? A en juger par ses lèvres serrées, par son regard sombre, elle avait compris. Qu'éprouvait-elle ? Après ce qui s'était passé la nuit dernière…

— Que regardes-tu ? demanda-t-elle en se tournant vers lui d'un air de défi.

Puis, avant qu'il ait répondu, elle pivota sur son siège et regarda par la fenêtre.

Elle avait bel et bien deviné.

— Jack est un excellent agent. Je lui confierais ma propre vie. Et il est garde du corps depuis longtemps.

— Oui, je sais. C'est un job. Je ne représente que ça, ajouta-t-elle d'une voix sourde.

— Non, tu es plus que cela.

— Pour qui ? Pour les tueurs du seigneur de la drogue, je suis la cible à atteindre. Pour toi et ton ami Jack, je suis une mission à accomplir. Pour le procureur, je suis un témoin principal, ou un suspect. Ne dis plus rien, Dawson, ajouta-t-elle avec un haussement d'épaules. Tu n'as pas besoin de faire semblant.

Il garda le silence, luttant contre l'envie de se garer sur le côté de la route, de la prendre dans ses bras et de lui dire qu'il ne faisait pas semblant, qu'il s'était attaché à elle, plus qu'il ne l'aurait voulu. Mais s'il la prenait dans ses bras, il aurait du mal à la relâcher. Or, il fallait qu'il s'éloigne d'elle.

Les mains sur le volant, les yeux fixés droit devant lui, il se rendit au palais de justice de Webb County, au centre de Laredo, où se trouvait le bureau du procureur.

Jack l'avait appelé au moment où il quittait San Antonio. Il atteindrait Laredo dans deux heures et demie au plus tard.

En attendant, Dawson devait demander à Audrey si elle avait trouvé d'autres informations sur Savvy Jones. Mais avant tout, ils devaient entrer en contact avec le procureur Frank Young, sinon celui-ci risquait d'émettre un mandat d'arrêt contre Savvy.

Il se gara derrière le palais de justice, au deuxième étage du parking public, entre deux voitures aussi banales que la leur. Puis il sortit du petit véhicule, regrettant l'espace et le confort de son camion.

Savvy sortit également, avant qu'il ait eu le temps d'aller lui ouvrir sa portière.

— Tu es pressée de te faire arrêter ? demanda-t-il en haussant les sourcils.

— Je suis surtout pressée de me présenter au procureur, afin de pouvoir continuer à chercher le vrai tueur. Avec ou sans ton aide.

Elle se dirigea d'un pas ferme vers la passerelle qui communiquait avec le palais de justice. Dawson la suivit, le cœur lourd, tout en observant les gens et les véhicules qui circulaient dans le parking. La remarque de Savvy l'avait atteint.

N'éprouvait-il pas de regrets de la confier à Jack ? Les

paroles de la jeune femme ne firent que semer davantage le doute dans son esprit. Dawson était toujours persuadé de ne pas être l'homme de la situation. Deux mois auparavant, il était encore esclave de la boisson. Il en était à peine sorti. Comment Audrey, ou Savvy, pouvaient-elles le croire apte à combattre un ennemi tel que Rodriguez ? Mais encore, comment pouvait-il se retirer du jeu, en sachant quel danger Jack et Savvy allaient devoir affronter ? Pouvait-il abandonner la jeune femme à son sort ?

Une bouffée de colère l'envahit. Il refusait de se sentir coupable. Savvy Jones n'était rien pour lui. Rien.

— Laisse la police se charger de l'enquête.

— Et qu'est-ce que cela m'a apporté, jusqu'ici ? lança-t-elle, en s'engageant dans l'escalier.

Dawson la suivit, et remarqua que sa démarche était lente.

— Une enquête prend beaucoup de temps.

Savvy s'arrêta et s'adossa au mur, en inspirant profondément. Elle était plus pâle que lorsqu'elle était descendue de la voiture.

— Au cas où tu n'aurais pas remarqué, je n'ai pas le temps.

Dawson la rattrapa et lui passa un bras autour de la taille, en réprimant un sourire.

— Le chaton a des griffes, je vois.

— Pas du tout, protesta-t-elle en se dégageant. Je dis simplement les choses telles qu'elles sont.

Levant le menton, elle gravit encore trois marches, et dut s'arrêter pour reprendre sa respiration. Une mèche de cheveux s'échappa de la casquette, adoucissant l'apparence de dureté qu'elle voulait absolument donner.

Elle était sur le point de s'évanouir, mais refuserait jusqu'au dernier moment de solliciter son aide. Dawson lui glissa de nouveau le bras autour de la taille, et résista quand elle tenta de se dégager.

— Ecoute, si tu veux vraiment monter dans le bureau du procureur, laisse-moi au moins t'aider.

— Je n'ai pas besoin de ton aide, laisse-moi tranquille.

— Pas question. Je te laisserai quand je serai décidé.

— C'est-à-dire dans deux heures ? Tu peux partir tout de suite. J'attendrai Jack dans le bureau du procureur.

Dawson jeta un coup d'œil à gauche, et à droite, observant les fenêtres en arc-de-cercle du palais de justice, les toits, et le parking.

— Tais-toi, et dépêche-toi de monter l'escalier.

Il l'entraîna avec lui, la protégeant de son corps, jusqu'à ce qu'ils aient franchi la porte du bâtiment.

C'est seulement lorsqu'ils furent à l'intérieur qu'il relâcha son étreinte. Savvy se tourna alors vers lui, les joues enflammées.

— Je suis parfaitement capable de trouver mon chemin toute seule. Tu peux partir.

— Je ne peux pas, et je ne le ferai pas, tant que…

— Tant que tu ne seras pas remplacé, je sais, répliqua-t-elle avec un geste de la main.

Il lui captura les doigts, et plongea les yeux dans les siens.

— Jusqu'à ce que j'aie décidé de le faire, rectifia-t-il.

— D'accord, concéda-t-elle en retirant sa main. Alors reste dans le couloir pendant que je discute avec le procureur. C'est moi qu'il veut jeter en prison, pas toi.

Elle se dirigea vers l'ascenseur, et observa le panneau indiquant où se trouvaient les différents bureaux dans le bâtiment.

Dawson appela l'ascenseur, et les portes coulissèrent.

— Il est au quatrième.

— J'ai vu, répliqua-t-elle en pénétrant dans la cabine.

Ils montèrent en silence. Quand l'ascenseur s'arrêta, Savvy fit mine de sortir la première, mais Dawson l'en empêcha.

— J'ai toujours une mission à accomplir.

Elle recula d'un pas, et croisa les bras.

— Je t'en prie, fais comme tu veux.

Dawson observa les hommes et les femmes qui passaient dans le couloir. Aucune de ces personnes ne semblait dangereuse, mais il ne pouvait se fier aux apparences. Ce qui était le plus important, c'était qu'aucune d'elles ne portait d'arme.

— La voie est libre, annonça-t-il.

Savvy passa devant lui en levant les yeux au ciel, et tourna à droite.

— Où vas-tu ?

Elle se figea, la tête haute.

— Le bureau est de l'autre côté ? demanda-t-elle, sans se retourner.

— Exact.

— Je le savais.

Elle pivota sur ses talons, passa fièrement devant Dawson et franchit la porte sur laquelle était inscrit le nom du procureur Frank Young.

— Que puis-je faire pour vous ?

Une jeune et jolie assistante leva les yeux de son ordinateur. Une pancarte posée sur le bureau indiquait qu'elle s'appelait Delores Sanchez.

— Mademoiselle Sanchez, je désire voir le procureur.

La jeune femme examina Savvy.

— Oh, vous devez être Mme Jones, répondit-elle en se levant pour venir lui serrer la main. Je vous ai vue aux informations, hier soir, mais j'ai failli ne pas vous reconnaître, avec votre casquette. Entre nous, il n'y a pas une seule personne dans cette ville qui ne vous soit pas reconnaissante de ce que vous avez fait.

Savvy se rembrunit, et ôta la main que Delores retenait dans la sienne.

— Je ne me souviens pas de ce que j'ai fait.

— Tomas Rodriguez était foncièrement mauvais. Il a échappé à la justice, bien qu'il ait violé des femmes des deux côtés de la frontière.

L'assistante jeta un bref coup d'œil par-dessus son épaule et reprit :

— Frank l'a fait inculper pour détention de drogue l'année dernière, mais je crois qu'il le regrette.

— Pouvons-nous le voir ?

Delores plissa les lèvres.

— Il a demandé à être informé de tous vos déplacements. Je sais qu'il voudra vous recevoir, mais il y a quelqu'un dans son bureau en ce moment. Si vous voulez bien vous asseoir et attendre, il sera bientôt disponible.

L'assistante désigna un canapé de cuir, dans un angle du bureau. Savvy prit place tout au bout du canapé.

Un peu irrité, Dawson s'assit au milieu. Il n'aimait pas attendre. Surtout dans les circonstances présentes. Un seigneur de la drogue voulait la tête de Savvy, et des deux côtés de la frontière, des informateurs étaient prêts à faire n'importe quoi pour plaire à un homme aussi influent que lui.

Il s'était trompé en croyant qu'elle serait en sécurité ici, au palais de justice. Tôt ou tard, ils devraient en sortir et c'est alors qu'elle serait le plus vulnérable.

La porte du bureau de Frank Young s'ouvrit tout à coup, et une très belle blonde, vêtue d'un tailleur pantalon et chaussée d'escarpins à hauts talons, traversa le bureau de réception. La main sur la poignée de la porte, elle se retourna et ses yeux bleus lancèrent des éclairs.

— Tu ferais aussi bien de montrer tes comptes bancaires, Frank. Il n'y a pas un seul tribunal dans ce comté qui te soutiendra. Pas avec les preuves que je détiens.

Elle émit un petit rire dur et sans joie.

— Je croyais qu'un procureur était tenu d'appliquer la loi et de soutenir la morale. Je suppose que tu ne te sens pas concerné par ce genre de choses.

Frank Young traversa le bureau à longues enjambées.

— Sois raisonnable, Diana. Nous n'avons pas besoin de divorcer. Tu connais mon travail, tu sais que j'ai des rendez-vous d'affaires. Il n'y a rien d'autre.

Son regard se posa sur Dawson et Savvy, et il serra les mâchoires.

— Nous reparlerons de tout cela à la maison.

— Très bien. Tu en profiteras pour m'expliquer pourquoi tu achètes de la lingerie de luxe à tes clientes.

Diana cala sa pochette en cuir sous son bras, et ajouta sèchement :

— Nous n'avons rien d'autre à nous dire.

Dawson vit le regard de Young luire de fureur tandis que sa femme franchissait la porte. Puis le procureur se tourna vers eux avec un sourire crispé.

— Vous avez bien choisi votre moment, commenta-t-il en leur faisant signe d'entrer dans le bureau.

Dawson poussa Savvy devant lui, et referma la porte. Young alla s'asseoir derrière son imposant bureau d'acajou.

— Vous avez recouvré la mémoire ?

— Non, rien.

Young étrécit les yeux, l'air soupçonneux.

— Rien sur le meurtre ? Sur vous ? Votre famille ?

— Non, répéta-t-elle en secouant la tête.

— Vous êtes sûre que vous ne vous rappelez rien de votre passé ? L'endroit où vous viviez ? N'importe quel détail ?

— Elle vous a dit que non, lança Dawson en fronçant les sourcils.

— Ce n'est rien, murmura Savvy en lui touchant le bras. Non. Je ne me rappelle personne, ni aucun endroit où j'ai pu me trouver. Pourquoi ?

Young haussa les épaules.

— Apparemment, personne ne vous connaît par ici, madame Jones.

Il ajouta :

— J'ai fait une enquête, et j'ai même consulté les dossiers des personnes disparues.

— Avez-vous découvert quelque chose ?

— Peut-être, répondit-il en dardant sur elle un regard perçant. Dès que j'aurai obtenu certaines confirmations, nous en reparlerons.

— Si vous savez quelque chose, dites-le-moi, je vous en prie.

Young haussa les sourcils.

— Je le ferai, dès que je serai sûr. Inutile de vous donner de l'espoir si ce n'est qu'une fausse piste.

Savvy se mordit la lèvre, mais n'insista pas. Dawson lui prit le bras.

— Nous ne pouvons pas nous attarder ici. Quelqu'un risque de tendre un piège à Mme Jones.

— Vous avez eu des problèmes ?

— Quelques-uns. Je n'entrerai pas dans les détails, mais vous devez savoir qu'elle n'est pas en sécurité à Laredo.

Le procureur pinça les lèvres et ses traits se durcirent.

— Je compte sur vous pour protéger Sab... Mme Jones. Elle est très précieuse pour... pour résoudre cette affaire.

Young se leva, et fit mine d'arranger les documents impeccablement alignés sur son bureau.

— A présent, vous voudrez bien m'excuser, j'ai du travail.

— Pouvez-vous nous dire quelque chose sur la progression de l'enquête ? demanda Savvy en s'avançant vers lui. Avez-vous trouvé la preuve de la présence de quelqu'un d'autre dans la ruelle, lorsque Tomas Rodriguez a été tué ?

Le procureur secoua la tête.

— Jusqu'ici, rien. Si quelqu'un a vraiment voulu vous faire passer pour la meurtrière, il a réussi à effacer toutes les traces derrière lui.

— Avez-vous trouvé d'où provenait l'arme du crime ? demanda Dawson.

— Oui. Elle a été dérobée il y a deux mois à un habitant de Laredo, qui avait déclaré le vol.

Les épaules de Savvy s'affaissèrent.

— Si vous ne trouvez pas l'assassin, j'irai en prison ?

— J'ai convaincu le juge de ne pas procéder à votre arrestation. Un doute demeure sur votre culpabilité, en raison du fait que vous teniez l'arme de la main gauche, alors que vous êtes droitière. Mais je ne sais pas combien de temps je pourrai encore retarder la procédure. Le juge sera content de savoir que vous n'avez pas quitté la ville. La présence de M. Gray vous évite d'être envoyée en prison. Sans lui pour vous protéger et suivre vos déplacements, je serais obligé de vous faire arrêter jusqu'à ce que nous ayons trouvé qui a réellement tué Tomas Rodriguez.

— Eh bien justement, dit Dawson en tirant Savvy par le bras. Si cela ne vous fait rien, il faut que nous sortions d'ici.

— Certainement. Prenez bien soin d'elle, et tenez-moi informé de la situation.

— Vous avez un numéro où me joindre. Tant qu'il n'y a pas de preuve que quelqu'un d'autre a tué Rodriguez, nous resterons cachés. Ne m'appelez qu'en cas d'urgence.

— D'accord, dit le procureur en contournant son bureau.

Il ouvrit la porte, et s'effaça pour laisser Dawson et

Savvy sortir. Quand la jeune femme passa devant lui, il l'observa en étrécissant les yeux, comme pour graver ses traits dans sa mémoire.

Dans l'ascenseur, Savvy garda le silence. Sa casquette dissimulait ses yeux et l'expression de son visage. Elle suivit Dawson en sortant de la cabine, la tête baissée, visiblement plongée dans ses pensées.

Une fois dans la voiture, elle garda les yeux fixés sur l'extérieur, les doigts croisés sur ses genoux.

Dawson aurait dû apprécier son silence. Moins elle parlait, et plus il devenait facile pour lui de la quitter. Mais plus l'heure du rendez-vous avec Jack approchait, et moins il avait envie de confier sa protégée à celui-ci.

Il quitta le parking, et examina soigneusement la rue avant de s'engager dans la circulation.

Ils avaient à peine fait dix mètres quand une voiture ressemblant à une épave surgit d'une rue adjacente et fonça sur eux en faisant crisser ses pneus sur le goudron.

— Baisse-toi ! cria Dawson en faisant un geste vers Savvy.

Agrippant le volant, il enfonça la pédale d'accélérateur, tout en baissant lui-même la tête pour ne pas offrir de cible aux tueurs.

Des klaxons résonnèrent, des voitures s'écartèrent brusquement. Mais l'épave resta au niveau de la voiture de location. La vitre du passager glissa vers le bas.

Le cœur de Dawson battait à cent à l'heure. Il n'avait pas le temps de réfléchir, il fallait agir.

— Cramponne-toi !

11

Savvy jeta un coup d'œil à l'autre voiture, et vit le canon gris d'une arme pointé sur elle. Un homme au visage grêlé lui lança un regard menaçant.

— Il a un pistolet ! cria-t-elle.

Dawson appuya sur la pédale de freins, et la voiture s'arrêta dans un crissement de pneus. La tête de Savvy heurta le tableau de bord, et une vive douleur lui transperça la tempe. Des éclairs l'aveuglèrent.

Un bruit assourdissant surgit de l'épave qui roulait à côté d'eux, suivi par un choc contre la carrosserie de leur voiture.

— Ne me dis pas qu'ils nous tirent dessus !

— O.K., je ne te le dirai pas, répondit Dawson. Mais tiens-toi bien.

Il passa la marche arrière et la voiture pivota sur elle-même. Tous les véhicules autour d'eux freinèrent et s'arrêtèrent. Les feux arrière de l'épave s'allumèrent.

— Ils reculent ! hurla Savvy.

Dawson fit tourner le volant, et s'engagea dans la file de circulation en sens inverse. Le conducteur d'un 4x4 les évita de justesse et klaxonna furieusement.

Sans se démonter, Dawson accéléra. La voiture bondit en avant, se dirigeant droit vers un bâtiment de l'autre côté de la rue. Les doigts crispés sur le volant, Dawson tourna brusquement à gauche et la voiture monta sur le trottoir. Des piétons s'éparpillèrent devant eux en criant, et en montrant le poing.

L'épave fit la même manœuvre qu'eux, mais le conducteur eut moins de chance et heurta de plein fouet un poteau électrique.

Le bruit des sirènes de police résonna au loin, et Savvy espéra que cet épisode précis du cauchemar qu'elle vivait depuis deux jours était terminé.

Apparemment, les tireurs qui occupaient le tas de ferraille n'avaient aucune envie d'affronter la police locale. Après plusieurs tentatives vaines pour faire redémarrer leur véhicule, les deux hommes ouvrirent les portières et s'enfuirent à pied, disparaissant rapidement au coin de la rue.

Alors qu'ils redescendaient sur la chaussée en cahotant, elle vit apparaître la première voiture de police, toutes lumières allumées et sirènes hurlantes. Une deuxième voiture la suivait.

Dawson serra le trottoir pour les laisser passer, et s'engagea de nouveau dans la file de circulation, comme si de rien n'était.

Savvy se redressa, une main contre la poitrine, et le cœur battant follement.

— C'était moins une.

— Nous l'avons échappé belle, admit-il.

Dawson fixa la route en face de lui. Ses traits semblaient sculptés dans la pierre. Seul un tressautement sur sa joue trahissait sa nervosité.

Savvy secoua la tête, avec un petit rire tremblant.

— J'ai l'impression d'être un coureur qui enchaîne sprint sur sprint. Chaque fois que je crois pouvoir reprendre ma respiration, les tueurs réapparaissent et il faut repartir !

— Il faudrait que quelqu'un nous aide un peu, reconnut Dawson.

— Oui, peut-être. Tu n'as pas l'impression que tout Laredo est à ma poursuite pour me tuer ?

Dawson lui lança un regard en coin, et sourit.

— Je dois admettre que tu tiens mieux le coup que je ne m'y attendais.

— J'ai été élevée pour être une battante.

— Elevée par qui ?

— Je ne sais pas.

A peine Dawson avait-il posé la question que le rideau s'était refermé sur ses souvenirs. Impossible de comprendre pourquoi elle avait dit cela.

— Je ne sais vraiment pas.

— Je parie ma chemise que ta mémoire sera revenue avant la fin de la semaine.

— J'espère que ça reviendra encore plus vite que ça. Il n'y a qu'un jour que j'ai quitté l'hôpital. Je ne vois pas comment je pourrai vivre dans un tel stress jusqu'à la fin de la semaine.

Dawson hocha la tête, mais ne répondit pas. Il fronçait les sourcils, l'air soucieux.

— Sans parler de cette course-poursuite avec les tueurs, j'ai trouvé que l'entrevue avec le procureur était plutôt étrange, continua Savvy. Tu crois qu'il en sait plus sur moi qu'il ne veut bien le dire ?

— Je ne sais pas. Je ne lui fais pas confiance.

— Qu'as-tu pensé de sa femme ?

— Elle paraissait furieuse.

— Tu crois qu'il la trompe ?

— Ça en a tout l'air.

Il fit mine de négocier un virage pour se dispenser

d'en dire davantage. Mais Savvy ne renonçait pas aussi facilement.

— Tu ne m'as pas dit que tu ne faisais que des enquêtes privées ? Quel genre d'enquêtes ?

— Des personnes disparues, des détournements de fonds, des époux adultères. Mais il n'y a pas longtemps que je suis dans l'agence. Pourquoi ?

— Tu ne devines jamais quand un mari trompe réellement sa femme ?

— J'essaye de garder mon opinion pour moi, tant que je n'ai pas de preuves dans un sens ou dans l'autre.

— C'est très noble de ta part, répondit-elle en pianotant sur l'accoudoir du fauteuil.

— Ne cherche pas les ennuis, Savvy.

— Tu trouves que je n'en ai pas déjà suffisamment ? fit-elle avec l'ébauche d'un sourire.

— Si.

Elle se frappa le front du plat de la main.

— Pourquoi est-ce que je ne me rappelle pas ? Et ne me dis pas que ça prend du temps ! ajouta-t-elle en agitant un doigt devant lui. Tu sais aussi bien que moi que du temps, je n'en ai pas.

— Que voudrais-tu que je te dise ?

— Je ne sais pas. N'importe quoi. Rien.

— Il ne suffit pas de faire un vœu pour améliorer la situation.

— Non, mais nous pourrions agir.

Dawson s'arrêta à un feu rouge.

— Que suggères-tu qui ne soit pas illégal ?

— Emmène-moi dans le bar où je travaillais.

— C'est trop dangereux, déclara-t-il, péremptoire.

— Dawson, je ne peux pas continuer à fuir.

Elle lui posa une main sur le bras. Le contact la troubla

intensément. Il valait mieux ne pas éprouver ce genre de sentiment pour un homme qui n'allait pas tarder à sortir de sa vie, songea-t-elle en retirant vivement sa main.

— Il me faut des réponses.

— Quelle que soit la personne à tes trousses, elle a dû envoyer quelqu'un pour surveiller cet endroit, répondit-il en gardant les yeux fixés sur la route.

— Alors essayons d'entrer par la porte de derrière. Je garderai ma casquette sur la tête.

— Non.

— Si tu ne m'emmènes pas, je trouverai un moyen d'y aller seule.

— Non, tu ne peux pas aller là-bas.

— D'accord.

Elle agrippa la poignée et ouvrit la portière, alors que le feu repassait au vert. Dawson tendit la main pour la rattraper, mais en vain.

Avant qu'il ait pu réagir, elle était déjà sur le trottoir, et avait refermé la portière. La voiture qui se trouvait derrière eux klaxonna.

— Remonte dans la voiture, Savvy.

— Seulement si tu me conduis au Waterin'Hole.

Elle se pencha pour chercher son regard, ignorant les gestes furieux du conducteur de l'autre voiture. Dawson lui lança un regard noir. Un nerf tressautait sur sa joue, mais il ne céda pas.

Le klaxon retentit de nouveau, assourdissant.

— Au revoir, Dawson.

— D'accord, je t'emmène ! hurla-t-il, hors de lui. Monte.

Très calme, elle se tourna vers le conducteur de la voiture derrière eux, articula silencieusement le mot *désolée,* puis elle grimpa dans la voiture et attacha sa ceinture de sécurité.

— Tu vois, ce n'était pas très difficile.

— Dieu me protège des femmes entêtées, grommela Dawson en appuyant sur l'accélérateur.

— Et Dieu me protège des hommes têtus. Il y en a beaucoup trop en ce monde.

Elle savait cela, car elle en avait connu un certain nombre. Cette idée lui traversa l'esprit, alors que le visage d'un homme aux cheveux blancs et aux yeux verts s'imposait à elle. Cela fut si inattendu qu'elle poussa une exclamation de surprise.

Dawson freina brusquement.

— Qu'y a-t-il ? Tu t'es fait mal ?

— Non. Je viens d'avoir un souvenir. Le visage d'un homme aux yeux verts et aux cheveux blancs.

Elle ferma les yeux et essaya de se remémorer l'image qui venait de la frapper.

— Je le vois, mais je ne retrouve pas son nom.

— Tu es sûre qu'il ne s'agit pas d'un des médecins de l'hôpital ?

— Absolument. Ils avaient presque tous les cheveux noirs. Et l'homme que j'ai vu portait un costume, pas une blouse de médecin.

— Un homme aux cheveux blancs, en costume. Tu crois que c'est le tueur ?

Savvy secoua la tête.

— Non, je ne crois pas. Il n'avait pas d'arme dans la main.

Elle ouvrit les yeux et regarda les voitures qui passaient dans la rue.

— Pourquoi lui ? Pourquoi est-ce que je me souviens de cet homme, et de personne d'autre ?

— Réfléchis à ce dont nous avons parlé juste avant. Peut-être avons-nous dit quelque chose qui a fait surgir cette image ?

Elle réfuta cette idée d'un haussement d'épaules.

— Nous parlions des hommes têtus. Il en fait certainement partie. Mais qui est-ce ?

Elle enfouit la tête entre ses mains, et tressaillit lorsque ses doigts effleurèrent sa tempe endolorie.

— Non, cet homme n'a tué personne. J'en suis quasiment certaine.

— Eh bien, tant mieux. Tu sais au moins que c'est quelqu'un qui appartient à ton passé, et qu'il est têtu, déclara Dawson en souriant.

— Tu te moques de moi ? répliqua-t-elle en lui décochant un coup de poing dans l'épaule. Le grand Dawson Gray aurait le sens de l'humour ? Qui l'eût cru ?

— Oui, mais seulement quand je me trouve en compagnie d'une femme particulièrement entêtée.

Il lui tendit son téléphone, et ajouta :

— Cherche l'adresse du Waterin'Hole.

— Tu vas m'y emmener ?

— A mon corps défendant, répondit-il en allant se garer derrière un magasin de vêtements. Mais avant cela, il faut un peu améliorer ton déguisement. Tes cheveux vont finir par nous attirer des ennuis.

— Je pourrais les couper, suggéra-t-elle en posant la main sur la casquette qui contenait à peine la masse de sa chevelure.

— Pas question.

Il aimait donc ses cheveux ? Une vague de satisfaction déferla tout à coup en Savvy. Elle était poursuivie par un tueur. Pourquoi le fait que Dawson aime ses cheveux prenait-il une telle importance, dans un moment pareil ?

Pendant que Savvy enfilait un jean et une chemise blanche dans la cabine d'essayage, Dawson se faufila sur le parking et échangea les plaques d'immatriculation de leur voiture avec celles d'un employé du magasin. Une précaution supplémentaire pour parcourir les rues de Laredo sans prendre de trop grands risques. Les hommes qui les avaient pourchassés à leur sortie du palais de justice avaient dû noter le numéro d'immatriculation. Tous les hommes du cartel de ce côté du Rio Grande devaient rechercher une berline grise portant ce numéro.

Ce stratagème leur permettrait de prendre une ou deux minutes d'avance sur l'adversaire. Peut-être.

Il regrettait déjà d'avoir promis à Savvy de la conduire au bar où elle travaillait. Alors qu'il regagnait la porte du magasin, son téléphone se mit à vibrer. C'était Jack.

— Salut, mec. Je suis en ville.

— Il y a un changement de plans, Jack. Je vais emmener Savvy sur son lieu de travail. Je voudrais que tu nous rejoignes là-bas.

— Tu es sûr que c'est une bonne idée ? Tu ne penses pas que l'endroit est surveillé par le cartel de Rodriguez ?

— Si, sûrement. Je vais la faire entrer en cachette. Si je ne l'aide pas, elle est bien décidée à y aller seule, expliqua-t-il avec un soupir.

Jack eut un petit rire.

— Non seulement elle est belle, mais elle a aussi des idées bien arrêtées.

— Tu as vu sa photo ?

Dawson était resté à l'extérieur du magasin. Il regarda par la vitrine, cherchant des yeux la femme en question. Celle-ci émergea de la cabine d'essayage et regarda autour d'elle, l'air sur ses gardes. Quand elle le vit, ses épaules se soulevèrent et retombèrent, comme si elle poussait un soupir de soulagement.

— Oui, je l'ai vue hier soir sur la chaîne d'informations de San Antonio. Une beauté fatale, non ?

— Attends de la voir en chair et en os.

Dawson pensa à la nuit précédente, quand il l'avait tenue entre ses bras. A la douceur de sa peau, à la façon dont ses jambes s'étaient enroulées autour de ses reins. Elle avait anéanti tous ses espoirs de garder ses distances, aussi bien physiquement que mentalement.

— Je vais avoir du boulot, dit Jack.

Dawson crispa les doigts sur le téléphone.

— Nous en parlerons. Retrouve-nous au Waterin'Hole.

— D'accord. A tout à l'heure.

Dawson remit le téléphone dans sa poche en observant les rues animées, puis il rentra dans la boutique. Savvy vint vers lui. Elle portait le nouveau jean, avec la chemise blanche et des bottes neuves.

— Je te rembourserai dès que je pourrai, dit-elle en lui donnant les étiquettes des trois articles.

— Tu es très bien, mais il te faut un chapeau plus grand, pour cacher tes cheveux et ton visage.

Il choisit un chapeau de paille sur une étagère, vérifia la taille, et le lui posa doucement sur la tête. Avec ses longs cheveux blonds et son visage criblé de taches de rousseur, elle avait l'air d'une jeune fille banale, qui partait pour un rodéo.

— Comment tu me trouves ? demanda-t-elle en souriant.

Si belle, que j'ai envie de t'embrasser. Dawson fronça les sourcils. Il avait bien failli prononcer les mots à haute voix. Submergé par une bouffée de désir, il lui tourna le dos.

— Pas mal, marmonna-t-il.

Elle pencha la tête en avant, tordit ses cheveux en chignon, et les cala sous le chapeau. Le revers du chapeau de paille dissimulait ses traits et la couleur de ses yeux.

Dawson aurait préféré qu'elle soit complètement invisible, pour retourner au Waterin'Hole. Quelqu'un l'avait désignée comme la cible à éliminer. Quelqu'un qui avait assez d'argent et de pouvoir pour faire exécuter ses ordres.

Il paya leurs achats, et la ramena dans la berline grise. Le soleil commençait à retomber vers l'ouest, et le nuage de poussière qui flottait au-dessus de Laredo prenait des tons rosés. Le GPS qu'il avait récupéré dans son camion avant d'abandonner celui-ci leur indiqua le chemin jusqu'à l'appartement de Savvy, puis les guida plus à l'ouest, dans un quartier un peu miteux où les bâtiments de briques auraient eu grand besoin de rénovation.

Le Waterin'Hole était coincé entre deux bâtiments plus hauts. Plusieurs pick-ups et quelques berlines étaient garés dans la rue, devant le bar-restaurant. Dawson aurait préféré entrer quand l'établissement était vide, mais les clients du soir commençaient déjà à arriver.

Il tourna dans une rue un peu plus loin, se gara derrière le bar, cachant la voiture derrière un amoncellement de vieilles palettes de bois.

Savvy posa la main sur la poignée.

— Attends. Nous allons attendre qu'il fasse un peu plus sombre avant d'entrer.

Elle demeura assise, la main sur la poignée, le regard scrutant la ruelle.

— Tu crois que nous allons avoir des problèmes ?

Dawson prit son arme dans le holster caché sous sa veste de cuir.

— Il faut s'y attendre. Tiens-toi sur tes gardes.

Elle hocha la tête.

— Tu n'as pas changé d'avis ?

— Non, répondit-elle en secouant la tête. Je veux savoir ce qui s'est passé cette nuit-là.

— Laisse-moi poser les questions à ta place. Si tu parles, quelqu'un te reconnaîtra, c'est sûr.

— Mais si je ne pose pas les questions moi-même, ma mémoire risque de ne pas revenir.

— Reste derrière moi, et laisse-moi parler. Contente-toi d'écouter.

Elle se mordilla les lèvres, et ce geste de nervosité inconscient le rendit fou. Il éprouva soudain le besoin de se pencher sur elle, de l'embrasser, de prendre cette lèvre rose entre ses dents et de la mordre doucement, jusqu'à ce qu'elle lui offre sa bouche.

Savvy sortit la photo de l'enfant de la poche de sa chemise, et la regarda en passant les doigts sur le visage de la fillette.

— D'après Liz, je disais que je ne voulais plus vivre mon ancienne vie. Je ne voulais pas devenir comme mon père… Tu crois que je fuyais quelque chose, quand je suis venue à Laredo ?

Le désir de Dawson s'effaça, et sa gorge se noua douloureusement. La photo, la question posée à voix douce, lui rappelaient tout ce qu'il avait cherché à oublier, lui aussi.

— Peut-être.

— Je veux savoir qui était cette enfant.

— Même si cela te fait du mal ?

— Oui. Il faut que je sache.

Dawson observa le ciel qui s'assombrissait.

— Alors, allons-y, dit-il en ouvrant sa portière.

S'il restait assis une minute de plus à côté de Savvy, il la prendrait dans ses bras et la tiendrait là jusqu'à ce que le chagrin disparaisse de ses yeux.

Bon sang. Cette femme s'immisçait dans son cœur, et c'était une chose qu'il ne pouvait se permettre. Il devait la protéger, sa vie dépendait de lui.

Il croyait pourtant que le mur qu'il avait érigé autour de son cœur après la mort d'Amanda était impénétrable. Mais Savvy, avec sa détermination à recouvrer la mémoire, avait l'art d'entamer ses défenses.

Elle le rejoignit à l'arrière du véhicule, et rabattit le chapeau sur son front.

— Garde la tête baissée, ordonna-t-il. Je couvre tes arrières.

— D'accord. On y va.

D'un pas ferme, elle se dirigea vers la ruelle où elle avait été découverte avec une blessure à la tête.

Elle s'immobilisa près d'une benne à ordures. Le blanc de sa chemise paraissait presque bleu dans les ombres du crépuscule. Ce lieu allait-il déclencher quelque chose dans sa tête ?

12

Une ombre flotta dans l'esprit de Savvy alors qu'elle se dirigeait vers la porte arrière du bar. Un chatouillement lui parcourut la nuque, suivi par une sorte de flash, comme un éclat de mémoire surgi du plus profond de son esprit. Trop bref pour qu'elle puisse le retenir et l'analyser. Une vague vision de silhouettes sans visage circulant dans la ruelle.

En proie à une peur irrépressible, elle se mit à courir vers la porte du bar. Etait-ce pour cela que sa mémoire était bloquée ? L'incident avait-il été trop violent ? Son esprit voulait-il la protéger du choc en la coupant de la réalité ?

Dawson la rattrapa et posa la main sur la poignée de la porte avant elle.

— Attends.

Il soutint son regard. Ses yeux étaient comme deux puits profonds et impénétrables. Savvy se mit à trembler.

— Nous ne sommes pas obligés d'entrer, dit-il. Nous pouvons partir et ne jamais revenir. Cet endroit ne m'inspire pas confiance.

Savvy secoua la tête. Malgré la peur, quelque chose la poussait à entrer dans ce bar. Si Dawson percevait sa panique, il l'obligerait sans doute à repartir, l'empêcherait de poser les questions qui aideraient à la disculper.

— Je me sens bien, affirma-t-elle en plaquant un sourire sur son visage figé. Je t'assure.

Il l'observa quelques secondes, les sourcils froncés. Puis il se pencha et l'embrassa sur les lèvres.

Déconcertée, Savvy poussa une exclamation, et il profita de son désarroi pour approfondir son baiser. Sans réfléchir, elle glissa les mains sur son cou et l'attira vers elle. Les souvenirs de la nuit précédente revinrent avec force.

Ils se séparèrent brusquement, et Dawson la repoussa un peu. Puis, sans prononcer un mot, il fit tourner la poignée et ouvrit la porte.

— J'entre le premier.

Il entra en tirant Savvy derrière lui, prenant ses doigts glacés dans sa main chaude et solide. Il fit tourner la serrure, pour éviter que quelqu'un n'entre après eux.

— Reste là. Je reviens tout de suite.

Elle acquiesça. Toutes sortes de pensées tourbillonnaient dans sa tête, mais l'une d'elles se détachait nettement. Elle aurait aimé que le baiser se prolonge plus longtemps. Elle voulait recommencer jusqu'à ce que tous les criminels à sa poursuite disparaissent, et qu'il ne reste plus rien dans le monde que son garde du corps et elle.

Heureuse qu'il ait finalement accepté de l'amener jusqu'ici, Savvy obéit à l'ordre qu'il lui avait donné. Elle essaya de ne pas penser à la porte dans son dos, qui donnait dans la ruelle où tout ce cauchemar avait commencé. Mais un frisson glacé la parcourut. Elle dut lutter contre le désir de fuir. Bien qu'elle ne parvienne pas à se rappeler les détails de ce qui était arrivé, elle savait que cet endroit était épouvantable. Le fait de se trouver si près du lieu d'un crime lui donnait la chair de poule.

Il lui sembla que l'absence de Dawson durait une éternité. Au moment où elle fit un pas dans le couloir, le garde du corps réapparut.

— Jack n'est pas encore arrivé, mais la voie est libre.

Il n'y a que quelques clients au bar, et ils n'ont pas l'air d'être des tueurs. Aucun d'eux n'est armé.

— Merci. Je me sens beaucoup mieux, maintenant que je le sais, répondit-elle en s'efforçant de prendre un ton léger.

Dawson rectifia la position de son chapeau, et le baissa sur son front.

— Si ça continue, je vais me cogner aux murs, marmonna-t-elle. Tu veux vraiment que j'attire l'attention sur moi ?

Elle rejeta la tête en arrière et le défia du regard, avec un sourire au coin des lèvres.

Les prunelles de Dawson s'assombrirent. Il l'embrassa de nouveau, la prenant encore une fois au dépourvu.

— Pourquoi fais-tu cela ? demanda-t-elle, en pressant une main sur ses lèvres.

— Pour te faire taire. N'oublie pas que c'est moi qui dois parler. Personne ne doit deviner qui tu es.

Tout en parlant, il tira sur les pans de sa chemise blanche, pour les faire retomber sur le jean.

— Tu crois qu'il est vraiment nécessaire de me déshabiller dans le couloir ? fit-elle dans un souffle.

Les doigts de Dawson lui effleuraient la taille, et l'image de ces mêmes doigts sur ses seins nus lui traversa l'esprit. Troublée, elle plaqua une main sur sa bouche, pour réprimer un gémissement. Pourquoi diable pensait-elle à son garde du corps, alors qu'elle aurait dû être entièrement occupée par la recherche de ceux qui voulaient lui faire endosser un meurtre qu'elle n'avait pas commis ?

Haletante, elle laissa Dawson l'entraîner entre les tables, pour gagner une banquette proche de la porte de secours. Les lumières tamisées jouaient en sa faveur. Aucun des quelques clients qui se trouvaient dans la salle ne détourna les yeux de l'écran de télévision sur lequel ils suivaient un jeu de base-ball.

Savvy prit place sur le siège de vinyle et saisit une carte, bien qu'elle n'ait ni faim ni soif.

— Je peux prendre votre commande ?

Savvy tressaillit lorsqu'une jeune femme vêtue d'une minijupe en jean délavé et chaussée d'escarpins aux talons vertigineux, s'arrêta près de leur table avec un plateau.

Elle ouvrit la bouche pour lui demander son nom, mais Dawson ne lui laissa pas le temps de parler.

— Deux bières blondes.

La jeune femme hocha la tête et s'éloigna.

— Je n'aime pas la bière, chuchota Savvy en se penchant par-dessus la table.

— Tes souvenirs reviennent, fit-il remarquer.

— Oui, je crois.

Elle se renversa contre le dossier, et fit un tel effort pour se souvenir qu'une douleur sourde envahit son front.

— Mais ce n'est qu'un détail insignifiant. Pourquoi est-ce que je ne me souviens pas du reste ?

Elle se mit à plier sa serviette, puis à la déplier nerveusement.

— Ne te tourmente pas autant, dit Dawson en posant une main sur la sienne.

— Je sais, je sais, ça reviendra tout seul.

Elle aimait la force qui émanait de lui. Cela lui donnait un point d'appui, dans l'océan d'incertitude qui l'entourait.

— Je ne me souviens pas de cette fille. Je devrais, non ?

— Je ne sais pas. Elle vient peut-être d'être engagée ?

— Peut-être. Cela n'a sans doute pas d'importance. Je suis là pour me rappeler ce qui s'est passé la nuit où on m'a tiré dessus.

Son regard balaya la salle et s'arrêta sur l'homme qui se tenait au bar, essuyant le comptoir de cuivre entre deux commandes.

— Le barman pourra m'aider, souffla-t-elle en se glissant au bout de la banquette.

Dawson se leva et lui barra le passage.

— Oh non, pas question. Tu m'as promis de me laisser parler.

Savvy fit la grimace. Elle regrettait déjà sa promesse. Le besoin de connaître la vérité la dévorait. Plus vite ils commenceraient, mieux cela vaudrait.

— Alors vas-y.

— Obstinée, hein ?

— On me l'a déjà dit. Et pas ici.

Elle fronça les sourcils et ajouta :

— Je me demande pourquoi je dis cela. Je voudrais faire un tour aux toilettes.

— Je t'accompagne.

— Non, tu vas attirer l'attention sur nous.

Dawson lui prit fermement le bras.

— On ne t'a jamais dit que tu discutais trop ?

— Je ne m'en souviens pas, mais c'est possible.

Elle l'autorisa donc à l'escorter jusqu'à la porte, de l'autre côté du bar. Un petit couloir sombre donnait directement sur les toilettes.

— Retourne t'asseoir, dit-elle. Je ne risque rien.

A cet instant, un mouvement attira l'attention de Dawson vers l'entrée de la salle.

— Voilà Jack.

— Mon nouveau garde du corps ? demanda-t-elle en essayant de distinguer les traits de l'homme qui hésitait, devant la porte.

— Oui.

Savvy sentit son cœur sombrer. Dawson lui répétait depuis le début qu'il la protégerait jusqu'à ce qu'on lui trouve un remplaçant.

— Il te cherche, articula-t-elle, la gorge nouée. Je reviens tout de suite.

— D'accord, mais ne reste pas longtemps, et ferme la porte à clé.

Elle pénétra dans la cabine et rabattit le verrou, les doigts tremblants. Alors, le stress de la journée eut raison d'elle, et l'énormité de la situation lui apparut. Quelqu'un voulait la tuer. Sans Dawson, elle serait déjà morte. Et il allait transférer la responsabilité de sa protection à quelqu'un d'autre.

A son réveil, Dawson n'était pour elle qu'un étranger. Et maintenant, il était devenu le seul roc dans un monde totalement chamboulé. La seule personne auprès de qui elle se sentait en sécurité. L'homme qui lui avait fait l'amour et lui avait fait oublier tout le reste. Quand il partirait, elle se retrouverait seule. Elle ne connaissait pas Jack, elle ne connaissait que Dawson. Et elle ne voulait que lui… et pas seulement comme garde du corps.

Ses yeux s'embuèrent de larmes. Elle les essuya d'un revers de main et essaya de réfléchir. Non, elle n'était pas seule. Jack s'occuperait d'elle et l'aiderait à découvrir qui avait tué Tomas Rodriguez.

Quoique…

Jack et Dawson n'étaient pas payés pour résoudre une affaire de meurtre. Leur travail était uniquement de veiller à sa sécurité. Ils n'étaient pas tenus de l'innocenter.

Savvy eut l'impression que le souffle lui manquait. La panique s'empara d'elle.

Elle avait le choix. Soit elle s'apitoyait sur son sort, soit elle essayait de s'en sortir. Malgré son amnésie, elle savait qu'elle ne s'était jamais apitoyée sur elle-même. Cela ne lui plaisait pas. Il fallait qu'elle agisse, même si cela l'exposait au danger. Puisque Dawson projetait de l'abandonner, il fallait qu'elle prenne les choses en main.

Elle se dirigea vers le lavabo, ôta son chapeau et s'aspergea le visage d'eau froide, effaçant toutes les traces de larmes. Les battantes ne pleuraient pas, elles s'occupaient de leurs affaires. Son père ne l'avait pas élevée comme une mauviette.

Ses mains s'immobilisèrent sous le robinet. L'image d'un homme taciturne, aux cheveux blancs, lui traversa l'esprit. Etait-ce son père ? Etait-ce lui qui lui avait appris que les filles ne pleuraient pas ? Elle fixa son reflet dans le miroir. Des cheveux blond roux, des yeux verts, des taches de rousseur. Rien de commun avec l'image de cet homme, à part les yeux verts. Mais cela ne signifiait rien. Elle pouvait tenir de sa mère. Cet homme était forcément quelqu'un qu'elle connaissait bien.

Elle se sécha les mains, rajusta sa chemise et la laissa flotter autour du pantalon, pour dissimuler ses formes. Cela ne lui plaisait pas du tout. Elle aimait que ses vêtements lui aillent bien, même s'ils n'étaient pas de la meilleure qualité.

Comment reconnaissait-elle la qualité d'un vêtement ? Avait-elle eu l'habitude de n'acheter que de très beaux articles ? A en juger par les hardes qu'elle avait retrouvées dans son appartement, elle n'avait pas dû souvent se payer des vêtements de créateurs !

Elle réfléchit tant que ses tempes devinrent douloureuses. Puis elle releva ses cheveux, et les cacha sous le chapeau, en rabattant le revers sur son front. Elle réfléchirait plus tard. Pour le moment, il fallait qu'elle interroge les gens qui se trouvaient dans le bar deux soirs auparavant.

Tant qu'elle restait enfermée dans les toilettes, Savvy n'avait rien à craindre. Depuis son siège, Dawson voyait toutes les personnes qui entraient dans le bar. Il fit quelques pas, et attendit que Jack l'ait repéré. Puis, sans lui faire signe, il retourna s'asseoir.

— Salut, Dawson, dit Jack en prenant place face à lui. La bière, c'est pour moi ?

— Oui.

Dawson souleva sa canette et fit tourner le liquide à l'intérieur. La tentation de boire était insoutenable. Autrefois, il aurait replongé sans arrière-pensée. Mais l'idée qu'il devait protéger Savvy était plus forte que tout. Il fallait qu'il garde la tête froide.

Alors que peu de temps auparavant il voulait absolument être relevé de cette mission, à présent il ne pouvait envisager de confier Savvy à quelqu'un d'autre.

Jack avala une longue gorgée de bière, reposa la canette sur la table et jeta un regard circulaire sur la salle.

— Ce n'est pas ici que Mme Jones a abattu Tomas Rodriguez ?

Dawson serra la canette si fort que ses doigts blanchirent.

— C'est ici, mais personne ne sait ce qui s'est réellement passé.

Jack eut un large sourire.

— Tu as changé d'avis, pour la mission ?

Dawson se raidit, comme s'il se préparait à livrer un combat contre son ami… ou contre lui-même.

— Tu veux garder le job ?

Dawson regarda longuement la canette posée devant lui. Jack aurait une approche plus simple vis-à-vis de ce travail. Il n'avait pas un passé semé d'échecs et de culpabilité, comme lui. Savvy serait peut-être plus en sécurité avec Jack. Il ouvrit la bouche pour le dire à son ami, mais les mots restèrent coincés dans sa gorge. Comment pourrait-il partir ? Savvy avait tellement confiance en lui !

— Je suis prêt à prendre la suite, dit Jack. Tu n'as qu'un mot à dire, et Savvy Jones passe sous ma responsabilité. Tu n'as pas à te sentir coupable. C'est le métier.

Dawson abattit son poing sur la table, faisant vaciller les deux bières.

— Ce n'est pas une question de métier !

— Tu es déjà aussi accroché ? fit Jack en secouant la tête. Les femmes t'ont toujours rendu fou. Tu devrais peut-être faire machine arrière tant qu'il est temps.

C'était cela ? Savvy le rendait fou, à tel point qu'il perdait toute faculté de jugement ? Avec ses longs cheveux cuivrés et ses yeux verts, hantés par l'angoisse d'avoir perdu son passé, elle avait abattu ses défenses. Etait-ce si terrible, en fait, d'oublier qui on était ? D'oublier ce qu'on avait perdu ?

— Je ne peux pas faire machine arrière.

Jack se cala dans le fauteuil, et observa son ami. Il finit par hocher la tête.

— Bon, alors que puis-je faire ? Audrey m'a envoyé pour t'aider.

— J'ai besoin que quelqu'un déniche tous les renseignements possibles sur le cartel Rodriguez. Je veux savoir pourquoi Tomas est mort, qui avait quelque chose à gagner dans cette affaire. Comme tu parles l'espagnol couramment, tu es parfait pour ce job.

— J'ai quelques contacts à Laredo. Autre chose ?

— Frank Young.

Jack haussa les sourcils.

— Le procureur qui a demandé un garde du corps pour Mme Jones ?

— Lui-même. Pourquoi tient-il absolument à laisser Savvy… Mme Jones en liberté, mais sous protection ? Que nous cache-t-il ?

— Tu penses qu'il veut l'utiliser comme appât ?

— Je ne sais pas, mais il y a quelque chose de bizarre.

Le regard de Dawson se reporta sur la porte des toilettes. Pourquoi Savvy y restait-elle aussi longtemps ?

— Et quand vais-je enfin rencontrer la femme qui te perturbe autant ?

— Elle devrait être revenue, à présent, grommela-t-il en se levant.

Il la repéra aussitôt. Debout devant le comptoir, elle parlait avec le barman.

— Bon sang, je lui avais pourtant dit de me laisser faire !

Un homme quitta une des tables et se dirigea vers Savvy. Il tournait le dos à Dawson. Apparemment il ne portait pas d'arme, mais il pouvait tout de même représenter une menace.

Les poings serrés, Dawson rejoignit la jeune femme.

Savvy se penchait au-dessus du bar, la tête baissée, les yeux cachés par le revers du chapeau.

— Je pourrais avoir un verre de merlot ?

— Je vais voir si nous en avons, répondit le barman. La plupart des clients boivent de la bière ou du whisky.

Il disparut sous le comptoir, et se redressa une bouteille à la main.

— Ah, ah. Il me semblait bien qu'il me restait une bouteille. Je la garde pour une de mes serveuses, qui a des goûts de luxe.

Il leva les yeux, et fronça les sourcils.

— Savvy ? C'est toi ? chuchota-t-il.

La jeune femme sourit au vieil homme, dont le visage ridé avait quelque chose de vaguement familier.

— Je suis désolée. Je ne me rappelle pas votre nom.

— Earl. Earl Bradford.

Savvy secoua la tête en soupirant.

— Désolée, ça n'évoque rien du tout.

— En général, les gens qui me connaissent m'appellent E.B.

— E.B. Cela me dit quelque chose… oui.

Le sourire du vieil homme s'élargit.

— Comment tu vas ? Tu comptes revenir travailler bientôt ? Nous croyions que tu étais morte, ajouta-t-il d'un air plus grave.

Ses yeux s'embuèrent de larmes, et il se détourna. Savvy eut la gorge serrée.

— Par moments, j'ai l'impression que je suis morte, mais que je ne m'en suis pas encore rendu compte.

E.B. laissa tomber son chiffon sur le comptoir, prit un verre sur l'étagère métallique et y versa une rasade de merlot.

— Eh bien, tu ne l'es pas, et moi je ne crois pas ceux qui disent que tu as tué Rodriguez.

— Merci, E.B.

Jusqu'ici, elle avait donc deux personnes de son côté. Trois en comptant Dawson. Elle jeta un coup d'œil derrière elle, et le vit se diriger vers elle au pas de charge, les poings serrés.

— E.B., as-tu vu quelqu'un avec Tomas Rodriguez ce soir-là, avant qu'il soit tué ?

— Tout ce dont je me souviens, c'est que Liz est entrée en hurlant et en me disant d'appeler les secours.

Un homme s'approcha du comptoir et posa des billets devant lui. Il décocha un coup d'œil à Savvy, l'air intrigué. Celle-ci baissa la tête et posa une main sur sa joue, d'un air aussi naturel que possible.

Dawson surgit à côté d'elle silencieusement. Un nerf tressautait sur sa tempe. L'autre homme baissa brusquement les yeux, et gagna la porte.

Savvy fit comme si de rien n'était, et se pencha au-dessus du comptoir.

— E.B., as-tu entendu dire quelque chose, au sujet du cartel Rodriguez, ou de Tomas ?

— Tomas faisait l'imbécile comme d'habitude, à pincer les serveuses et à parler fort pour attirer l'attention sur lui. Il se tenait exactement là où tu te trouves maintenant.

— Je peux avoir une autre bière ? Une pression, de préférence, lança Dawson.

— Bien sûr.

Quand E.B. se tourna pour prendre un verre, Dawson lança un regard noir à Savvy et articula silencieusement le mot : *partons.*

Elle l'ignora, et demanda à E.B. :

— De quoi parlait-il ?

E.B. tourna le robinet et pencha le verre pour ne pas avoir trop de mousse.

— La musique était trop forte, je ne sais pas. Il me semble qu'il disait à une femme qu'il ne faisait pas confiance à un certain type. Un ami de son père, je crois.

E.B. alla poser le verre devant Dawson, puis se retourna vers Savvy.

— Tu crois que l'homme dont il parlait a pu le descendre ?

— C'est possible. Il faut que je découvre la vérité, sinon c'est moi qui serai accusée du meurtre de Rodriguez.

E.B. croisa les bras.

— Tu n'as pas pu faire ça. Celui qui prétend le contraire est un sacré menteur.

— Merci, E.B. J'aimerais seulement que le jury soit de ton avis, répondit Savvy en souriant.

— Tu ne ferais pas de mal à une mouche, alors comment pourrais-tu tirer sur un homme ?

— Tu te rappelles qui était la femme qui parlait avec Rodriguez ?

— Je l'ai vue ici une fois ou deux. Jolie femme. Il me semble qu'elle s'appelle Mari, ou Marisol. Elle vient toujours avec des gens riches. Et le petit Rodriguez était riche. Du moins, son père, trafiquant de drogue, est riche.

— Si tu penses à quelque chose qui pourrait m'être utile, dis-le à Liz. Elle sait où me trouver.

— Bien sûr. Tu sais quand tu pourras revenir travailler ?

— Pas encore. Je ne pourrais t'attirer que des ennuis.

— Eh, encore une chose. Un gars est passé aujourd'hui, et il posait des questions sur toi.

Savvy se pencha vers le vieil homme.

— Comment était-il ? Il t'a dit son nom ?

— Mieux que ça, il m'a laissé sa carte.

E.B. glissa la main dans la poche de sa chemise, et tendit une carte à Savvy. Le nom de Vance Pearson, détective privé, était inscrit sur le carré de bristol.

— Que voulait-il ?

— Tout d'abord, il te cherchait. Ensuite il m'a demandé si je connaissais une certaine Sabrina… Jameson, ou quelque chose comme ça. Il avait l'air de penser que tu devais savoir où elle était.

Un frémissement glacé parcourut Savvy. Encore ce nom. Sabrina. Elle ferma les yeux, essayant de faire remonter les souvenirs à la surface.

— Si je l'ai su, je ne le sais plus, avoua-t-elle avec un sourire triste. Je peux garder cette carte ?

— Bien sûr. Je n'en ai pas besoin.

E.B. tapota gentiment la main de Savvy.

— Personne ici ne croit que tu as tué Tomas Rodriguez.

— Merci, E.B., j'apprécie ta confiance

Dawson surgit brusquement à côté de Savvy, et lui agrippa le bras.

— Il faut partir, dit-il d'une voix tendue.

— Eh, toi, fiche-lui la paix ! s'exclama E.B., l'air soupçonneux.

— C'est bon, c'est un ami.

Savvy voulut se dégager, mais Dawson tint bon. Elle jeta alors un coup d'œil à E.B., et haussa les épaules avec résignation.

— Je crois que cela veut dire qu'il est temps de partir.

Dawson l'entraîna vers la porte de derrière, et elle parvint enfin à se libérer.

— Pourquoi diable es-tu venu nous interrompre ? E.B. avait peut-être d'autres choses à nous apprendre.

— Avance.

— Non, dit-elle en plantant les talons dans le sol. Pas tant que tu ne m'auras pas dit ce qui se passe.

Dawson ouvrit la bouche pour s'expliquer, mais il n'en eut pas le temps. La porte s'ouvrit brutalement, et deux hommes armés surgirent, tirant au hasard dans la salle.

Dawson poussa Savvy dans le couloir, en hurlant :

— Couche-toi, et ne bouge plus !

13

Dawson se jeta à terre et roula sur lui-même, tirant le Glock de son holster.

Les coups de feu retentirent contre les murs, et l'odeur âcre de la poudre se mêla à celle de l'alcool dont la salle était imprégnée.

Il se glissa derrière le juke-box, et risqua un coup d'œil en direction de Savvy. Celle-ci était accroupie contre le mur, les mains sur les oreilles pour se protéger du bruit.

— Cours, Savvy. Sauve-toi, dit-il d'une voix calme, mais assez forte pour dominer les cris et le raffut des chaises renversées.

— Je ne peux pas, répondit-elle d'une voix tremblante.

— Il le faut. Je reste derrière toi.

Il se dressa sur les genoux, tira à plusieurs reprises et se laissa retomber en arrière avant que les agresseurs aient eu le temps de se retourner contre lui. D'un bond, il passa derrière la scène. Une balle atteignit un haut-parleur, qui tomba sur l'épaule de Dawson. L'attention de ce dernier fut attirée par un mouvement sur sa gauche.

Un des tireurs était en train de se frayer un chemin entre les tables, se dirigeant vers le couloir où Savvy se tenait recroquevillée contre le mur. Dans quelques secondes, l'homme la tiendrait dans sa ligne de mire.

Sauve-toi, Savvy. Il fallait qu'elle bouge. Mais elle

demeura accroupie, les mains sur les oreilles, les yeux fermés.

Dawson bondit sur ses pieds et tira sur les deux hommes. Puis il plongea dans le couloir, glissant sur le carrelage.

— Il faut sortir d'ici.

Il agrippa la main de Savvy, l'obligeant à se lever. Puis tout en la poussant devant lui, il courut vers la porte de derrière, ne se retournant que brièvement pour tirer encore sur les deux hommes qui surgirent dans le couloir.

Savvy ouvrit la porte et tomba dans la ruelle, s'éraflant les genoux sur le goudron de la chaussée.

Des balles sifflèrent autour de Dawson. Il se laissa tomber, pour couvrir Savvy de son corps, et rabattit la porte d'un coup de talon.

Des balles percèrent la fine cloison métallique et atteignirent le petit bâtiment de brique, à l'arrière du bar.

Dawson poussa Savvy de côté, se redressa et tira une poubelle sous la poignée de la porte. Au même instant, quelqu'un poussa le battant et parvint à l'entrouvrir. La poubelle ne résisterait pas longtemps.

— Il est temps de lever l'ancre.

Dawson glissa un bras autour de la taille de Savvy, et l'aida à se remettre sur ses pieds. Ils s'enfuirent à toutes jambes, se faufilèrent entre deux immeubles et traversèrent la rue. Quand ils atteignirent la voiture, ils entendirent les coups de feu derrière eux.

Savvy se précipita sur le siège passager, tandis que Dawson prenait le volant. Le moteur se mit à rugir, Dawson passa la marche arrière et quitta la ruelle à reculons, pour tourner dans la rue.

Les deux hommes armés se tenaient au beau milieu de la rue, les canons de leurs armes dirigés vers le pare-brise.

— Baisse-toi, ordonna sèchement Dawson.

— Comment peux-tu rester aussi calme, avec ces armes pointées sur toi ? demanda-t-elle, incapable de résister à la tentation de regarder le visage des deux hommes.

— Parce que je sais qu'ils ne m'auront pas. Je t'en prie, baisse-toi.

Il lui prit la tête et la poussa sur ses genoux, tout en appuyant sur l'accélérateur. La voiture recula en dérapant.

Le pare-brise explosa, mais il continua de reculer jusqu'à ce qu'ils soient hors de portée des balles.

Les hommes se mirent à courir vers eux, mais Dawson estima qu'il avait assez d'avance pour prendre le risque d'effectuer un tour de cent quatre-vingts degrés. Puis il accéléra de nouveau, et la voiture bondit en avant, échappant à leurs poursuivants.

Après avoir parcouru environ un kilomètre en zigzaguant dans les rues de Laredo, il fut finalement certain qu'ils n'étaient pas suivis.

— Comment ça va ? demanda-t-il à Savvy, toujours prostrée sur le siège.

Elle secoua la tête, et il vit que ses épaules étaient secouées de sanglots.

— Tu as été touchée ? Je t'emmène à l'hôpital ?

— Non, répondit-elle en levant la tête. Je vais bien.

Ce n'était pas du tout l'impression qu'elle donnait. Dawson eut envie de la prendre dans ses bras, mais il ne pouvait pas arrêter la voiture.

Elle ravala ses larmes, et demanda :

— Je peux m'asseoir, à présent ?

— Pour le moment, ça ne risque rien.

Il appuya sur la pédale, et regarda dans le rétroviseur pour la centième fois. Savvy se redressa en essuyant ses joues trempées de larmes.

— J'espère que E.B. n'a pas été blessé.

— Je l'ai vu se cacher sous le bar quand les coups de feu sont partis. Je suis sûr qu'il va bien, mais je n'en dirais pas autant de toi.

— Je n'ai jamais eu aussi peur de ma vie. Je suis désolée, ajouta-t-elle en lui posant une main sur le bras.

— Il aurait fallu que tu sois de marbre pour ne pas avoir peur, dans une situation pareille.

— Oui, mais tu aurais pu être tué à cause de moi.

— Mais ce n'est pas arrivé, répondit-il dans un sourire. Tu vois ? Je ne suis même pas blessé.

— On ne devrait pas attendre la police ?

— Pour donner encore une chance aux autres de te tirer dessus ? Ou donner à la police une raison de plus de te jeter en prison ? Pas question. Il ne faut pas rester au même endroit, ce n'est pas prudent. Je t'emmène dans nos bureaux de San Antonio, et tu y resteras jusqu'à ce que tout ça soit terminé.

— Ce n'est pas possible. J'ai reçu l'ordre de ne pas quitter la ville. Si tu n'y vois pas d'inconvénient, j'aime autant ne pas aller en prison pour une faute que je n'ai pas commise.

Elle soupira, avant de regarder défiler les maisons par la vitre.

— De plus, il faut que je reste ici pour démasquer le vrai tueur.

— C'est fini, tu ne peux plus mener ton enquête, répliqua-t-il d'une voix dure.

— Quoi ?

— Tu as bien entendu. Je suis payé pour te protéger, et jusqu'ici je ne m'en sors pas très bien. Et tu ne m'aides pas, ajouta-t-il en levant une main pour l'empêcher de parler.

Savvy se mordit la lèvre, d'un air contrit.

— Désolée. Je n'aurais pas dû te mettre en danger.

— Il ne s'agit pas de moi. Quel garde du corps digne

de ce nom laisserait la personne qu'il est censé protéger chercher les ennuis ? J'aurais dû laisser Jack prendre la relève, comme convenu.

— Qu'as-tu dit ?

— Rien, marmonna-t-il en évitant son regard.

Un sourire éclaira le visage de la jeune femme.

— Tu as dit que tu aurais dû passer l'affaire à Jack. Cela veut dire que tu ne l'as pas fait ?

Il pinça les lèvres et garda le silence.

Savvy se renfonça dans son siège, et le sourire s'épanouit sur ses lèvres. C'était la première fois qu'il la voyait vraiment sourire… et elle était superbe. Un vrai rayon de soleil. Mais tout à coup, elle se rembrunit.

— Attention !

Dawson reprit pied dans la réalité, et s'aperçut qu'il venait de brûler un feu rouge.

— Bon sang ! grommela-t-il, furieux. Tu me feras mourir.

— Moi ? Allons donc, c'est toi qui brûles les feux rouges. Qu'est-ce qui t'a fait changer d'avis ?

— Tu donnes trop de fil à retordre. Je ne peux pas faire ça à un copain.

— Ah, dit-elle, sans perdre son sourire lumineux. Où allons-nous ?

— Il faut trouver un abri sûr pour te cacher, jusqu'à ce que j'obtienne les renseignements que j'ai demandés.

— Tu es sérieux ? Il va falloir attendre, sans rien faire ?

— Exactement.

— Mais…

— Pas de mais.

Savvy retomba dans son siège, les bras croisés, évitant son regard.

Bien. Il n'avait que faire de son regard vert, qui semblait pénétrer jusque dans son âme. Et il ne voulait pas avouer pour quelle raison il avait conservé ce boulot, au lieu de le confier à Jack. S'il le faisait, il serait obligé d'admettre qu'il s'était attaché à cette femme. Que ses lèvres étaient douces et désirables, et qu'il voulait bien plus qu'un simple baiser. Et… Le chapitre était clos. Il repoussa ces idées folles au fond de sa tête. Il ne voulait plus en entendre parler.

Mais comment aurait-il pu ignorer la jolie rousse aux yeux verts assise à côté de lui ?

Savvy précéda Dawson dans la chambre de motel, et fut frappée par une impression de déjà-vu. N'avaient-ils pas fait la même chose moins de vingt-quatre heures auparavant ? Mais cette fois, c'était différent. Ils avaient déjà fait l'amour et savaient qu'ils s'accordaient à merveille. Le souvenir déferla dans son esprit, et elle en avait si peu qu'elle renonça à le chasser.

Nerveuse, elle fourra les mains dans ses poches, et ses doigts se posèrent sur la carte de Vance Pearson. Elle la sortit pour l'examiner.

— Donc, ce Vance Pearson est détective privé.

— Cela explique sa présence. Mais pourquoi enquête-t-il sur toi ? demanda Dawson en posant le sac de provisions sur la table.

— J'aimerais savoir qui est cette Sabrina, et pourquoi il pense que je sais où elle se trouve.

Le regard de Savvy croisa celui de Dawson. Maintenant qu'ils ne fuyaient plus devant des tueurs, il allait vouloir parler de ce qui s'était passé à l'arrière du bar. Savvy espéra qu'il n'en ferait rien. C'était lui qui avait pris l'initiative de l'embrasser, mais elle lui avait rendu son baiser avec ardeur. Elle ferma les yeux, de crainte qu'il n'y lise le désir qu'elle éprouvait pour lui.

Deux mains robustes se posèrent sur ses joues, des doigts virils lui caressèrent les lèvres.

— Tu le sens aussi, n'est-ce pas ?

— Sentir… quoi ? articula-t-elle, le souffle court.

Impossible de respirer avec Dawson qui se tenait si près d'elle. Elle bascula vers lui, refusant d'ouvrir les yeux.

— Ouvre les yeux, Savvy.

— Non.

— Je ne pensais pas que tu étais si lâche, dit-il en riant. Ouvre les yeux, et dis-moi que tu ne ressens rien.

Elle inspira, avec la ferme intention de lui dire qu'elle ne ressentait rien du tout. Mais quand elle ouvrit les yeux, elle rencontra ses prunelles sombres, et vit ses lèvres sensuelles.

— C'est bon. Je ne voulais pas que ça arrive, moi non plus.

Puis ses lèvres brûlantes se posèrent sur les siennes.

Savvy gémit. Elle voulait le repousser, lui dire qu'elle ne pouvait s'engager dans une relation avec lui tant qu'elle ne savait pas qui elle était. Mais elle s'abandonna entre ses bras en soupirant, s'offrant sans réserve à son baiser. Il fit glisser ses mains sur ses épaules, et elle noua les bras autour de sa nuque. C'était ce dont elle avait envie depuis la veille, et elle comprenait à quel point elle avait besoin de lui. Depuis qu'il lui avait sauvé la vie à l'hôpital, elle avait perçu quelque chose de noble et de sincère en lui, et elle voulait qu'il soit plus qu'un garde du corps.

Ses doigts virils se crispèrent sur les pans de sa chemise et les firent remonter sur sa poitrine, tandis que ses lèvres se posaient dans son cou.

Les seins de la jeune femme se gonflèrent et se pressèrent contre lui. Une vague chaude prit naissance au creux de son ventre.

Il plaqua une main sur ses hanches, l'attirant étroitement contre lui pour lui faire éprouver son désir.

Une onde électrique parcourut le corps de Savvy, dont le cœur se mit à battre la chamade. Ce n'était pas assez. Il fallait qu'il la pénètre, qu'elle le sente en elle, pour que la douleur sourde qui la tourmentait se calme enfin.

Elle posa les doigts sur sa chemise et défit les boutons un à un. Au diable les conséquences. Tout ce qui comptait, c'était cet homme, son désir pour lui.

Mais il lui saisit le poignet, arrêtant son geste.

— Il ne faut pas aller plus loin, Savvy.

— Quoi ?

Elle eut l'impression que l'air quittait ses poumons. Sa tête se mit à tourner. Elle s'obligea à inspirer, lentement, avant de reculer en ramenant les pans de sa chemise devant elle.

— Tu as raison, dit-elle, en repoussant ses cheveux d'une main tremblante.

— Je suis désolé, Savvy. S'il n'y avait eu que toi et moi, je n'aurais pas été capable d'arrêter.

— Tu n'as pas besoin de m'expliquer. Je n'ai pas d'excuses.

— Je n'avais pas le droit de t'embrasser, poursuivit-il en fixant ses lèvres comme s'il ne rêvait que de recommencer.

— Et je n'avais pas le droit de te rendre ton baiser.

Le téléphone de Dawson se mit soudain à vibrer.

Savvy en profita pour se ressaisir. Elle avait perdu la tête. Dawson était un étranger. Alors pourquoi pensait-elle tout le temps à lui ? Avait-elle besoin de sa présence uniquement parce qu'elle craignait qu'on ne cherche à la tuer ? Comment le savoir, tant que ce cauchemar n'était pas terminé ?

Secouant la tête, elle s'efforça de se concentrer sur la conversation qu'il avait au téléphone.

— Qu'avez-vous trouvé, Audrey ? Attendez. Je vais mettre le haut-parleur pour que Savvy entende.

Il appuya sur un bouton, et la voix d'une femme s'éleva :

— Vous m'entendez, madame Jones ?

— Oui, madame.

— Bonjour, ma chère. Je suis Audrey Nye, de l'Agence Lone Star. J'ai pris contact avec Harvard, et je suis désolée de vous apprendre qu'ils n'ont personne du nom de Savvy Jones dans leurs archives.

Savvy fronça les sourcils.

— Pourtant, je revois les couloirs et certains professeurs. Je sais que j'ai étudié là-bas.

— Peut-être sous un autre nom ? suggéra Audrey.

— Vous voulez dire que je ne m'appelle peut-être pas Savvy Jones ? chuchota Savvy.

Dawson lui passa un bras autour de la taille, et lui plaqua le dos contre son torse. La chaleur qui émanait de son corps chassa le froid qui avait envahi Savvy. Elle aurait voulu se tourner vers lui et poser la tête sur son épaule. Le laisser la protéger, et chasser ses incertitudes. Mais ce n'était pas possible. Il fallait qu'elle s'en sorte seule.

— Et le numéro que nous avons trouvé dans la chambre de Vance Pearson ? demanda Dawson. Au fait, cet homme n'est pas journaliste, mais détective privé.

— Le numéro est sur liste rouge, et apparemment très bien protégé. Mes contacts essayent de démêler l'écheveau. Je devrais pouvoir vous en dire plus dans une heure ou deux.

— Le plus tôt sera le mieux.

— Nous faisons tout ce que nous pouvons. Avez-vous pu découvrir autre chose ?

— Le barman du Waterin'Hole nous a dit qu'un homme correspondant à la description de Pearson était venu poser des questions sur moi, répondit Savvy. Il voulait savoir si je savais quelque chose au sujet d'une certaine Sabrina Jameson.

— Je vais ajouter cela à mes recherches, et voir où ça nous mène. Merci, Savvy.

— Je ne ramènerai pas Savvy là-bas, déclara Dawson. Des tueurs du cartel nous ont pris en chasse.

— Que s'est-il passé ?

Dawson lui rapporta l'incident brièvement.

— Nous l'avons échappé belle. Entre le père de Tomas Rodriguez qui veut se venger et le vrai meurtrier qui veut faire porter le chapeau à Savvy, les rues ne sont pas sûres à Laredo.

— Et pourtant, le procureur ne veut pas qu'elle quitte la ville ? Je ne comprends pas. Veut-il vraiment que l'assassin puisse finir son travail ? Et Rodriguez doit avoir des centaines d'hommes disposés à tuer qui il veut. Je suis désolée, Savvy, il faut que vous restiez cachée. Dawson, je compte sur toi pour la protéger. Il ne faut même pas que le procureur sache où elle se trouve.

— Je suis d'accord, répliqua Dawson. J'ai demandé à Jack de faire une recherche sur le procureur Young.

— Tu crois qu'il est corrompu ? demanda Audrey.

— Je n'ai pas confiance en lui.

Dawson ne laissait rien au hasard. Une vague chaude se répandit dans la poitrine de Savvy. C'était un homme droit et bon.

Mais elle ne représentait qu'un travail, pour lui. Elle s'écarta, se libérant de son étreinte.

— J'ai aussi demandé à Jack d'utiliser ses relations pour découvrir qui pouvait vouloir la mort du fils de Rodriguez, et pourquoi.

— Bien. Je suis contente que tu restes avec Savvy.

Pendant ce temps, Jack peut contacter ses informateurs à Laredo.

— En effet.

— En attendant, ne bougez pas, Savvy. Dawson, garde profil bas, et fais en sorte qu'elle ne soit jamais exposée au danger.

— J'y veillerai, répondit-il, sans lâcher Savvy des yeux.

14

— Il faut que tu te reposes.

Savvy soupira lourdement.

— Autrement dit, j'aurai besoin de toutes mes forces pour affronter ce qui va suivre. Et je suis certaine que ça ne sera pas une sinécure.

Elle ferma les yeux, et se massa l'arête du nez.

— J'ai mal à la tête. Je suppose que tu n'as pas d'antalgiques dans ce sac de provisions ?

— En fait, si, j'en ai.

— Donne-m'en deux.

Elle tendit la main en souriant faiblement. Elle venait de vivre un enfer, fuyant devant des tueurs dans les rues de Laredo, elle ne savait pas qui elle était, ni ce qui l'attendait, mais elle trouvait encore la force de sourire.

Si Dawson ne faisait pas très attention, il pourrait tomber amoureux d'une femme pareille. Une femme belle et déterminée, qui voulait recouvrer la mémoire, alors que lui ne souhaitait qu'oublier.

Il déposa deux comprimés au creux de sa main.

— Cela devrait te faire du bien.

Il voulut retirer sa main, mais elle lui prit les doigts.

— Merci, Dawson.

— Merci pour quoi ?

— Merci de m'avoir sauvé la vie.

— On ne t'aurait pas tiré dessus aujourd'hui si j'avais refusé de t'emmener dans ce bar.

— Tu n'avais pas le choix. J'y serais allée avec ou sans toi, et tu le sais. Alors, merci.

L'expression douce et tendre de ses yeux le fit fondre, et sa gorge se serra. Il avait aimé Amanda, mais les sentiments qu'il éprouvait pour Savvy étaient différents. Amanda avait besoin de lui, elle détestait qu'il soit loin d'elle, elle l'avait supplié d'innombrables fois de quitter l'armée.

Savvy avait besoin de lui, mais elle était indépendante. Et elle était prête à risquer sa vie pour obtenir la vérité.

— Ton métier de détective privé te plaît ?

— C'est un job comme un autre, répondit-il en haussant les épaules.

— Tu préférais l'armée ?

Il hésita, puis acquiesça d'un hochement de tête.

Elle avala les deux comprimés, et demanda :

— Qu'est-ce qui te plaisait, dans l'armée ?

— Quelle importance, puisque je n'y suis plus ?

Savvy lui prit la main, et l'attira vers elle pour qu'il s'asseye aussi au bord du lit.

— Nous avons traversé beaucoup d'épreuves en deux jours, et ce n'est pas fini. Parle-moi, Dawson. Je n'admettrai pas de refus.

— Obstinée, murmura-t-il avec un sourire.

— Nous sommes déjà tombés d'accord là-dessus. Maintenant, réponds-moi. Qu'est-ce que tu aimais, à l'armée ?

Dawson contempla la cicatrice sur sa main. Il avait été blessé par l'explosion dans laquelle un des hommes sous ses ordres avait perdu la vie. Un jeune homme, à peine sorti de l'adolescence, envoyé dans un pays inconnu pour une guerre qu'il ne comprenait pas.

— C'est de faire partie de quelque chose de plus grand

que moi, articula-t-il d'une voix rauque. Quand tu es dans l'armée, ton unité devient ta famille. Et les moments les plus durs créent un lien très fort.

— Je crois que je comprends. Nous ne nous connaissons que depuis deux jours, mais avec tout ce que nous avons déjà vécu ensemble, j'ai l'impression de t'avoir connu toute ma vie.

— Oui, c'est quelque chose comme ça. Tu ferais n'importe quoi, pour ta famille.

Elle se pencha vers lui et l'enlaça.

— Tu irais jusqu'à mourir ? murmura-t-elle.

Dawson hocha la tête, incapable de prononcer un mot. Il la prit dans ses bras, et ils restèrent un moment ainsi, se réconfortant mutuellement.

Savvy lui posa une main sur la joue, lui faisant tourner le visage vers elle.

— Il ne faut pas que tu meures pour moi, Dawson Gray. Tu m'entends ? Je ne te laisserai pas mourir pour moi.

— Ce n'est pas à toi de décider.

Et ce n'était pas lui qui décidait de qui il tombait amoureux. Quand il avait rencontré sa femme, il voulait faire carrière dans l'armée. Il n'avait pas prévu qu'il aimerait Amanda et voudrait l'épouser, mais c'était arrivé quand même.

Savvy n'avait été qu'une mission à accomplir. Rien de plus. Mais au fil du temps, elle était devenue plus que cela. Il se pencha pour l'embrasser. Doucement au début. Puis le baiser s'approfondit. Il la renversa contre l'oreiller et enfouit les mains dans ses cheveux.

Elle lui entoura le cou de ses bras et lui rendit son baiser.

Il oublia qu'une fois sa mission terminée, il partirait. Il était censé demeurer indifférent à sa cliente.

Mais dans les bras de Savvy, toutes les émotions, les

frustrations et les chagrins des deux dernières années s'envolèrent. Il se trouva libéré des regrets, de la culpabilité, du fardeau qu'il avait porté avec difficulté.

Il se ressaisit, le cœur plus léger qu'il ne l'avait eu depuis longtemps. Le danger rôdait toujours à Laredo, mais la promesse d'un éventuel bonheur aussi. Cependant, avant de continuer à vivre, il fallait qu'il assure la sécurité de Savvy, et qu'il fasse la preuve de son innocence.

Et si c'était possible, il aimerait que Savvy fasse partie de sa vie. Il voulait aimer encore une fois.

— Pourquoi t'arrêtes-tu ? demanda la jeune femme en battant des paupières.

— Il faut que je garde la tête sur les épaules. Mon souhait le plus cher serait de te faire l'amour, mais quand je suis dans tes bras, j'oublie tout le reste.

Elle rit, en passant une main dans ses cheveux emmêlés.

— Ce n'est pas une mauvaise chose.

— Si je veux te garder en vie, oui.

Il se redressa en contemplant ses lèvres roses et gonflées. Bon sang, il avait envie de l'embrasser et de lui faire l'amour jusqu'au lever du soleil !

Mais au lieu de cela, il s'écarta, tenant la tentation à distance.

— Dors, tant que c'est possible. Nous ne savons pas quand nous aurons une autre occasion de nous reposer.

Comme pour se moquer de lui, son téléphone se mit à sonner. Dawson reconnut le numéro de Jack.

— Je te mets sur haut-parleur, dit-il après avoir décroché.

De la musique résonnait dans le téléphone.

— Bonsoir, Dawson. Savvy. Je patauge. Impossible de trouver qui a tué Tomas Rodriguez.

— Tes contacts ne savent rien ?

— Ils ont peur de parler.

Dawson soupira.

— Merci d'avoir essayé. Tu as découvert quelque chose sur la maîtresse de Young ?

— Et comment ! répondit Jack en riant.

Savvy se leva et vint parler dans le téléphone.

— Qui est-ce ?

— Une Mexicaine. Elle s'appelle Marisol de la Fuentez.

— Marisol ? répéta Savvy. Le barman du Waterin'Hole dit qu'il l'a vue avec Tomas Rodriguez, le soir du meurtre.

— Intéressant, fit Jack. Mais ce n'est pas tout. J'ai suivi Young de l'autre côté de la frontière. Il s'est rendu à Nuevo Laredo, chez la *señorita* de la Fuentez. Il a changé de voiture à la frontière et a pris une berline ordinaire, avec des plaques mexicaines, pour se rendre chez la belle dame. Il est resté chez elle environ deux heures, puis il est reparti. Le plus extraordinaire, c'est le nom de l'autre visiteur que Marisol a reçu après lui.

— Qui ? s'exclama Dawson en serrant les poings.

— José Mendoza. *El Martillo.*

— Martillo ? Le bras droit de Rodriguez ? J'ai lu un article sur lui dans le journal.

— Lui-même. D'après mes sources, c'est lui qui dirige les hommes de Rodriguez. Une véritable armée de tueurs.

— Où es-tu en ce moment ?

Il n'aimait pas savoir que son ami avait franchi la frontière du Mexique. Surtout avec les problèmes qu'ils avaient rencontrés récemment avec les hommes du cartel, qui tiraient dans tous les sens.

— Je suis au Texas. C'était un peu risqué, mais j'ai suivi Marisol. Elle est revenue au Waterin'Hole.

— Tu es au Waterin'Hole en ce moment ? Le bar n'a pas été fermé, après la fusillade ?

— J'ai un arrangement avec la police.

— Ne bouge pas, j'arrive.

Dawson sortit son arme.

— Je suis sûr que la police voudra prendre ma déposition.

Savvy alla chercher le sac de provisions, et en sortit une boîte de munitions qu'elle donna à Dawson.

— Je t'accompagne.

— Non, tu restes là.

— Dawson, tu ne peux pas la laisser seule, cria Jack dans le téléphone.

Il le savait bien sûr, mais Marisol avait peut-être les renseignements qu'il lui fallait pour disculper Savvy du meurtre de Rodriguez.

— Non, je ne peux pas la laisser seule, mais je peux la laisser avec toi.

Savvy se rembrunit et pinça les lèvres.

— Mais je ne veux pas quitter la Fuentez des yeux, protesta Jack.

Dawson regarda tour à tour Savvy et le téléphone.

— Il faut que j'y aille.

— Alors allons-y ensemble. S'il te plaît, l'implora Savvy.

— Après ce qui s'est passé aujourd'hui, il n'est pas question que tu approches du Waterin'Hole.

— A en juger par les impacts de balles sur les murs, c'est un miracle que personne n'ait été tué ! renchérit Jack à l'autre bout du fil.

Dawson soutint le regard de Savvy.

— A croire qu'ils ne voulaient pas vraiment nous tuer. Ou du moins, qu'ils ne voulaient pas tuer Savvy.

— Aucun de vous deux n'a été blessé ?

— Nous allons bien. Savez-vous si E.B., le barman, a été blessé ?

— Non, il n'a rien. Une égratignure, quand le miroir

derrière le bar est tombé, mais il est passé au travers des balles.

Savvy poussa un soupir de soulagement. Raison de plus pour que Dawson résiste à l'envie d'aller interroger Marisol lui-même. Cependant, si cette femme avait des choses à révéler sur ce qui s'était passé ce soir-là, il voulait absolument le savoir.

— Je regrette d'avoir manqué ça, dit Jack.

Dawson émit un ricanement narquois.

— Tu t'es rattrapé en traversant la frontière pour pénétrer sur le territoire du cartel. Quelle ambiance, à Nuevo Laredo ?

— Toutes les boutiques sont fermées, c'est une ville fantôme. Ceux qui y vivent encore ont peur de mettre le nez dehors.

Dawson réfléchit et prit sa décision. Il tourna le dos à Savvy, refusant de croiser son regard.

— Jack, nous allons prendre le risque de perdre Marisol. Je veux que tu viennes ici, pour surveiller Savvy.

— Tu es sûr ?

— Je t'accompagne, protesta Savvy.

— Non. Tu vas rester là avec Jack. Je vais essayer de trouver ce qui relie Marisol à Young et à *El Martillo.*

— Tu ne peux pas m'obliger à rester !

— Je t'attacherai s'il le faut.

Après avoir indiqué à Jack où ils se trouvaient, il coupa la communication.

Savvy se campa face à lui, les bras croisés.

— J'irai avec toi. C'est moi qui suis accusée de meurtre.

— Inutile de discuter.

Il ne connaissait qu'un moyen pour qu'elle se tienne tranquille pendant qu'il allait interroger Marisol. Il ouvrit son sac de sport, et tournant le dos à Savvy, il en sortit un long serre-câbles en plastique. La boîte contenant le GPS attira son attention et il prit la puce de la taille d'un bouton. Il aurait dû y penser avant. Chaque fois qu'elle l'avait menacé de partir seule de son côté !

Le serre-câbles dans une main et la puce dans l'autre, il se prépara au combat. Il fallait qu'il la protège d'elle-même, pour la protéger des autres. S'il avait un peu de chance, elle lui pardonnerait plus tard. De toute façon, il se sentirait mieux en sachant qu'elle ne pouvait pas le suivre si la situation devenait dangereuse.

Quand il se retourna, Savvy avait déjà ôté la chaîne de sécurité de la porte.

— Puisque tu ne veux pas m'emmener, j'irai seule.

En un rien de temps, elle eut tiré le verrou et ouvert la porte. Mais Dawson la fit aussitôt pivoter sur elle-même, referma la porte, et la plaqua contre le battant.

Savvy eut le souffle coupé. Son cœur se mit à battre à grands coups. Dawson lui maintenait les poignets au-dessus de la tête, et il pesait sur elle de tout son poids.

— Tu ne peux pas me retenir contre ma volonté, articula-t-elle avec difficulté.

— Tu veux parier ?

Il hésita un moment. Si longtemps, que Savvy crut qu'il avait changé d'avis. Elle posa sur lui un regard suppliant.

Puis tout à coup il l'embrassa, pressant son corps viril contre le sien, lui maintenant les poignets d'une main, et de l'autre lui caressant le dos et les hanches.

Elle aurait voulu résister. Lui dire d'aller au diable. Mais ses lèvres s'adoucirent, il la taquina du bout de la langue, et elle lui offrit sa bouche.

Elle chercha à se libérer pour le toucher, lui passer les doigts dans les cheveux, explorer les muscles de sa poitrine.

Elle perdit la notion du temps, oublia pourquoi elle était là, pourquoi elle devait s'échapper. Dans ce moment de bonheur délicieux, elle abandonna toute méfiance.

Il n'en fallut pas davantage. En moins d'une seconde Dawson la fit tourner sur elle-même, le visage plaqué contre la porte, et glissa le serre-câbles autour de ses poignets.

Elle se dégagea, mais trop tard. Il l'avait ligotée si étroitement qu'elle ne pouvait pas bouger les poignets.

— Coupe ce câble, Dawson. Coupe-le, ou je…

— Tu restes ici.

Elle se tourna vers lui, le visage enflammé de fureur. Il s'était moqué d'elle… Il l'avait embrassée à lui en faire perdre la tête, et l'avait attachée avant même qu'elle ait pu s'en rendre compte ! Sa poitrine et ses yeux la brûlaient, et elle aurait voulu le frapper. Il lui avait fait croire qu'il la désirait, alors que tout ce qu'il voulait, c'était l'abandonner ici !

— Si tu crois que ce bout de plastique va m'empêcher d'obtenir les réponses que je veux, tu te trompes.

— Non, je ne crois pas que ce bout de plastique sera suffisant.

Avant qu'elle ait pu deviner ce qu'il voulait faire, il la hissa sur son épaule. Elle lança des coups de pieds et se débattit.

— Pose-moi, ou je hurle !

— Eh bien, hurle.

Savvy poussa un cri strident, et se rendit compte que crier était inutile. Qui viendrait à son secours, dans ce motel désert, au milieu de nulle part ?

Personne.

Il la posa sur le lit, attrapa ses chevilles et les lia comme ses poignets.

— Un câble ne suffirait sans doute pas, mais deux feront l'affaire.

— Dawson, tu ne peux pas aller au Waterin'Hole sans moi. C'est ma vie, j'ai mon mot à dire !

— Oui, mais mon devoir est de te protéger. En t'emmenant là-bas, j'ai failli te faire tuer. Imagine qu'un enfant t'attende chez toi ?

Elle ravala un sanglot. Elle savait au fond d'elle-même que l'enfant de la photo avait disparu. Mais un doute subsistait et la poussait à obtenir les réponses aux questions qui se posaient.

— Je n'aurais jamais laissé mon enfant pendant quatre mois.

Une douloureuse sensation de vide lui serra le cœur, et elle sut sans l'ombre d'un doute qu'il n'y avait pas d'enfant qui l'attendait à la maison.

Sans un mot, Dawson enfila sa veste et glissa son arme dans le holster. Puis il éteignit la lampe du plafond, plongeant la chambre dans la pénombre. Alors, il alla soulever un coin du rideau pour observer le parking.

— Jack est arrivé, annonça-t-il. Je vais revenir.

— Je ne serai plus là ! rétorqua-t-elle avec un regard noir.

— Ne donne pas trop de mal à ce pauvre Jack. C'est un gentil garçon.

Il vint déposer un baiser sur son front, et ajouta :

— Je suis désolé, Savvy. Je ne voyais pas d'autre moyen de te garder en sécurité.

Elle était si furieuse qu'elle avait envie de hurler et de pleurer. Mais elle ne dit rien, et ne lui donna pas la satisfaction de savoir qu'elle allait s'inquiéter pour lui pendant son absence. Non. Il ne saurait pas que si elle tenait tant à l'accompagner, c'était non seulement pour interroger Marisol de la Fuentez, mais surtout pour rester près de l'homme qui lui avait sauvé la vie plus d'une fois au cours des deux derniers jours. L'homme qui s'était insinué dans son cœur, pendant qu'elle fuyait dans les rues de Laredo.

Qu'il aille au diable !

Dawson franchit la porte pour accueillir Jack.

Elle trouverait un moyen de s'enfuir. Elle n'était pas la fille de son père pour rien.

Savvy fronça les sourcils. Cet homme aux cheveux blancs revenait sans cesse dans sa mémoire. Elle ne se rappelait pas son nom, mais ses traits étaient gravés dans son esprit. C'était lui qui lui avait appris à ne jamais abandonner la partie.

Et, bon sang, elle n'allait pas commencer maintenant !

15

Dawson détestait ce qu'il avait fait, et il détestait l'idée de laisser Savvy avec Jack. Non que ce dernier soit incapable de veiller sur elle. Jack était un excellent agent, qui avait travaillé pour les familles les plus prestigieuses du Texas. En fait, il saurait sans doute mieux protéger Savvy que lui-même ne l'avait fait jusqu'à présent. La jeune femme était parfaitement en sécurité avec lui.

En arrivant devant le Waterin'Hole, Dawson rabattit son chapeau sur son front.

Une jolie femme correspondant à la description de Marisol se trouvait près de la porte. Dawson alla vers elle. Elle parlait avec un homme en costume, mais celui-ci s'éloigna quand Dawson arriva à leur hauteur.

— Qu'est-ce qu'une jolie fille comme vous fait sur une scène de crime ?

Elle se tourna vers lui et l'examina de la tête aux pieds.

— Qu'est-ce que ça peut vous faire, cow-boy ? s'enquit-elle d'une voix rauque et sensuelle, teintée d'un fort accent hispanique.

— Je me posais simplement la question.

Elle le considéra d'un air suspicieux, en croisant les bras.

— Pourquoi ?

Dawson haussa les épaules.

L'homme au costume choisit ce moment pour revenir vers eux.

Si Dawson voulait soutirer des renseignements à Marisol, il fallait faire vite. Son instinct lui disait qu'elle savait quelque chose sur le meurtre de Rodriguez. Il allait devoir prendre des risques pour découvrir quoi.

Il lui agrippa le poignet et la regarda droit dans les yeux.

— Vous connaissez le procureur ? Ou un homme du nom de *El Martillo* ?

Marisol eut une moue méprisante, et elle tenta de se dégager.

— Cela ne vous regarde pas.

— Je veux savoir si l'homme de main d'un seigneur de la drogue, le procureur et vous êtes amis.

— J'ai beaucoup d'amis.

— Le procureur est-il au courant, pour les autres hommes, Marisol ? Il est d'accord ?

Elle eut un imperceptible froncement de sourcils, puis haussa les épaules avec raideur.

— Naturellement.

— Et si je lui parlais de vos autres conquêtes, vous croyez que cela le bouleverserait ? Si je parlais à son épouse de la femme avec laquelle il la trompe, il cesserait peut-être de vous faire des cadeaux somptueux ?

— Que voulez-vous ? répondit-elle d'un ton coupant.

— Je veux savoir qui a tiré sur Tomas Rodriguez. C'était vous ?

Marisol poussa une exclamation de stupeur.

— Je ne sais pas de quoi vous parlez.

Dawson resserra les doigts sur son poignet.

— Je ne vous crois pas. Est-ce vous qui avez tendu un piège à Savvy Jones pour la faire accuser du meurtre de Tomas Rodriguez ?

— Vous croyez que si j’avais fait cela, je vous le dirais ? répliqua Marisol avec un ricanement incrédule.

Elle se tourna vers l’homme en costume, et lança :

— Rex, *mi amor,* tu veux bien me venir en aide ? Cet homme est désobligeant.

Rex lança un regard noir à Dawson.

— Lâche-la.

Dawson crispa les mâchoires. Il s’y était mal pris. Mais si Marisol savait qui avait tiré, elle irait trouver l’assassin pour lui dire que Dawson l’avait questionnée. Si c’était elle qui avait tué Rodriguez, elle se trahirait peut-être en cherchant à éliminer la personne qui enquêtait sur le meurtre. D’une façon ou d’une autre, il aurait bientôt l’assassin à ses trousses.

Il relâcha le poignet de la jeune femme et sourit.

— Désolé. Je me suis trompé.

Il tourna le dos et s’éloigna. Quand il fut hors de vue des deux personnages, il s’arrêta, compta jusqu’à dix et se retourna brusquement pour voir ce que faisait Marisol.

Elle avait laissé tomber l’homme au costume, et parlait dans son téléphone portable.

Dawson décida d’attendre et de la suivre pour voir qui elle allait rencontrer. Ce serait soit le procureur, soit *El Martillo.* Frank Young ne lui inspirait pas plus confiance que le bras droit de Rodriguez.

Le téléphone accroché à sa ceinture se mit à vibrer. Le cœur battant d’inquiétude il l’ouvrit, et poussa un soupir de soulagement en voyant le numéro d’Audrey s’afficher.

— Gray, annonça-t-il.

— Où es-tu, Dawson ?

— Au Waterin’Hole.

— J’espère que Mme Jones n’est pas avec toi. Pas après ce qui s’est passé un peu plus tôt.

— Elle est en sécurité, et Jack est avec elle.

Il ne donna pas davantage de détails. Il avait besoin de se concentrer sur l'enquête, et de garder Marisol de la Fuentez à l'œil.

— Vous avez du nouveau ?

— J'ai fait une recherche, avec le numéro de téléphone que tu m'as donné et le nom de E. Jameson. Pour commencer, le numéro est sur liste rouge. Mais j'ai quand même découvert que c'est celui d'Edward Jameson, multimillionnaire et nabab de Wall Street. Apparemment, il s'est retiré de la scène du pouvoir, après la mort de sa petite-fille et de son beau-fils. Un mystère entoure également la disparition de sa fille. Il ne veut pas rendre l'affaire publique, mais les proches de la famille disent qu'elle a disparu peu après que son mari et sa fille ont été tués dans un accident de la route, il y a six mois. Depuis, Jameson la recherche.

Dawson sentit son sang se glacer.

— La fille de Jameson ne s'appellerait-elle pas Sabrina, par hasard ?

— Si.

— Vous avez une photo d'elle ? Son signalement ?

— J'ai obtenu les détails de son permis de conduire, délivré dans l'Etat de New York. Cela peut t'aider ?

Avant même que Audrey n'ait commencé à lire, Dawson savait ce qu'elle allait dire. A chaque détail, il avait l'impression qu'on lui enfonçait un poignard dans le cœur.

— Un mètre soixante-dix, cheveux roux, yeux verts.

— C'est Savvy.

— Cela explique pourquoi nous ne l'avons pas trouvée dans les fichiers de Harvard.

— Elle est dans les ennuis jusqu'au cou. Si quelqu'un découvre qui elle est…

Non seulement elle était pourchassée par un seigneur de

la drogue pour un crime qu'elle n'avait pas commis, mais elle avait un père qui serait prêt à payer une fortune pour la retrouver. De quoi motiver n'importe quel kidnappeur prêt à tenter sa chance.

— Tu penses que quelqu'un connaît son identité, en dehors de Pearson ? demanda Audrey.

— Je l'ignore, mais cela explique pourquoi ils n'ont pas voulu la tuer tout à l'heure, dans le bar.

— Ce n'est pas un garde du corps qu'il lui faut, c'est toute une armée, pour la protéger.

— Il faut que je vous laisse, dit Dawson en coupant la communication.

Il devait aller retrouver Savvy au plus vite.

Un homme s'approcha derrière lui et le héla. C'était Vance Pearson.

— Alors, vous avez enfin compris ?

Dawson n'avait qu'une envie, c'était de l'assommer et de lever le camp. Mais il s'obligea à rester, pour écouter ce que le détective avait à dire.

— Qu'avez-vous à voir dans cette affaire ?

— Edward Jameson m'a engagé pour la retrouver. C'est aussi simple que ça.

— Et vous vous faites payer combien, pour retrouver de pauvres petites filles riches ?

— Ecoutez, rétorqua sèchement Pearson. Je fais mon job, tout comme vous. Ne me faites pas de cinéma.

Dawson desserra les poings. Pearson avait raison. Mais maintenant qu'il connaissait l'identité de… *Sabrina,* il ne pouvait demeurer indifférent, ne pas tenir compte de ses sentiments.

— Qu'allez-vous faire, maintenant ?

— J'ai déjà averti son père. Il est en route en ce moment

même, dans son jet privé. Il devrait arriver dans… deux heures, précisa-t-il en jetant un coup d'œil à sa montre.

— Et qu'attendez-vous de moi ?

— Quand il arrivera, ne vous mêlez plus de rien.

Dawson eut l'impression de voir son monde s'effondrer. Sabrina allait retrouver son père, et elle aurait une armée de gardes du corps à sa disposition. Elle n'aurait plus besoin de ses services.

— Et si elle ne veut pas aller avec lui ?

Pearson haussa les épaules.

— J'aurai fait mon travail. Le reste regarde Sabrina et son père.

Avec l'argent de son père, elle pourrait largement se payer les services d'un avocat qui la disculperait, songea Dawson. Ils n'auraient plus besoin de risquer leur vie pour retrouver le véritable assassin. Vraisemblablement, ce dernier ne serait jamais arrêté. Dawson secoua la tête. Au moins, il savait que Savvy n'irait pas en prison.

Non, *Sabrina*. Elle s'appelait Sabrina.

Mais elle resterait toujours Savvy Jones, pour lui. Une jolie rousse pleine de cran, qui avait soif de justice.

— Est-ce que quelqu'un d'autre connaît sa véritable identité ?

— Uniquement le procureur. Je lui ai demandé de la placer en détention pour la protéger, ou même en prison si nécessaire pour qu'elle soit à l'abri, mais il a estimé qu'un garde du corps suffisait.

Dawson inspira longuement, et relâcha son souffle.

— Vous l'avez dit quand, au procureur ?

— Dès que j'ai su avec certitude qui elle était. Edward Jameson veut que sa fille soit protégée.

— Il faut que j'y aille, déclara Dawson en tournant brusquement les talons.

— Pourquoi ?

— Vous avez peut-être signé son arrêt de mort, avec vos combines.

— Je n'ai fait que le travail pour lequel je suis payé. C'est-à-dire retrouver une riche héritière. Mais je vous préviens, ne vous mettez pas en travers de la route d'Edward Jameson. C'est un adversaire redoutable.

— Je ne le ferai pas.

Et comment aurait-il pu le faire ? Sabrina avait été élevée dans le luxe et la richesse. Il ne pouvait pas rivaliser avec cela.

Il observa le parking, et s'aperçut alors que Marisol avait disparu. Marisol, qui était la maîtresse du procureur. Que savait Frank Young, sur cette femme ? Savait-il qu'elle voyait aussi un criminel, connu pour sa violence et sa férocité envers les ennemis de son patron ?

Savait-il que Marisol était prête à vendre son âme pour un dollar ? Lui avait-il révélé l'identité de Savvy ?

Où était-elle passée ?

Il fallait qu'il retrouve Savvy le plus vite possible. On ne pouvait faire confiance au procureur.

Dawson se précipita vers sa voiture, ouvrit la portière et prit le volant. Alors qu'il mettait la clé dans le contact, quelqu'un cogna à la vitre.

— Hé, Gray ! s'écria Vance Pearson en lui faisant signe.

Mais Dawson n'avait pas envie de discuter avec le détective privé. Savvy était en danger. Plus il tardait à la retrouver, et plus son angoisse augmentait. Il baissa tout de même sa vitre.

— Quoi, Pearson ?

— Vous êtes vraiment entiché d'elle, n'est-ce pas ?

S'il n'avait pas été aussi pressé, il lui aurait collé son poing sur la figure. Sans répondre, il fit tourner la clé. Il y eut un déclic, mais rien ne se produisit. Bon sang ! Ce n'était vraiment pas le moment de tomber en panne !

— Ecoutez, je suis désolé. Je ne m'étais pas rendu compte que vous étiez aussi amoureux. Mais il faut que je vous mette en garde. Elle est beaucoup trop riche pour vous. Et Edward Jameson n'appréciera pas votre intrusion dans sa vie.

Dawson fit de nouveau tourner la clé. Il savait que Sabrina était d'un niveau social bien supérieur au sien, mais Savvy lui convenait tout à fait.

Rien. Pas le plus petit ronflement de moteur. Il actionna encore la clé, sans résultat.

Tout à coup, ses doigts se figèrent. Son instinct prit le dessus. *Sors de là ! Vite !*

Il ouvrit brusquement la portière et repoussa Pearson. Ce dernier vacilla, et leva les mains devant lui.

— Hé, mon vieux, je ne voulais pas vous mettre en colère. Je disais seulement…

— Courez ! cria Dawson en se ruant vers un bâtiment de brique tout proche.

Vance écarquilla les yeux.

— Pourquoi…

Le monde explosa dans une gerbe de flammes, projetant Dawson en avant.

16

— Puisque je vous promets de ne pas m'enfuir ! supplia Savvy. Je vous en prie, coupez ces liens.

— Non.

— Jack, c'est ridicule.

Savvy s'agita sur le lit, fatiguée d'être couchée sur le côté, mais incapable de changer de position, avec les mains liées derrière le dos.

Jack regarda sa montre.

— Cela fait une heure que Dawson est parti. Je suppose que ça ne changera rien de vous libérer.

— Exactement.

Savvy serra les dents, réprimant son envie de hurler. Ce n'est pas en se mettant en colère qu'elle le ferait changer d'avis. Elle avait déjà essayé, et cela n'avait rien donné.

Jack se leva, prit un couteau dans la poche de son jean et déplia une lame effilée.

Enfin. Savvy se tint immobile pendant qu'il coupait le câble enroulé autour de ses chevilles. Elle agita les jambes pour rétablir la circulation sanguine, et se tourna pour qu'il puisse couper aussi les liens qui maintenaient ses poignets.

Cet entêté, qui avait suivi à la lettre les instructions de son partenaire, consentit enfin à couper le plastique dur qui lui enserrait les poignets, et elle fut libre.

Sa première idée fut de serrer le cou de son geôlier pour

l'étrangler, mais ses doigts étaient ankylosés, et elle était trop inquiète pour Dawson. Ce n'était pas le moment de s'en prendre à son ami.

Elle se leva. Ses genoux tremblaient un peu, mais elle récupéra rapidement de la vigueur.

Jack alla se camper devant la porte.

— Ce n'est pas parce que je vous ai détachée que vous pouvez partir à la poursuite de Dawson. Il se débrouille très bien sans vous.

— C'est moi qui décide de ce que je dois faire, déclara-t-elle en allant se planter face au garde du corps. Poussez-vous de mon chemin.

Jack eut le culot de se mettre à sourire.

— Pas question.

D'un mouvement preste, elle tenta de passer derrière lui.

L'homme réagit avec une vivacité surprenante, lui agrippa le poignet et le lui ramena dans le dos en le serrant.

— Bon sang, Jack ! Dawson est en danger. Cela ne vous fait rien ?

— Réfléchissez, Savvy, répondit-il d'une voix plus douce. Je sais que vous voulez l'aider, mais il sera encore plus en danger s'il doit s'inquiéter pour vous. Il faut qu'il puisse se concentrer sur son enquête.

Elle n'avait pas pensé à cela. Elle cessa de se débattre.

— Tant qu'il doit me protéger, il forme une cible pour les tueurs.

— C'est cela.

Jack desserra les doigts, et les fit glisser sur le poignet de la jeune femme. Elle s'écarta, tout en frottant distraitement les marques rouges laissées par le serre-câbles.

— Pour commencer, il ne voulait pas de ce boulot de garde du corps.

— Non, il n'en voulait pas, admit Jack en se grattant le crâne.

— Pourquoi ?

— Il ne vous l'a pas dit ?

— Non.

— Alors, ce n'est peut-être pas à moi de vous le révéler.

— J'estime que nous avons vécu assez de choses ensemble pour que j'aie le droit de savoir.

Jack haussa les épaules.

— S'il vous pose la question, je ne vous ai rien dit. Mais avant d'entrer à l'Agence Lone Star, il était sur la pente descendante. Il se détruisait lui-même.

— Dawson ?

— Oui. Un de ses hommes a été grièvement blessé par une bombe en bordure de route. Pendant qu'il le regardait mourir à l'hôpital militaire, on l'a averti que sa femme était en train d'accoucher et que ça ne se passait pas très bien. Quand il a pu prendre l'avion et revenir aux Etats-Unis, elle était morte. Le bébé aussi.

Savvy posa instinctivement les mains sur son ventre.

— Il s'est fait des reproches, n'est-ce pas ?

Jack acquiesça d'un hochement de tête.

— Peu de temps après, il a quitté l'armée et s'est mis à boire. Si je n'étais pas intervenu au cours d'une bagarre dans un bar, il aurait fini en prison, ou bien il serait mort.

— C'est pour cette raison qu'il ne voulait pas être mon garde du corps ?

— Il ne voulait pas avoir une telle responsabilité, car il avait l'impression d'avoir laissé mourir trop de gens autour de lui, dans le passé.

— Mais il a été merveilleux, il m'a protégée. C'est quelqu'un de bien.

C'était un homme qui ferait n'importe quoi pour l'aider,

qui irait jusqu'à risquer sa vie pour elle. Un homme en qui elle pourrait avoir confiance, et qu'elle pourrait aimer.

Savvy éprouva un drôle de pincement au cœur. Elle était peut-être déjà amoureuse de cet homme, qu'elle ne connaissait que depuis deux jours.

— Je sais que c'est un type bien, répondit Jack. C'est pour cela qu'Audrey Nye a voulu lui donner une chance et l'embaucher. Le seul qu'il faut convaincre de cela, c'est Dawson lui-même.

Jack sourit, et ajouta :

— J'ai l'impression que si quelqu'un peut le convaincre, c'est vous.

— Je veux aller le retrouver, Jack. Je ne peux pas le laisser seul.

— Et je ne peux pas vous laisser partir, rétorqua Jack en croisant les bras. Nous sommes donc dans une impasse.

Il sourit en entendant son téléphone vibrer.

— Ce doit être lui.

Savvy retint son souffle. Jack déplia le téléphone et secoua la tête.

— Désolé. C'est un de mes contacts. Que dis-tu ? Quoi ? Sortir ? Pourquoi ?

Il fronça les sourcils, puis écarquilla les yeux.

— Qu'a-t-il dit ? demanda Savvy.

— Quelqu'un sait où nous sommes. Il faut sortir. Vite !

Jack prit son arme dans son holster. Au même instant, la porte se rabattit violemment et deux hommes firent irruption dans la chambre, l'arme à la main. Le premier tira sur Jack.

Savvy se mit à hurler en le voyant s'effondrer. Une flaque rouge se forma sous son épaule droite.

Le deuxième homme l'attrapa par le bras et la poussa vers la porte.

Elle donna des coups de pieds, hurla, et se débattit tant que l'homme l'entoura de ses bras et la souleva. Quand il voulut franchir la porte, elle s'arc-bouta en posant les pieds contre le chambranle.

— *Madre de Dios!*

L'homme, beaucoup plus grand et plus fort qu'elle, la fit tourner sur le côté sans difficulté.

S'ils parvenaient à la faire monter dans une voiture, elle était perdue. Jack était blessé, sans doute à mort, et Dawson ne saurait jamais où la chercher. Sa vie était en jeu, et elle n'était pas prête à abandonner la partie. Elle hurla, et hurla encore, jusqu'à ce qu'une grosse main s'abatte sur sa bouche.

Elle mordit de toutes ses forces, et l'homme relâcha son emprise, la laissant tomber sur le sol. Mais avant qu'elle ait pu faire un pas, il la frappa à la tête avec quelque chose de dur.

Des éclairs passèrent devant les yeux de Savvy, puis elle sombra dans un trou noir.

Dawson se releva en titubant, sonné par le choc. Un feu immense s'élevait à l'endroit où s'était trouvée la voiture de location. Des lambeaux de souvenirs lui revinrent en tête, l'Irak, la bombe de bordure de route sur laquelle un de ses hommes avait sauté. Et le même pressentiment d'un malheur imminent que lorsqu'il s'était mis à courir dans les couloirs de l'hôpital pour retrouver sa femme. Un poids s'abattit sur ses épaules, sa respiration se fit haletante, son cœur se mit à battre comme un tambour. Il fallait qu'il se reprenne, vite.

L'image de Savvy Jones, avec sa longue chevelure cuivrée et ses yeux verts refit surface comme un soleil, repoussant les images de ses échecs et de ses chagrins. Elle était sa raison de vivre.

Savvy. Il fallait qu'il la retrouve. Dawson secoua la tête pour dissiper le brouillard gris qui l'enveloppait, et regarda autour de lui.

Les fenêtres des immeubles avaient éclaté, et des policiers émergeaient du Waterin'Hole. Vance Pearson était allongé dans la rue, entre la voiture en feu et lui. Il gémissait.

Dawson retourna vers lui.

— Vous pouvez bouger ?

— J'ai l'impression... qu'un camion m'est passé dessus, marmonna le détective en se mettant à genoux.

— Rien de cassé ?

Pearson palpa ses membres et sa tête.

— Je ne crois pas, mais votre voix résonne comme si nous étions dans une grotte.

— Je vais appeler les secours. Mais il me faut une voiture. Où est la vôtre ?

Toujours à genoux, l'homme réfléchit un instant, et posa sur Dawson un regard vitreux.

— Je l'ai garée dans une rue, derrière le bar. Pourquoi ?

— Il faut que j'aille retrouver Savvy... Sabrina. Je suis inquiet.

— Il y a de quoi, mec. Celui qui a fait ça doit vouloir se débarrasser de vous.

Pearson fouilla dans sa poche et en sortit un trousseau de clés.

— Une Nissan bleu foncé de location, dans la rue juste derrière le bar.

Dawson prit les clés, et fit signe aux policiers.

— Il faudrait une ambulance.

— Ne vous inquiétez pas pour moi, ça ira. Retrouvez Sabrina.

Dawson lui lança un dernier regard, puis partit à la recherche de la voiture. La tête lui tournait encore un peu, mais il se concentra sur son objectif. Retrouver Savvy avant que les tueurs l'aient repérée.

Quand il eut atteint la berline bleue, il s'assit au volant et démarra, tout en prenant son téléphone portable. L'écran était fendillé, mais il marchait encore. Il appela Jack.

Au bout de la cinquième sonnerie, il crispa les doigts sur le volant.

— Oui, répondit enfin une voix tremblante, qu'il eut du mal à reconnaître.

— Jack ?

— Oui, c'est moi.

Dawson poussa un soupir, et leva le pied de l'accélérateur.

— Que s'est-il passé ? Où est Savvy ?

— Ils l'ont emmenée.

Il eut l'impression que le monde basculait. Il se gara sur le bas-côté, attendant que le malaise se dissipe.

— Qui ?

— Deux types ont enfoncé la porte. Ils m'ont tiré dessus et ont enlevé Savvy.

— Tu es blessé ? C'est grave ?

— Non, la balle m'a effleuré. Mais je suis tombé à la renverse, et ma tête a dû heurter quelque chose.

Dawson redémarra et enfonça la pédale d'accélérateur.

— Tu vas tenir le coup ?

— Bien sûr, répondit Jack avec assurance. Deux cachets d'aspirine et il n'y paraîtra plus.

— J'appelle les secours, dit Dawson, luttant contre une vague de panique.

Il ne s'était pas senti aussi stressé depuis l'explosion de la bombe en Irak.

— Non, Dawson. Je ne perds plus de sang. J'ai l'impression d'avoir reçu un boulet sur la tête, mais je survivrai.

Sceptique, mais un peu rassuré, Dawson revint au problème qui le préoccupait le plus.

— Il faut retrouver Savvy.

— Où es-tu ?

— A deux rues du motel.

— Tu sais qui sont ces hommes ?

— Je crois le savoir. Mais j'ai un moyen de retrouver Savvy.

— Ah oui ? Lequel ?

— J'ai caché la puce du GPS sur elle, avant de te la confier.

— Non ? Ne me fais pas rire, ça me fait mal à la tête.

— Prends mon sac de sport, et attends-moi devant le motel. J'arrive.

— O.K.

Dawson appela la police pour signaler l'enlèvement, donna une description de Savvy, et communiqua son propre numéro de téléphone. Quand l'inspecteur lui demanda de passer au commissariat pour remplir une déclaration, Dawson coupa la communication. Il n'avait pas le temps de remplir un papier officiel pour disparition inquiétante. La vie de Savvy dépendait de lui, il fallait qu'il la retrouve au plus vite.

Quand il arriva sur le parking du motel, Jack l'attendait avec le sac de sport, et une serviette pressée contre son épaule.

C'est à peine s'il ralentit pour le laisser monter. Il repartit en trombe, avant même que la portière côté passager soit refermée. Savvy ne pouvait pas attendre.

Jack sortit la boîte de GPS du sac et alluma l'appareil.

Après un moment que Dawson trouva interminable, la carte apparut sur l'écran, avec un point rouge clignotant au milieu.

— Ils traversent le Pont World Trade, pour passer au Mexique.

Dawson frappa le volant du plat de la main, en marmonnant un juron. Ils étaient à dix minutes du pont. A cette heure de la nuit, la traversée leur prendrait moins de temps qu'en plein jour.

Tout en se dirigeant vers la frontière, Dawson rapporta à Jack ce qu'il avait découvert au sujet de Savvy, alias Sabrina Jameson.

Jack siffla doucement.

— Eh bien, quel soulagement.

— Un soulagement ? Elle vient d'être kidnappée par des hommes dangereux, et tu trouves que c'est un soulagement ?

— Ils ne la tueront pas tant qu'ils n'auront pas obtenu de rançon.

Curieusement, Dawson ne partageait pas le soulagement de son collègue. En supposant qu'ils retrouvent Savvy, il faudrait encore qu'ils la tirent des griffes de *El Martillo.* Il y aurait des morts. Jack et Savvy seraient en danger.

Dawson gara la Nissan sur un grand parking, devant le Rio Grande, juste avant le Pont World Trade qui traversait la frontière. Il y avait des feux de circulation dans les deux sens.

— Tu devrais rester ici, dit Dawson en tendant la main pour prendre le GPS.

Mais Jack ne céda pas.

— Je t'accompagne. Je crois savoir où ils vont, et je t'aiderai à y arriver plus vite.

— Où cela ?

— Dans la villa de Marisol de la Fuentez.

Dawson prit une chemise blanche propre dans son sac de sport, et une autre noire, sur laquelle était inscrit le nom « Sturgis » en grosses lettres.

— Il te faut un pansement et une nouvelle chemise, avant de traverser la frontière. Nous ne pouvons pas nous permettre de perdre du temps pour répondre à des questions.

D'autre part, si Jack continuait de perdre du sang, il risquait de les ralentir. En moins d'une minute, Dawson eut déchiré la chemise blanche, et fait un pansement à son ami avec les longues bandes de tissu. Puis il l'aida à enfiler la chemise noire. Lorsque ce fut fini, ils sortirent de la voiture.

— Prêt ?

— Allons-y.

Jack et Dawson passèrent du côté mexicain de la frontière, et avancèrent entre des bâtiments aux façades murées. Ils arrêtèrent un taxi, et Jack donna le nom d'une rue, non loin de la villa de Marisol.

Tandis que le taxi roulait, Dawson garda les yeux fixés sur l'écran du GPS et sur le voyant rouge qui clignotait, imaginant la terreur de Savvy. L'attachement qu'il éprouvait pour elle dépassait largement les sentiments d'un garde du corps pour son client. S'il la perdait, il ne savait pas ce qu'il ferait. Il ne pourrait pas vivre avec l'idée qu'il était responsable de sa disparition.

— J'avais raison. Ils l'emmènent à la villa de Marisol, à l'extérieur de Nuevo Laredo, le long de l'autoroute 85. C'est là que notre cher procureur s'est rendu, aujourd'hui. S'ils touchent à un cheveu de sa tête…

— Nous arriverons à temps. N'oublie pas qu'elle est plus précieuse pour eux tant qu'elle est vivante.

— Qu'est-ce qui te fait croire qu'ils la libéreront une fois qu'ils auront touché la rançon ?

— Les négociations prendront du temps. Nous en profiterons pour intervenir.

— Je ne sais pas si tu t'en rends compte, mais nous n'avons pas d'armes. Elles sont restées dans la voiture. Je ne vois pas comment nous allons pouvoir sauver Savvy, avec des couteaux.

— Nous n'avons pas été dans l'armée pour rien. Nous trouverons un moyen, dit Jack, en regardant à travers la vitre.

A une rue de la villa, ils payèrent le taxi et disparurent entre les maisons.

— C'est là, chuchota Jack, en arrivant près d'un mur.

Une bougainvillée s'accrochait à la paroi de ciment, projetant des ombres sur la peinture blanche. Un gardien se tenait près du portail, une arme à la main.

— Je vais jeter un coup d'œil à l'arrière. N'essaye pas de jouer les héros tant que je ne suis pas revenu, dit Jack.

Il contourna la villa, se fondant dans l'ombre comme un fantôme. Si Dawson n'avait pas su qu'il était là, il ne l'aurait jamais remarqué.

Savvy se trouvait dans cette maison, une arme probablement pointée sur elle. Dawson aurait voulu faire irruption à l'intérieur, mais il se contint. Sans arme, il devait agir avec prudence.

Perdu dans ses réflexions, il ne prit conscience de la présence d'un homme derrière lui que lorsqu'il sentit la lame froide d'un poignard contre sa gorge.

Il se figea.

— Mon vieux, t'as oublié ton entraînement de soldat ? lui chuchota Jack à l'oreille. Oublie cette femme, et reprends-toi. D'accord ?

— Combien sont-ils ?

— Un homme de chaque côté du bâtiment. Mais il

n'y a qu'une entrée, et elle est devant toi. Le gars du côté ouest est endormi.

— Alors c'est par là que nous allons entrer.

Dawson recula, et laissa Jack le guider jusqu'à l'aile ouest de la villa. Adossé au mur, son arme sur les genoux, le garde dormait profondément. Dawson l'assomma d'un coup de poing avant qu'il ait pu articuler un cri.

— Grimpe, dit Jack, en formant un marchepied avec ses mains.

Dawson se hissa jusqu'au sommet du mur, prit l'arme du garde que Jack lui tendit, puis aida ce dernier à monter sur le mur.

Ils examinèrent le vaste terrain qui entourait la maison. Des fleurs odorantes et multicolores ornaient le jardin parfaitement entretenu. Dawson se laissa glisser sur le sol, et Jack le rejoignit.

— Il y a des mouvements derrière la fenêtre.

Dawson vit un homme brandir un pistolet, et frapper quelque chose du pied, sur le sol. Il voulut se jeter en avant, mais son ami le retint.

— Tu ne peux pas entrer comme ça.

— C'est Savvy ! protesta-t-il en essayant de se dégager.

17

— Réveille-toi, ordonna une voix à l'accent espagnol.

Quelqu'un lui donna un coup de pied dans les côtes, et la douleur la réveilla. Savvy ouvrit les yeux, éblouie par une lumière vive, et vit un corps allongé à côté d'elle, dans une mare de sang.

Elle hurla et s'assit, en s'écartant du cadavre. Sa vision s'éclaircit un peu, et elle hurla de nouveau. Vêtu de son élégant costume gris, Frank Young était étalé de tout son long, les yeux fixés au plafond.

En reculant, elle heurta les jambes d'un autre homme. Elle se retourna, et vit un homme au visage grêlé qui la regardait. Elle l'avait déjà vu, pointant une arme sur elle, depuis la fenêtre d'une voiture, et… Le souvenir d'une ruelle sombre et d'un homme au visage couturé lui revint à la mémoire. La terreur lui glaça le sang.

— C'est vous !

L'homme grimaça un sourire.

— Tu sais qui je suis ?

— Je ne connais pas votre nom, mais c'est vous qui avez tué Tomas Rodriguez. Je m'en souviens.

Elle secoua la tête. Les souvenirs affluèrent, comme si une vanne venait de s'ouvrir dans son esprit.

— Je sortais la poubelle. Vous l'avez tué, et puis… et

puis vous avez essayé de me tuer, ajouta-t-elle en élargissant les yeux.

— C'est un peu tard pour se rappeler, tu ne crois pas ? dit-il en la toisant avec arrogance. On m'appelle *El Martillo.*

— Vous êtes José Mendoza.

Savvy se détourna pour ne pas lui laisser voir la peur qu'il lui inspirait. Elle revit la chemise blanche de Tomas Rodriguez, éclaboussée de sang. Un frémissement glacé la parcourut.

— Pourquoi ? Pourquoi l'avez-vous tué ?

— Il provoquait trop de problèmes. Il était… comment dites-vous, en anglais ? Trop gâté. Incontrôlable.

— Mais vous l'avez tué de sang-froid.

— Oui, pour l'empêcher d'aller se plaindre à son papa, répondit l'homme en haussant les épaules. Mais ça ne fait rien. Il est mort, et c'est vous qui êtes accusée du crime. *Señorita* Sabrina Jameson.

Savvy sentit sa gorge se serrer. Sabrina Jameson. Elle n'était pas Savvy Jones, mais Sabrina Jameson. Tous les souvenirs de sa vie resurgirent en un instant.

Des larmes brûlantes envahirent ses yeux, et elle chercha la photo dans sa poche. L'enfant était à elle, c'était son bébé, sa petite Emma. Elle était morte six mois auparavant, dans un accident, avec son mari. Savvy avait survécu.

Emma aurait eu deux ans cette semaine.

Perdue dans l'océan de son chagrin, elle fut brutalement ramenée au présent par un coup violent au visage. La douleur se répercuta dans ses tempes.

— Que voulez-vous ? demanda-t-elle, en prenant son visage dans ses mains.

L'homme lui tendit un téléphone.

— Appelle ton papa. Dis-lui que s'il veut que tu restes

en vie, il faudra qu'il donne vingt-cinq millions de dollars demain matin.

— Vingt-cinq millions ? Il ne pourra pas rassembler une telle somme d'ici demain.

Elle n'était même pas sûre qu'il veuille la revoir, après toutes les choses horribles qu'elle lui avait dites, avant de partir. *Sans cœur, avide d'argent… un homme qui préfère ses affaires à sa famille.*

— Il le faudra, sinon, tu mourras.

Les mains tremblantes, Savvy composa un numéro, en espérant qu'elle ne se trompait pas. Sa mémoire était encore incertaine. Un homme répondit à la troisième sonnerie.

— Oui ?

— Papa ?

C'était bien la voix sèche et le ton abrupt d'un homme habitué à être obéi sur-le-champ. Savvy avait quitté New York pour s'éloigner de lui et de son indifférence. Pour tout recommencer de zéro, construire une nouvelle vie loin des exigences de son père et de ses propres souvenirs.

Edward Jameson avait choisi ses écoles, avait choisi son mari, et avait dirigé sa vie jusqu'à ce qu'elle ait Emma. A partir de ce moment, elle s'était rebiffée. Elle avait appris que l'argent ne faisait pas tout, et que le bonheur ne consistait pas à suivre les directives de son père. Peu après son mariage, elle s'était rendu compte que son mari était comme son père. Elle avait divorcé, mais était restée sur place, pour qu'Emma puisse voir le père qui avait si peu de temps à lui consacrer.

Ils se rendaient dans la propriété d'Edward, et avaient une âpre discussion sur des questions d'argent, lorsque son ex-mari avait perdu le contrôle du véhicule.

Des scènes de l'accident resurgirent, et elle s'efforça de

ravaler ses larmes. Elle avait survécu, mais sa fille et son ex-mari étaient morts.

— Sabrina ?

La voix d'Edward Jameson interrompit le fil de ses souvenirs. Elle était différente d'autrefois. C'était la voix tremblante d'un vieil homme.

— Mon Dieu, Sabrina, où es-tu ?

— Je ne sais pas.

— Je suis tellement désolé, Sabrina. Tu me manques terriblement.

— Tu me manques aussi, papa.

— Je vais venir te chercher. Je veux te ramener à la maison.

— Ce n'est pas possible. Je suis retenue en otage.

— Par qui ? Que veulent-ils ? Je leur donnerai tout ce qu'ils veulent, ils n'ont qu'à parler.

Etait-ce bien l'homme qu'elle connaissait ? Celui qui avait toujours le dessus dans les négociations ? Il avait changé. Des larmes roulèrent sur les joues de Savvy. Elle avait changé aussi.

José lui arracha le téléphone des mains.

— Si vous ne voulez pas que votre fille meure, vous allez apporter vingt-cinq millions de dollars demain au lever du soleil. Nous nous retrouverons à Nuevo Laredo, à l'église, sur la Plaza Hidalgo.

Il coupa la communication, et enfouit le téléphone dans sa poche.

— Nous allons savoir jusqu'à quel point le *señor* Jameson aime sa fille.

— Mon père ne voudra pas négocier avec un assassin.

— *El Martillo* ne négocie jamais. S'il n'accepte pas le marché, je m'amuserai un peu avec toi, et je te tuerai, dit-il en laissant son regard glisser sur elle.

Savvy frémit. Elle préférait mourir que de se laisser toucher par cet homme.

— Occupe-toi du garde qui est devant la maison, dit Dawson. Je me charge de celui qui est à l'arrière.

Les deux hommes se séparèrent. Caché dans l'ombre d'un buisson d'hibiscus, Dawson attendit patiemment que le garde commette une erreur. Ce qu'il ne tarda pas à faire, en allumant une cigarette. Dawson profita de l'instant où il se pencha vers la flamme pour le faire tomber au sol et l'assommer. Puis il dissimula son corps sous les hibiscus, et pénétra dans un hall au sol de marbre. Dans un coin se trouvait le corps d'un homme en costume gris.

Il s'approcha pour l'examiner. Les yeux grands ouverts de Frank Young contemplaient fixement le plafond. Sa peau avait la pâleur de la mort.

Dawson fut envahi de terreur. Les hommes qui détenaient Savvy n'hésitaient pas à tuer. La mort du procureur provoquerait la fureur des autorités, de l'autre côté de la frontière. *El Martillo* s'en moquait. Laisserait-il Savvy en vie jusqu'à ce que son père ait versé la rançon ?

Des voix lui parvinrent depuis un couloir, et il s'engagea dans cette direction, l'arme du gardien à la main. Jack apparut à l'autre bout du couloir, et désigna une pièce, à mi-chemin dans le couloir. L'arme au poing, ils s'approchèrent de la porte.

Dawson leva une main et compta silencieusement jusqu'à trois. A trois, ils s'engouffrèrent dans la pièce et pointèrent leurs armes sur Mendoza.

— Dawson ! s'exclama Savvy, à ses pieds.

Elle voulut se lever. José lui agrippa les cheveux, et la remit sur ses pieds, devant lui. Il sourit, ce qui fit ressortir les cicatrices qui zébraient son visage.

— Bienvenue, mes amis. C'est gentil de vous joindre à nous.

— Lâche-la, ordonna Dawson.

L'homme éclata de rire.

— Sinon, quoi ? Tu me tueras ? Je sais que tu ne tireras pas, car tu risquerais de toucher la jolie demoiselle.

— Que veux-tu ? demanda Dawson.

— Ce que le *señor* Jameson doit m'apporter demain, sur la place du marché. N'est-ce pas, *mi amor* ? ajouta-t-il en faisant glisser son arme sur le visage de Savvy.

— Tire, Dawson ! cria celle-ci. C'est un monstre. Je sais que c'est lui qui a tué Tomas Rodriguez. Tire !

— Non.

— Si tu ne le tues pas, il me tuera de toute façon, et toi aussi. Tire, bon sang !

— Je ne peux pas.

Jack fit un pas en avant.

— Moi, je peux.

— Non ! Ne tire pas. Tu risques de toucher Savvy.

— Alors, c'est ça ? fit Mendoza en ricanant. Le garde du corps est tombé amoureux de sa cliente ?

Il tira les cheveux de Savvy, et pressa le canon de son arme contre sa tempe.

— Lâchez vos armes.

Mais les deux hommes ne bronchèrent pas.

Une voix de femme s'éleva alors derrière eux.

— Faites ce qu'il dit, ou je vous abats.

Dawson n'avait plus le choix. Marisol n'hésiterait pas.

Il posa son arme sur le sol, et Jack l'imita.

— Emmène-les à l'extérieur pour les tuer, dit-elle en agitant son arme. Je ne veux pas de sang sur mes tapis.

— Tu ne les emmèneras nulle part.

La voix rauque et masculine, au fort accent hispanique, résonna contre les parois.

Un homme pénétra dans le salon, et Dawson reconnut Humberto Rodriguez pour l'avoir vu dans les journaux télévisés. Il tenait un Colt décoré de perles à la main, et il était encadré par quatre hommes armés jusqu'aux dents.

Il fit un signe de tête à José, et se mit à lui parler en espagnol. Mendoza perdit de sa morgue, et blêmit.

— Laisse-la partir, dit Rodriguez en désignant Savvy.

— Non ! protesta Marisol. Elle peut nous rapporter une fortune.

Humberto haussa les sourcils, et posa un regard appuyé sur la main de José, toujours crispée dans la chevelure de Savvy. L'homme desserra les doigts, repoussa Savvy et dirigea son pistolet vers le seigneur de la drogue.

— Non ! s'écria Marisol en pointant son arme vers Savvy. Tu n'auras pas cet argent.

— Considère que c'est un dédommagement pour la mort de mon fils, rétorqua Humberto. *La familia es todo.*

— Baisse-toi, Savvy ! hurla Dawson.

Humberto tira avant que Marisol et José aient pu faire un geste. Au même moment, Jack récupéra son arme sur le sol.

Dawson se jeta à terre, arracha le pistolet des mains de Marisol, roula sur lui-même et se redressa. Humberto le visa, mais Dawson tira le premier.

Le Colt de Humberto tomba sur le carrelage. Jack, son arme à la main, s'abrita derrière une colonne de marbre, et tira en direction de Humberto et de ses hommes.

Et tout à coup, le silence retomba.

José Mendoza et Marisol étaient à terre, le corps criblé de balles. Humberto et deux de ses hommes étaient tombés également, apparemment morts. Deux autres hommes, dont les blessures saignaient abondamment, déposèrent leurs armes.

— Ne tirez plus ! supplia l'un d'eux en tombant à genoux.

Dawson se leva, tendit la main à Savvy et l'aida à se remettre sur ses pieds. Puis il la serra dans ses bras.

— Savvy, j'ai cru que je t'avais perdue. Tu n'as rien ?

— Non, ça va, dit-elle en se lovant contre lui.

— Que faut-il faire de ces deux-là ? demanda Jack en récupérant les armes des deux tueurs.

— Si nous attendons l'arrivée des autorités mexicaines, nous risquons de ne jamais repasser la frontière.

— Alors filons, décida Jack. J'ai fait assez de tourisme pour la soirée.

Dawson eut un petit rire, et se pencha pour embrasser Savvy.

— Je me souviens de tout, dit-elle en lui rendant son baiser.

— Je suis désolé, pour ton bébé.

Le regard de la jeune femme se perdit dans le lointain.

— Elle s'appelait Emma.

— Tu es prête à rentrer chez toi ?

— Je n'ai pas vraiment de chez moi.

— La maison de ton père ?

— J'irai le voir, pour lui demander pardon. Mais je ne pourrai pas rester chez lui. La maison renferme trop de souvenirs d'Emma.

— Maintenant que tu te souviens, est-ce que ta vie confortable d'autrefois te manque ?

— Non. Ce n'était pas une belle vie. Mon père n'avait jamais de temps pour sa famille. Et mon ex-mari était comme lui. La seule qui me rendait cette vie supportable, c'était Emma. Et elle n'est plus là. Je ne peux pas retourner vivre là-bas. C'est trop… douloureux.

Dawson repoussa ses cheveux en arrière et l'embrassa sur la tempe.

— Alors que penserais-tu de San Antonio ?

— San Antonio ? répéta-t-elle d'un air interrogateur.

— C'est là que je vis.

— Tu me demandes de venir vivre avec toi ?

Il lui prit la main, et l'entraîna vers la porte.

— Avant tout, il faut quitter le Mexique. Ensuite, nous prendrons une semaine ou deux pour y réfléchir. Nous pourrions peut-être sortir un peu ensemble, pour faire connaissance ? Et nous prendrons rapidement une décision.

Savvy posa la tête contre son épaule. Sa décision était déjà prise. Dawson était l'homme de sa vie. Mais elle lui laisserait le temps de réfléchir, avant de le lui dire. Pas trop longtemps tout de même.

— Je t'accorde une semaine. Après cela, c'est moi qui décide.

— Petite arrogante.

Il la serra contre lui, tout en suivant Jack dans la rue.

— J'aime ta façon de penser et d'agir.

Les étoiles donnaient plus de lumière que les quelques réverbères disséminés dans la rue.

Le sourire de Savvy réchauffa le cœur de Dawson. Elle était vivante. Il l'avait protégée, et elle voulait rester avec lui.

Il n'aurait pas été plus heureux au Paradis.

Retrouvez prochainement,
dans votre collection

BLACK ROSE

Le secret de Kyra, de Carol Ericson - N°697

ENQUÊTES À LOS ANGELES – 4/4

Pour Kyra Chase et Jake McAllister, la quête touche à sa fin et ils sont à deux doigts de déjouer la terrible machination mise en place par le Joueur. Mais, pour le piéger, Jake sait qu'il va devoir brûler sa dernière cartouche en levant le voile qui plane sur le passé de Kyra. Ce secret qui, depuis le premier meurtre, fait d'elle la cible privilégiée du criminel…

Réunis par le passé, de Janice Kay Johnson

Chaque nuit, Gabriella fait des cauchemars… Des rêves énigmatiques qui, elle le sait, trouvent leur source dans son enfance. Déterminée à affronter ce traumatisme, elle revient à Leclaire, la ville où elle est née. Mais, dès son arrivée, elle sent peser sur elle une sourde menace. Un danger qui la pousse à demander aide et protection à Jack Cowan, le troublant détective qui enquête sans relâche sur le passé de leurs deux familles…

Deux vies à protéger, de Julie Anne Lindsey - N°698

Debout devant sa porte, Maisy l'attend, tremblante de peur et de froid. Aussitôt, Blaze Winchester comprend que le programme de protection qui a été érigé autour d'elle vient de s'écrouler. Désormais, et ce jusqu'au procès où elle doit témoigner, il sera seul pour protéger celle dont il est tombé éperdument amoureux. Ou, pour être plus précis : les protéger… car Maisy, sans aucun doute possible, porte son enfant…

Une promesse vite oubliée, de Barb Han

Jamais plus elle ne fera confiance à un homme ! C'est du moins la promesse que s'est faite Makena après avoir réussi tant bien que mal à échapper au flic violent qu'elle avait cru aimer. Une promesse qui vole en éclats le jour où elle revoit Colton O'Connor. Colton, le shérif de la ville, Colton dont elle était amoureuse autrefois et qui, devenu veuf, élève seul ses deux jumeaux…

Retrouvez prochainement,
dans votre collection

BLACK ROSE

Troublante rencontre, de K.D. Richards - N°699

Tout ! Addy est prête à tout pour retrouver Cassie, sa sœur disparue. Aussi lorsque Shawn West, le séduisant détective avec qui elle a passé une nuit d'amour quelques mois auparavant, lui propose son aide, c'est avec soulagement qu'elle accepte… Avant de se demander si le soutien de Shawn est désintéressé ou si elle va juste servir de couverture dans l'enquête qu'il mène sur l'entreprise où Cassie travaillait…

Une fillette en héritage, de Jane Godman

Silencieux, Everett fixe le bébé qu'Alyssa tient dans ses bras et tente de faire le point sur les émotions qui le submergent. D'abord ces retrouvailles inattendues avec son ex. Puis l'annonce brutale du décès de Sean, son ami d'enfance devenu trafiquant de bétail. Et enfin la nouvelle que le notaire vient de lui asséner : Alyssa et lui sont les tuteurs de l'enfant de Sean, cette adorable fillette âgée de six mois…

Quand le risque nous rapproche, de Marie Ferrarella - N°700

Suite au décès inexpliqué de plusieurs personnes âgées dans des maisons de retraite d'Aurora, Noelle O'Banyon, une jeune inspectrice discrète et solitaire, décide de mener l'enquête. Mais pour cela elle va devoir faire équipe avec Duncan Cavanaugh, un homme aussi séduisant qu'exaspérant qui tantôt la traite avec la plus parfaite indifférence, tantôt cherche à la pousser à bout…

Secrète conspiration, de Cindi Myers

Victime ou mythomane ? Selon son entourage, Lauren Starling, journaliste vedette, a inventé une histoire incroyable : Richard Prentice, un magnat du pétrole, l'aurait enlevée et séquestrée durant plus d'un mois ! Accusée de mensonge, Lauren perd son emploi et se tourne vers l'unique personne en qui elle ait confiance : Marco Cruz, le policier qui l'a libérée quelques semaines plus tôt…

Retrouvez prochainement,
dans votre collection

BLACK ROSE

Collaboration forcée, de Julie Miller - N°701

Évidemment, comme tous les autres avant lui, Thomas Banning la prend pour une folle ! Kelsey est déçue car, en apprenant qu'elle allait collaborer avec cet inspecteur de la police de Kansas City, elle avait nourri l'espoir qu'il n'aurait pas d'a priori sur son don de double vue... Mais il se montre désagréable envers elle et sceptique quant aux visions qu'elle a d'un dangereux tueur en série...

Un bébé en danger, de Debra Webb

Olivia porte la vie dans son ventre. Le fruit de sa passion pour Pierce Maxwell, alors qu'ils étaient ensemble en quarantaine après avoir été exposés à un dangereux virus. Aujourd'hui, elle est en danger, et avec elle la petite vie qu'elle ne songe plus qu'à protéger de ceux qui la traquent. Pierce ignore tout de cette grossesse, mais, s'il ne leur ouvre pas les bras, à elle et son bébé, qui le fera ?